父から娘への
7つの
おとぎ話
The Lost Storyteller
Amanda Block
アマンダ・ブロック 吉澤康子 訳

東京創元社

父から娘への7つのおとぎ話

ママとパパへ。ふたりがいなかったら、わたしは道に迷ってしまうわ。
そして、ジョエリーへ。わたしの大好きなストーリーテラーよ。

「いや、みんな間違っとるよ」小男がおどおどと言いました。「わしは、そんなふりをしとったんだ」

「そんなふりですって！」ドロシーは叫びました。「あなたは偉大なオズの魔法使いじゃないの？」

……

「まるっきり違うよ。わしはただの普通の人間だ」


——L・フランク・ボーム『オズの魔法使い』

第一部

1 記　者

看板が傾いている。レベッカがそう気づいたのは、新しいオフィスに着いてすぐのことだ。会社名が斜めになっている。だれが取りつけたのだろう？　いや、それより、なぜきちんと取りつけなかったの？　レベッカはその透明なプラスチック板をつついてまっすぐにしようとしたが、ねじでしっかりと留めつけられていた。

ほかのだれも、これになんの問題も感じなかったというわけね。レベッカはそう思いながら、自分が座る受付用デスクのまわりに積み上げられている箱の横をそろそろと通った。みんなは一日中あれを眺めるわけではないけれど、この席からだと、ほかに見るべきものはほとんどない。あるのは、ベンジャミンの木、一列に並べられた灰色のひとり掛けソファ、そして昨日の午後に届いたウォーターサーバーぐらいだ。ガラスのフロントドア越しに見えるものときたら砂利敷き(じゃりじ)の中庭で、ときたま、近所のオフィスで働くスーツ姿の会社員が世界一退屈な演劇の通行人役よろしく、その空間に入ってきては出ていったりするだけだった。

会社宛てに届いたメールをチェックしたあと、傾いた看板は無視することにして、〝受付〟と書かれた箱の中身を自分のデスクの引き出しへ入れ直しにかかった。そのほとんどは文房具だが、個人的な小物もいくつかある。予備のランニング用サングラス、リップクリームふたつ、チェーン部分がなくなったホルスの目（古代エジプトのシンボル。ホルスは天空神）の金属製キーホルダー。この飾りの輪郭を指でなぞりながら、買った場所を思い出そうとしていると、電話が鳴った。

「〈サドワース&ロウ建築事務所〉です」

「ええと、あの――おはようございます」電話から聞こえる男性の声は、寝起きのようにかすれていた。「レベッカ・チェイスさんとお話しできないかと思いまして」

レベッカは電話機の画面に表示されている携帯電話の番号に心あたりがあるかどうか考えた。

「どちらさまでしょう?」

「エリス・ベイリーです。〈サイドスクープ〉の記者をしています。先週、チェイスさんに送ったメールの件でお電話したのですが……」

レベッカは内心ぎくりとしながらも、平静な口調を保った。「少々お待ちください」

あふれんばかりに紅茶が入ったカップを置くときのように、注意深く電話を切った。ピッという音とともに画面表示は消えたが、心はまだ動揺していた。この番号を再表示させて着信拒否の登録をする方法を調べなくては。

顔を上げると、ゲリー・ロウがビルに入ってくるところだった。白髪の短い顎ひげを生やした押し出しのいい男で、珍しいネクタイを無数に持っているらしく、今日は帆船柄だ。入館許可証をシャツのポケットにしまいながら、レベッカにおはようと声をかけ、「早く来たんだね」と続けた。

「やることが山積みなので」レベッカはそう言いながら、背後に積まれた箱を示した。

「まったくもって、そのとおり。だが、看板はばっちりだな」

「ええ、まあ」

「あの電動ドライバーは使えると思ったんだよ……えっと、インターネットはまだ使えないよね?」

「もう使えますよ。新しいパスワードは〝SudworthRowe2016〟です。スペースなしのワンセンテンスで、SとRは大文字です」そう伝えながら、レベッカはいましがたの記者のことをまだ考えていた。また電話してくるだろうか？　だれかほかの人が電話に出たら、どうしよう。メールだけでも迷惑この上ないのに、なんと職場に電話してくるなんて……。

「つながらないみたいだな」ゲリーは自分の携帯電話に向かって眉をひそめながら、つぶやいた。

「大文字のSに、大文字のRです」レベッカはそう繰り返して、長たらしい自分のやることリストにちらりと目をやり、〝記者の携帯電話の着信拒否〟を一番上につけ加えた。

「おっ、できた」ゲリーは満足げにメインオフィスへ向かいかけたが、ふと新しいウォーターサーバーに目をとめた。「ああ、おまえさん……」彼は犬に挨拶するように、そのプラスチック製のマシンをぽんぽんと叩いた。「昨晩は見かけなかったんだが――なかなかいいじゃないか。さて、どうやってカップを取り出すのかな？」

「レバーがそこに――」

けれど、ゲリーはすでに付属の筒の上から片手を突っこんでおり、ごそごそと引っ張ったあげく紙コップを取り出した。

「最高に機能的というわけでもないな」彼はつぶやいた。

そのあとコップに水を注ぐと、それをどうしたらいいかわからなくなったらしく、遠慮がちに乾杯するように掲げた。「えっと、新しいオフィスに――そして新しい時代に」

レベッカの頭には、先ほどの電話のことが舞い戻っていた――あの記者はいまにもまた電話してくるだろう――けれど、自分のからっぽのマグカップをゲリーのほうへ掲げた。

「新しい時代と言えば……」レベッカのデスクにゆっくりと近づきながら、ゲリーは続けた。「あの契約書にもう署名してもらえたかな？」

「あっ、いえ、まだなんです」レベッカは答えた。その書類はもう二週間以上、自宅のコーヒーテーブルに置きっぱなしだった。「ですが、きっと」

「もちろん、急がなくていいんだよ」ゲリーは安心させるように言った。「ただ――」と小さく笑いながら、お腹の上に並ぶ小さな帆船をなでつけた。「――きみにはこれからもうちで働いてほしい、ってことなんだ」

レベッカは愛想笑いを浮かべた。「ありがとう、ゲリー」

ようやく彼が立ち去ると、レベッカはエリス・ベイリーの電話番号の再表示と着信拒否登録に成功したが、彼のことを心のなかから削除するのはそれほど簡単ではなかった。朝の仕事――無線LANのパスワードを教えてくれというういくつものリクエストへの対応、プリンターへの紙の補充、ファイル用の棚と文房具用のキャビネットの購入申請――にいくら集中しようとしても、あの記者のことが繰り返し頭に浮かんで離れない。別の番号からまたかけてきたらどうする？　彼からのメールに返信し、協力できないとはっきり伝えるべき？　それとも、そんなことをしたら相手の思うつぼ？

昼になろうかというころ、レベッカが古いリング式のバインダーを箱から出していると、この会社で唯一かろうじて同年代である同僚のクリス・フェントンが、アフターシェーブローションのにおいをプンプンさせながらぶらぶらと受付にやってきた。

「調子はどう、チェイサー？　おっと、こいつはいかすじゃないか」クリスは喧嘩でも吹っかけるようにウォーターサーバーを押すと、紙コップの入った筒に手をはわせた。「で、これ、どうやって使うの？」

「横にある――まあ、いいわ」レベッカは彼が筒の下から少なくとも四個の紙コップを引っ張り出すのを見て、ため息をついた。

「いまいちだな」クリスは手のなかのひしゃげた紙コップをしげしげと眺めて言った。

それを丸めてドアめがけて投げたクリスは、三個もあるリサイクルボックスすべてに入れそこなうと、受付用デスクの端に寄りかかってレベッカを見つめた。社外に共通の友だちがいるクリスに対しては寛大であろうと心がけているレベッカだが、毎日のようにその忍耐を試されていた。

「今晩、〈ザ・クラウン〉に来る?」彼は聞いてきた。

「行けない」レベッカはつぶやきながら、バインダーの消えかけたラベルを解読しようとした。

「来いよ、みんな集まるんだぜ。ビリヤードの勝ち抜き戦もある。きみはおれのチームに入ればいい」

「どうせなら、〝優勝できそうな〟チームに入れてもらう」

クリスは鼻を鳴らし、おそらく魅力的なつもりの笑顔を向けてきたが、それは突き出た前歯を目立たせる効果しかなく、ヘアジェルの使いすぎとあいまって、濡れそぼったげっ歯類といった風情(ふぜい)だった。昨年、パブでそのような金曜の夜をすごしたあとで、クリスといっしょに帰宅するという間違いを犯してしまったレベッカは、彼が同じチャンスを狙っているのを常日頃から感じていた。そのとき以来、わずかでもロマンチックと呼べるようなできごとが何ひとつ起こっていないことに気が滅入り、レベッカはふたたびバインダーに注意を向けた。

「少しだけでも来れないか?」クリスが誘った。

「今日は祖母の誕生日だから」

「へえ、そいつはお楽しみだな!」

そんな皮肉にもかかわらず、レベッカは祖母リリアンに会えると思うと気持ちが少し明るくなった。たとえパブでクリスとすごしたいと思っていたとしても、レベッカにとって祖母との夕食会に行かないという選択はありえない。

クリスがデスクの脚を蹴(け)りはじめたので、テーブルの天板全体が震え出した。クリスを追い払おうとした矢先、インターホンのブザー音に気を取られた。

「おおっと、最初の客だ！」

レベッカの知るかぎり、今日予定されている外部との打ち合わせはない。それも当然で、オフィスはまだ客を迎えられる状態ではなかったからだ。予期せぬ客の姿をもっとよく見ようとモニターに目を向けたところ、クリスが彼女の頭越しに手を伸ばした。

「やめて！」レベッカはぴしゃりと言ったが、すでに遅く、クリスはすでにドアの解錠(かいじょう)ボタンを押していた。

数秒後、ゆっくり受付に入ってきた男は、ふさふさの薄茶色の髪で、べっこう縁(ぶち)の眼鏡をかけており、ジーンズとよれよれのグリーンのTシャツ姿だった。自転車用のヘルメットが帆布のメッセンジャーバッグのストラップにとめてあり、そのバッグの下のほうには紺色のしみがついていた。おそらく、ペンのインク漏れだろう。彼が顧客でないのは一目瞭然だったし、大学生に見えなくもなかったが、ゆったりとした物腰というか、自信に満ちた態度のようなものが、二十歳よりも三十歳に近い年齢であることを示している。

クリスは背筋を伸ばし、この見知らぬ人物をうさんくさそうに見つめた。「やあ、何か用かな？」

その男は一瞬、傾いた看板と床に落ちているつぶれた紙コップを眺めてから言った。「ああ、ありがとう……。レベッカ・チェイスを探していまして」

彼がデスクのほうへ視線を向け、レベッカがぎょっとしたとき、ふたりは気づいた——おそらく同時に——目の前の人物がだれであるかに。

「あの——エリス・ベイリーです」彼はそう言うと、片手をさし出した。

レベッカはその手を無視して立ち上がり、強い口調で言った。「ここに何の用？」

エリスは手のひらを上に向け、握手を拒絶されたその手を受付の電話のほうへ向けた。「きみに電話して、このあたりへ来るってことを伝えようとしたんだけど」彼は肩をすくめた。「電話を切られてしまったようで」両頰にかすかなえくぼができている。まるで笑みが浮かぶのを我慢しているように。レベッカはデスクの縁をぎゅっと握りしめた。

「ともかく、こうして会えたわけだし、コーヒーでもおごらせてもらえませんか?」エリスが誘っているあいだ、クリスは何かぶつぶつ言っていた。「いくつかうかがいたいんです、きみの——」

「話すことは何もないわ」レベッカはさえぎるように言った。「なにしろ、わたしは……」そこで、クリスの前であることにハッと気づいた。クリスは腕を組んで、じっとふたりを見つめている。さっさと消えてくれればいいのに。「そもそも、いまは仕事中だし」

エリスはそう言われることを予期していたかのようにうなずくと、壁際に並んでいる一人掛け用ソファのほうへあとずさった。「きみがランチに出かけるまで、待たせてもらってもいい」彼はそう提案した。「あるいは、ここで話をするというのは?」

エリスはウォーターサーバーの側面にあるレバーをひょいと動かし、紙コップがひとつ出てくると、意外なことに面白がるような顔をした。そのあと、栓をあれこれいじって、タンク部分にクラゲのような丸っこい泡をごぼごぼと送りこむ彼を、レベッカはにらみつけた。

「いいわ」レベッカはきっぱりと言った。「会議室があるから、いまそこで話しましょう」

「でも——」クリスが言いかけた。

「五分だけ、ここをお願いできるわね?」レベッカはクリスにそう言ってから、冷ややかな小声でこうつけ加えた。「あなたはもうインターホンの使い方を知っていることだし……」

会議室はレベッカのいらいらをますます募らせるだけだった。薄暗かったので、もつれたコードで金属製のブラインドを調整すると、室内の惨状がいっそう際立ってしまった。空中に漂う埃（ほこり）、かつてポスターが貼られていた壁にできた長方形の日焼けを免れた跡、そして、あちこちに焼け焦げのようなものがある灰色のカーペットの汚れを、太陽の光が照らし出している。さらには、まだ収納場所が見つかっていない雑多なものたち——積み重なったウォーキングメジャー、もつれた延長コード、携帯電話用の古い充電器——が散らばっているテーブルや椅子や床を見ると、ここ以上に居心地の悪い場所は思いつかないほどだった。もっとも、いまこの瞬間、それはたぶん悪いことではないかもしれない。

その記者は部屋の散らかりようを気にするふうもなく、プラスチックの時計や丸めた図面の山をどかしてテーブルにスペースを作った。レベッカはそれが気に食わなかった。ウォーターサーバーをうまく操った彼が気に食わなかったのと同じように。自分はまださまざまなものを新しいオフィスのどこにしまったらいいか模索中だというのに、この決定的に招かれざる客はさっさとくつろいでいるのだから。

「会話を録音してもかまわないかな?」双方が腰かけると、エリスが切り出した。

「いいえ、やめて」

「まあ、そうだよね」

レベッカの冷たい口調にまったく動じることなく、エリスは汚いバッグを膝(ひざ)の上に引っ張り上げると、そのなかをかきまわし、リングノートとボールペンを探しあてた。レベッカは軽蔑するようにその筆記用具に目をやった。いったい何を書くつもりなんだか。

「ええと」彼はそう言いながら、そのノートを何ページかめくっていった。「メールにも書いたように、ぼくは〈サイドスクープ〉の常勤ライターなんだけど——〈サイドスクープ〉は知ってる?」

レベッカはうなずいた。「じゃあ、あのネットでよく見るリストやクイズなんかを書いてるってこと?」レベッカは揶揄(やゆ)するつもりでそう応じた。「〝家電そっくりに見える猫12選〟とか、〝お気に入りのピザのトッピングから、きみの年齢をあてられるか?〟とか」

「そうそう」彼はにっこり笑って言った。

「なんとも高尚なジャーナリズムだこと」

「いや、〈サイドスクープ〉の名前を出すと、たいていの人はすごく喜んでくれるんだけどな」彼はレベッカのあざけりが気になったかに見えたが、あとを続けた。「公正を期すために言うと、ぼくたちはこのところ真面目なニュース記事にも手を広げつつあるんだ。調査記事とか、重要な解説記事とか……。ほら、クイズや動物の赤ちゃんの写真ばかりじゃなくて」

　レベッカは黙っていた。〈サイドスクープ〉のコンテンツならすでに知っており、それは自分のデスクでよくそのページを見ていたからだったが、そこの記者だという人間にいまそのことを打ち明けるつもりはなかった。

「それはさておき、うちは回顧記事にも力を入れていてね」彼はあとを続けた。「で、最近は九〇年代の子ども向けテレビ番組のスターたちについてのそんな記事に取り組んでいて、ぼくはこれを単なる軽い読み物以上のものにしたいと考えているんだ。いままでに〈きみは城を攻め落とせるか?〉のアーニー・フーパー、〈放課後クラブ〉の出演者数名、それから〈願いの井戸〉の出演者の大部分にインタビューした。だけど、ぼくがだれよりも話が聞きたいと思っている人――その人抜きでこの記事はありえないと考えているのが――あの〈密航者〉に登場する密航者、レオ・サンプソンなんだ。ただ、彼がどうしても見つからなくて……」

　先週、エリスのメールを読んで削除していたレベッカにとって、この話は想定内なので、無表情を保つことができた。ただ、予想以上に苦労した。その名前に肩甲骨のあいだがうずいたからだ。あまりにも久しぶりに聞いた〝レオ・サンプソン〟という名前が非現実的というか、神話的にさえ聞こえたのだ。まるでこの記者がロビンフッドやマーリン（アーサー王伝説に出てくる魔法使いの予言者）でも探しているかのように。

「でも、ひょっとして、きみならお父さんの居所を知っているんじゃないか？」エリスは聞いた。

「あいにく、その予想ははずれよ」

エリスは表情を消したレベッカの顔を探ろうと、眼鏡の奥の目を細めた。彼女の言葉を信じていないのだ。「お父さんに会ったり話をしたりすることもない？」彼はねばった。

「ないわ」

「お父さんがどこにいるか見当もつかない？」

「まったく」

背骨のあたりがまだうずいていたが、レベッカは明るい仕事用の声で短く答えた。

「うーん」エリスは考えこみ、ノートの何も書かれていないページにペンを転がした。

「あなたに話すことは何もないと言ったでしょう」レベッカは念を押しながら、彼の途方に暮れた様子に満足した。「おあいにくさま、わざわざ来たのに無駄足だったわね」

「それはどういう意味？」

「だって、ロンドンから来たんでしょう？」

「ああ、なるほど。まあ、どっちみちコーンウォールに行く途中なんだよ。いとこに会いに」彼の頬にまたえくぼができた。「だから、きみに会うためにはるばる来たわけじゃないんだ」

きまりの悪いことに、レベッカは顔が赤くなるのを感じた。確かに、レベッカが質問に答えてくれるかもしれない可能性に賭けて、わざわざエクセターまで来るわけがない。

「だったら、よかった」彼女はきっぱり言った。「わたしは力になれないから」

ふたたび真面目な顔になったエリスが尋ねた。「最後にお父さんに会ったのは、いつ？」

「さあ」

「十年前とか？」

「たぶん二十年ぐらい前」レベッカは思いがけない屈辱を感じながら、そう認めた。「父はわたしが幼いころに出ていったから」

　これが意外だったとしても、記者はそれを感じさせることなくノートにメモを取った。「それは〈密航者〉の前？　それとも、あと？」

「全然わからない」

　エリスはまた別のことを質問しはじめたが、レベッカはそれをさえぎった。

「本当に、何も知らないのよ。父はわたしが幼いころに出ていって、それっきり」レベッカは横にある置き時計——動いていなかったが——を大げさに確認するふりをして、この会話を終わらせようとしてから、こうつけ加えた。「だけど、このわたしの居所を突き止められたんだから、父のことも難なく見つけられるでしょ」

「きみを探し出すのは簡単だったよ」エリスは言った。「たった二分、インターネットで検索しただけで、ありとあらゆる情報が出てきた。通っていた学校とか、〈サドワース&ロウ建築事務所〉のウェブサイトにのっているプロフィールとか、ソーシャルメディアとか——もっと個人情報を伏せるべきだと思うな。とにかく、最近の人探しは難しくない。だからこそ、不思議なんだ……」彼はほとんど何も書かれていないノートのページを見つめながら、つぶやいた。「レオ・サンプソンはどこに？」

　それは記事の見出しのようにも聞こえ、レベッカはスタートブロックの上でじっと静止している走者よろしく体を緊張させたが、椅子に座ったままでいた。

「彼のことをインターネットで検索すると、〈密航者〉についての情報は山ほど出てくるんだよ、想像できると思うけど」とエリスは続けた。「それ以外の彼の役者としての仕事についても、ぽつぽつと。でも、一九九七年以降のものは、いっさいないんだ。まるで彼が消えてしまったかのように」

「もしかして、死んだのかも？」

記者はぎょっとしたようだったし、レベッカも自分の言葉の軽さと救いようのなさに、かすかな痛みを感じた。そのあとで、彼女は肩をすくめた。いまさら、自分にはどちらでも同じではないか。レオ・サンプソンが生きていようといまいと。

「でも、そうだったら、せめてきみに連絡がいくはずだよね？　それに、彼が死んだという記録とか、死亡記事があるんじゃないかな。彼は密航者だったんだから！」エリスは窓に向かって眉をひそめた。薄汚れたブラインドのずっと向こうの何かを見ているようだった。「まるであの番組みたいだと思わないか？　ほら、彼はよく姿をくらましていたじゃないか」

その言葉の何かが、レベッカの心に刺さった。その感情を無視しようとしながら、彼女は手を伸ばして手近にある丸めた図面をとめている輪ゴムを整えた。そのパチンという音でエリスは我に返った。

「そう思わない？」彼は言った。

「あなたが何を言ってるのか全然わからないわ。わたしは一度もその番組を見たことがないのよ」

「一度も――本当に？」彼はそれまでレベッカが言った何よりも、これにびっくり仰天したようだった。「レオ・サンプソンの娘が一度も〈密航者〉を見ていないだって？」

「さっきも言ったでしょ、父はわたしが幼いころに出ていったのよ」

エリスはレベッカのとげのある口調に気づかなかったか、聞き流すかした。「いまは全部オンラインにあるよ。興味があればだけど。ぼくはちょこちょこ一、二話ずつ見てる――もちろん、調査のためにね。あれは年月を経ても古びない名作だよ、ああいった昔の番組の大半は、そうじゃないけど。レオ・サンプソン、彼はじつにすごい役者だったよ……。そういえば、きみはあまり似てないな」

それは何よりだこと、とレベッカは思った。

「きみはもっと……」エリスは肩をいからせて両手をぎゅっと組み合わせ、レベッカの堅苦しい態度を真似た。「きみたちに血のつながりがあるとは気づかなかっただろうな。いや、待てよ、うん、何かが……。目は似てるかもしれない」

エリスは椅子の背にもたれ、小首をかしげて彼女をまじまじと見つめた。レベッカはなんともいえない居心地の悪さを感じたが、それがこの見知らぬ男からじろじろ見られているせいなのか、父親と比較されているからなのかはわからなかった。

「お父さんのことは覚えてる？」

レベッカはかぶりを振ったが、それはこの質問への答えではなく、彼が不意をつくように突然この質問を投げつけてきたからだ。エリスの表情がふたたび疑い深くなり、レベッカはそれについて釈明したくなった。とはいえ、自分自身を説明する必要などありはしない。彼に対しても、ほかのだれに対しても。

「仕事に戻らなくちゃ」レベッカは立ち上がりながら言った。

「そうだね」エリスは素直に応じた。「そのとおりだ」

ふたりして無言で受付へ歩いていきながら、レベッカは数分ではなくもっと長く席をはずしていたように感じた。そのあいだに何かが変わったわけではない。看板はまだ傾いたままだったし、紙コップはあいかわらず床に転がっていたし、自分のデスクまわりには箱が高々と積み上げられていた。そんななか、クリスはレベッカの回転椅子にだらしなく座って携帯電話で騒々しいゲームに熱中しており、ふたりが戻ってきたことに気づかなかった。

レベッカはエリスをエントランスまで送り、彼のためにドアの解錠ボタンを押してやった。開くガラスのドアに日光が反射し、かすかなそよ風がレベッカの顔まわりの髪をなびかせた。空を見上げると、抜けるように青かった。

「お父さんを探す手がかりになりそうなことを何か思い出したら、メールをもらえるかな？」記者は言った。「あるいは、きみのご家族は彼の居所に心あたりがあるかもしれないし……」

この人、わたしの言ったことをまだ信じていないんだわ、とレベッカは腹立たしく思った。彼に語ったのはほぼ間違いない真実なのに。

エリスは空になった紙コップをリサイクルボックスに投げ入れると、ふたたび片手をさし出した。今度は——別れの挨拶なので——レベッカはその手を握ったが、エリスが中庭に足を踏み出したとたん、思わず呼び止めた。「あの？」

エリスが振り返ったとき、ふたりを隔てる自動ドアが閉まりかけたので、レベッカはまた解錠ボタンを押した。自分はいったい何をしているのだろう。彼はようやく帰るところで、自分はこの件のことなどまったく、これっぽっちも気にかけていないのに。まあ、もしかしたら、彼から質問ばかりされたので、自分もひとつくらい聞きたかったのかもしれない。

「さっきあなたが言ったこと、どういう意味？　父がよく姿をくらましていたって」

「番組のなかの話だね？」バッグにつけておいたサイクルヘルメットをはずしたエリスは、それをバスケットボールのように何回か手から手へと弾ませた。「話の最後に、その週の冒険を終えた密航者がウサギの穴や食堂の配膳口なんかにもぐりこむと、エンドクレジットが流れはじめるんだ。だけど、次の話のとき、彼はまるっきり別のところから飛び出してくるんだよ。ツリーハウスとか——どういうわけか——船のキャビンとかから」エリスは笑みを浮かべ、砂利の上をあとずさりしていった。「子どものころ、ぼくはいつも不思議だったんだ。彼はどこに行くんだろう、どうやってひとつの場所から別のところに行くんだろうって……」彼は肩をすくめた。「たぶん、いまも不思議に思ってる」

またしても、レベッカの胸の内で何かがうずいた。さっきよりも強く。けれど、もう一度ドアが閉まりはじめると、レベッカはガラスの端を押し、無理やりいつもよりも速く閉めようとしたのだった。

2　ロウアー・モーヴェール

村に向かう途中、レベッカが幹線道路から曲がりくねった田舎道に入ると、陽光あふれるその小道には並木の影が縞模様になっていた。この裏道に慣れているレベッカにとって、道のでこぼこや曲がり具合を見越して運転するのはたいてい楽しかった。けれど今晩は、慣れた道だけに無意識のうちにエリス・ベイリーとの会話——午後ずっと忘れようとしていたあの会話——が絶えず脳裏によみがえってきて、しまいには、あのひとつの質問ばかりが心に引っかかった。『お父さんのことは覚えてる?』

もちろん、覚えていた。レオ・サンプソンのことはとっくの昔に心の奥底へしまいこまれていたかもしれないが、それでも思い出すのはいまだにたやすかった。大きな青い目に、もつれた黒い髪、調子はずれな歌や大きな笑い声。レベッカは父のにおいさえ思い出せた——刈り取った芝生のように爽やかな緑のにおいを。けれど、そんなことを覚えていても仕方ない。父は出ていった。もういないのだ。

教会の鐘が七時を告げているとき、レベッカはようやく急な坂道を下ってロウアー・モーヴェールに入った。ブレーキペダルの上に片足を浮かせたまま村のなかをそっと進んで、曲がった道沿いに並ぶ茅葺きの小さな家を何十軒も通りすぎ、やがて川の浅瀬の茶色い水を跳ね飛ばした。戦没者慰霊碑のそばで子どもたちが遊んでおり、〈三つ山亭〉の外にあるピクニックテーブルはすべて地元の人々や日中にダートムーア（デヴォン州の岩の多い高原）を散策した人たちで占められている。ビレッジホール前にいた祖母のヨガの先生に手を振ったあとで、レベッカはプリムローズ・コテージへと続く道を下っていき、実家が見えるとわずかに緊張した。

　母親はレベッカが車を停めたとたんにやってきた。

「ああ、やっと来たのね！　もう少しで捜索隊を組織するところだったわ！」

　その夜、ロザリン・チェイスはレースの襟がついたピーチカラーのノースリーブワンピースを着ていた。それはほっそりとした体つきや赤褐色の長い髪によく似合っていたが、レベッカにはまるでカメオブローチに彫られた人物のようにか細く、どこか昔っぽく感じられた。

「裏道を通ってきたから」レベッカは責めるような口調を無視し、母親の抱擁に応じながら説明した。

「なんでまた？」

「さあ、気持ちのいい晩だから？」

　ロザリンはレベッカをクリーム色の家のほうへ促しながら、舌打ちをした。「あなたにケーキの仕上げを手伝ってもらうつもりだったのに、ひとりで全部やらなくちゃならなかったのよ……」

　ポーチに上がると、木のにおいと甘い香りにかすかな漂白剤臭が混じった、実家独特のにおいに迎えられた。母親が「靴、靴、靴！」と叫ぶのを聞いて、レベッカははいていたバレエシューズを玄関脇のラックのほうへ蹴り飛ばし、母親のあとについてキッチンに入った。ここプリムローズ・コテージの一階の大半は間仕切りのない開放的な作りに改装されていて、ピカピカの大理石の作業用カウンターと最先端の調理機器などが置かれているのだが、天井の黒い梁（はり）やもともとの石造りの壁と暖炉のおかげで古いものの良さが残っている。

「さてと、何か飲む？」母親が言った。「ダフィーのところでワインをたらふく飲むだろうから、いまはノンアルコールにしましょうか。わりとおいしいエルダーフラワー・フィズがここに入ってるはず……」

　母親が冷蔵庫の扉で見えなくなると、アルコールがまだおあずけなことにがっかりしたレベッカは、朝食用カウンターのスツールに腰を下ろした。そのとき、ブロンテが低くうなった。母親の飼っているばかでかいサビ猫だ。窓辺からこちらをにらんでおり、その横腹が窓敷居からはみ出して垂れ下がっている。

「わたしの作ったケーキを褒めてくれないの？」母親が大声で言った。

　レベッカはカウンターに置かれたうず高いデザートに目を向けた。それがケーキだと気づかなかったのは、夏のさまざまなベリーがどっさり積まれていて、スポンジの部分がほとんど見えなかったからだ。

「おばあちゃんはチョコレートケーキをリクエストしてなかった？」

「ええっ？」緑色の細いボトルを持った母親が、ひょいと姿を現した。「もう――あなたったら！」にんまり笑っているレベッカを見て、母親は怒ったふりをした。「冗談やめてよ！」

　ロザリンはふたつのグラスにその炭酸飲料を注ぐと、くつろぎはじめたレベッカのブラウスとクロップドパンツに非難がましい視線を向けた。「今夜、その服で行くの？　もちろん、それもかわいいけど、ワンピースのほうがふさわしいと思わない……？」

「すぐ着がえるわよ」レベッカはそうつぶやきながら、これがお酒だったらよかったのにと改めて思った。「少し休ませて。職場からそのまま帰ってきたんだから」

「それはそうね」ロザリンは満面に笑みを浮かべた。「ああ、あなたに会えてものすごくうれしいわ、ベッカ・ベル！　何週間ぶりかしら！」

抱きしめられながら、こうした突然の愛情表現に慣れているレベッカは、母親の骨ばった肘を手でぽんぽんと叩いた。オフィス移転のバタバタや、とりわけ例の記者との予期せぬ出会いのあとだからなおさら、今晩のプリムローズ・コテージの変わらなさにはかなりの安らぎを覚えた。

「このあいだティールームでデビー・ジャーヴィスとばったり会ったの」娘の鎖骨に顎をうずめたまま、母親は続けた。「知ってる？　エイミーがロンドンに出ていってから、ほとんど会っていないそうよ」

「そうなの？」幼なじみの名前を聞いたレベッカは、一抹の寂しさを覚えた。いまではエイミーがすっかり遠くなってしまったような気がした。

「デビーったらすっかり元気をなくしていたわ。エイミーは最後に巣立った子だから、とかなんとか」母親は話を続けた。「それを聞いて、うちの娘は近くにいるから、わたしはものすごく幸せだと思ったの。本当に——ものすごく——幸せだって」ロザリンは最後の言葉ひとつごとにレベッカを抱きしめる両腕にぎゅっと力をこめて強調した。

もうこれぐらいでいいだろうと判断したレベッカは、母親の腕からのがれた。母親は朝食用カウンターの向こう側に戻り、ポストイットだらけの紺色の革表紙のアドレス帳を手に取った。

「おばあちゃんとわたしが日曜日から出かけること、覚えてる？　おばあちゃんのささやかな誕生祝い旅行で」

「うん」

母親がアドレス帳をめくり、その紙のこすれる音で、レベッカは散らかった会議室やエリスのリングノートのことをまた思い出した。あのノートには、父についてほかにどんなことが書いてあったのだろう?

「毎日ちょっとうちへ寄って、ブロンテへの餌やりや植物の世話をしてねってキャロルに頼んであるんだけど、キャロルを信頼していいものかどうかわからないのよ」

「キャロル?」レベッカはその名前を繰り返し、母親が話題にしている気のいい年老いた隣人に意識を集中しようとした。「どうして信頼できないの?」

「最近すごく忘れっぽくなっちゃって、店で二度もわたしへのおつりを間違ったのよ。もしかしたら少し、ほら——」ロザリンは声をひそめた。「——ぼけちゃったんじゃないかしら。それで、キャロルにはわたしがつかまらないときはあなたに電話してって伝えてあるの」

「わかった」そう答えながら、レベッカはあの記者のノートをもっとよく見ればよかったと、いまになって後悔した。

「でもまあ、キャロルはきっと大丈夫でしょう。必要になりそうな電話番号には、全部しるしをつけてあげたから。水道屋さんとか、あれこれ。わたしたち、デヴォン州の北部に行くことにしたんだけど、そのことは話したかしら?」

「ああ、うん」

「イルフラクームよ。おばあちゃんはもうずいぶん長いこと行ってないんですって。クロヴェリーにも行こうかと思って。ほら、とてもきれいなところでしょう? それに、途中には庭園もいろいろあるし……」

母親のおしゃべりを聞きながら、レベッカはエリスと会ったときのことを考え続けていた。そういえば、エリスも今週末は休暇を楽しむと言っていたっけ。彼はレベッカに会うためにわざわざエクセターまで来たわけではなかった。そこに立ち寄ったのは、ずいぶん前にレオ・サンプソンが姿を消した場所だからなのだ。

いずれにせよ、レベッカが父親についてほとんど考えもしなかったのがおかしな話で、父はかつてここで暮らしていたのである。だが、その痕跡がプリムローズ・コテージから消し去られたのはもうずっと昔だし、それがあまりに徹底的だったので、レベッカの記憶にあるかぎり、クローゼットの奥に隠されたすり減っている靴とか、洗面所の棚にひそむ少量のアフターシェーブローションといった、父がいたことを示すものを見つけたことはなかった。

言うまでもなく、それは母の仕業だったのだろう。当時、大人たちはこのことについて、レオの痕跡を消し去ることについて、話をしたのだろうか？　レベッカには思い出せなかった——まだ幼かったし、父がいなくなったときの状況はわかっていなかったし。それでも、大人たちがそれを口にしていたとは思えなかった。そのあと、レベッカは何度か父親のことを口にしたのだが、ロザリンはいつもだんまりを決めこんだ。ようやく父親についてはっきりと尋ねることができたのは、ティーンエイジャーになってからだった。いまもなお、そのときの思いやりがないと涙ながらに責める母親の様子や、『わたしだけじゃ満足できないの？』という泣き声を思い出すのはきつかった。その会話が残したものは、いらだち、困惑、罪悪感だけだったから、その後はずっと母親を真似て、父親など存在しなかったふりをしているほうが楽だったのである。

けれど、父親は間違いなくいたし、そうしようと思えば、レベッカには煙のようにこの家に戻ってくる父親の姿を思い浮かべることができた。このキッチンで、父親といっしょにカップケーキを焼こうとしたことがあった。また、背後にあるくたびれたソファのあいだでは、ふたりでシーツの秘密基地を作ったり、布の馬を作ったりした。ドア口に人形劇の舞台を作り、小さなボール紙を切り抜いた人形を、庭から拾ってきた木の棒にセロテープで貼りつけた。どんな劇だったかは忘れたが、レベッカにはいまも急いで色を塗った人形たちがそこをひょこひょこ横切るところを思い浮かべることができた。小鳥に妖精、海賊に海の怪物、木こりに魔女……。

『お父さんのことは覚えてる？』

ふと受け取ってしまったら熱くて火傷するかもしれない質問を、あの記者がひょいと投げてよこしたことを思い返しながら、母親に目をやった。母親は食器洗い機の中身を取り出しているところだった。自分も大人になり、さらに多くの時間が流れたいまなら、父親について聞くのはたやすいかもしれない。レベッカは手にしたグラスの脚をもてあそびながら、思いきって話を切り出した。

「お母さん？」

「なあに？」

レベッカは気を落ち着かせようと息を吸いこんだ。「お父さんがどこにいるか、知ってる？」

ナイフ、フォーク、スプーンが、かちゃかちゃ音を立てていた。ロザリンがそれらをひとつずつカトラリー用引き出しの仕切りの中へ落としている。聞こえなかったのだろうか？　しばらくすると、レベッカはその質問を口に出して言ったのかどうかもわからなくなっていた。きっと頭のなかで言ってみただけだったのだろう。けれど、引き出しと食器洗い機の両方をやや強い力で閉めて、くるりと振り返ったロザリンの表情は、こわばっていた。

「あの記者から連絡があったのね？」

レベッカには予想外の反応だったが、当然、エリスはロザリンからも話を聞こうと試みたのだろう。

「はっきり言ってやったのよ――近づくなって、警告してやったの！」母親は声を荒らげた。青白い顔が異様に赤くなっていた。

「それはいつのこと？」

けれど、母親は聞いていなかった。「これはハラスメントよ、ええ、間違いなく――プライバシーの侵害もいいところだわ！　もっとも、こんなことで驚いてはいられないけど。ああいう人たちは電話の盗聴とか、よくわからない何やかやをやらかすそうだから……まさかあなた、メールに返信したりしていないでしょうね、レベッカ？　その男と話もしていないわよね？」

嘘をつくほうが楽だった。「してない」

「そう、絶対にしてはだめよ。その人には関係ないんだから——だれにも関係のない話だわ！　なんらかの方法で苦情を言ってやろうかと——」

「お母さん、大丈夫よ」怒り狂う母親を落ち着かせようと、レベッカは口をはさんだ。「その人のことは無視したから」

ロザリンは朝食用カウンターに戻ってくると、上品な腕時計を手首のまわりで何度もまわした。レベッカがしっかり目を合わせると、ようやく落ち着いたようだった。

「もちろん、そうよね。あなたならそうしてくれると思ったわ」ロザリンはかろうじて笑みらしきものを浮かべると、腕時計の文字盤を人さし指と親指ではさんだ。「ねえ、もう二十分ぐらい経ったわよ——そろそろ着がえてきたほうがいいと思わない？　遅れるとダフィーからくどくど言われるし、あのケーキを持っていくことを考えたら、ゆっくり歩かなきゃならないし。そうそう、何か缶がいるわね……」

ロザリンが戸棚をあけてなかを探しはじめたので、レベッカはスツールから下り、自分の車に一泊用の旅行かばんを取りにいった。ふたたび家に戻って、かつての自分の部屋へと階段を上がっているときにようやく、いかにたくみに母親から質問をはぐらかされたかに気づいたのだった。

ケーキのほうに身を寄せながら、短い銀髪を耳にかける祖母リリアン・チェイスのインディゴ色のカーディガンには、ビーズやボタンが銀河のようにきらきらと輝いていた。祖母はろうそくのほうに一、二度弱く息を吹きかけたあと、ハッピーバースデーの歌の最後の「ウーーー」の音をまだ元気よく伸ばしている双子に身振りで合図し、双子は盛大な音とつばとともに、小さな炎に向かって胸いっぱいの息を吹きかけた。

　レベッカの叔母ダフネが、テーブルの反対側からいち早く拍手をした。叔母はロザリンを少し若くソフトにした感じの人で、今夜は花柄のワンピースと真珠を身につけており、輝くほど美しかった。さっそくベリーの山をつつきはじめた幼い息子たちを放っておいたまま、ダフネは大きな声で言った。「まあ、ロージー、なんて豪華なケーキだこと！　すてきだわ！」

　ロザリンは返事をしなかった。双子たちをにらみつけ、唇を引き結んでいる。

　レベッカは笑いをこらえながら中央の照明をつけ、祖母のダイニングルームをふたたび明るくした。無垢のオーク材のテーブルは七人用に延ばしてあったが、陶磁器やクリスタルガラスなどが、繊細（せんさい）なフラワーアレンジメント――この花は庭から摘（つ）んできたばかりなのよ、と叔母ダフネが言っていた――のあいまに所狭しと並べられていた。

「アイスクリームはないのか？」伯父のモートンがいやなものでも見るようにケーキに目をやって聞いた。

「このケーキがあるっていうのに」母がむっとして言った。

「アイスクリームですって！」ダフネは、彼がケチャップでもほしがったかのように、あきれて言った。「モートン、これには本物のクリームが塗ってあるのよ！」

　伯父はクラレット入りのデキャンタをつかんだ。ロザリンやダフネとは異なり、彼はがっしりとした体と黒髪の持ち主で、立派な眉をしょっちゅうしかめている。

「わたしがお皿に盛りましょうか？」我が子たちが本気で口論を始める前に、祖母が申し出た。けれど、結局はレベッカが母親にじっと見張られながらケーキの大半を切り分けることになり、しかも母親は自分用のひと切れを断り、その半分でいいわと言った。

みんなにケーキが行きわたり、母親のケーキ作りの腕が褒めそやされたあと、叔母が新たな話題を持ち出した。それまでレベッカは――いまだに記者と会ったときのことを思い返していたので――叔母が金融業界における夫の計り知れない仕事について新たな情報を提供し、双子の息子トーマスとダニエルのサマースクールでの冒険について長々と語るのを、上の空で聞いていた。ところが、ふとダフネの注意がレベッカに向けられた。

「そういえば、ベッカ、最近はどうなの？」

「まあ――そこそこかな。ありがとう」

レベッカが身構えたのは、ここ最近は『だれかとデートしているの？』と聞かれていなかったことを思い出したからだ。まあ、こういう瞬間をやりすごせるというだけで、アートハウス系映画にやたらはまっていたアダムに一年半も耐えた甲斐はあったといえる。

とはいえ、叔母はまったく違う質問を繰り出してきた。「仕事はどう？　まだあの設計士たちのところで働いてるの？」

「ええ」レベッカは返事をしたが、叔母の〝まだ〟という言葉に引っかかった。「これといって問題はないし――というか、いい職場だし」

レベッカは自分の皿のブルーベリーをひと粒つつきながら、話題が変わってくれることを願った。右隣の伯父が、レベッカのワイングラスにおかわりを注いでくれた。

「いまじゃ、ベッカはオフィスマネージャーなのよ」ロザリンが発表した。おそらく、ここに着いてからずっと、それを言う機会をうかがっていたのだろう。

「まあ、すごいじゃないの！」叔母が叫んだ。

「いいえ、それはまだ」レベッカはそう言い、読んでもいなければ署名もしていないままコーヒーテーブルの上に放置したままの契約書を思い浮かべて、顔をしかめた。

けれど、母親は妹の自慢話に反撃するチャンスをそうやすやすと手放そうとはしなかった。「そりゃあ、確かに正式な役職名を与えられるのはこれからかもしれないけど、あなたは長年あのオフィスを切り盛りしているんですもの——あなたがいなかったら、職場は大混乱に陥ってしまうはずよ」

レベッカはその言葉をうれしく思おうとしたが、かなり難しかった。母親が言っているくらい自分は重要な仕事をしていて、同僚たちにその手腕を評価されていると思いたかった。だが、とどこおりなくオフィス移転を終えられるようあれほど手をつくしたというのに、その後みんなが話すことといったら、あの使い慣れないウォーターサーバーのことばかり……。図書館の仕事を心の底から気に入っている母親には、〈サドワース&ロウ〉の仕事がどれほど退屈かわからないのだろうか？　以前レベッカに大きな夢があったことを覚えているのだろうか？　おそらく、そんなことは母にはどうでもいいのだろう。娘がまともな職につき——つまり、もうじき正社員になり——近くに住んでいるいまとなっては。

母親はいかにも不満そうだったが、やがて話題はレベッカの昇進から離れ、地元の噂話へと移っていった。けれど、レベッカは注目の的でなくなったことに内心ほっとしていた。自分の分のケーキを食べ終えたあと、両手であくびをかみ殺し、涙でうるんだ目を向かいに座っている八歳のいとこたちに向けた。彼らは〈三つ山亭〉の主人がまた不倫中——今度は厩舎の娘と——であることなど明らかにどうでもいいようで、そばにあるティーライト（円形の容器に入った小さなろうそく）の炎にかわりばんこに手をかざしていた。

祖母は双子の注意を引こうと、テーブルを軽く叩いた。「見てごらん」祖母はそう言うと、親指と人さし指をなめて炎をひねり消した。トーマスとダニエルは一瞬がっかりした様子だったが、リリアンは長めのろうそくを台座から一本抜き取ると、それを煙が出ているティーライトの灯心の数センチ上にかざして、灯心をまた燃え上がらせた。

「うわっ！」

「おばあちゃん、どうやったの？」

リリアンはにこにこしながら、長いろうそくを台座に戻した。「魔法よ」

前にも祖母がこの手品をするところを見たことがあったレベッカは、尋ねた。「それって、空中にある気化したろうと関係あるんじゃなかった？」

「そうとも言えるわ」

「じゃあ、科学よね」

「知ってしまったらね」リリアンはそう言いながら、双子たちのほうに向かってうなずいた。いまや彼らは、テーブルにのっているほかのティーライトとはどこか違っているものでもあるかのように、先ほどのティーライトをためつすがめつしていた。「でも、そのときまでは、ささやかな魔法ということにしておいても問題はないでしょう？」

ひょっとすると、これはレオがよく言っていたような言葉だったのかもしれない。というのも、その瞬間、レベッカの心のなかに父親の姿が浮かんだからだ。小さな炎のように、はっきりと。

父親がこの家にいる姿を思い描くのは、実家にいる姿を想像するよりも難しかったが、父親はこの家にも来ていたに違いなく、誕生祝いやクリスマスの夕食のときに幾度となくこのテーブルについたはずだった。わたしが最後に父と会ったのは、いつだろう？　父親との別れの記憶はなかった。たぶん、父はさよならを告げようとすらしなかったのだ。

そう思い、レベッカはまた頭から父親を追い払おうとした——今晩の主役はリリアンなのだ。レオではなく——けれど、祖母、伯父、叔母を見ていると、こう思わずにはいられなかった。みんなはレオの居所を知っているのだろうか？　かつてレオはこの人たちとも付き合いがあったのだから、みんなで示し合わせてその共通の過去からレオを消し去ったのだ。だけど、わたしだってそうだわ、とレベッカは気づいた。なぜか、父親の話を持ち出してはいけないと、ずっと思ってきたのだ。

そこで、レベッカはじっくり母親を観察した。ロザリンはケーキフォークでいちごを突き刺していた。もとの夫であり、ひとりきりの我が子の父親の居所を母親が知らないというのは考えにくかった。それを秘密にし続けることに、どんな理由があるのだろう。どんな権利があるの？　母親はそれをだれにも関係のない話だと言っていたけれど、間違いなく娘の自分には真実を知る権利があるはずだ。

「何を考えてるの？」

レベッカは黄色いバラの飾られたずんぐりした花瓶をぼうっと見つめていたことに気がつき、目をぱちくりさせた。

「ぼんやり空想にひたるなんて、あなたらしくないわ」祖母が続けた。

「あら――そうよね」アイメイクを崩さないように気をつけながら、レベッカは目のきわをこすった。「今日はちょっと忙しかったから。それだけ」

「万事順調？」

レベッカは向き直ると、きらきらと輝くような祖母を見つめた。小柄だが、ぴんと背筋が伸びている。丸みを帯びた少女のような顔をしており、その黒い目は笑うと三日月のようになるが、いまは真剣なまなざしをしていた。こう聞いてきたのがだれか別の人だったら、大丈夫よ、疲れただけだからですませていただろうが、祖母を欺く（あざむく）のは難しかった。

「おばあちゃん、ちょっと聞いていい？」

「もちろん」

母親と叔母が楽しそうに噂話に興じているのを確かめると、レベッカは祖母に身を寄せ、小声で尋ねた。「お父さんがどこにいるか知ってる？」

祖母は一瞬かたまったが、その顔がゆるんだのは、レベッカが想像していたようなショックからではなく、悲しみに近い何かのせいだった。

「レオ？」祖母はささやいた。

祖母はおそらくなんと言うか考えるためにそう返したのだろうが、午前中にエリスがだれを探しているのか説明したときのように、レベッカには何かとても重要な言葉が発せられたように感じた。これまで祖母が遠まわしにでもレオの話をしたことはなかったし、その名前を口にしたことすら、レベッカが覚えているかぎり一度もなかった。

テーブルをきしませながら、伯父が肘をついて身を乗り出してきた。「やつがどうした？」伯父はうなるように言った。

レベッカと祖母は授業中に手紙をまわしているところを見つかった生徒たちのように、ぎくっとした。

「どうしたって、だれのこと？」叔母が聞いてきた。

「レーオ……」伯父は最初のレの音を長く伸ばしながら顔をしかめた。

「まあ！」

引きつった笑い声をあげながら、ダフネはロザリンを見た。ロザリンは身動きひとつせずに座ったまま自分の母親、兄、娘へと目を走らせている。まるで対戦相手のチェスの駒（こま）を前に、この難局をどうやって切り抜けようか必死で考えているようだった。

「レオがどうしたって？」伯父が繰り返した。

レベッカは伯父のにらみつけるような視線に覚悟を決めて向き合った。少しだけ裏切られた気分だった。レベッカと伯父モートンはたいてい同じ立場にいて、村の人々をめぐる話をいっしょにせせら笑ったり、双子が喧嘩を始めるとうんざりした視線を交わし合ったりしていたからだ。とはいえ、レベッカは庇護者ぶった態度になったときの伯父には常日頃いらだちを覚えていた——まるで、自分は男だから家長なのだと考えているようで。

「どこにいるのかと思って」レベッカは挑むような態度のまま言った。

「どうして?」伯父が責めるように尋ねた。

レベッカにもはっきりわからなかった。どこぞの記者にしつこく聞かれたからだろうか。母親が教えてくれようとしなかったから? それとも、心のどこかで、自分はずっと父親の身に何があったのか、なぜ自分を置いていなくなったのかと、思い続けてきたからだろうか?

「わたしのお父さんだからよ」レベッカはきっぱりと言った。

「ろくな父親じゃない」伯父はつぶやいた。「ろくな男じゃない、はっきり言って」

「モーティ……」ロザリンが制するような口調で言った。

「だって、本当のことだろう?」伯父モートンは、文句があるやつは言ってもらおうじゃないかとばかりに、一同をねめつけた。「あんなことをする男がどこにいる? 妻と幼い娘をあっさり見捨てるなんて、どういうつもりだ? あいつは腰抜けさ。おれは最後にあいつがここに来たときにそう言ってやったし、いまどこにいようと、あいつは昔と同じ自分勝手で、いくじのない——」

「モートン、いいかげんにしなさい」

もしかすると、それはキラキラしたカーディガンのせいだったのかもしれないが、祖母から電気のように威厳が放出されたかのようだった。伯父は肩をすくめると、ワインの入ったデキャンタにまた手を伸ばした。ロザリンが何か言おうとするかのように息を吸いこんだが、祖母はかぶりをふった。

「もうやめて」

長い沈黙が続き、振り子時計のチクタクという音だけが異常なほど大きくゆっくりと感じられた。するとと、双子がいきなりくすくす笑い出した。ダフネが息子たちにシーッと言い、もっとケーキがほしいわと要求したが、叔母の皿にはまださっきのケーキが半分残っていた。

レベッカはやや呆然としていた。ふだんの伯父は口数が少なく、祖母はいつもつまらない口喧嘩には介入しないうえに、みずからもめごとの原因となることはまずない。なのに、レオという名前がいったん口に出されただけで、家族全体が大きく揺れ動いたのだ。ちらりと母親を見ると、まるで涙をこらえるように何度もまばたきをしている。レベッカは喉の奥から後悔の念がせり上がってくるような気がした。祖母がレベッカの手をやさしく叩いてくれたが、よけい罪悪感が募った。自分もあの記者を責められはしない。答えられないか答えたくないことを、家族に言わせようとしたのだから。取り乱した母親を見なくてすむように目を伏せたレベッカは、自分が皿の上にフォークの先をぐるぐる走らせていたことに気づいた。三本の平行な筋が、皿についたクリームの上を走っている。まるで新雪についたタイヤの跡のようだった。

3 七つのお話

「おばあちゃん？　わたしたち、もうすぐ帰るね」

レベッカがそっとドアを押しあけると、リリアンはベッドの右側に置いてあるふたつの枕にもたれていた。水玉模様のネグリジェ姿で、紫色の老眼鏡をかけ、ダフネからクリスマスプレゼントにもらったタブレットとにらめっこしながら、それを車のハンドルのように左右に傾けている。

「ベッカ、eカードってなあに？」祖母が尋ねた。

また母親とふたりきりになるときが遅れるのをありがたく思い——夕食のあとずっと母親から不機嫌そうな顔をされていたのだ——レベッカはベッドのへりに腰かけると、祖母の名づけ子から送られてきたeメールのリンクへのアクセスを手伝った。そして、画面いっぱいに描かれたアニメの風船と大音量の音楽に、ふたりそろってびっくりした。

「なるほど」祖母がそう言ったのは、レベッカが〝誕生日おめでとう、ゴッドマザー‼〟しかメッセージがないことを確認し、タブレットの電源を切ったあとだった。「忘れていないということを伝えれば、それでいいってわけなのねえ」

祖母はベッドのかつてはアーチーおじいちゃんが寝ていたほうへ移り、たったいま空けたスペースを手でぽんぽんと叩いた。レベッカはそこへ行って祖母の隣に座ると、祖母のほんのり花の香りがする高価なろうそくのような暖かい匂いを吸いこんだ。

「下のほうはどう？」祖母が聞いた。

祖母リリアンはケーキのあとすぐ二階へ引っこんでしまったので、ロザリンが猛烈な勢いで後片づけをし、モートンがアルコール用の棚のなかをあさり、ダフネと双子が次第に退屈して大声を出す、気まずい時間に立ち会わずにすんでいたのだった。

「うん、大丈夫」レベッカは嘘をついた。自分が夕食の席で父親の名前を出したことが、今晩の気まずい状況を生み出した原因のひとつであることには気づいていた。「お母さんはわたしたちが少し手伝ってくれればいいのにと思っているみたいだけど」レベッカはプリムローズ・コテージへの帰り道がおそらく長い沈黙に包まれることを思って、また気が重くなった。

「帰る前に、ちょっと聞いてもいいかしら？」祖母は眼鏡をはずして折りたたんだ。

軽い小言をちょうだいしそうだったので、レベッカは言った。「おばあちゃんの誕生会をだいなしにするつもりじゃなかったの」

「あなたが父親のことを尋ねるのは、当然の権利だと思っているわ。ただ、なぜそれが今夜だったのか知りたいだけ」

母親の反応を見たあとなので、たとえ祖母が相手でも、レベッカは記者のことを話す気になれなかった。「たまにお父さんのことを考えるからかな、それだけ」

これは事実だった。一度もそう打ち明けたことはなかったけれど。どれだけ忘れようとがんばっても、自分の誕生日やクリスマス、そして父の日になるたび、レオはいつも脳裏によみがえってきた。このほかにも、もっとささやかだったり意外だったりするものに父親を思い出すこともあった。たとえば、ある童謡、ライムシロップの味、夏の晩の長く伸びた自分の影……。これらと父親がどう関わるのかは、まったく思い出せなかったけれど、そこからよみがえってくる思いがけない光景は生々しかった。どれほど前のことであっても、父親に捨てられたのだという屈託を抱えていても。さらには、父親のことが恋しいのかどうかさえわからなくても。

先ほどと同じように、父親のことを考えるのは祖母を悩ませるようだったので、レベッカは話題を変えたくなった。とはいえ、ベッドカバーの端を手でもてあそびながら思った。いま二度めの機会が与えられているのかもしれないと。

「やっぱり、お父さんの居所は知らないの？」レベッカは聞いた。

祖母はかぶりを振った。「あいにくだけど」

祖母の言葉に嘘はないと感じられたものの、レベッカはほかに何か聞き出せそうなことはないだろうかと考えはじめた。だが、まだ何も質問を思いつかないうちに、祖母が言った。「ちょっと持ってきてもらいたいものがあるんだけど、いい？」

思わずほっとして、レベッカはベッドから立ち上がった。

「クローゼットのなかのいちばん上の棚に箱があるから……」

本棚から小説を取ってきてほしいとか、下からココアを持ってきてほしいとかいう頼みを予想していていたレベッカは、クローゼットの扉にさしっぱなしの鍵をまわした。そのなかは、リリアンの香水や、かびくさいクローゼットならではのにおいでむせ返るようだった。祖母の鮮やかな色合いのブラウス、ワンピース、ジャケットなどが、ただハンガーにかかって並んでいると、なぜかくすんで見える。レベッカはやや遠慮がちに、爪先立って棚のいちばん上のものを探しにかかり、帽子のつばや靴のヒールにそっと触れていった。

「ここにあるのは確か?」レベッカは祖母が思い違いをしているのではないかと心配になって聞いた。

「ええ――木製で、正面に小さな掛け金がついているのよ」

レベッカの手が、積み重なっているスカーフの奥になかば隠れた何か固いものに触れた。それは靴箱ほどの大きさだが、ずしりと重く、そっと棚から下ろしてみると、黒っぽいまだら模様の木材、おそらくクルミ材の箱であることがわかった。レベッカがそれをベッドに持っていくと、祖母はさっとふたをあけ、雑多な中身をかきまわしはじめた。手書きの手紙、男性用の結婚指輪、〝Mの初めて生えた歯〟と書かれた封筒などなど。

またベッドに腰を下ろしながら、レベッカは一枚の写真を手にした。機嫌の悪そうな十歳くらいの黒髪の少年が、おそろいのワンピースを着た赤毛の少女ふたりと並んでいる。背の高い少女は痩せていて考え深げな表情をしており、小さいほうは前歯が抜けていてにこにこしている。

「みんな、あんまり変わってないわね」レベッカは言った。

祖母は返事をしなかった。いまは記念の品――洗礼式用のブレスレット、刺繍のほどこされた正方形の布――を無造作に脇へどけている。

「おばあちゃん、どうかしたの?」

「どうもしないわよ――あっ、あったわ！」

その箱のいちばん下から、祖母は一冊の本を取り出した。それは小さくて細長く、色あせたオリーブグリーンの表紙で、それだけならごくありふれた感じだった。古本屋やリサイクルショップの本棚で、人目につかず埋もれてしまうような。けれど、書名の金色の文字が照明の光を受けて、きらきらと輝いていた。

『七つのお話』

それが探していた本だとわかって、レベッカはやや意表をつかれた。祖母が愛読しているありふれたロマンス小説とは、かけ離れていたからだ。ほかの記念品を箱のなかに戻しながら、レベッカは聞いた。「もうこの箱をしまってほしい？」

「そんなものはどうでもいいから、これを見て」

「えっ？」

「これはあなたのものよ」

振り返ったレベッカは、祖母がさし出しているその本がおとぎ話か寓話の本らしいのを見て取り、当惑が不安に変わった。祖母がわけのわからない態度をとることはめったになかったし、奇妙な贈り物をする癖(くせ)もなかったからだ。これが単に誕生会の疲れによるものならいいのだけれど。

「おばあちゃん、わたしはもうじき二十六歳よ」レベッカは不安を笑い飛ばそうとして言った。

「つまり？」

「つまり……」本を受け取ってページをパラパラめくると、いくつかのタイトル――〈世界の果てへの航海〉、〈魔法のリュート〉――に目がとまった。「つまり、わたしは子ども向けの物語を読むには少し年をとりすぎているということ」

「とんでもない、あなたはこれを読むのにぴったりの年じゃないかしら」祖母は言った。「いずれにしても、だいぶ遅くなってしまって。もう何年も前にあなたに渡しておくべきだったわ」

こうしたつかみどころのない言葉にいらいらしてきたレベッカは、もっとはっきりと言うことにした。「おばあちゃん、勘違いしているんじゃない？」

リリアンはいたずらっぽい目でレベッカを見た。「わたしの認知能力がまったく問題ないことは保証するわ、ご心配ありがとう」

「じゃあ、なぜわたしにこれをくれるの？」

「あなたのものだからよ」祖母は少しじれったそうに繰り返した。「彼があなたにって、これを置いていったんだもの」

「だれが置いていったの？」

「レオよ」

急にその本の軽さや柔らかな布表紙の感触がひしひしと伝わってきて、レベッカは『七つのお話』に視線を下ろした。手のひらで平衡を保っているその本が、生きているものでもあるかのように、かすかな音を立てている気がした。これが父の本であることを、あらかじめ知っていればよかったと思った。いまにしてみれば、不意をつかれて持たされてしまったも同然だから。

「こんなに長いあいだ、わたしが持っていてはいけなかったのよ」祖母はそう言っているところだった。「でも、あなたがいまも彼のことを思っているとは気づかなくて。あなたは一度も彼のことを口にしなかったし、ロザリンが言ってたから――」

レベッカは『七つのお話』から無理やり注意をそらした。「なんて？」そして、意図していたよりもきつい口調で問いつめた。「お母さんがなんて言ったの？」

祖母は背にした枕に針が詰まっているかのように身をすくませた。「彼が出ていったあと、ロザリンはわたしに言ったの。あなたは彼と関わることをまったく望んでいないって」

レベッカはとっさにそれを否定したくなったが、やはり、父が出ていったときのことも覚えていなければ、当時、自分が母親とそれについてどんな話をしたかも思い出せなかった。

「あのころは、そうするのが正しいように思えたし……」あとを続ける祖母の目がうるんできていた。

「気にしないで」祖母が苦しむ姿に、レベッカのわだかまりが解けていった。「たいしたことじゃないわ。古い本一冊ぐらい」

「でも、もらってくれる？」

「そうしてほしいなら」

「そして、読んでくれる？」

「まあ、たぶん……」

玄関ホールからロザリンの声が聞こえてきた。「ベッカ？」

「おばあちゃんのところ！」

祖母がレベッカの袖をつかんだ。「彼はあなたにこれを渡したかったの。物語を読めば、きっとわかるわ。そうしたら、わたしたち――」

「ふたりしてここで何をしてるの？」

頰を紅潮させたロザリンが勢いよく部屋に入ってきたとき、レベッカは『七つのお話』をカーディガンの下にさっと忍ばせた。母親は夕食の席で起こったことを、とりわけ祖母の前で起こったことを、認めてはくれないだろう。ましてや、このレオの本を見せるのは賢明ではなさそうだった。

「わたしたちはもう帰るのよね、レベッカ？　モートンは昔からの自分の椅子で酔いつぶれているわ。例によって。ダフネは兄さんをなんとか起こそうとしているんだけど、どうせまた泣いて終わるわよ」ロザリンはベッドの上の木箱に気づいた。「それは何？」

「ちょっとベッカに古い写真を見せていたの」

「へえ」ロザリンは子どものころの自分とモートンとダフネの写真を見て、鼻にしわを寄せた。

「ところで、疲れていない、お母さん？　帰る前にココアを作ってほしい？」

「大丈夫よ、ロザリン、ありがとう」

ロザリンが枕の形を整えてベッドカバーのしわを伸ばしにかかったので、レベッカはベッドから下り、記念品の入った箱を手にした。そして、またすべてがおさまるように中身の位置を動かしていたとき、先ほど目にした四角い布にきれいに刺繍されていたものが、〝レベッカ・アデリーン・サンプソン　1990．9．5〟だと気づいた。これに、レベッカはびくっとした。これまで父親の姓を名乗った記憶はなく、この思い出の品がだれか見知らぬ人のためのものであるような気がしたのだ。そこで、さっと箱のふたを閉め、クローゼットに戻して視界から消した。

「じゃあ、おやすみ」ロザリンが祖母の頰にキスをした。「そして、お誕生日おめでとう、お母さん」

「おやすみ、おばあちゃん」レベッカもそう言い、クローゼットの扉の鍵をまわした。

祖母はレベッカに投げキッスをした。「帰り道、アナグマがいないかよく見てごらん」と祖母は言った。「こないだの晩、ウェブスターの農場のそばで二匹見かけたのよ」

「ええ、ええ、見てみるわ」ロザリンが返事をした。

ロザリンのあとからドアに向かいながら、レベッカは脇腹をぐいっと突かれるのを感じた。だれかに肋骨（ろっこつ）あたりを押されたみたいに。思わず祖母を振り返ったが、祖母はいまもベッドにいて、その黒い目で念を押すかのようにレベッカを見つめている。レベッカは父親の本だと気づき、それをカーディガンの下に隠していることを思い出した。こんなもの、返せばよかった。興味はあったけれど、父親のものなど何もほしくない。祖母が目を離したすきに、あの箱のなかに戻すべきだった。

だが、もう手遅れだ。そんなことをしたら、母親に気づかれてしまうだろう。そこで、レベッカは片腕をさらにしっかりと体の脇に押しつけ、隠した本が落ちないようにした。

プリムローズ・コテージのかつての自分の部屋には、十代のころの趣味が完璧に保存されていた。そのころ熱を上げていたセレブたちの雑誌の切り抜きといっしょに、ポンペイ、エフェソス、アンコール・ワットなど古代遺跡のポストカードが、いまも壁のあちこちに貼られている。十六世紀の地図作成者が思い描いた世界地図が、整理ダンスの上にピンでとめられたままになっており、ドアの両側には、メアリ・リーキー（イギリスの古人類学者）やガートルード・ベル（イギリスの考古学者）がそれぞれの発掘現場にいる白黒写真がまだかかっていた。

いま住んでいるのはエクセター市内にあるしゃれた新築の建物で、インテリアが洗練されていてほぼ無装飾なため、実家の自室に戻るたびに詐欺師のような、闖入者のような気分になるのかもしれない。この部屋はそろそろ片づけなければ。写真をはがし、古い服、安物の装身具、学校の教科書はすべてチャリティショップか、ハイアー・モーヴェールの月恒例のがらくた市に寄付すればいい。こんなつまらないものにこだわり、大学入学前の世間知らずだったころの思い出の品々を取っておくなんて、子どもっぽい。とはいえ、同時に、レベッカはここで世紀の発見を夢見ながら育った少女に嫉妬していた。少なくとも、彼女は自分が何をしたいかわかっていたのだ。

シングルベッドの上であぐらを組み、疲れきってまぶたが閉じてしまいそうになりながら、『七つのお話』について考えた。いまさらだが、こっそり祖母に返したい、あるいは、いっそ捨ててしまいたいという気持ちにかられていた。ほしいのは答えであって、子ども向けのお話集ではない。それでも、こうしてじっくり眺めてみると、変わった見かけの本であることに気づいた。バーコードがないし、出版社や著者名すら記載されていない。あるのは表紙のいちばん下のマークだけなのだ。それはタイトルと同じく金色でエンボス加工された、円と一本の曲線で、しおれる前につかのま芽吹いた球根の輪郭のように見えた。

このマークは次のページにも描かれており、その上にはたった一語の献辞があった。

バーディへ

レベッカは目を見張った。その小さな黒い文字は、周囲の真っ白な余白のなかで小さく見え、長く見つめれば見つめるほど自分から遠ざかり、どこかへ消えてしまうように思えた。レベッカは人さし指の先でその献辞をなぞり、文字が逃げないようその場に押さえつけた。

このニックネームのことはすっかり忘れていた。だが、いまそれをつぶやいてみると、父親がそう呼ぶ声、レベッカを「バーディ！」と呼ぶ声が聞こえるような気がした。この部屋や、ここにあるがらくたたちと同じように、その呼び名もだれかほかの人のもののように感じられたけれども。

レオが自分にこの本を残していただけではなかったことに、レベッカは気づいた。鼓動が喉もとにせり上がってくるのを感じながら、そのページをめくった。これはレオが書いたのだ。この物語はわたしのために書かれたものなのだ。

ひとつめのお話：収集家と水の精

むかしむかし、あるところに家族のいない男の子がいました。暮らしているところは、暗い孤児院です。そこでは冷たい水で体を洗い、ごわごわした麻の服を着なくてはならず、食事はいつもドロドロした冷たいおかゆでした。そんなある日、収集家とだけ呼ばれている男が、子どもの掃除夫を探しに孤児院へやってきました。黒くて長いコートを着て、帽子を目深にかぶっている収集家のことを、男の子はこわいと思いましたが、これからもずっと孤児院で暮らすほうがいやだったので、この不気味な男のもとで働くことにしたのでした。

収集家が住んでいるのは、町はずれにある、まるでお城かと思うほどりっぱなお屋敷でした。そこを見せられた男の子は、ご主人がふしぎなあだ名で呼ばれている理由がすぐにわかりました。というのも、このお屋敷のとても大きな書斎には、ふしぎな生き物たちの標本が入ったビンや、ケースや、棚が、ぎっしりならんでいたからです。そのような生き物を生まれて初めて見た男の子は、妖精たちのキラキラ光る羽や、小鬼たちのすばしこそうな手足や、赤ちゃん竜のかがやくウロコなどに、驚いて目を見張りました。収集家はこうしたものをみんな、ガラスのなかに閉じこめています。男の子は、死んで薬のなかに浮かんでいる体と、まだ生きている標本のどちらのほうが恐ろしいのか、比べられないほどでした。

屋敷にはそれはそれは広い庭があり、いい香りのする花や、うっそうとした茂みでいっぱいでした。収集家からは、庭に立ち入ってはいけないときつく言われていましたが、収集家はよく新たな標本を探しに出かけてしまうため、男の子は好奇心にかられて、この禁じられた場所にしのびこむようになりました。ある日のこと、高い木が生えている森の奥まで迷いこんだ男の子は、ひらけた場所に出ました。まんなかに広々とした緑色の池があって、その池のほとりに、これまで見たこともないほど大きな魚とり網が置いてあります。カエルの卵かイモリが見つかればいいなと思った男の子は、その魚とり網をスイレンの葉のあいだにさし入れて、かきまわしはじめました。すると、何か重いものが網にかかったのを感じました。

大きな魚がつかまったと感じた男の子は、大喜びで魚とり網の柄を引っぱりました。ところが、水のなかから網があらわれると、入っていたのは魚ではなく、女の人ではありませんか。その女の人は網にからまってもがきながら、おびえて泣き叫んでいます。それがふつうの女の人ではないとわかって、男の子もこわくなりました。男の子は震える手で網をたぐりよせ、その女の人と力を合わせて網をほどきました。

男の子は、その変わった女の人がさっと逃げてしまうだろうと思ったのですが、女の人は逃げることなく、そこに立ったまま男の子を見つめました。女の人は水草のドレスを着ていて、長い髪には緑のすじがありましたが、たいそう美しく、肌は水面の光のように輝いています。

「てっきり収集家かと思ったわ」女の人は言いました。そのひらけた場所を揺らす、さざ波のような声でした。「ああ、よかった」

男の子は自分のことや、カエルの卵を探していたことを説明しました。

「それなのに、水の精をつかまえてしまったのね」その人は男の子に言いました。「でも、あなたにとってもよかったのよ。水の精をつかまえた人は、願いをかなえてもらえるから」

男の子はそれを聞いて大喜び。池のまわりを歩きながら、願いごとを何にするか考えはじめました。けれど、願いが決まらないうちに、あたりを切り裂くようなおびえた悲鳴が聞こえました。振りかえって見ると、収集家が水の精に魚とり網をかぶせています。水の精は叫びながらもがきましたが、力の強い収集家はそれをものともせず、網ごと水の精をかついで足音高く屋敷へ帰っていきました。

この一部始終を池の向こうがわから見ていた男の子は、そのあとを追いかけました。心臓が激しく鳴っています。水の精が新しい標本にされてしまうと思うと、たまりません。でも、ご主人に逆らったりしたら、自分までガラスケースに閉じこめられてしまうのではないでしょうか。そこで、男の子は書斎のドアの前で立ちどまり、かぎ穴に耳をあてました。

「わたしの願いをかなえろ、水の精！」収集家がどなっています。「わたしの願いをかなえるんだ！」

けれど、どれほど収集家が怒り狂っても、水の精は返事をしませんでした。

あくる朝、収集家がその日の採集に出かけると、男の子は書斎に忍びこみました。水の精は大きな水槽に閉じこめられていて、そのふたはたくさんのねじくぎや南京錠(なんきんじょう)で開かないようになっています。

「きみがあいつの願いをかなえてやれば、自由にしてもらえるんじゃないかな？」男の子は言いました。

「願いはあなたのものよ」水の精が答えました。「さあ、願いは何？」

けれど、男の子にはまだわかりませんでした。自分がこの世でいちばん手に入れたいものって、なんだろう？ 毎晩のあたたかい食事？ 自分のものだと言える家？ 男の子は金貨の山を頼もうかと考えました。そうすれば、食事も家も手に入れることができるからです。

「もうちょっと考えさせて」男の子は水の精に返事をしました。「考えるあいだ、きみをここから逃がす方法も見つけてあげるよ」

とはいえ、それから何日か屋敷じゅうを探しまわりましたが、水の精の入れられている水槽の錠に合いそうな鍵はひとつも見つかりません。そのうち、収集家は採集に出かけるのをやめて、書斎に引きこもるようになり、願いをかなえろという収集家の怒鳴り声が、水の精のおびえた泣き声にまじって聞こえてくるのでした。

まもなく、水の精はやせ細り、その肌はいつも影のなかにいるかのように輝きを失ってしまいました。毎晩、男の子は書斎へ忍んでいきました。できることはほとんどなかったのですが、水の精には男の子が来てくれることがなぐさめになるようでした。男の子は水の精に孤児院の話をし、水の精は男の子に水のなかのすてきな世界についての歌を歌ってくれました。また、ときには、男の子が小さな両手を水槽にあてると、ガラスの反対側から水の精が水かきのある長い指をそれに合わせることもありました。

一度、男の子は水の精をじれったく思って、「魔法が使えるなら、どうして自分を自由の身にしないの？」と聞いたことがありました。

それに対して、水の精は首を横にふるばかりでした。もうほとんど話すこともできないほど弱っていたのです。水の精がかわいそうで、男の子の胸は痛みました。男の子はこの不思議な生き物を愛するようになっていたのです。そして、ようやく、自分の人生に何が欠けていたのかを悟りました。

「願いが決まったのでしょう」水の精は水のなかからささやきました。「手遅れになる前に、あなたの願いを教えて。わたしがそれをかなえてあげる」

男の子が両手をガラスにあてると、みんなの姿が心に浮かびました。お母さん、お父さん、ひょっとすると弟か妹も。自分にもいるはずだった家族の姿です。そのあと、男の子は水の精の悲しそうな緑色の目をのぞきこんで言いました。「ぼくの願いは、きみが自由になることだよ」

ほんの一瞬、水の精は指を男の子の指に重ねると、そこからいなくなりました。水槽から消えたのです。たったひとつ、水の精がそこにいたことを示すものは、書斎から庭へと続く水びたしの足あとだけでした。

水の精が逃げたことを知った収集家は、ハンマーを持ってきて、床が水とガラスの破片だらけになるまで、からっぽの水槽をたたきこわしました。収集家は、水の精を助けた者がいたことにはまったく気づきませんでした。でも、だからといって、水の精がいなくなったあと、男の子の心にどっかりといすわった大きなさみしさは、やわらぎませんでした。それから何年ものあいだ、男の子はわずかばかりのお給金をためて収集家の屋敷から出ていく日を夢見ながら、庭の奥のあの池へよく行きました。けれど、数えきれないほど何度も池のなかを魚とり網でさらっても、水の精がまたつかまることはけっしてなかったのでした。

レベッカはあまり小説を読むほうではない。ごくたまに自伝や歴史書以外の本を読むときに選ぶのは、たいてい推理小説だったが、気が向くとチューダー王朝時代を舞台にした安っぽい小説を、史実に忠実ではないのを承知でこっそり楽しんだ。おとぎ話を読んでいたのはもう遠い昔であって、願いをかなえるとか水の精とかいうこんな子どもっぽいお話をななめ読みするだけでも、なんだか気恥ずかしかった。

気恥ずかしいばかりか、がっかりもした。『七つのお話』にはもう少し何かあるのではないかと期待していたからだ。どう見ても子ども向けの本ではあったが、祖母が今夜、レベッカが初めて父親のことを質問したすぐあとにこの本を渡そうと思ったのには、理由があるはずだった。もっと父親に関する何かが含まれているはずだ。

最初のページに戻ったのは、きっと何かを見落としたに違いないと思ったからだ。序文とか、作者の言葉とか。けれど、見つかったのは、本の扉に印刷されたいくつかの短い単語だけだった。

フレッチャー&サンズ　1999

エリス・ベイリーはなんと言っていた？　『一九九七年以降のものは、いっさいないんだ。まるで彼が消えてしまったかのように』。ということは、この本はその後もレオが存在していたことを示す唯一の証拠なのだろうか、それとも、あの記者の調査に穴があったのだろうか。

ふたたび、レベッカは最後に父親に会ったのがいつだったかを思い出そうとした。父親はレベッカが五歳ぐらいだった九〇年代半ばに村から逃げ出したのだろうと思いこんでいたが、父親が本当に『七つのお話』の作者だと仮定すると、出ていってからかなり経ってこのお話をレベッカに届けようとしたことになる。

この本のことを知る人は、ほかにもいるのだろうか？　ロザリンが知らないのは確かだ。でなければ、この本はとっくに捨てられてしまっていたに決まっている。祖母にもっといろいろ質問できたらよかったのに。いつ、どのように、なぜ父親はこの本を渡しにきたのだろう？　そして、こんなにも長くこの本を手もとに置いていた祖母は、ほかにも何かを隠しているのだろうか？

レベッカは三十ページあたりから最後まで本をめくっていった。ひょっとしたら、あとがきのようなものがあるかもしれない。けれど、小さな白黒の挿し絵——幹に鍵穴のある木がたくさん生えている絵で、おそらくあとに続く話に登場する場面だろう——が裏表紙の内側にあるほかは、この本に記載されているのは物語だけだった。本をさかさまにして背表紙の部分を振ってもみたが、メモや手紙が出てくることはなかった。これはまさにただのおとぎ話の本なのだ。

「ばかばかしい」

ぴしゃりと本を閉じてベッドサイドテーブルに置くと、プラスチックのアヌビス像（ジャッカルの頭を持つ、エジプト神話の冥界の神）にぶつかった。もしかすると、祖母はこの本を手放したかっただけなのかもしれない。いや、レベッカの気をそらすために『七つのお話』を使ったということのほうが、大いにありうる。先にロザリンがレオの話をはぐらかしたように。レベッカはこの本に何か重大な意味があるのではないかと考えて、大切にさえ思った自分が腹立たしくなった。

ガタガタ揺れているジャッカルの頭を持つ神像をおさえようと手を伸ばしてから、照明を消し、また枕に頭をのせた。目を閉じると脳裏に『七つのお話』のページが浮かんだが、いまやその単語はごちゃごちゃに並んで意味をなしていなかった。いらつきながら、レベッカはそうした言葉が闇のなかに消えていくのを待った。自分の過去に属するアヌビス像や、ポスターや、その他もろもろのがらくたのように。


画面には、期待するかのようにカーソルが点滅していた。かつて持っていたクロックラジオ（時計とタイマーの機能を備えたラジオ）のようだ。レベッカはその点滅を数えはじめ、指先でノートパソコンのキーの端をなぞりながら、背後を確認したい衝動をこらえた。背中が緊張していた。ひとり暮らしで、部屋に自分しかいないとわかっていても、だれかに見張られているような気がしてならなかったからだ。あるいは、単に罪悪感を覚えているのかもしれなかった。

ほかに選択肢はないんだから。その午後、そんなふうに自分に言い聞かせるのは五回か六回めだった。できるなら祖母に尋ねたかったが、誕生日の晩以来、祖母と話すことはできずにいた。それに、いまごろ祖母はロザリンとイルフラクームへ向かっているところだろう。ロザリンにまた聞いてみるという手もあったが、動揺させても仕方ないと思ったのだ。祖母の誕生会の翌朝、ロザリンはいつものせかせかした態度に戻っており、父親の話などまったく出なかったかのようにふるまっていた。つまり、レベッカを許したのだろう。レベッカがプリムローズ・コテージを出るころになると、娘の出発を遅らせるいつもの手を片っ端から使ってきたからだ。ポットにいれたてのコーヒーを作ったり、最新の水彩画を見せたり、いまだに実家へ届くレベッカ宛ての郵便物が見つからないふりをしたりして。

自宅へ帰り着いたレベッカは、その郵便物をどうしたらいいかわからない『七つのお話』とともにコーヒーテーブルの上に投げ出していた。とはいえ、いまになって、ノートパソコンのまだ何も打ちこんでいない画面を見つめているよりも郵便物のほうがはるかに魅力的に思えて、もう使っていない銀行口座の取引明細書や、めったに行かない店のクーポンや、エクセター大学の最新の同窓会報を開封しはじめた。前の同窓会報は包装フィルムから出してもいなかったけれど。

この堆積物(たいせきぶつ)の下から、〈サドワース&ロウ〉のオフィスマネージャー職の雇用契約書が出てきた。いま、これに署名してしまおうか。書類に目を通して、細かな条件を確認し、自分の名前を走り書きするまで、ほんの数分ですむだろう。けれど、最初の段落の途中まで読んだところで、集中力が切れはじめた。契約書は退屈すぎたし、レベッカの頭のなかはほかのことでいっぱいだったから。

考えないでおこうとしても、どうしても『七つのお話』へと意識が舞い戻ってしまう。それを実家に置いてみすみすロザリンに発見されるのは賢明とは思えないが、かといって自分の部屋に置いておきたいわけでもなかった。ペールピンクの壁とラミネート加工した淡い色のフローリングの部屋に、この暗緑色の本は存在感がありすぎて、なじんでいない。ほかのお話を読む意味があるとも思えなかった。自分はもう子どもではないのだ。こんな本はさっさと捨ててしまうべきなのかもしれない。ただ、この小さな本をキッチンのゴミ箱の、ジャガイモの皮や油でギトギトの包装紙や使用ずみの丸めたキッチンペーパーなどの上に投げ入れるところを思い描くと、何か――たぶん〝バーディへ〟という献辞――のせいで、背表紙を持つ指先に力がこもるのだった。

結局、その本は署名していない契約書といっしょにコーヒーテーブルの下へ突っこんだ。それから、またノートパソコンの画面に注意を向け、何を見つけてしまうのだろうという不安を募らせながら、初めて父親の名前を検索バーに入力した。

思ったとおり、表示された検索結果の大半は〈密航者〉がらみだった。この番組がカルト的な名作の地位を確立しているというエリスの言葉は大げさではなかったようだ。〈密航者〉はすでにいくつもの〈サイドスクープ〉の記事に取り上げられていた。たとえば、〝きみは九〇年代のテレビ番組をいくつ覚えているか〟や、〝あなたが子どもだったころのほうがテレビの質がよかった二十一の理由〟など。二〇〇五年に発売されたＤＶＤ〈密航者シリーズ一～二：十周年特別記念版〉のリンクも見つかったし、エピソードの大半がＹｏｕＴｕｂｅにアップされていることもエリスの言っていたとおりだった。また、〈密航者〉にはウィキペディアのページや、ファンサイトまでいくつかあったが、大部分はここ数年ほど更新されていなかった。

人物像をクリックして、密航者に扮したレオのスチール写真や宣伝用写真などをまのあたりにすると、どれを見てもレベッカの心には抑えがたい衝撃が走った。その姿に驚くほど見覚えがあったのだ。実家にレオの写真は一枚もなかったが、画面にあるのはレベッカが覚えているとおりの父親の姿だった。満面の笑み、輝く青い目、黒い髪――画面の写真では髪のもじゃもじゃが強調されており、後ろに向かってとかされていたので、まるでヒマワリみたいに見えた。レベッカが忘れていた部分はわずかだったが、やや曲がった前歯や少し非対称な鼻には、子どものころは気づいていなかったかもしれない。レベッカは改めて父親似ではないことに感謝した。

手早くクリックして検索画面に戻り、〝レオ・サンプソン　娘〟と入力した。またしても検索結果はすべて〈密航者〉関連だった。〝……第四話で、密航者（レオ・サンプソン）は粉屋の娘に出会い、その父親に娘は麦わらから金の糸をつむぐことができるのだと自慢され……〟

〝レオ・サンプソン　家族〟で検索してもだいたい同じような結果だったが、あるファンサイトにはほかのサイトよりもいくらか経歴らしきものがあった。〝……九〇年代前半、サンプソンは家族との時間を大切にするために、いったん俳優業を休業し……〟

キーボード上で指を曲げ伸ばししてから、〝レオ・サンプソン　二〇一六年〟と入力した数分後、エリスは正しかったと認めざるを得なくなった。レオの情報が皆無になるのは一九九七年以降で、どうやらその年に父親は〈密航者〉をやめたらしい。レベッカはこのことをどう解釈すべきかわからなかった。ともあれ、『七つのお話』の日付はその二年後だ。さらに〝レオ・サンプソン　死亡〟とか〝レオ・サンプソン　訃報〟を検索した結果、テキサス州の老人の追悼文しか出てこなかったときには、心の隅で安堵した。

とはいえ、いちばん心を占めていたのは腹立たしさだった。自分の父親についてインターネットで調べるなんて、ばかげている。祖母が出かけていなかったら、こんなことをしなくてもよかったのに。そうだったら、たとえ祖母がレオの所在を知らなかったとしても、少なくとも胸の内を聞いてもらうことはできたのだから。レベッカの頭のなかのおせっかいな声が、またしても、ほかに適任者がいるじゃないとささやきかけてきた。祖母よりもいろいろ知っていそうで、本人なりの理由からレオ・サンプソンの身に何があったのかを突き止めたがっている人が……。けれど、レベッカはまたその思いつきを打ち消し、きっぱりとノートパソコンを閉じた。

午後の残りは週末の最後を満喫しようと努めた。川沿いを走って戻り、家の掃除をし、植物に水をやり、服を選び、ランチを準備して、翌日のバッグに持ち物をつめた。そして、するべきことはすべてやったことに満足すると——契約書のほうはあと一日か二日、待ってもらえるだろう——紅茶をいれたカップを持ってソファに腰を落ち着け、先週の木曜日から見はじめたスウェーデンの犯罪ドラマの内容を思い出そうとした。
だが、すぐに集中できないことに気づいた。繰り返し字幕を読みそこなってしまうのだ。それは、いつのまにかコーヒーテーブルの下の『七つのお話』のほうを見ているからだった。ほかのお話も読んでみるべきだろうか？　主役の刑事の驚いた表情と、画面から流れる音楽の盛り上がりから、決定的瞬間を見のがしたらしいことを悟ったレベッカは、ため息をついてドラマを一時停止し、ノートパソコンを取りにいった。

エリスさま

レベッカは画面をにらみつけた。なんたる屈辱。たとえこのまま父親探しを続けるにしても自力でやりたいし、よりによって彼のような人物の力は借りたくないのに。

金曜日にお会いしたあと、レオ・サンプソンについての調査に進展がありましたら教えていただけないかと思って、ご連絡しました。もし父が見つかったら、お知らせいただければ幸いです。

よろしくお願いします。
レベッカ

レベッカはこのメッセージを何度か読み返し、あまり必死な印象を与えないことを願った。また職場に電話されたくなかったので、しばらく迷ってから自分の携帯番号を書き足した。ようやく送信ボタンを押すと、背中の緊張が足先のほうへ抜けていくのを感じ、先ほどのドラマを早戻ししようとリモコンに手を伸ばした。

二話分を見たあと、主人公の刑事が血のついた書類を見つけたのと同時に、レベッカの携帯電話が鳴った。ドラマに夢中になっていたレベッカは、テレビ画面以外からの突然の音にぎょっとし、あわてて携帯を探した。

「もしもし？」

「じゃあ、きみは本当にお父さんがどこにいるか知らないんだね？」前置きなしで、エリスが言った。

腕時計を見ると、ほぼ午後七時だった。こんな時間に電話してくるなんて。しかも、日曜日に。

「その話はもうすんだと思ったけど」

「そうだね」記者は同意した。「それで、きみはぼくの調査状況を教えてほしいんだね？」

「もし、そうしてもらえるなら」レベッカは答えながら、できるだけ感じのいい言い方になるよう努めたが、メールにはっきり書いたじゃないのと思った。

「かまわないよ」エリスは明るく答えたが、レベッカはそのあとに〝ただし〟がつくのではないかと感じた。「けど、ぼくに見返りはあるのかな？」

「えっ？」

「この取り決めから、ぼくが得られるものは何？」

一瞬、レベッカは彼に誘われているのだろうかと考えた。そして、金曜日にオフィスへのんびりと入ってきた、無頓着ながらも人あたりのよさそうな人物を思い浮かべた。彼は強引ではあったが、いやらしくはなかった。お金を要求しているのだろうか？　いや、エリス・ベイリーはお金のために行動するタイプには見えない。もしそうなら、もっと身なりに気を使っているはずよね？

この状況で、記者が望むことは何？　情報だろう、たぶん。けれど、彼が知らず自分が知っていることとは？　『七つのお話』の存在がそれであることは明らかだったが、古い本一冊が何の役に立つ？

「祖母は自分で認めている以上のことを知っていると思うの」レベッカは結局そう言いながら、この言葉が曖昧(あいまい)ではなく期待の持てるものに聞こえることを願った。「いまは留守にしているけど、祖母が帰ってきたら話を聞けるから、祖母がどんなことを言ったかあなたに教えるというのはどう？」

「へえ。それはいいね」エリスがあまりに悠然としているので、レベッカはふと、彼にからかわれているのではないかと思った。見返りなどに関係なく協力してくれるのかもしれない。そう考えると、恥ずかしいような腹立たしいような気がしたが、自分だって祖母から聞いたことを本気で教えてやるつもりなどなかったことを思い出した。

「ところで、リチャード・ロウリーのことは知ってる？」エリスが言った。

「えっ？」

「リチャード・ロウリーだよ、俳優の。今週ロンドンで彼にインタビューするんだ」

「ああ……」レベッカは雪のような白髪のイギリス映画やテレビの重鎮の姿を思い浮かべ、この人はいったい何の話をしているのだろうと訝(いぶか)った。

「リチャード・ロウリーは〈密航者〉に出ていたんだ」エリスは説明した。「きみがあれを見ていないってことを忘れてたよ。彼はいつも王さまとか父親役を演じてた。もしきみのお父さんを見つけられなかったら、代わりに彼のことを書こうと考えていたんだ。〈密航者〉に出ていただれかには話を聞かないといけないしね。彼があの番組に出ていたころの話を聞ければ、役立つんじゃないかな。何か興味深い事実が出てくるかもしれないよ」

「なるほど」レベッカはそう言いながら、興味深い事実とはいったいどういうことをさすのだろうかと思った。

「きみも来たら?」

「えっ、ロンドンへ?」

「ああ。そうすれば、彼がどんなことを言うか自分の耳で聞けるよ。今週の火曜日、午後二時だ。ぼくがきみの取材許可証を用意するよ。きみは〈サイドスクープ〉のスタッフのふりをすればいい」

断る理由なら、いくらだって考え出せた。その日にロンドンへ行くとなれば、それなりにお金もかかるし、有給休暇はまだたくさん残っていたものの、休暇を申請するには急すぎる。なにしろ、オフィスが移転したばかりなのだ。おまけに、エリスはレベッカの家族について嗅ぎまわっている見知らぬ他人である。何かわかったら教えてほしいと頼むぐらいならともかく、彼と待ち合わせをするのは間違いなく裏切り行為だろう。あの記者とは今後いっさい関わらないと母親に断言してしまったというのに。

なによりも、こんなことを続けてどうするの? 長年、娘のために何ひとつしてこなかった父親のために、わざわざ出かけていく必要などあるだろうか? レオ・サンプソンはレベッカのこの二十年間に、何の貢献もしていない。あのおとぎ話の本一冊をのぞけば……。

「レベッカ? 聞いてる?」

「あっ——ええ」

「これは単なる提案だよ」エリスが言った。「それはちょっと難しいというなら、きみにはあとで教えてもいい。もし彼が——」

「いいえ、行くわ」レベッカがそう決めたとき、コーヒーテーブルの下にある『七つのお話』の金色の題字が、願いごとを叶えてくれる井戸のなかのコインさながら彼女に向かってきらめいた。

「行きますとも」

第二部

ふたつめのお話：黄金の扉

むかしむかし、森の奥深くで、たきぎひろいをしていたやさしいおばあさんが、赤ちゃんを見つけました。赤ちゃんは小枝とコケでつくったかごに入れられ、花びらのもうふをかけられてぐっすり眠っています。おばあさんはあたりを探したり、あちこちに呼びかけたりしましたが、だれもいなかったので、この子は捨てられたのだろうと思いました。家族のいなかったおばあさんは、かごのなかをのぞきこんで、赤ちゃんへのいとしさで胸がいっぱいになりました。

家に帰ったおばあさんは、この子が村の子どもたちとは様子がちがうことに気づきました。手足の指が長すぎましたし、耳はとがっていて、目はヒイラギの葉のような緑色です。おばあさんはこの子をとてもかわいがりましたが、村人たちがこの子の変わった見かけを気にすることはわかっていました。そこで、おばあさんはこの子にとびきり大きな手袋と靴、そして耳をかくすための小さな帽子をつくってやりました。目をかくすことはできませんでしたが、おばあさんは気にしませんでした。とてもすてきな目だと思っていたからです。

この男の子が歩いたり話したりするようになると、みんなとちがうことがますますはっ

きりしてきました。歩きかたはすばやく軽やかで、笑い声は遠くで鳴る鐘のよう。大きな
緑色の目をまっすぐ見つめた人は、自分がどこにいるのか忘れてしまうことがよくありま
した。ほかの子どもたちはこの子のことをからかいましたが、おとなたちはこそこそとか
げ口をいい、司祭はむっつりとした顔になりました。けれど、みんなのけがや病気を治し
ていたおばあさんは、村で大切にされていたので、人々もおばあさんが世話をしているみ
なしごを大目に見ていたのでした。
みなしごは、ほかの子たちとちがっていることを気にしませんでした。そして、大きく
なるにつれて、ほかの子どもたちにはない力を持っていることに気づくようになりました。
たとえば、肌が丈夫で、ちょっとやそっとではすりむいたり、あざになったりしません。
また、えらがあるかのように水のなかでも息をすることができました。さらには、なによ
りもすばらしいことに、森の動物たちと話をすることができたのです。

森の動物たちは、みなしごにふるさとの話を聞かせてくれました。そして、きみは偉大
な王国の王子さまで、戦のせいで家族が危険にさらされたため、こっそり人間の世界に連
れてこられたのだと教えてくれました。みなしごは自分がこの話を信じているのかどうか
わかりませんでしたが、ときどき森の奥深くの木漏れ日のなかで目にする金色に輝く扉に
は、いつもあと少しのところで手が届かないのでした。

このみなしごがもう少しでおとなになるころ、おばあさんがかぜをこじらせて死んでし
まいました。みなしごは悲しみにうちひしがれ、心が闇につつまれたような気がして、何
か月もおばあさんの死を悼みました。村人たちもおばあさんの死を悲しみましたが、おば
あさんが村の人たちの病気を治して大切にされていたことを日ごろからねたんでいた司祭
は、自分の力を人々に示すよい機会だと考えたのです。

「あの賢いおばあさんに遠慮して、これまでは口をつぐんでいたのだが」と司祭は村人たちにいいました。「おばあさんが天に召されたいまだから、はっきりいおう。あの若者は悪魔によってここに連れてこられた、とりかえっ子なのだ。そして、罪のない人間の子が代わりに地獄にとらわれているのだよ」

これを聞いた人々は恐れおののき、どうしたらいいのか教えてくださいと司祭に頼みました。

司祭はこうこたえました。「あのけだものを教会の門にくくりつけて打ちのめし、肉体から邪悪な心を追い出すのだ」

村人たちはいわれたとおり、その若者を棒や石で打ちました。けれど、若者はけがをしませんでした。肌が木の皮のように硬かったからです。それでも若者は深く傷つき、村人たちからようやく解放されると、安全な森のなかへと走って逃げこみました。森のなかでは動物たちが若者のまわりに集まり、またしても若者のふるさとの王国の話をしてなぐさめようとするのでした。

若者はたずねました。「でも、ぼくはどうやったらそこに帰れるの？」

その答えは、どの動物にたずねてもいつも同じでした。

オークとトネリコが出会い
トネリコがイバラに出会うとき
そこにきっと見つかりますよ
あなたの生まれたふるさとが

みなしごは森のなかをくまなく探しまわり、オークやトネリコやイバラの木を見つけましたが、それが全部そろっているところはどこにもないようでしたし、ふるさとへの帰り道もありませんでした。しかたなくおばあさんの家にもどったみなしごは、母親がわりだったやさしいおばあさんが生きていてくれたらと思いました。こうして、若者がまた村に姿をあらわすようになると、人々はふたたび恐れるようになったのです。

「とりかえっ子から邪悪な心をたたきだすことができないのなら、水で洗い流さねばならない」司祭はそういいました。

そこで、村人たちはみなしごをつかまえて川岸まで引きずっていき、頭を水のなかに押しこみました。ほかの人間や動物ならまちがいなくおぼれていたでしょうが、この若者は胸いっぱいに空気をためておけるかのように、やすやすと息をしていたので、村人たちはとうとうみなしごを放り出し、いっそう恐れるようになりました。

「とりかえっ子！」村人たちは叫びました。「悪魔の子！　地獄の住人！」

みなしごは大急ぎで森へ逃げ帰りました。心は深く傷ついていましたが、けがはありません。そして、動物たちの言葉を何度もつぶやきました。

オークとトネリコが出会い
トネリコがイバラに出会うとき
そこにきっと見つかりますよ
あなたの生まれたふるさとが

けれど、どれほど一生懸命探しても、オークとトネリコとイバラが全部生えている場所は見つかりません。

「もっと遠くまで探さなくちゃ」みなしごはそう考えました。「あの森の向こうがわも探してみよう」

ところが、旅のしたくをしているみなしごに、村人たちが襲いかかったのです。そして、みなしごを教会まで引きずっていくと、また門にくくりつけました。このとき、村人たちはみなしごを枝や石で打ちもせず、頭を水のなかに押しこみもしませんでした。

「火で焼くのが悪魔に通用するただひとつの罰である」と司祭がいいました。「とりかえっ子を焼き殺せ。そうすれば、悪魔はとりかえた人間の子を地獄から返すはずだ」

村人たちは門のまわりに丸太や枝を積みはじめました。みなしごはすっかりふるえあがってしまいました。炎で焼かれるのには耐えられないとわかっていたからです。

「助けて！」最初のたきつけに火がつけられたとき、若者は叫びました。「どうか助けてください！」

動物たちはこの叫びを聞きつけ、いちばん勇敢なネズミが丸太のあいだを走り抜けて、みなしごのいましめをかじりはじめました。けれど、動物たちがいましめを解いてくれても、若者はまだ煙と炎に包まれたままです。

「焼き殺せ！」司祭の張り上げる声が勝ちほこったように甲高く(かんだか)ひびきました。「どんどん火を燃やして、焼き殺すのだ！」

恐怖にとらわれている村人たちは、いわれたとおり大きな枝を火にくべました。ひとりめがオークの大枝を投げ入れ、ふたりめがトネリコを投げ、三人めがイバラを投げ入れたのです。すると、この三本の枝がいまにも倒れそうなみなしごの足もとにそろったので、輝く黄金の扉があらわれました。

村人たちは驚いて悲鳴をあげながら炎からあとずさり、司祭に何か命じられるのを待ちましたが、司祭はあっけにとられるばかりです。でも、みなしごはこの輝く扉が自分のためのものだとわかっていたので、最後の力をふりしぼって扉を押しあけ、その向こうへ飛びこみました。

あとで、たくさんの村人たちがいうことには、その不思議な扉が炎に包まれる前に、扉の向こうがわがちらりと見えたそうです。そこには青々とした緑の大地があったという者もいれば、待ってましたよとばかりに両手を広げている王さまとお后（きさき）さまのようなふたりを見たときっぱりいう者もいました。けれど、確かなことはだれにもわかりませんでしたし、司祭のすすめにしたがって、みなはその事件やみなしごのことをすっかり忘れるようにしたのでした。

4 俳優

「すぐ見つかった？」

エリスは店内を身ぶりで示した。そこは道路に面した部分が青みがかったガラス張りのにぎやかな二階建てビルで、ガラス部分が水族館のような雰囲気だった。混雑しているうえに人目にもつきやすく、八十歳に手が届きそうなリチャード・ロウリーと会うにはモダンすぎる場所に思えた。けれど、エリスによれば、ロウリーのほうがインタビュー場所としてここを指定してきたのだという。舞台〈テンペスト〉の最終リハーサル会場から近いからと。

「ええ、大丈夫」そう返事したものの、じつのところレベッカはパディントン駅に着いてから神経質なほど携帯電話や通り道にある地図を確認しながら、ここにたどり着いていた。ロンドンはレベッカを緊張させたし、その大きさは攻略不能に思えた。いまだにどうして来ることにしたのだろうと自問しつつ、とにかくこの機会をのがすまいとはるばるやってきたのだった。

　エリスは大きな窓の横の陽あたりのいいテーブルで、沼のような色のスムージーを飲んでいた。見た目は先週とほとんど変わらないが、しわしわのシャツ――アイロンを持っていないのだろうか？――は赤と紫のチェック柄(がら)で、袖を肘(ひじ)の下までまくり上げている。レベッカがそのテーブルにつくと、エリスは合板のクリップボードにはさんである、端がぼろぼろになった再生紙製のメニューを渡してよこした。リチャード・ロウリーの到着前にインタビューの打ち合わせをするため、ランチをしながら話をすることに決まったとき、レベッカはもう少しビジネスライクな感じを想像していた。エリスが首からかけている紫色の社員証(ネックストラップ)すら、ここにいるのは仕事のためだという印象を与えるものではなかった。少なくともストラップの色は彼のシャツと合っていたけれど。

「この店はベジタリアン料理がうまいんだ」彼がそう言うのを聞きながら、レベッカはクリップボードのへりから古いレンズ豆をはじき落とした。「ファラフェル（ひよこ豆やそら豆のコロッケ）はぜひ食べてみたほうがいい。うまくてびっくりするよ」

　ということは、この人はあまり肉を食べないのだろうと思うとともに、聞いてもいないのに特定の品を勧められたことにむっとしながら、レベッカは見つけられるなかで何よりもベジタリアン的でないメニューはないかと目を走らせた。けれど、それは難しかった。なにしろ、ほとんどがカリフラワーステーキだのキヌアボウルといったものばかりのうえ、エリスがエクセターからの道中はどうだったかなど次々と質問を浴びせかけてきたからだ。レベッカは、移動中ずっと推理小説を読んでいたと答えた。じつはその時間を使って『七つのお話』を読んでしまうつもりだったことは、明かさなかった。実際にはふたつめのお話さえ読み終えられなかったのだが、それは妖精のとりかえっ子の不運だのなんだのという話がひとつめのお話と同じくらい退屈に思えたせいだし、列車でおとぎ話を読むことがどうにも気恥ずかしかったからだ。

　ウエイトレスが注文を取りにきたあと、レベッカはエリスのコーンウォールでの週末について形ばかりの質問をしたが、返事はろくに聞いていなかった。こんなときでなければ、彼が城や洞窟(どうくつ)やティンタジェル海岸——レベッカも夏休みに訪れたことがある場所だ——までサイクリングした話を興味深く聞いていただろうが、今日はなぜロンドンまで来てしまったのかという思いにとらわれすぎていた。

「ということは、このあいだわたしと会って以来、この記事に関する調査を進める暇はほとんどなかったということね？」レベッカは口をはさんだ。

「そうだね、ほとんどなかった。それに、リチャード・ロウリーがきみのお父さんの居所を知っている可能性は低いだろうな。ただ、彼が〈密航者〉時代のことをどんなふうに語るのかに興味があるんだ。あれはレオが失踪する直前だからね。あ、そうだ……」

　彼はくたびれたバッグからプラスチックのフォルダーを取り出した。それにはぎっしり紙がつまっているように見えたが、エリスはちょっとごそごそしていたかと思うと、自分がしているのとそっくりな紫色のストラップを取り出した。

「〈サイドスクープ〉へようこそ」彼はそう言って、ストラップをテーブルのレベッカのほうへ滑らせた。

　ストラップにはおなじみのアイスクリーム用スプーンと、くるりとカールしたアイスクリームの輪郭がプリントされており、〝報道関係者〟と印刷されたカードにはレベッカの名前と、〝〈サイドスクープ〉：あなたにたっぷりのニュースとエンターテイメントを〟の文字が並んでいた。

「レベッカ、でいいのかな？」エリスはカードを顎で示しながら聞いた。

「えっ?」

「ベッキーではなく?」

「ああ——ええ、違うわ」

「ベッカとか?」

それは親しい人だけ、とレベッカは思った。

「ベックス?」

「レベッカでいいわ」きっぱりとそう告げて首にストラップをかけると、とたんに自分には目的があるのだという気分になれた。ダサくはあるが、この社員証のおかげで、本件に個人的な利害はありませんというふりをすることができる。「ところで、わたしはこのインタビューで何をすればいいの?」

「ああ、ただ真剣な顔でときどきメモでもとってくれれば。彼にはできるだけ〈密航者〉の話をしてもらうよう仕向けるつもりだけど、もしかすると難しいかも……」エリスは声をひそめた。「友だちが何年か前に彼にインタビューをしたことがあって、ちょっと鼻につくタイプだと言ってたんだ」

レベッカはリチャード・ロウリーについてほとんど知らず、出演している映画やテレビ番組もほんの数回しか見たことがないし、最近見たのは大ざっぱにディケンズの小説を模したような作品だった。ロウリーが演じるのは悪役が多かったので、実際の彼があまり人好きのしない人物だというのは想像にかたくない。けれど、エリスのなれなれしい態度が気にさわったレベッカは、その話を鵜呑(うの)みにしないことに決めた。

ウエイトレスが料理を運んできたとき、エリスはテーブルにあったフォルダーをふたりのあいだの空いている椅子に移したので、レベッカはそのフォルダーのなかの書類に書かれた父親の名前に気づいた。

「これは何？」

「ん？」エリスは届いたばかりの大きなファラフェル・サンドをつかんでいるところだった。「ああ、それはぼくのレオ・サンプソン・フォルダーだよ。ぼくが今回の記事のためにした調査結果のすべてさ。いやあ、これはうまそうだ」彼はそうつけ加えて、ランチにかぶりついた。

　レベッカは顔をしかめた。フォルダーは中身がいっぱいで、ホックがとまらなくなっている。

「時系列に並べ直したいと思ってるんだ」ファラフェル・サンドをほおばりながら、エリスは続けた。「記事で彼の経歴に触れたいというのが主な理由だけど、そうすることによって、レオがどこに行ったのかを知るなんらかの糸口がつかめるんじゃないかという気がして」

　彼が紙製のストローでスムージーの残りを飲み干そうと身をかがめているかたわらで、レベッカは大量のドレッシングがかかった自分のシーザーサラダ――のベーコン多め――をつつきはじめた。けれど、すぐにまたフォルダーに注意が向いてしまった。

「見せてもらってもいい？」レベッカはそう尋ねながら、何気ないふうを装ってフォークでフォルダーを示した。

「ああ、いいとも」エリスは少し驚いたようだった。おそらく、金曜日のレベッカはまるきり興味がなさそうだったからだろう。彼は食べかけのファラフェル・サンドから手を離すと、指先をナプキンでぬぐい、フォルダーのいちばん上にあった手書きの紙を出した。

「いまのところ、これがぼくにわかっている経歴で……」エリスは説明を始めたが、それをレベッカに渡すかどうか迷っているようだった。「あの、せっかくいま少し時間があることだし、いっしょにこれの見直しをするというのはどうかな？　きみなら空白部分の一部を埋められるかもしれないだろ？」

レベッカは自分にそんなことができるとは思えなかったが、好奇心が勝って、その言葉を呑みこんだ。「いい考えね」

エリスは明るいところでよく見ようとするかのように、その紙を掲げた。「よし。じゃあ、すでにわかっていることは……？　公的な記録によると、レオ・サンプソンはケント州アッシュフォードで一九六五年六月一日に生まれた」

エリスは確認のためにレベッカを見つめた。レベッカはうなずいたが、じつは父親の出生についてなど考えたこともなかった。頭に浮かぶ父親はいつも、レベッカ自身の人生のなかに存在していたのだ。つまり、父親はレベッカのもっとも古い記憶のなかにいきなり登場し、いつだったにせよ最後に会って以来、存在しなくなっていた。とはいえ、それ以前もあれば、たぶんそれ以後もあるという認識は、レベッカにとって新しいものだった。

「彼はケント州で子ども時代をすごしたに違いない。あるいは、少なくともそこに戻ったんだろうな」とエリスは続けた。「というのも、彼は一九八〇年にアッシュフォード青少年劇団のクリスマス公演に出演してるんだ。アラジン役でね」

「どうしてそんなことを知ってるの？」

「〈アッシュフォード・エグザミナー〉のアーカイブがネット上にあるんだよ。だから、彼は十五歳のときはそこにいた。だけど、その五年後の一九八五年にまたひょっこり姿を現すまで、空白期間があるんだ」

またしてもエリスは言葉を切り、レベッカがなんらかの情報を提供するのを待った。自分の無知をごまかすためもあって、レベッカは次を促（うなが）した。「それから何があったの？」

「俳優業が軌道に乗りはじめた。エディンバラ・フリンジ（エディンバラで毎年八月に開催される芸術祭）の舞台に立ったり、スコットランドの子ども劇団のツアー公演に出演したり。さらには、ロンドンでエージェントを見つけて、大きい仕事をいくつか手に入れている。これはみんなウィキペディアに出てるし、〈密航者〉のファンサイトにもだいたい同じような経歴が掲載されてるよ」

レベッカは内心、もっと詳しく調べなかった自分に腹を立てていた。無知なのは言うまでもなく、とんでもなく準備不足ではないか。こんなことはどれも知っているべきなのに。彼はわたしの父親なのだから。

「レオは一九八九年の夏に〈サークル（ロンドンのマジック・サークル・シアター）〉で〈ピーター・パン〉に出演してるんだ」エリスは続けた。「それは大きな公演──大仕事──だったんだけど、そのあと彼はしばらく沈黙した。そうそう……」その紙から顔を上げずに、彼はレベッカに向かってうなずきかけた。「それは彼がデヴォンへ引っ越してロザリン・チェイスと結婚し、一九九〇年九月五日に子どもが生まれたからなんだ」

レベッカはぎょっとした。この記者が父親の過去についてあれこれ調べていることはしぶしぶ受け入れていたとしても、そこに自分のことまで含まれているとはまったく予想していなかったからだ。自分の人生に対する貢献──あるいはその欠如──をもとにレオを評価してはいたものの、自分の存在が父親の人生における脚注程度のものだとは思いたくなかった。

「レオがデヴォンで何をしていたのかは、わからない」エリスはレベッカの居心地の悪さに気づかない様子で話を続けた。「仕事をしていたのかどうかも。とにかく、彼は一九九五年に〈密航者〉でふたたび姿を現して、それを二年間続けると──」エリスは左手の指をパチンと鳴らした。「それっきりなんだ。そのあとは何ひとつない」

レベッカはバッグのなかの『七つのお話』と、その本の扉にあった日付が一九九九年であったことを思い浮かべた。とはいえ、やはりそれをエリスに告げる気にはなれなかった。レベッカ自身そのことをどう考えるべきかわからなかったし、エリスの調査と比べて、子ども向けの物語がおさめられた本など取るに足りないと思われそうだった。

ドレッシングでびちゃびちゃのサラダに耐えられず、フォークを置いてもう一度フォルダーを見つめると、新聞記事のコピーが見えた。

一九九五年十二月六日水曜日

〈密航者〉第二シリーズ制作決定

今秋スタートした子ども向け物語番組〈密航者〉の第二シリーズ放送が決定した。レオ・サンプソン演じる無邪気な主人公が知らず知らずのうちに有名なおとぎ話に巻きこまれてしまう同番組は人気を博しており、毎週平均九百万人が視聴している。

「我々もあまりの反響の大きさに驚いています」同番組の企画者でエグゼクティブ・プロデューサーでもあるラリー・ウィルキンソンは、そう語る。「このささやかな番組がどのくらい受け入れられるのか、予測がつかなかったので」

ウィルキンソンによれば、新たに制作が決まった第二シリーズでは、より国際色豊かな物語や神話も視野に入れていくという。「ですが、レオやそれ以外の出演者は変わりません」ウィルキンソンは毎週さまざまな登場人物を演じる強力な仲間たち七人について、そう述べた。

〈密航者〉第二シリーズは来年ブリストルで撮影が開始される。現在放送されているシリーズの最終話は、ＢＢＣ１（ワン）にて今週日曜日午後五時から。


その記事にはコピーのせいで白っぽくなった写真が添えられていた。

「ちょっと待って」エリスはその写真に目を凝らしているレベッカに言った。「そのカラー版がどこかにあるから」

彼はフォルダーから一枚のコピーを抜き出してくれた。それはダブレット(十五〜十七世紀ごろの男性用の腰のくびれた胴衣)や袖のふんわりしたドレス姿の魅力的な人々が写っている宣伝用写真で、それぞれ冠(かんむり)、剣、魔法の杖といった小物を身につけていた。そのうちの六人が片方だけのガラスの靴をめぐって争っており、七人めの髪のくしゃくしゃの人物がもっとも目立つ場所にあぐらをかいて、膝(ひざ)の上に置いた巨大カボチャ越しにカメラに向かって満面に笑みを浮かべている。

エリスに反応をうかがわれているのを感じたレベッカは、つい先日インターネットで似たようなレオの画像を見ておいてよかったと思った。この写真、つまり父親の顔に動揺しなかったからだ。少なくとも、それほどは。

レベッカはそのコピーをテーブルに置き、ついでフォルダーに手を伸ばした。「ほかには何が入っているの?」

レベッカは別の写真を抜き出した。パパラッチが撮影したもので、レオはふたりの人物の肩に腕をまわしている。右側はかわいい金髪の女性で、濃い色の口紅をつけ、体にぴったりのワンピースを着ていた。左側は顎のがっしりしたハンサムな男性で、全身デニム姿。彼らの服装や画像のクオリティは明らかに九〇年代であることを示しているが、三人ともいまのレベッカより少し年上ぐらいにしか見えない。

その写真はバーかクラブの前で夜に撮られたものらしく、闇を背景にした三人はとても鮮やかだった。そして、レオは連れのふたりよりも目を引いた。彼らのほうが整った容姿で、遠慮がちにカメラを見つめているのに対し、レオの表情は心ここにあらずというようにどこか物憂げであるにもかかわらず。

「このふたりは〈密航者〉の出演者なんだ」エリスは言った。「彼らはいつも姫と王子を演じていてね。ほら、シンデレラと王子さまとか、眠れる森の美女とその相手とか。密航者は必ず彼らが結ばれるのを助けて終わるんだよ」

レベッカはもう一度その宣伝写真を見つめ、ガラスの靴をめぐって争っている人々のなかに、シンデレラ、王子、そしてリチャード・ロウリーを見つけた。とはいえ、レベッカの注意はすぐ父親に戻った。「あなたは父が二年間〈密航者〉に出ていたと言ったわよね。ということは、わずか第二シリーズで終わってしまったの？」

「いや、第三シリーズまでさ。最後のシリーズは別の役者だったけど。別の密航者だったんだ」

「それが九七年？」

「ああ」

先ほどのパパラッチが撮った写真で、レオが着ているTシャツは少し汚れていた。髪も伸びているようだし、眉（まゆ）の上が汗で光っていた。前のめりになって、連れのふたりに何かを促している。

「父はクビになったの？」レベッカは聞いた。

エリスは一瞬ためらってから答えた。「いや、表向きはそうじゃない。当時のマスコミはどこも、彼はほかの役柄に挑戦するためにやめたと報道してる。彼の番組降板に関する記事はたくさんあるんだ。一大ニュースだったんだよ」

「でも、実際は？」

「わからないけど、ちょっとおかしいんだ。第一に、〈密航者〉はそのころ人気絶頂で、あれ以上のはまり役はもちろん、もっといいテレビ番組の役を見つけようとしても、難しかったんじゃないかな。第二に……そう、何の番組にも出ていないだろ？　わかってるかぎり、彼はそれっきり役者をやめてしまったんだ」

「たぶん父はクビになったけど、彼らはそれを世間に伏せていた。スキャンダルを避けるために」

レベッカはそう推理してみせた。

眼鏡のブリッジを押し上げるエリスにじっと見つめられながら、レベッカはようやくこの会話になんらかの貢献ができたと感じていた。まあ、パパラッチが撮った写真のなかのしょぼくれた男が、健全であるべき子ども向け番組の主演を降ろされるというのは、さほど推理力がなくても思いつくようなことだけれど。

「そうだね」エリスは言った。「そのとおりかもしれない。そして、これはリチャード・ロウリーに尋ねてみるべきことでもある」

四十分後に小柄な黒髪の女性を従えて現れたロウリーは、こう言った。「いやあ、なかなか抜けられなくてね！　いまテクリハ（技術系の裏方を中心にしたリハーサル）の最中なんだが、これがつまらないのなんの」

ロウリーはレベッカが思っていたほど身長が高くはなく、黒っぽいロングコートとトリルビー（縁の狭い、深く中折れした男性用帽子）で背の高さを強調していたものの、両方ともこの日の暖かさにはそぐわない気がした。淡い色の目はスクリーンで見るのと同じように冷たかったが、メイクをせず、スタジオの照明もないところで見るその細い顔は、加齢によるシミや毛細血管が目立つ。そのせいで、ごくありきたりの人物に見え、これまで有名人に会ったことのなかったレベッカは、セレブというものはみんな実際に会ってみると少しがっかりするものなのだろうかと考えた。

エリスが自分とレベッカを紹介したあと、ロウリーはふたりと握手したが、広報係か付き人と思しき女性の同行者が何者かは明かさなかった。そして、その女性にバーでワインをもらってくるように頼み、彼女が反対しようとすると、ぴしゃりとこう封じた。「いいから、言われたとおりにするんだ。テクリハの日は例外だ。むしろ、ボトルにしてくれ。立てかえた分はあとでこの若者が支払ってくれるだろう」

彼女が席をはずすと、ロウリーはすでに書類を片づけてあったレベッカとエリスのテーブルを見下ろした。

「煙草を吸いたくてたまらん。二階のバルコニー席へ行こうじゃないか」ロウリーは言った。「ああ、ジェニーのことなら心配はいらん。ちゃんと我々を見つけるよ」レベッカとエリスがバーのほうへ視線を向けるのを見て、彼はそうつけ加えた。「彼女はけっしてわたしから目を離さないからな……」

ロウリーは先頭に立って木製の階段をゆっくりとのぼっていき、やがて三人ともテーブル席につくと、への字に曲げた唇の端に煙草をねじこんでライターを探しはじめた。「眺めはたいしたことないが」ロウリーはつぶやいた。「背に腹は代えられん」

レベッカは、ロウリーの景色についての見解は的を射ていると思った。バルコニーに面しているのは箱のような赤レンガの建物ばかりで、緑の木は一本しか見えない。

「彼女はきみたちに劇場かわたしのホテルに来てもらいたがっていたんだ」ロウリーはそう続けた。おそらく、ジェニーの話をしているのだろう。「だが、彼女にはいつも言ってるんだよ。別に人目があるところでも問題ないってな。わたしみたいな老いぼれをじっくり見ようとする人間なんか、いるはずないんだから」ロウリーはそう言ってにんまりした。この自虐に対してかもしれないし、ついに煙草に火をつけることができたからかもしれない。

ジェニーとウエイターがワインとともにやってくるまでに、エリスはリングノートを取り出し、ロウリーに会話を録音する許可を求めていた。ロウリーが鷹揚（おうよう）にうなずいたので、エリスは携帯電話の画面上のボタンをタップしてピッという音を出し、〈テンペスト〉の進行状況について尋ねた。

あいにく、この社交辞令的な質問から最新の役柄についてのロウリーの長話が始まり、興味なさげなジェニーは携帯電話をスクロールしはじめた。プロスペローを演じるのは初めてだが、長年この役を演じたいと思っていた、とロウリーは語った。「これほど複雑な倫理観を持ったキャラクターにぜひ挑戦してみたくてね……『大事なるは正しき行いであり、恨みを晴らすことではない』」

ロウリーがあまりに大声でそう唱えたので、近くのテーブルの客たちがこちらを振り返った。ロウリーはこの舞台の演出家を「本物のビジョンを持った人物」だと褒めたたえ、この作品は観客が席にいながらにして海の光景、音響、においを体験できるのだと説明した。

仕事をしているように見せるため、持参したメモ帳に〝登場人物、ビジョンを持った人物、海〟といった単語を書いていたレベッカの脳裏に、ふと、砕け波が降りかかってくるように過去のさまざまな情景がよみがえってきた。海岸で赤いプラスチックのシャベルを使って穴を掘っている父親。頭上でカモメたちが鳴いており、海藻の磯っぽいにおいが温かな風にのって漂ってくる。父親のむき出しの両肩は汗で日焼け止めクリームが筋になっており、しずくが垂れる髪と背中にまぶされた砂のせいで、人というより犬のように見えて……。

レベッカは眉をひそめてこの輝くような記憶を心から追い払い、インタビューに集中しようとした。エリスはロウリーの延々と続くご高説や退屈なエピソードにうんざりしているようには見えなかったが、目はやや虚ろになっている。彼はいったいいつ〈密航者〉について聞くつもりなのだろう。

片やジェニーのほうは目下、自分の携帯電話越しにエリスを見つめ、値踏みするような表情をしていた。それを見て愉快な気持ちになったレベッカは、エリスのしわしわのシャツやもしゃもしゃの髪を無視して、広い肩やしっかりした顔の骨格に意識を集中してみた。おそらく、魅力的な部類に入るだろう。いや、その予備軍と言うべきか。もう少し外見に気を使いさえすれば。

およそ十五分が経過し、ロウリーが自分のワイングラスにお代わりを注ごうとひと息ついた機会をのがさず、エリスが切り出した。「ロウリーさん、あなたがプロスペローのような重要かつ複雑な役で知られていることは言うまでもありませんが、〈サイドスクープ〉の多くの読者にとって、初めてあなたをお見かけしたのは〈密航者〉です。なので、あなたがあの番組に出演していたときのことについて、いくつかうかがわせてもらえますか？　ぼくがメールのなかでお伝えした記事のために」

エリスはジェニーをちらりと見た。おそらくは援護射撃を期待してだろうが、彼女はまた携帯電話を見つめていた。だが、ロウリーは好きなだけ自分のことを語れて楽しそうだった。「〈密航者〉のことはよく聞かれるんだよ」とロウリーは言った。「あれはわたしがテレビ界へ進出したばかりのころにやった仕事でね、おそらくわたしのいちばんの出世作だろうな。当時は幼い孫がいたので、孫といっしょに見られるような番組をやりたかったんだ。それに、毎回別のおとぎ話をテーマにするというあのアイディアも気に入ってたんだよ」

彼のいかめしい顔つきが少しやわらいだように見えた。この機をのがすなとばかりにエリスは続けた。「あれがたった三シリーズで終わってしまったのは信じられないのですが――」

「正確には二シリーズと半分だ」ロウリーが訂正した。「三年めの途中で打ち切りになったのさ」ロウリーの声はそっけなく、夢見るような表情は消えていた。

「なぜそうなったのか、何かお考えはありますか？」エリスはロウリーの態度の変化をものともせずに尋ねた。

「なぜかはわかっている。レオ・サンプソンのせいだ」彼はそれを名前ではなく発声練習のように明瞭に発音した。

持っていたペンをメモ帳の上の数センチのところでぴくりと震わせながらも、レベッカは顔を上げなかった。その横で、エリスはノートにペンを走らせていた。

「あなたがおっしゃるのは、密航者を演じていた俳優のことですね？」エリスの口調は、あくまでも相槌を打っているだけにしか聞こえなかった。

「そうだ。あれはとんでもない男だったが、彼なしで番組は成立しなかった。だれも新たな密航者を気に入らなかったのさ。わたしなど、その名前も思い出せないくらいだよ。クレイグ……なんだったかな？　いずれにせよ、あれはひどかった」

レベッカを目顔で制してから、エリスは彼女の心にあった質問を声に出した。「どんな点で、レオはとんでもなかったのですか？」

「あらゆる点でさ。必ず遅刻するし、台詞は覚えないし、四六時中、台本や小道具や衣装のあれこれをなくす。だらしがないにもほどがあるよ」

　ジェニーがまた携帯電話から顔を上げたことに、レベッカは気づいた。明らかに、この話題はどのインタビューでも出てくるものではないのだろう。

「それはなぜだったと思われますか？」エリスが聞いた。

　エリスの口調は慎重だった。というのも、いまロウリーは自分の話を楽しんでいるようだったが、それはおそらく、〈テンペスト〉の話にあきてきたか、同じ質問ばかりされるのにうんざりしていたからだろう。彼が喜んで噂話に興じるのも長くは続くまいと、レベッカは思った。

「なぜ彼がだらしなかったか？」ロウリーは考えこんだ。「理由はいろいろあるだろうが、その最たるものは彼が途方もないエゴイストだったからだよ。いいかね、わたしは〈密航者〉の主役がレオだったことは否定しない。彼はまるであの役をやるために生まれてきたようだった。だが、あの番組の成功によって思い上がってしまったのさ。完全にあのキャラクターに取りつかれてしまったんだ。それがラリーや脚本家たちの悩みの種になってね」

「取りつかれていたんですか？　どんなふうに？」

「ああ、彼は密航者とは何者で、番組のおとぎ話に関わるようになる前にはどこにいたのかを知りたがったんだ。さらには、密航者の名前まで知りたがるんだから、始末におえん——実在の人物でもあるまいし！」

「彼は役をより深く理解しようとしていたのでしょうか？」エリスが水を向けた。

これはもっともな推測に思えた。ロウリー自身たったいま何分間もシェイクスピアの登場人物を詳細に分析していたのだから。それを聞いたレベッカは、エリスが公平な態度を保ってくれていることに感謝した。とはいえ、ロウリーは不快そうだった。

「それはいささか疑わしいと言わざるを得んな。密航者はあの番組の中心的人物だったかもしれないが、言ってみりゃ単なる傍観者だ。彼自身の物語はなかったわけで、レオにはそれが気に入らなかった。だから、密航者はどこからやってきたのかなどという戯言を言い出したんだ。彼はもっとテレビに映りたかったし、もっと注目されたかったのさ」

ロウリーは白いぼさぼさの眉を左右がつながるほどひそめ、ライターに手を伸ばした。

「先ほど、理由はいろいろあるとおっしゃいましたね？」エリスがロウリーに言った。「レオのふるまいのほかの説明というのは？」

「ああ、それだがな、彼の私生活はめちゃくちゃになっていたんだ。わたしの記憶が正しけりゃ、彼は若くして結婚した。だが、この番組に出演するようになってすぐ、妻に家から追い出されて……」

かすかに指先を震わせながら、レベッカはしっかりメモを取った。金曜日、伯父はレオが妻子を捨てたと非難しており、その逆ではなかった。ならば、真実はどっち？

レオが出ていったことは、レベッカの記憶にない。けれど、実家で眠れないまま横たわりながら、母親の寝室から聞こえてくる押し殺したむせび泣きを聞かないよう耳をふさいだおぼろげな記憶がある。レベッカは静かに母親の寝室に入っていって、大きなダブルベッドにもぐりこみ、慰めようとしたのだろうか？　レベッカには思い出せなかった。その記憶が父親と関係あるのかどうかもはっきりしないのと同じく。けれど、なんとなく、たとえそうしていたとしても歓迎されたかどうかは疑わしい。母親は非常にプライドが高いのだ。

「だが、妻からすれば大英断だ」ロウリーは続けた。「わたしが解せないのは、なぜそもそもあの男を迎え入れたのかってことだがね。だれでも脳みそが半分でもありゃ、彼が手に負えない男だってことぐらいわかったはずだからな。とにかく、第一シリーズの撮影をしていたとき、彼はそのことでとても傷ついていたし、娘のことでひどくうろたえていてね……」レベッカがハッとして顔を上げたところで、ロウリーはライターをつけた。「まあ、それはほんの序の口だったんだが」

淡々とした口調を変えずに、エリスが尋ねた。「なぜ彼は娘さんのことでうろたえていたんですか？」

「前妻によって娘に会うことを制限されていたとか、なんかそんなようなことさ。一方的に父親役を降ろされたとでも思っていたんだろう。ただ、そんなの自業自得じゃないかね？　あいつが結婚生活をめちゃくちゃにしなきゃよかったんだ」

ロウリーがつけたばかりの煙草を味わっているのを見ながら、レベッカはそれを彼の口から抜き取ってやりたい衝動を抑えた。この俳優が彼女の両親のことを気楽に語る様子が憎らしかった。たとえ、父親にはむきになって擁護するだけの価値がないとしても。

ロウリーは煙草の煙を吐きながら、淡い色の目で道路の向かい側の赤レンガの建物を見つめた。

「レオがどれほどあの子に会いたがっていたかを思い返してみると、この世であいつが心から大切に思っていた唯一の存在が娘だったんだろうな。もちろん、自分自身をのぞいてだが。彼が我々全員をどうでもいいと思っていたことは間違いない。さもなけりゃ、あんなふるまいをするはずがないからな。とにかく、あいつは並はずれて自己中心的な男だったんだ」

ロウリーは煙草を軽くトントンと叩き、テーブル中に灰をまき散らした。そのいくつかが、レベッカのメモ帳とその最新の書きこみの上に飛んできた。〝撮影、自業自得、娘……〟。レベッカは心が締めつけられそうになるのを感じながら、ロウリーの言葉はどれくらい信用できるのだろうと考えた。たったいま聞いたことを信じていいのだろうか？

「レオは第二シリーズ終了後に降板しましたね」エリスが話し出し、レベッカはそのとき初めて彼の質問の流れに戸惑った。これまでとは違い、自分自身の話をもっと聞きたかったからだ。家族が口を閉ざしたままなら、これが何かを知ることができる唯一のチャンスかもしれない。

ロウリーはふんと鼻を鳴らした。「彼は降板したんじゃない。クビになったんだ」

驚きを装うエリスを前に、ジェニーは背筋を伸ばして座り直し、小声で言った。「あの、ロウリーさん――」

「もうずっと昔の話だよ」ロウリーはジェニーに言った。「それに、これは当時、公然の秘密だった。番組としても彼に続けてもらうことはできなかったんだ。あんな状態では。あんな問題を抱えていてはね」

「あんな問題とは？」

その言葉は思わずレベッカの口をついて出てしまっていた。エリスもジェニーも驚いてレベッカのほうを見たが、悦に入っているロウリーは彼女が初めてしゃべったことに気づいていないようだった。

「ドラッグだよ」ロウリーは楽しげに言った。「どんなドラッグをやっていたかは聞かんでくれよ。だが、彼は完全にいかれていた。むろん、この業界では珍しくもない話だが、彼が密航者だったことを考えれば……」

おそらくロウリーはこの話を明かすのを最後までとっておいたのだろう。最高に劇的な効果をあげるために。実際、ジェニーには効果てきめんで、彼女は席から身を乗り出し、なんとかこの名誉毀損になりかねない話をやめさせようとした。だが、あのパパラッチが撮った写真の父親が汗っぽくて虚ろに見えたことを思い返してみれば、それはさほど意外ではなかったし、規律や体裁をとても重んじる母親がなぜあれほどレオについて話すのを拒むのかも理解できた。

「では、彼は薬物依存で解雇されたわけですね？」そう言ったエリスは、この会話の流れに不満そうに見えた。

「そうさ」ロウリーはジェニーの咳払いを無視して言った。「だって、そうするしかないだろう？彼はほとんど正気を保つこともできないようなありさまだったんだから」

「彼が解雇されたとき、あなたもその場にいたんですか？」

ロウリーは口ごもった。「それが、たまたまいなかったんだ。事態が紛糾（ふんきゅう）したとき、わたしはたまたま午前休を取っていてね。当時、わたしはそうしていて本当によかったと思ったものさ。なにしろ、学校から子どもたちが見学に来ているときに——」

「なのに、あなたは彼が解雇されたと確かに信じている。それはなぜですか？」エリスが重ねて問いかけた。

「そりゃあ、信じてるさ！　プロデューサーたちが我々に話さないとでも？　確かに詳しく説明はしなかったかもしれない。彼らは番組を守らなければならなかったからね。だが、全員が信じていたよ。そして驚くことに、だれもがひどくショックを受けていた！　わたしはそうじゃなかったがね。この業界で五十年以上生きてきて、レオ・サンプソンみたいなやつは何十人と見てきたよ。若くてしかるべき才能もありながら、どうしようもなく破滅へ向かって突き進むタイプなんだ。わたしはすぐに〈密航者〉はもう終わりだと悟った。あれは彼がいたら続けられなかったが、彼なしでも続けられなかった。それにしても、彼が自分自身のキャリアをドブに捨てるときに、我々のキャリアのことをちらりとでも考えたかはおおいに疑問だね」

ロウリーはワインボトルをつかんだが、それが空（から）っぽであることに気づき、ワインクーラーのなかにガシャンと落とした。「それにしても、我々はなぜこんな話をしているんだ？」彼はそう食ってかかってきた。「これを記事に書くつもりなのか？　だれもこんな話なんか読みたくないだろうに。もうずっと昔のことなんだから……」彼はいまさらながら気づいたようだった。自分が言いすぎてしまったことを。

「このことを記事に含めるつもりはありません」エリスは安心させるように言った。「ただ――解雇されてからレオと会ったことはありますか？」

「なぜそんなことばかり聞くのかね？　これはわたしのキャリアについてのインタビューじゃなかったのか？」彼はジェニーに矛先を向けた。「そろそろ戻らなきゃならない時間じゃないか？」

レベッカはさっとエリスのほうを見て、なんとかしてと目顔で合図した。自分たちがここへ来て聞きたい質問への答えを得ぬまま、ロウリーを帰らせてはならない。

「おっしゃるとおりです。いささか脱線してしまいました」エリスはとりなすように言いながら両手をあげた。「言うまでもなく、この記事はあくまでもあなたについてです。なんといっても、現在のところあの番組の出演者のうちでいちばん有名なのはあなたなのですから……」

煙草をくわえてライターをコートのポケットにしまっていたロウリーが、動きを止めた。「まあ、それはそうだろうな」

「ぼくがなぜこれほどあなたからお話をうかがいたかったのだと思いますか？　あなたと違って、ほかの出演者たちの動向はいっさい聞こえてこないからなんです。つまり――」エリスは笑い声をあげた。「――レオ・サンプソンはいまどこに、ってことですよ」

「あまり考えたくないな」ロウリーは言った。そして、同じく無頓着な口調でこうつけ加えた。「ほら、死んだかもしれないしさ」

エリスはロウリーとその付き人について店内へ入っていったが、レベッカは頑（がん）として席に座ったままでいた。彼らが握手をし、ロウリーがゆっくりと階段を降りていき、ほかのふたりがそのあとについていく様子を、レベッカは俳優の黒いトリルビーが視界から消えるまで見つめていた。全身が怒りで脈打っていたが、自分でもなぜそんなに怒っているのかはっきりしなかった。ロウリーの冷淡な推測は、レベッカ自身が先週エリスに言ったものと同じだ。なのに、なぜかそれを自分以外の人間の口から聞くのはつらかったし、真実味がある気がした。

エリスは戻ってくると携帯電話のボイスレコーダーを止め、どさりと椅子に座った。ふたりとも、さっきまでロウリーが座っていた側を見つめた。そこはまだ煙草の灰で埃(ほこり)っぽかった。

「いやなやつ」レベッカは言った。

一瞬、驚いた色を浮かべたあと、エリスはにやりと笑った。「抑えなくていいよ、レベッカ。本当の気持ちを言えばいい……」言葉の最後はくぐもっていた。彼が眼鏡の下で目をこすっていたからだ。

「彼が父について言っていたこと、記事に書かないわよね？」レベッカは聞いた。

それはレオの名声が傷つくというよりも、自分の家族を思っての発言だった。そんなことになったら、家族も巻きこまれてしまうのだろうか？　人前で元夫との関係に触れられるだけでもうろたえるロザリンのことだ。薬物依存などというスキャンダルに——どれほどかすかであろうが——結びつけられたら、どんな反応をするかは想像にかたくなかった。それだけではない。伯父は烈火のごとく怒り出すだろうし、レオという名前が出るたびに奇妙な悲しみを漂わせる祖母のこともある……。

エリスは顔から手を離した。「書かない。老人ひとりの暴言だけで記事にするわけにはいかないからね。それに、〈密航者〉についてのみんなの思い出を台なしにしたくない。率直に言って、ぼくがレオの件を今回の記事に含める可能性はほぼないよ」

「本当に？」レベッカは疑うような口調になるのを止めることができなかった。それでは骨折り損のくたびれもうけではないのか？　レベッカはエリスの調査能力に感心していた。とくに、あの俳優からあれほど多くの情報を引き出したことに。

「これまでのところ、レオについて書けることは何もないからね」エリスは肩をすくめて言った。「〝あの人はいま〟的な記事を書くとして、現時点で彼はどこにいてもおかしくないし、新たな名前を使っているってことも考えられるし……」

その可能性に少しだけ不安になり、レベッカは聞いた。「ほかの〈密航者〉関連の人から話を聞くことはできないの？」

「あのパパラッチの写真に写っていたふたりにはあたってみたんだけど、女性のほうはリチャード・ロウリーほど知らなかったし、男性のほうには連絡がつかなくてね。カナダに移住してしまったらしいんだ。〈密航者〉のエグゼクティブ・プロデューサーだったラリー・ウィルキンソンには何度か留守電にメッセージを入れたけど、彼はもう引退してるし、ぼくと話をする気になってくれるかどうか怪しいものだと思う。たったいま聞いた話から考えるとね……。だから、答えはノーだ。ぼくたちは行き止まりに突きあたったんだと思う」

「そうかしら？」

せっかくいろいろわかったばかりなのに、どうして彼はそんなふうに言えるのだろう？　とはいえ、考えてみれば、レベッカがこの午後知ることになった点の多くは、エリス自身からロウリーとのインタビュー前に教えられたことだった。

「ほかにどうしたらいいかわからないんだ」エリスはあいかわらず椅子に身を投げ出したまま言った。「思いつく人には片っ端からあたった。きみのお母さんにも、〈密航者〉関連の人にも……。レオがデヴォンに移る前のエージェントにもメールしてみたし。そうだ――」彼はペン先でノートを軽く叩いた。「――きみのおばあさんはどうだった?」

「ああ、何も知らないって」レベッカは嘘をついた。エリスとの電話で交わした取引のこの部分について、すっかり忘れてしまっていたのだ。そのあと、これだけでは説明不足だと感じてつけ加えた。「あの、先日、祖母は父のことを話していたんだけど、どうやら思い違いをしていたみたいで」

そう話せばわかってもらえるかもしれないと思ったのだが、エリスはそんな嘘はお見通しだとでも言いたげな表情をしていた。「ほら、やっぱり」彼はまた肩をすくめて言った。「行き止まりだよ。だれもレオの居所を知らないか、話そうとしないかのいずれかさ」

それは皮肉なのだろうか、とレベッカは考えた。とはいえ、祖母が何を語ったとしても、彼にそれを教えるつもりなどさらさらない。良心の呵責(かしゃく)を軽くするため、レベッカは自分にこう言い聞かせた。どっちみち、たぶんどうでもいいことだ。もうエリスはあきらめてしまったみたいだし。

それでも、エリスに別れの挨拶をするのは妙な感じだった。この数日間、ずっと変わらなかったのは彼のほうだ。レベッカ自身の感情は変化しはじめているのに、レオの居所を突き止めたいという彼の思いは変わらなかった。だが、そのバーで別れを告げたあと――彼はワインの支払いをし、レベッカは列車に間に合うよう道を急いだ――レベッカは気づいた。もし父親についてもっと多くのことを知りたければ、今後はそれを自分だけでやらなければならないのだと。

もう少しで駅に着くというところで、レベッカはインタビューの録音を送ってほしいとエリスに頼めばよかったと気づいた。リチャード・ロウリーの声など二度と聞きたくないと思ったにせよ、それは近い将来のことであって、いまもう一度聞きたいと思うあの素晴らしい瞬間がひとつあったのだ。『この世であいつが心から大切に思っていた唯一の存在が娘だったんだろうな……』

5 〈密航者〉

翌朝レベッカを待っていたのは、二十六通の未読メール、未開封の郵便物の山、そしてアンチウイルスソフトの失効にうろたえる年配の測量技師だったが、そのほかの点では〈サドワース&ロウ〉は通常運転できているようだった。あいにく、レベッカ自身はそうではなかった。集中できず、心穏やかではいられなかった。どれほどやることリストをこなしても、レオ・サンプソンの居所がわからないままであることが胸の内でくすぶり続けていたからだ。

さらには、思い出という問題が持ち上がっていた。数日前まで、レベッカの記憶のなかの父親は、心の奥底のほとんど忘れ去られた場所にしまいこまれていた。クローゼットに片づけられた幼いころのおもちゃのように。だが、そこをあけてのぞいてしまったいまでは、また扉を閉めるのは難しく、クローゼットから絶えず中身が転がり出そうになっていたのだ。それでも、レベッカはそれを押しこみ続けていた。そんな思い出にいまさらどんな価値があるというのだろう?

昼休み中、レベッカは自分のデスクに射す日の光をさえぎり、パソコン上に新たなブラウザ画面を開くと、同僚たちがみんな忙しそうに何かやっているのを確認してから、検索バーに〝レオ・サンプソン　クビ〟そして〝レオ・サンプソン　薬物〟と入力した。

いずれの検索ワードからも該当情報は出てこなかった。もしリチャード・ロウリーの言ったことが正しくて、レオの解雇が公然の秘密だったのだとしたら、プロデューサーたちの緘口令(かんこうれい)の徹底ぶりは見事だと言わざるを得ない。第三シリーズの新たな密航者役決定を発表する記事は一件あったが、そこにレオの降板がなんらかのスキャンダルがらみであったことをほのめかすような記述はいっさいなかった。代わりに書き手は、レオが降板するのはほかの仕事を追求するためだという例の理由を述べ、同番組が以前どおりのものになるかどうかについて『いまやここまで番組そのものとなった役をほかのだれかが演じられるとは思えない』とコメントしていた。

「よっ！」

　この大声とアフターシェーブローションの刺激臭が、クリス・フェントンの接近を告げていた。レベッカはさっと検索画面をアイコン化した。

　デスクまでやってきたクリスは、まだ手つかずのままタッパーに入っているレベッカのサラダをつまみにかかった。「ランチ中？」

「ええ、ちょっとたまってるメールを片づけていたところ」

　レベッカはクリスがこの言外の意味を察してくれることを願ったが、彼は椅子を引き寄せると、くるりと回転させて腰を下ろし、両腕両脚で椅子の背もたれを抱えるような格好になった。「のっぽ（ストレッチ）からメールあった？」

「だれ？」レベッカはそう言ってから、クリスが共通の友人であるステフのことを言っているのだと気づいた。レベッカはその呼び方が嫌いだった。ステフはそこまで長身ではない。クリスよりも高いだけだ。

「ステファニーだよ」クリスはそう言ってあきれ顔をした。「今夜のクイズ大会に来るかどうか聞いてるんだ。きみも来る？」

〝BBCの子ども番組〈密航者〉の密航者役を演じていたのはだれか？〟

　以前、大学時代にこの質問がクイズで出され、すっかり不意をつかれたことがあった。驚きのあまり、バーから持ってきた何人分もの飲み物を落としそうになったほどだ。そのとき、レベッカのチームだったメンバーはみんなレオ・サンプソンの名前は知らなかったが、顔は覚えているとはっきり言っていた。レベッカは動揺しながらも、顔しか覚えていない子ども時代のテレビの人物と自分とのつながりに友人たちが気づくことは絶対にないと、みずからに言い聞かせたのだった。そして、レベッカはその答えを書くことができなかった。たとえ得点を獲得するためであっても。だから、友人たちには一度もその番組を見たことがないと告げた。事実だったから。

だれかが父親の名前を口にするのを耳にしたのは、それが最後だったろうか？　エリスが〈サドワース&ロウ〉を訪ねてくるまでは。

「チェイサー？　もしもし？」

クリスがレベッカの顔の前で指を鳴らしていた。

「えっ？　ああ――」レベッカはため息をついた。「ええ、行くわ」

クリスがどれだけ多くの問題に答えられそうか――たいていはサッカーに関する問題しかわからないことからすれば、おめでたい見通しなのだが――を自慢しはじめたのを聞き流しながら、レベッカは心を決めた。レオについてもっと多くを知りたければ、もっと忍耐強くならなければならないし、祖母が旅行から帰ってくるまで待たなければならないと。

とりあえず、それまでこの件については棚上げしなくては。エリスのように。昨日バーを出たあと、レベッカはエリスにインタビューに同席させてもらったお礼のメールをするのが礼儀だろうと考えた。

どういたしまして。さほど有益な情報が得られなくて残念だったね。

彼はそう返信してきた。

お父さん探しを続けるなら、幸運を祈る。

この文面からはこれにて終了という雰囲気を感じたものの、エリスがそのあと何か新しい情報をつかんだかもしれないと密かに期待して、レベッカはたびたびメールの受信操作をせずにはいられなかった。

仕事を終えてからもまだ頭のなかが騒がしかったレベッカは、音楽なしで走りに出ようと決め、自分の短く息を吸いこむ音とランニングシューズのソールが地面を踏みしめる音に集中しようとした。外はまだ暖かく、あたりは川のにおいと近くの牧草地の甘いにおいが入り混じっており、牧草地の生垣のまわりをウサギたちが跳ねまわっていた。レベッカはそれを眺めようと立ち止まることはせず、両脚から感覚がなくなって呼吸が苦しくなるまで全力疾走した。というのも、ふだんならスピードを上げて走れば頭のなかが静かになるからだ。ただ、今晩はだめだった。追いかけてくる考えを振り払うことはできなかった。

なぜ自分は父親の消息にこだわり続けているのだろう？　長いあいだ、父親の不在についてなどそれほど深刻に思い悩むことはなかったのに。ずっと昔、おそらくもう父親は帰ってこないと悟ったとき、自分はもう父親のことを考えまいと心に決めたのだ。父親を忘れるために。そして、そんなことはほとんど不可能だったにもかかわらず――なにしろ、自分はいまも忘れていないし、あれこれ考え続けているのだから――当時は忘れようとしたほうがつらくない気がしたのだった。

では、そのときと何が変わったのだろう？　なぜいまになってそんなに父親のことを気にするのだろう。まだ幼かった自分を捨てて出ていった人だというのに。とはいえ、レベッカにはそのわけがわかっていた。あのおとぎ話の本の献辞の相手と、リチャード・ロウリーが言っていた、レオが大切に思っていた唯一の存在――少なくとも当時は――が、自分だったと知ったからだ。

傾いた日の光のなかで群れ飛ぶ羽虫たちを払いのけて走りながら、レベッカはロウリーのインタビューによって明らかにされたそのほかのことについて考えた。レベッカにはドラッグの経験はほとんどなかった。一、二度マリファナを吸ったことがあり、エイミーとマジックマッシュルームを試して、ふたりともビレッジホール前で吐いて終わったことはあるけれど。レベッカが人生でハードドラッグにもっとも近くで遭遇したのは、オックスフォード大学ですごした最初にして唯一の学期中のことだ。スパンコールのドレス姿の女の子たちが寮の共用バスルームによろめきながら入ってきて、コカインを筋状（すじじょう）にしはじめたのを見て、すでにパジャマに着がえて片手に歯ブラシを持っていたレベッカは、あまりにも自分が子どもであり孤独に思えて泣き出したくなったのだった。

　というわけで、レオがどんな薬物をやっていたのか、レベッカには想像することしかできなかった。犯罪ドラマで見たことのある薬物中毒者たちのように、腕の上のほうに注射跡のあるレオの姿を思い浮かべようとして少し気分が悪くなった。使っていた薬物がなんだったにせよ、そのせいでレオは密航者の仕事を失ってしまったのだ。『彼はほとんど正気を保つこともできないようなありさまだったんだから』とロウリーは言っていた。いろいろなことを考えあわせると、レオは死んだのではないかというロウリーや自分の推測は正しいのだろう。たとえ訃報や死亡告知は見あたらなくても。ただ、レオが一九九九年より前に死んでいたはずはない。『七つのお話』の日付を思い出しながら、レベッカはそう自分に言い聞かせた。

　レベッカは道をはうように伸びているイラクサのかたまりを飛び越しながら、陰険な俳優の言葉やあの本以上の手がかりがあればいいのにと思った。古いファンサイト、詮索好きな記者の調査、何も教えてくれようとしない家族から投げてよこされた断片以上のものが必要だった。

『お父さんのことは覚えてる？』

　レベッカはペースを落とし、改めてエリスの質問について考えながら、ついに心の奥の玩具（おもちゃ）が入ったあのクローゼットの扉を開け放った。

家族とともに長年、父親など最初からいなかったというふりをしてきたにもかかわらず、レベッカの父親に関する記憶のほとんどすべてはロウアー・モーヴェールでのものだった。いまレベッカの脳裏には、そこにいるレオの姿が浮かんでいた。〈三つ山亭〉の塀の上に座っているレオ、アイスクリーム・コーンの底を先に食べちゃえとけしかけてくるレオ、庭で生まれて初めて蜂に刺されたとき、むき出しの足の上にかがみこんで刺されたところを見てくれているレオ、クリスマスイブの真夜中のミサのあとでダンスしながら小道を進み、レベッカとどちらが大声で〈天には栄え〉を歌えるか競争するレオの姿が。

そのあと、レオが語ってくれたお話もよみがえってきて、それ自体が思い出のように感じられた。というのも、当時レベッカはそれを本当のことだと思っていたからだ。たとえば、荒れ地でごつごつした丸い石の前を通るときは必ず足音を忍ばせていたが、それはレオがあれは眠っているトロールなんだよと声をひそめて話していたせいだった。レオはまた、有刺鉄線に引っかかっている羊の毛はじつは小人の顎ひげで、小人はそれを取り返そうとしているんだと真顔で語っていたし、夏至（げし）にビスケットのくずを落としながら森のなかへ入っていったのは、昼間がいちばん長い日には木がそこらじゅうを歩きまわるんだよと父親が言うので、目印を残しておかないと帰り道がわからなくなるかもしれないと思ったからだった。

レベッカは胸骨にこぶしを押しあてた。いま胸をつまらせている痛みが、取りのぞくことのできる喉につまった食べ物か何かであるかのように。こうしたことは役に立ちそうな記憶ではない。父親は幸せではなく、苦しんでいたのだろうか？　きっとそうだったのだろう。結婚生活が終わりになろうとしていたのだから。けれど、レベッカには喜びにあふれた父親の姿しか思い描くことができなかった。空へのぼろうと糸をぴんと張ったカサカサ鳴るホイルバルーンのような。

暑くなってきた。少し暑すぎる。記憶をよみがえらせているうちに、足取りも重くなっていた。そういえば、どこかに紫色のドアがあったっけ。それは心の霧のなかの遠くのほうにぽつんとあって、ちらちらとまたたいていた。自分と父親は紙袋に入ったお菓子を食べているところで、父親はカシスグミをつまんで持ち上げると、それがドアのペンキの色と同じなので見えなくなってしまったふりをした。その小さなお菓子がどこかにいってしまったとわざと怒る父親を見て、レベッカは大笑いし、しまいにはしゃっくりが止まらなくなったのだった。

あれはいったいどこだったのだろう？　リチャード・ロウリーによれば、ロザリンは〈密航者〉時代のレオがレベッカに会うのを難しくしていたということだったが、難しいとはいえ、不可能ではなかったのだろう。あの番組は、確かブリストルで撮影されていたはずだ。ならば、レオは村を出ていったあと、そこに行ったのだろうか？　レベッカは片腕で汗だくのひたいをぬぐいながら、次第に意識が朦朧（もうろう）となるのを気のせいだと思いこもうとして考え続けた。自分は密航者に扮（ふん）した父親を実際に見たことがあるのだろうか、撮影現場を訪ねたことはあるのだろうか、あの衣装を着ている父親を見たことはあるのだろうか……。

……ふと、仮面をつけたふたり組のイメージが浮かんだ。見ている人々に向かって手を振っており、そのレースの袖が風になびいている。近くで男が黒と白の棒でジャグリングをしており、列になった娘たちが雨で滑る敷石の上でタップダンスをしている。レベッカは立ち止まり、だれかに父親を見なかったかと聞かなければならないのだが、傘の群れに呑みこまれてしまい、たくさんの肘（ひじ）やショッピングバッグにもてあそばれるように暗い通路のほうへ運ばれていき、その先はどこへもつながっていない。レベッカはそこへ近づいてはならない。絶対に。けれど、人々の流れには逆らえず、レベッカはあまりに小さく、あたりはあまりにも騒がしい。人々の歓声や拍手や笑い声がレベッカの声をかき消し、泣きながら何度も叫んでもその言葉を耳にする者はいない。

お父さん！

自分がどこにいるかわからなくなり、レベッカはまばたきをした。自宅そばの道にいると理解するまでに数秒を要した。いつのまにか足は自宅へ向かっていたのだ。

心臓の鼓動が速まっていたが、それは運動のせいではなかった。あの光景にぎょっとして、周囲の音がまったく聞こえなくなっていたのだ。あれは現実だったのだろうか？　レベッカにはそれがどこだったのかわからなかった。間違いなくテレビの撮影現場ではないし、エクセターのどこかでもない。あの場面の無秩序さや喧騒（けんそう）は記憶というよりも夢に似ていた。人混みがあっという間にすっかり自分を呑みこんでしまった様子もそうだったし。とはいえ、迷子になった心細さやあの不安な気持ちは……ただの想像にしてはあまりにリアルだった。

レベッカは震えながら自分のフラットに入り、一パイント（五六八ミリリットル）の水をごくごく飲みはじめた。すっかり消耗（しょうもう）してしまった気がした。いったいどうしてしまったのだろう？　ルームメイトや話し相手、ものの道理を説いてくれるだれかがいてくれたらと思った。何かほかの件であれば、祖母か母親に打ち明けていただろう。母親はとくに実用的な助言者として頼りになったからだ。たとえ押しつけがましいきらいがあるにせよ、それは聞く価値のある助言だった。口座を開くならどの銀行がいいか、仕事の採用面接にはどんな服を着ていくべきか、などなど。急に、いまの自分を消耗させている件と多少でも関わりのある唯一の人物が、〈サイドスクープ〉の赤の他人であるということを惨（みじ）めに感じた。

レベッカはコップを置くと、何だったにせよ先ほどの曖昧模糊（あいまいもこ）とした記憶あるいはイメージを忘れようとしてリビングを見まわしながら、自分を現在のこの状況にしっかりと結びつけようとした。このフラットを選んだのは町の中心部までの近さに加え、当時はこの四角ばった実用的なインテリアに惹かれたからで、それは実家とも、大学時代に友人たちとシェアしていたぼろぼろの家とも、かけ離れているように感じられたのだった。けれど、いま目にするこの空間は特徴に欠け、よそよそしく見えた。鉢植えがなかったら、まるで内見用住宅か何かのように殺風景だったことだろう。フェアリーライト（小さな電球がケーブルでつながった間接照明）をいくつか取りつけて、キャンドルやクッションを何個か置けばいいのだとわかってはいたが、ここでの生活――ひとり暮らし――は一時的なもののはずだった。自分が何をやりたいのかを見つけるまでの、短期的ながら必要な休止期間の予定だったのだ。

レベッカの夢想は携帯電話の振動音によって破られ、やがて〈クイズですよ〉のさまざまなメンバーから、いまどこにいるのかと尋ねるメッセージが何件も届いていることに気づいた。レベッカは目をこすった。今日、あれほどクリスに念押しされたのに、クイズのことをすっかり忘れてしまうなんて。今日の自分はいったいどうしてしまったのだろう？

シャワーを浴びてパジャマに着がえると、ミニトマトひとつかみを炒め、容器に残っていたわずかばかりのパスタで適当な料理をこしらえた。それから、今晩はほかに何かしようと思っても集中できないと思って、ノートパソコンを開き、ＹｏｕＴｕｂｅに〝密航者〟と入力した。

〝第一シリーズ、第一話：シンデレラ〟として三番めに出てきた検索結果の視聴回数は数万回に達しており、好意的なコメントがずらりと並んでいた。

二〇一三年になってもまだこれを見ている人いる⁇

チャーミング王子より密航者のほうが断然イイ！

わたしの子ども時代!!!

これまでロザリンに〈密航者〉を見ることを禁じられたことはあったのだろうか？　そういえば一度、持っていたリモコンを奪い取られ、外で遊びなさいと叱られたことがあったが、あのときは納得がいかなかった。だって、午後中はずっと祖母とブラックベリー摘みに出かけていたのだから。たぶん、ロザリンのあの過剰反応は〈密航者〉がらみだったのだろう。だが、あの番組を見ることを実際に禁じられていたのかどうかはよくわからなかった。いや、そもそもロザリンはこれまで娘に何かを禁じる必要などなかったはずだ。なにしろ、レベッカはつねに何が母親の賛同を得られ、何がそうでないか、よくわかっていたからだ。

それに、レベッカはこれまで一度も〈密航者〉にそこまで興味がなかった。それがどんなものであるかや、レオの役柄の重要性をすっかり理解するようになるころには、すでに番組は終了していたのである。そして、レベッカは子ども番組に興味を持つ年齢ではなくなった。たとえ父親の存在を無視しようとしていなかったとしても、〈密航者〉が扱うテーマは『七つのお話』の題材と同じくらい関心が持てないものだったのだ。だが、いま、レベッカはそれをじかに体験してみたかった。エリスやリチャード・ロウリーが言っていたことを理解するために。たとえそれ以外に得られるものがなかったとしても、〈密航者〉がどういう番組か見ることは、バラバラの意味不明な記憶について考えこんでいるよりは建設的な行動に思える。それに、動いたり話したりしている父親の姿を見れば――生きている父親の姿を見れば――もっといろいろと思い出せるかもしれない。

深く息を吸いこむと、レベッカは再生ボタンを押した。

その不明瞭な画質を見れば、いつごろの番組であるかがすぐにわかった。オープニングで目に見えない手が物語の本のページをめくるというビジュアルからも、しかり。フォーク調のテーマ音楽がフェイドアウトするのに合わせて最初に見えたのは、大きすぎる花が多すぎるほど咲く枝の上に作られたツリーハウスだ。そのツリーハウスの丸みを帯びた扉が勢いよく開き、戸口に鮮やかな色合いの人物が姿を現したかと思うと、自分の足につまずいて危うく木から落ちそうになった。その人はすんでのところで枝につかまり、コアラのように両手両足で枝からぶら下がった。

「おっと——やあ、みんな！」彼はもう少しで落ちるところだったことを気にする様子もなく、カメフに満面の笑みを向けた。「ぼくが密航者だよ！」

レベッカは椅子の上で思わずのけぞった。もちろん、父親の姿を見る心の準備はしていたのだが、これは予想していなかったからだ。父親はまっすぐこちらを見つめていた。

「さてと、ぼくにはなぜか人のお話のなかに入ってしまうという残念な癖があるんだ」密航者は枝からぶら下がったまま話し続けている。「だけど、ぼくはいつもふるさとへ帰る道を探しているんだ。だから、ひょっとしたら今度こそ……」彼は大げさに周囲を見まわして、巣にいるパペットの鳥の邪魔をし、そのパペットにクチバシで威嚇された。「だめだ、ここはぼくのふるさとじゃない——ちょっと待ってて！」

彼は枝からぶら下がるのをやめ、小枝や木の葉でおおわれたツリーハウスに戻った。体からパタパタと埃を払うあいだ、カメラはじっくりと衣装を映し出した。ぶかぶかの白いシャツ、緑と黄色の縞模様のパンツ、爪先がくるりと上向きになった靴。彼はできそこないの道化のように見えた。とんがり帽子ではなく、黒髪がもつれて山のてっぺんのようになっていたけれど。

なんて若いんだろう。子どものころ、父親はいつだって大人に見えたが、ここに映っている父は三十歳くらいに違いない。いまの自分より何歳か年上なだけだ。

画面では、密航者が地面にいるだれかを見つけていた。ぼろをまとい、エプロンを顔にあててしくしく泣いている金髪の娘だ。彼は木の幹を伝って下りると、その途中でうっかり例の鳥の巣を引っくり返しながら、軽い足音を立ててその娘の横に着地した。

「どうしたんだい？」彼はそう尋ねながら、ポケットから緑と黄の細長いハンカチを取り出した。

「なぜ泣いてるの？」

「だって！」娘は泣き声で言った。どうやら木のあいだから奇妙な格好の男が飛び出してきたことは、なんとも思っていないらしい。そのハンカチの端をつかんで涙をぬぐう娘の姿を見て、レベッカは宣伝用の写真やパパラッチが撮った写真に写っていたあの女優だと気づいた。「血のつながらないお母さまやお姉さまたちが、ひどく意地悪なんですもの！　わたしは朝から晩まで掃除や洗濯ばかりで、一日が終わると埃や灰まみれになってしまうの！」

　次に、シンデレラが床掃除をしたり、パンを焼いたり、動物に餌をやったりするのを密航者が手伝おうとする短い場面が挿入された。ただ、彼は不器用だったり、食い意地が張っていたり、パペットのヤギを敵にまわしたりして、どの仕事も知らず知らず台なしにしてしまう。それはどこかパントマイムのようだったが、完全な茶番へ転じてしまうこともなかったし、大人の視聴者向けのおふざけや冗談もなかった。その愚かしさには真剣さが、その親しげな態度には爽やかさがあり、レベッカは対象年齢から大きくはずれているものの、なぜこの番組がそれほど人気があったのかわかる思いだった。

　番組が続くなか、レベッカは密航者自身に意識を集中した。そうせずにいるのが難しいくらいだった。この物語の推進力は彼のエネルギーと熱意だったからだ。さまざまな失敗をして方針変更をするときも、何かをじっと考えこんでいるときも、彼はこの番組の精神そのものに見えた。そのせいで、密航者から父親の部分を見つけるのは難しかった。けれど、魔法使いのおばあさんが魔法は真夜中になればとけてしまうからねとシンデレラに告げるのを、小首をかしげて熱心に聞いている密航者を見て、レベッカは自分が何か大切なことを話しているときの父親もこんなふうだったと確信した。

　そのつもりではなかったのに、レベッカは二十分間の番組を終わりまで通して見ていた。最後の場面で、密航者は王子さま――パパラッチの写真の男性だ――のあとを走って追いかけ、あなたがいま訪れたばかりのこの家の地下室にはもうひとり娘が閉じこめられているから、その子にもガラスの靴をはかせてみてはどうだろうと勧めた。そしてシンデレラと王子が結婚し、継母と義理の姉たちが結婚祝いのパーティーから追い払われると、密航者はパーティーからこっそり抜け出してお城の庭へ行き、結婚式に出るためにつけていた黄色の蝶ネクタイを投げ捨てた。

「ふう、ちょっとだけ楽しかったな！」彼はカメラに向かってそう言ったあと、次第にもの悲しい顔をした。「だけど、ぼくはどうしてもふるさとへ帰る方法を見つけたいんだ……」

あたりを見まわした密航者は、かたわらの生垣が巨大迷路の一部であることに気づいた。ふたたびうきうきと生垣のとぎれ目に向かいながら、彼は緑に囲まれた通路の先に目を凝らした。

「ひょっとしたら……」彼は肩越しにこちらに笑顔を見せた。「確かめてみよう！」

彼の姿が見えなくなっても、カメラは数秒ほど迷路の入口を映し続けた。レベッカは派手でお茶目な姿が最後にもう一度、視聴者を驚かせたり笑わせたりするために出てくるのではないかとなかば期待していた。けれど、彼は現れない。画面が次第に暗転するのを見ながら、レベッカはがっかりする気持ちを抑えることができなかった。

「ねえ聞いてる？」

レベッカは肯定の相槌を打ったが、翌朝、母親からの電話を聞きながら、視線はミューズリー（スイス発祥のシリアル食品）から『七つのお話』へとさまよっていた。その本はロンドンから帰ってきたあとテーブルに置いたままになっている。毛羽立った緑色の表紙は何かがカビているところを連想させた。お話そのものに関心はなかったものの、レベッカはたびたび献辞のページを開いては、〝バーディへ〟という文字がまだそこにあるのを確認していた。

「ブロンテが心配だって言ったのよ！」ロザリンが大声を出した。「キャロルが言うには、ほとんど食べてないらしいの――おやつさえも！」

「まあ、少し体重が減るのもいいんじゃない」

「もう、笑いごとじゃないんだから！　ブロンテが病気だとして、わたしがいなかったらどうなる？」

レベッカは天を仰ぎつつ、ロザリンがあんなつまらない動物のために大騒ぎしていることになかばあきれ、なかば面白がっていた。どうしてうちの母親はこうも心配性なのだろう？

「お母さん、それでわたしにどうしてもらいたいのか、よくわからないんだけど……」レベッカは同情している口調に聞こえるよう努めて言った。

「仕事のあとにちょっと家に寄って、ブロンテの様子を見てくれないかと思って」

「ええっ？　そのためにわざわざ村までドライブしろって言うの？　モートン伯父さんかダフネ叔母さんに頼めばいいじゃない」

「モートンはブロンテが大嫌いだし――」

「わたしだってそうよ！」

「――それに、ダフネがアレルギーなのは知ってるでしょう」母があとを続けた。「お願いよ、ベッカ――頼みを聞いてくれない？」

今晩は用事があると嘘をつこうかと思ったが、ふと『七つのお話』が目にとまり、ロザリンの留守中はレオがプリムローズ・コテージにいた痕跡が本当に何もないのか確かめるまたとないチャンスだと気づいた。たとえば、ロザリンのデスクの引き出しを探したら、いったい何が見つかる？

そんな大それたことができるだろうか？　レベッカが母親ともめることはめったになく、その代わり母親も長年、娘のささいな悪事には目をつぶっていてくれていた。まあ、メーデーの日にモリスダンスを踊る人たちを笑うとか、パジャマパーティーで試してみるためにダフネ叔母さんの化粧品をくすねるとか、お酒のにおいをさせて明らかにそれとわかるキスマークをつけたまま学校のディスコパーティーから帰宅するといったことだけれど……。とはいえ、母親のプライベートな書類を勝手に調べるというのは、とてもささいな悪事の範疇（はんちゅう）ではないし、エリスと話したり〈密航者〉を見るどころではない重大な裏切り行為だ。それでもなお、だれもいない家という誘惑には抗いがたかった。

「わかった。見にいってあげる」レベッカはそう言いながら、あまり乗り気に聞こえないよう気をつけた。

その晩、間仕切りのないキッチンへ入っていったレベッカは、いつものロザリンのせわしない動きやおしゃべりがない空間の異様な静けさに圧倒された。ごく小さな音、たとえば自分の鍵がジャラジャラいう音や、冷蔵庫のブーンという音、ブロンテのうなり声などが、やけに大きく聞こえた。

「いい子ね」レベッカはいつもの居場所である窓敷居の上でくつろいでいる猫に、声をかけた。「そして、こんばんは」

ブロンテはレベッカが大学入学のために家を出たあとで祖母がロザリンのために買った猫なので、長いあいだレベッカとは触れ合いがなかった。だが、レベッカにはこの猫がとても元気なのは明らかであるように思えた。毛並みがいいのも不機嫌そうなのもいつもどおりだし、床の上の空っぽになった餌入れから判断して、もはや自主的なダイエットはやめたようだ。レベッカは戸棚のなかから猫のおやつが入っている袋を見つけ、いやなにおいのする魚形のおやつをさし出した。ブロンテは食い意地と軽蔑とのあいだで葛藤していたが、おもむろによっこらしょと立ち上がって作業台の上をゆっくり近寄ってくると、レベッカの手からおやつをむさぼり食った。

ブロンテは元気よ。餌は全部食べてるし、おやつも一個食べた。

レベッカはブロンテの巨体をフレームにおさめようとあとずさりしながら、このメッセージに添える写真を撮った。カメラのフラッシュが光ると、猫は不満そうな鳴き声をあげた。

「シーッ……」レベッカはそうつぶやき、廊下へ向かった。

ロザリンの書斎は家の奥にある狭苦しい部屋だった。家具はアンティークのデスクがひとつと天井まである本棚がひとつなのだが、そのささやかな空間には大きすぎるように思えたし、唯一ふさがれていない壁は『嵐が丘』の文章が掲載された一枚のポスターでおおわれている。掃除が極端に行き届いており、書斎に足を踏み入れたレベッカは、自分が見つけられそうな場所に母親が大事なものを置いておくわけがないという絶望的な気持ちに襲われた。

とはいうものの、レベッカは母親のデスクに近づいた。赤い革張りの上面は片づけられており、置いてあるのはティファニー風ライト、レベッカの卒業式の写真が入った写真立て、ペン立て代わりの〝まずは冷静に司書に尋ねてみよう〟のキャッチコピー入りマグカップだけだった。写真を目にすることで呼び起こされた罪悪感を無視しようとしながら、デスクの引き出しのなかを探しにかかり、絵を描くための道具や古いグリーティングカード、商品券、大量の文房具を見つけた。

デスク中段の引き出しには鍵がかかっていた。どこかに引っかかっているのではないことを確かめるために引き手を引いてから、小さな鍵穴に目をあてた。このなかには何が入っているのだろう？　鍵を見つけようとほかの引き出しやペン立てのマグカップのなかを数分ほど探していると、家の別のところからいきなり物音がしてぎょっとした。ブロンテが腹いせに引っくり返ったに違いないと思ってキッチンに駆けつけてみると、それは自分の携帯電話が大理石のカウンター上で振動している音だった。

見にいってくれてありがとう。おかげでほっとしたわ‼ 愛をこめて

「まったく、よくこんなことできるものよね」レベッカはふたたび罪悪感に苛(さいな)まれつつ、つぶやいた。

もうこんなことはやめるべきだ。あまりにも非理性的だし、無責任な父親の分までひとりで自分を育ててくれた母親との信頼関係を壊しかねない。いずれにせよ、母親がこのような事態に備えていないはずがないのだ。たとえ父親に関するなんらかの書類が存在するとしても、それは箱づめされてどこかにしまいこまれているか、弁護士が保管しているだろう。

レベッカの携帯電話がまたカタカタ音を立てたかと思うと、今度は母親が祖母といっしょに海辺の錨形(いかりがた)のオブジェの前で風に吹かれている写真が送られてきた。レベッカはそれを見て微笑(ほほえ)んだが、心のなかでは別の海辺で父親が赤いシャベルで砂を掘っていた日のことを思い出していた。そういえば、父親はその穴に貝殻、小石、流木を並べると、自分もそこに横たわり、爪先から首まで砂でおおった。そして、これは失われた伝説の王さまの遺骨なんだぞと言って、掘り起こせば莫大な財宝が見つかるよと続けたのだった……。

自分を情けないと感じ、胸がちくりとした。そもそもわたしが古代の財宝に魅せられるようになったのは、それがきっかけだったのだろうか？　もしそうなら、すっかり忘れていたにせよ合点(がてん)がいく。また父親がらみで、がっかりすることになってしまった。

携帯電話に表示された風の吹きすさぶ海辺の写真にふたたび注意を向けると、祖母は両手で娘を抱きしめており、娘であるロザリンは母リリアンの頭の上に頰をのせていた。その瞬間、父親について聞くために祖母の帰りを待つという自分の計画は甘いのではないかと思えた。そもそも母親が隠したがっていることを、祖母が話してくれるだろうか？　それに、祖母は信頼のおける情報源なのだろうか？　祖母があのおとぎ話の本を隠していたのは、レベッカはレオとの関わりを望んでいないというロザリンの話を信じていたからではなかったか。幼いころの自分がそんなことを言うなんて、ますます想像できなくなってきていた。

望みが絶たれたレベッカは自分の鍵を持ち、ブロンテをにらんだ。ブロンテは朝食用カウンターに飛びのっており、ロザリンからですら許されていないのに、ふわふわしたプディングのようにその大理石の上に座りこんでいる。

「下りなさい」レベッカはそう言って猫をつついた。「さあ、シッシッ！」

ブロンテが寝返りを打つと、その黄褐色の腹の下からロザリンのアドレス帳がのぞいた。舌打ちをしながらポストイットだらけのアドレス帳から猫の毛を払い落としはじめたレベッカは、ふと手を止めて眉間(みけん)にしわを寄せた。それは解決策として簡単すぎるように思えたが、確認はするべきだろう。いま自分の手のなかにあるのだから。けれど、Sの項までページをめくって母親の友人たちの名前を見ていったが、〝サンプソン〟は見つからなかった。

レベッカはいっそう眉間にしわを寄せた。ロザリンはわたしが覚えているかぎりずっとこのアドレス帳を使っている。元夫の連絡先を何ひとつ知らなかったのだろうか？　ひょっとしたら、それはもっと人目につかないどこかに保管してあるのかもしれない。たとえば、鍵のかかった引き出しとかに。それとも、母親もわたしと同じくらい無関心だったのだろうか？

アドレス帳を閉じようとしたとき、指先が触れたページの端に違和感があった。レベッカはそのページを照明にかざしてみた。白いラベルを切り取ってひとり分の連絡先記入欄の上にぴったり貼ってあるようだ。その新しい面に書きこまれていたのは〝サドラー、キャシー〟――母親のエクセターの友人――だが、下にはだれの名前が書かれているのだろう？

レベッカは興奮してアドレス帳のはじめに戻り、全ページに指を走らせながら、ほかにも同様のラベルが貼ってあるところはないか探した。数分後、同様の箇所をSの項に発見したので、ロザリンのポストイットで目印をつけ、どうすべきか考えた。さんざん刑事ドラマを見て封筒を蒸気で開封する方法を知っていたレベッカは、インターネットで調べ、ラベルの上から布巾をあててアイロンをかけるのがのりを溶かすお勧めの方法だと突き止めた。そこで、疑るような目を向けてくるブロンテに見られながら玄関ホールのクローゼットからアイロン台を引きずってくると、作業に取りかかった。

まずはSの最初のほうのラベルから始め、少しだけ貼られたままになるようにラベルをめくっていった。〝サンプソン〟という名前を見て、期待に胸が高鳴ったが、そのあとには〝パトリシア〟と続いており、住所はケント州だった。もどかしい気持ちで二枚めのラベルに移り、〝サドラー、キャシー〟をはがしたとき、その下に隠されていた名前を見て息を呑んだ。

〝リンプソン、レオ〟

これがそうなの？　わたしは父親を見つけた？　拍子抜けするほどあっけなく思えたが、それはここにロザリンの几帳面な手書き文字で記されている。父親の名前、ブリストルの住所、電話番号が。

怖気づかないうちにと、レベッカは携帯電話を手に取った。震える手でその番号をタップするのはふだんよりも時間がかかったが、それはさまざまな疑問が渦巻いていたからだった。もし父親が出たらどうする？　なんと言えばいい？　そもそもなぜ自分は電話をかけているの？　もはや父親のことをどう思っているのかすら、さっぱりわからないのに……。だが、携帯電話を耳にあてたとたん、女性の機械音声が聞こえてきた。「おかけになった電話番号は、現在使われておりません。番号をご確認のうえ――」

レベッカは電話を切った。なるほど、父親はそこにいないのだ。いるはずがないではないか、こんなに長い年月が経っているのに。そこは近すぎるし、便利すぎる。インターネットで調べてみると、住所はすぐに確認できた。一ブロックにわたって並んでいたその共同住宅は、もう存在していなかった。そこに父親が紫色のお菓子をなくしたふりをしたあの紫色の扉があったのだろうかと考えながら、レベッカはがっかりすべきなのか、ほっと胸をなでおろすべきなのか、わからなかった。

アドレス帳の前のほう、〝パトリシア・サンプソン〟のところへ戻った。住所はケント州ハックスリー・ハウスだ。エリスはレオがケント出身だと言っていなかった？　レオが所属していた青少年劇団の公演に関する地元の新聞記事に、彼はそのあたりで子ども時代をすごしたと書いてあったはずだ。ということは、パトリシア・サンプソンはレオの母親？　それとも姉妹だろうか？　もしかして二度めの妻だったら、どうしよう？

レベッカはふたたび携帯電話を持った。変な話だが、まったくの見知らぬ他人に電話をかけるのは、父親と話をすることになるかもしれないのと同じくらい怖気づくことだった。レベッカはエリスがどれほど大胆不敵に自分に会いにきたかを思い出した。エリスなら躊躇（ちゅうちょ）せずにこの電話をかけるだろう。

「はい、パトリシア・サンプソンですが？」

電話の向こうから、深くよく通る声が聞こえた。レベッカは固まった。相手がこうすんなり出るとは思っていなかったのだ。

「あの——こんにちは。ちょっと教えていただけないかと思いまして、お電話しました。じつは、レオ・サンプソンに関する情報を探しているのですが……」

レベッカは自分のことをどう説明するべきか迷い、やや口ごもった。だが、先を続ける前に相手の女性が言った。「おかけ間違いだと思います」冷淡な口調だった。単なる間違い電話の相手に告げるには、冷たすぎるほど。それに、ロザリンが電話番号を書き間違うとは思えなかった。

「レオ・サンプソンという人をご存じありませんか?」レベッカは食い下がった。「というのも、もしご存じなら――」

「どちらさま?」パトリシアはレベッカの言葉をさえぎった。「この番号をどこで知ったの? いえ、そんなのどうでもいいわ……」女性の声がだんだん遠くなった。まるで電話を置こうとしているかのように。

「待ってください!」レベッカはそう叫び、この会話を続けるために思いついた唯一のことを言った。「彼はわたしの父なんです」

「あなたの――何ですって?」パトリシアは絶句し、それを聞いたレベッカは思った。わたしのことをエリスのような記者か〈密航者〉の関係者だとでも思ったのだろうか?

「わたしはレベッカ・チェイスと申します。あなたのお名前を母のアドレス帳で見つけて、あなたが父レオの親戚じゃないかと思ったんです」

長い沈黙が続き、レベッカはいまにも電話を切られるのではないかと不安になった。そのときふいに、パトリシアが聞いてきた。「あなた、チェイスと言った? お母さんのお名前は?」

「ロザリンです」

「ああ、そういえば……」彼女は考えこむような口調になった。「一度、手紙をもらったことがあったわ――あいにく、返事は書かなかったけれど」

「母は何を書いてきたんですか?」レベッカはこの新たな情報に飛びつくように尋ねた。

「レオについてよ」パトリシアは観念したような長いため息をついたあとで、認めた。「彼はわたしの甥だったから」

「だった?」レベッカはいきなり冷水を浴びせられたように感じ、リチャード・ロウリーの言葉がよみがえってきた。『ほら、死んだかもしれないし』

「現在形か過去形かはわからない。あの子とは三十年以上も会っていないから」

だったら、わたしが最後に会ったときよりも前だ。レベッカはそう思ってほっとした。それどころか、父母が村に引っ越すよりも前だ。「父がいまどこにいるかご存じないですよね?」レベッカは聞いた。

「知らないわ。あなたは知らないの?」

「知りません」

「なるほど」

パトリシアの口調はレベッカの気持ちを明るくしてくれるものではなかった。レベッカはまたしても、自分にもエリスのように人に話をさせるスキルがあればいいのにと思った。

「父の古い連絡先とか、そういうのをご存じではないですか?」レベッカはそう聞いてみた。そして、自分についてもっと説明すべきだと感じ、つけ加えた。「わたし、父を探しているんです。少なくとも、父の消息を。わたしも父とはずっと会っていないんです。子どものころからずっと」

「なるほど」パトリシアはまたそう言ったが、レベッカは相手の態度がやわらいだことを感じ取っていた。「それでも、あなたの力になることはできないわ。さっきも言ったように、あの子にはもう何十年も会っていないから」

「では、子どものころの父のことはご存じなんですね?」レベッカがそう言ったのは、とにかく相手を会話につなぎとめるためだった。

「ええ、そうよ」

「父はどんな子どもだったんですか?」

鋭く鼻を鳴らす音が聞こえてきたが、それだけだった。パトリシアの返事がないことが多くを物語っているようで、レベッカはすぐに何か言わなければならないような気になった。「わたし、これまで父の子どものころのことなんて考えたこともなかったんです」レベッカは打ち明けた。「父の、いえ、わたしの親戚のことも何ひとつ知らなくて」レベッカは話しながら初めてそのことに気づき、それもつけ加えた。

「確かに」パトリシアも静かに同意した。「わたしたちは親戚なのよね？」パトリシアはまたため息をついた。「電話でこういうこみいった話をするのは気が進まないわ。実際に会って話しましょう。今週の土曜日のランチの予定は？」

「ええと――」レベッカは面食らった。いきなり話題が変わったことと、ランチに誘われたことの両方に。もちろん情報はほしいけれど、自分は本当にこの頭の固そうな女性と会わなければならないのだろうか？「それはちょっと遠いというか……」できることならこのまま電話で話したいと思いながら、レベッカは言った。

だが、パトリシアのほうはレベッカの気の乗らない様子にかえって意を強くしたようだった。

「お住まいはどこ？」

「エクセターです」

「あら、それならそんなに遠くないじゃない。昼食のためだけに来るのが億劫なら、うちに泊まっていけばいいわ。少しばかり親戚の家ですごすのもいいでしょう」

気がつくと、レベッカの意志とは関係なくみるみる話が進んでいた。確かに、このチャンスを無駄にしてはならないと決意していた。自分に進んで話をしてくれようとする唯一の親戚を冷たくあしらってはならないと。けれど、一度も会ったことのない人の家に、たとえ親戚であろうと泊めてもらうのは賢明な行為だろうか？　レベッカはどうすべきか考えた。エリスならどうするだろう？

「あなたのお母さんのアドレス帳に、うちの住所が書いてある？」パトリシアは続けた。

「ハックスリー・ハウスですか？」

「そう、それよ」

　エリスなら行くだろう、レベッカはそう思った。彼なら自分の知りたいことを突き止めるために、うまくパトリシアを味方につけるはずだ。リチャード・ロウリーに対してそうしたように。そして、わたしに対してもそうしたように。

「じゃあそういうことで、土曜日に会えるわね？」パトリシアは続けた。レベッカがまだ行くともなんとも言っていないというのに。これはロザリンを相手にしているときとそっくりだった。「家を出るときにもう一度、電話をちょうだい。そうすれば、あなたが何時ごろ着くか見当がつくから。うちへの来方も教えなくちゃならないし。私道への入口が恐ろしくわかりにくいものでね……」

　パトリシアの話を聞きながら、レベッカにはある考えがひらめいた。だが、それについてぐずぐず考えている暇はなかった。パトリシアが電話を切り上げようとしていることがわかったからだ。

「あの……サンプソン夫人？」レベッカは切り出した。〝叔母さん〟とか、〝大叔母さん〟と呼ぶのは、少しなれなれしい気がしたからだ。

「夫人じゃないわ。一度も結婚しなかったから。パトリシアと呼んでちょうだい」

「じゃあパトリシア、今度の土曜日ですけど――友だちをひとり連れていってもいいですか？」

6　叔　母

「いい車だね」助手席側のドアをあけながら、エリスが言った。

「ああ、はいはい……」レベッカは人から――とくに男性から――この日産マイクラ（欧州のある地域ではこの名で販売されている、日産マーチ）の派手なグリーンをからかわれるのに慣れっこだった。「いいから乗って。ここは車を停めちゃいけないところなんだから」

「いや、ほんとにさ」エリスはそう言いながら隣に乗りこみ、リュックサックを後部座席に放りこんだ。「すごくいい色だよ。とても……」彼はふさわしい言葉をじっくり考えた。「鮮やかで」

エリスはわたしをからかっているのだろうか？「もとは祖母の車だったの」疑わしきは罰せずだと思い直し、レベッカは言った。「運転免許試験に合格したとき、祖母がくれたのよ」

「一発合格？」レベッカが車を発進させると、エリスが聞いた。

「二回めよ」レベッカはしぶしぶ打ち明けた。

「ぼくは三度めの正直だった」エリスは言った。「いつも環状交差点（ラウンドアバウト）がうまくいかなくて……だけど、いまは優良ドライバーだよ。もし運転を代わってほしければ」

「大丈夫よ、ありがとう――さっきコーヒー休憩したから」

じつは、休憩したいのはやまやまだった。すでに三時間半も運転していたのだ。だが、自分の車を彼に任せる気にはなれなかった。

エリスはレベッカの携帯電話をのぞきこんだ。それはダッシュボードの上に取りつけられており、M25モーターウェイ（ロンドンの周囲をつなぐ環状高速道路）に戻るよう指示していた。「それで、実際、どこに行くの？」彼は尋ねた。

「ハックスリー・ハウスといって、アッシュフォードのそばみたい」

「きみはそこに行ったことないんだよね？」

「電話でも言ったように、数日前までパトリシア・サンプソンの存在さえ知らなかったんだもの」

「すごいじゃないか」エリスが楽しげに言った。「突然、存在すら知らなかった親戚を発見するなんて」

「ほんのわずかな進展よ」レベッカは、いまだに大叔母――または、だれであれチェイス家以外の親戚がいるという事実に慣れていなかった。

「ぼくもサンプソン家について調べてはみたんだけど」エリスが続けた。「レオの両親が亡くなったとわかった時点であきらめてしまったんだ」これはレベッカには初耳だったが、そのことについて質問する前にエリスが言った。「それにしても、どうやってパトリシアを見つけたんだい？」

必要不可欠な情報以上の説明を加えながら、レベッカはプリムローズ・コテージに帰ったときの話をした。自分自身の思いつきによって重要な発見ができたことは誇らしかった。だが、レベッカが話し終えたとき、エリスの唯一のコメントは、「そのラベルは元どおりにしたんだよね？ そのアドレス帳の」だけだった。

レベッカはちゃんと元どおりにしたと答え、がっかりする気持ちをおさえながら、行く手に続くA道路（イギリスの主要幹線道路）を見つめた。きっとエリスには連絡先を探りあてることなど日常茶飯事なのだろう。

「記事は進んでる？」レベッカは聞いた。

「えっ？」エリスはその質問に驚いた様子だった。

「〝あの人はいま〟のことよ」レベッカは言った。

「ああ――順調だよ。密航者は見つからないけど」

「ひょっとしたら、今週末がその手がかりになるかも」

「そうだね、そうなるといいんだけど……ところで、パトリシア叔母さんはぼくが記者だってことは知らないんだよね？」

「そうよ」レベッカは自分や母親が最初、彼にどんな反応をしたかを思い出し、あわてて答えた。おそらくパトリシアの反応も似たようなものであるはずだ。「知らないわ。だから、そのことは言わないでおきましょう」

エリスはわかったという相槌を打つと、グローブボックスをあけたり閉めたりしはじめた。「ねえ、ベックス」

「ベックス？」

「ベックスと呼ばれるのはいいのかと思って」

「そんなこと一度も言ってないわ」

「じゃあ、レベッカ——何か音楽をかけていい？」

「そうしたいのなら」

たまたま見つけたらしいお菓子を食べながら、エリスはカーラジオを操作して、各ラジオ局の放送を少しだけ聞いては次の局へ移ることを繰り返した。それが続くあいだ、レベッカのハンドルを握る手には力が入っていた。

「道中ずっとそうしているつもり？」レベッカは聞いた。「もしそうなら、あなたをクラパムまで連れて帰らなくちゃならないかも」

「別にいいけど」エリスはそう言いながら、またしてもラジオ局を変えた。「ぼくのルームメイトが来週バーをオープンするから、今日の午後は最後の仕上げのペンキ塗りを手伝うはずだったんだ」

どうせ売り言葉に買い言葉だろうと聞き流すことにして、レベッカは尋ねた。「じゃあ、なぜここにいるの？」

「取材のため以外で？　こっちのほうが面白そうだったし、興味を引かれたからかな……」エリスはレベッカのほうに向き直った。「そういえば、なぜぼくが誘われたのか、その理由をまだ聞かせてもらってないんだけど」

レベッカは道路を見つめたまま、その理由を考えた。木曜日にパトリシアとの会話を終えたあと、すぐに電話した相手はエリスだった。ひとりで行くのは心細かったものの、誘う相手はエリスでなくてもよかったはずだ。エクセターのだれかではないにせよ、途中ロンドンに寄ってエイミーをピックアップしたってよかった。レベッカは今週前半にロンドンへ行きながら親友に連絡もしなかったことに、すでに罪悪感を覚えていた。けれど、エイミーは父のことを何も知らない。友だち全員がそうだ。その点、エリスはすでにこの件に関わっている。

「わたしたち、取引したでしょう？」レベッカはエリスに言った。「あなたから調査の進展を教えてもらう代わりに、わたしは――」

「――きみのおばあさんに話を聞く」エリスが引き取って言った。「そして、きみはそれを実行したけど、おばあさんは何も知らなかった」

その嘘をついたことを思い出して身を固くしながら、レベッカは言った。「とにかく、こうして別の親戚を見つけてあげたじゃない。血のつながりのある、子どものころの父を知る人物を」

「確かに」エリスは面白がるようにそう言った。「つまり、きみは単に約束を守ってくれてるだけなんだね？」

レベッカはため息をついた。この人はいつもこんなに面倒くさいんだろうか？　彼が自分をからかっており、あなたの助けが必要なのと言わせたがっていることはよくわかっている。そして最悪なことに、実際、彼の言うとおりだった。

「それに、あなたはこういうことにかけてわたしより経験豊富のようだし」レベッカは悔しさをこらえて認めた。「きっとあなたならパトリシアにうまく話をさせられるんじゃないかと思ったの。だって――」レベッカはつぶやくようにつけ加えた。「――リチャード・ロウリーみたいな厄介な相手からも、あんなにいろいろと聞き出していたから」

エリスはそれに対してすぐに返事をしなかったが、またグローブボックスをあけてもうひとつお菓子を口に入れた。彼はしばらくもぐもぐしていたあとで、こう答えた。「なんだか褒められたみたいだな」

「単なる事実の指摘よ」レベッカはきっぱりと言った。


アッシュフォードを通過してから数マイル進むと、レベッカの携帯電話のカーナビが川のなかへ進入するよう指示してきた。パトリシアから伝えられた道順をエリスが解読し、二度ほど間違った場所で曲がったあと、ふたりはようやくハックスリー・ハウスへ続く草ぼうぼうの道を発見した。それは寄せ集めのような建物で、ツタだらけの張り出し部分がなんとも見事だった。それが広大な庭園の中心に建っていることも。けれど、〈サドワース&ロウ〉で働いていることで建築学的な勘が働くようになっていたレベッカは、その赤褐色の屋根とチューダー様式の弓形張り出し窓にはどこかちぐはぐな感じがあると思った。この家はあまりにも統一感がない。数世紀前に建てられたもののようであるのに、その建築様式はいずれの時代とも微妙にずれている印象があった。

砂利敷きの私道に車を停めるころ、レベッカは少し気分が悪くなっていたが、それは暑さのせいばかりではなかった。だが、逃げ出すのは不可能だった。というのも、車のエンジンを切ったとたん、二匹の黒いラブラドールが私道を飛ぶように駆け寄ってきたからだ。大叔母の愛犬の片方あるいは両方をなぐり倒したら最悪な第一印象になってしまうと、注意深く運転席側のドアをあけたレベッカは、自分めがけて飛びかかってくる二匹の犬の鮮やかなピンクの舌と口臭からのがれようとした。

「伏せなさい、おまえたち、伏せ！　その子たちを一度押してやって。飛びかかっちゃいけないことはちゃんとわかってるから！」

レベッカがそう命じる声のほうを振り返ると、声の主が家から姿を現したところだった。パトリシア・サンプソンは大柄な女性だった。太りすぎというのではなく、背が高く肩が張ってがっしりしている。リネンシャツにチャコールカラーのパンツをはき、その裾（すそ）をごつい革のウォーキングブーツのなかに入れていた。右手には羊飼いの杖のように頭部がくるりと曲がった節（ふし）だらけの木の杖を握っている。

「おやまあ、ずいぶん派手な色の小型車に乗ってること！」彼女はそう大声で言いながら私道を歩いてきた。そして片手をさし出し、レベッカの指がつぶれそうなほど力強く握りしめてきた。「こんにちは、よく来てくれたわね。さてと、あなたの顔をよく見せてちょうだい……」

レベッカもこの機会に大叔母の姿をじっくり観察した。四角い顔で、血色がよく、濃い灰色の髪を短い不ぞろいなポニーテールにまとめている。

「赤毛とは意外だったわ」パトリシアは言った。「父親似ではないわね？　サンプソン家の特徴はどこにも見あたらないわ」

「ああ、母似なんです」レベッカはとっさにそう応じた。これまでずっとそう言われ続けてきたからだ。

「だけど、少しだけアデリーンに似ているわ」パトリシアはレベッカをつくづく眺めながら言った。

「ええ、彼女と同じ大きな青い目をしている……」

「アデリーン？」

「あなたの亡くなったおばあさんよ――さあ、積もる話をしなくては！　さて、こちらはどなた？」

エリスがふたり分のバッグを持って車の後ろから姿を現していたが、レベッカはパトリシアの質問に答えず考えにふけっていた。リリアン以外の祖母がいるというだけで不思議なのに、その名前がアデリーンだなんて……。

自己紹介しなければならないらしいと気づいたエリスは、バックパックを背中にかついでパトリシアに片手をさし出した。その手を握りながら、パトリシアはひとまず意見はさし控えておくとでも言いたげな顔でエリスを眺めた。今日のエリスはTシャツにカーゴショートパンツという服装で、左脚のすねにはかさぶたになったかすり傷がある。もう少しこぎれいな格好をしてくるよう言えばよかったとレベッカは思った。

パトリシアのほうは彼の名前に戸惑った様子だった。「あなた、エリスと言った？」

「はい、島と同じです」

「どの島？」

エリスはにっこりした。「いえ、お気になさらず。ところで、いい犬たちですね。なんという名前ですか？」

「あなたの後ろにいるのがボニー」パトリシアはそう言いながら、目に見えて機嫌がよくなった。「そして、こっちがポピー。この子は少し体重を落とさなくちゃならないの。ねえ、ポピー？」パトリシアは持っていた杖で、この犬をぐいっと突いた。

エリスがしゃがんでボニーをなでると、たったいまこらしめられたばかりのポピーもなでてくれとばかりにやってきた。パトリシアはこのやりとりを先ほどよりも好意的な表情で見ていたが、レベッカは身をすくませていた。犬が苦手なのだ。〈三つ山亭〉の以前の主人はバスカヴィルという巨大なアイリッシュ・ウルフハウンドを飼っていたのだが、子どものころのレベッカはその犬が死ぬほどこわかった。

「じゃあ、行きましょう」パトリシアは言った。おそらくもうたっぷり愛犬たちをかまってもらったと感じたのだろう。「ひととおり案内するわ」

家のなかは明るい外と比べて薄暗かった。すべての部屋が細い一本の廊下に面している一階は、古びた家具や美術工芸風（アーツ&クラフツ）の色あせた壁紙だらけだった。さらには、湿気と犬のにおいが染みついており、ドアや床板は老人の関節のようにきしんだ。

「もとは一四〇〇年代に建てられたものなの」パトリシアがそう言いながら数歩なかに入って見せてくれたキッチンは、なぜか地面より五十センチほど低い位置にあった。「それが古くなっていささか使い勝手が悪くなったということで、十九世紀半ばに修繕されて新しい窓やその他もろもろがつけ加えられたのよ」

「ここには、おひとりで？」エリスはそう聞きながら、旧式の料理用レンジをためつすがめつしていた。

「ええ、わたしと犬たちだけよ。もちろん、広すぎるんだけど、どうしても売る気になれなくて。代々うちの家族が住み続けてきた家だから。もっとも……」パトリシアはつかのまレベッカを見つめた。「……このあいだまで、サンプソン家もわたしでおしまいだと思っていたんだけど」

　レベッカはこの言葉の言外の意味を察して気まずくなり、会話を続けようとした。「では、これまでずっとこの家にお住まいだったんですか？」

「いいえ。わたしはここで育ったけど、兄のヴィクターがアデリーンと結婚したときに家を出たの。アッシュフォード郊外で二十年近く暮らしていたのよ。結局、戻ることにはなったけどね。そして、ヴィクターが遺言でこの家を遺してくれたこともあって、とても手放す気にはなれないのよ」

「では、レオもここで育ったんですか？」

　レベッカとエリスは同時にそう言っていた。レベッカがパトリシアの背後にいるエリスをにらみつけると、彼は降伏のしるしに両手をあげた。

「ええ、そうよ。それどころか、生まれたのもここ」

　レベッカは天井に視線を向けると、木の葉の葉脈のように両側に小さなひび割れが走っている長い割れめを見つめた。長年、父親の子ども時代に思いをはせたことはなかったけれど、もしそんなことがあったとしても、ケント州の片田舎にあるこんな崩れかけの古い家ですごす父親の姿を思い描くことはできなかっただろう。これよりもはるかにカラフルで仮住まいのようなサーカス小屋か、もしかすると運河用のボートなどを想像していたかもしれない。もっともそれは、最近〈密航者〉を見たせいかもしれなかったが。

キッチンから出たあと、エリスがこぢんまりした洗面所へさっと入っていくと、パトリシアはその薄暗い廊下のもっと先までついてくるようレベッカに合図した。

「あなたが電話で言ったのは、〝アリス〟だと思っていたのよ」パトリシアは心配そうにひたいにしわを寄せてささやいた。

「なんでしょう?」

「あなたのお友だちが男性だとは思っていなくて」

レベッカはなぜそれが問題なのかよくわからなかった。「ええ――はい、男性です」

「あらかじめ言っておくけど、あなたたちには別々の部屋に泊まってもらって……」

「あっ!」レベッカは顔が赤くなるのを感じた。「当然、それはもう――」

「だけど、わたしは自分を現代的な女だと思っているのよ、レベッカ」パトリシアはあとを続けた。

「だから、もしどうしても同室のほうがいいと言うのなら、べつに何も――」

「いいえ!」レベッカは必要以上に大きな声を出してしまった。「あの、わたしたち、その、つき合っているわけではないので」

パトリシアは最初ほっとした様子だったが、今度はそのことについてもっと話したがっているように見えた。だが、そのときエリスがボニーとポピーを従えて戻ってきた。右側にいる犬の耳を笑顔でかいてやるエリスの両頰に、くっきりとえくぼが浮かんでいる。そのあと彼は顔を上げたが、レベッカは視線を合わせることができなかった。

「さて、一階でお見せする部屋はあとひとつだけよ」パトリシアは言った。「最後になってしまったけれど、わたしのいちばんのお気に入りの部屋なの。そのあとで、あなたたちが寝るところに案内するわ。とても美しい森が見える部屋なのよ、ふたつとも」パトリシアは最後の言葉を強調してつけ加えた。

　パトリシアのお気に入りの部屋とは書斎のことで、キッチンとは反対側の廊下のいちばん奥に位置していた。家のなかのほかの場所と違い、整理整頓が行き届いているようだった。本棚、飾り棚、部屋の真ん中に置かれた大きなローテーブルは、すべて同じ黒っぽい木材でできている。だが、なんとなくがらんとした印象があった。書斎というわりに本はほとんどなく、その代わりに家具の上の平らな面にさまざまな骨董品が置かれている。年代物の顕微鏡や、羊の頭骨や、空っぽのガラス鐘（真空実験用のつり鐘状ガラス器）などなど。レベッカは旧式の博物館を連想し、その部屋の唯一の色彩である、子株が床まで伸びた茂りすぎのオリヅルランに目を向けた。

「ヴィクターはここで一日中、ペトリ皿やノートに向き合っていたものよ」パトリシアが説明した。

「科学者だったんですか？」レベッカは羊の頭骨を見つめながら聞いた。ダートムーアでこれと似たような骨に出くわしたことがあった。

「医者だったの。総合医よ。だけど、本当に好きだったのは生物学でね。何時間でも調査や実験をやっていたわ。もし父親から医学の道に進むようにと言われていなかったら、植物学者か昆虫学者（エントモロジスト）になっていたでしょうね」

「え、なんです？」

「昆虫の研究をする人よ。かつて兄は水槽で甲虫やらナナフシやら、そのほかよくわからない虫を飼っていたんだけど、何よりも蝶が好きだったの。ほら——」

パトリシアはレベッカにガラスのカバーがついた平らな木製のケースを手渡した。そのなかには九羽の蝶が白い板にとめつけられており、それぞれの下に通称と学名が几帳面な小さな手書き文字で記されていた。ヒメアカタテハ、〝ヴァネッサ・カルドゥイ〟。ルリシジミ、〝セラストリナ・アルギオルス〟。キマダラジャノメ、〝パラルゲ・アエゲリア〟。

「以前はこういうケースが何十個もあったのよ」パトリシアは言った。「でも、そのほとんどを地元の学校に、そして本は図書館や大学に寄付したの。残念ではあったけど」パトリシアはレベッカの背後に目をやってつけ加えた。「だって、こんなにきれいなんですものね？　だけど、わたしよりも子どもたちのほうが楽しんでくれそうだから」

レベッカはあまりそう思わなかった。その殺風景な背景の上の蝶たちの粉っぽい羽や、柔毛でおおわれた胴体を刺し貫いている銀色のピンが、気味が悪かったからだ。レベッカがそのケースをエリスにさし出すと、エリスは気乗りしない様子で受け取った。そのとき、レベッカは右側の本棚に標本ケースよりもはるかに興味をそそられるものを見つけた。三人の人物が庭に立っている写真入りの写真立てだ。

「これ、家族写真ですね？」レベッカはそう言いながら、じっくり見ようと写真立てを手に取った。そこには六〇年代か七〇年代らしいノスタルジックな雰囲気があった。

手前にいる五歳くらいの子どもは、間違いなくレオだ。血色のいい顔に浮かんでいる、口の端をゆがめるような作り笑いにはとくに見覚えがある。なんの説明もなくこの写真を見たとしても、レオだと気づいたのではないかと思った。レオは縞模様のTシャツに青い半ズボンという格好で、木のトラックのおもちゃを手に持ち、もつれた前髪の下からカメラを見上げていた。

ヴィクター・サンプソンは息子の後ろやや右側に立っており、妹のパトリシアと同じく長身でがっしりとした顎をしていた。黒髪は非の打ちどころのない横分けに整えられ、頭にきっちりとなでつけられている。ツイードジャケットが暑苦しくて居心地が悪そうだ。片腕で妻を抱き、もう片方の手は堅苦しく体につけていた。

レオとその父親はまっすぐカメラを見つめているのに対し、アデリーン・サンプソンは視線を下のほうに向けていた。小柄で痩せており、金髪は長く、顔は青白い。黄色のサマードレスは数サイズ大きすぎるようだ。どこか空虚な雰囲気があって、もし息子の両肩にしっかりとつかまっていなかったら、風に吹かれてどこかへ運ばれてしまいそうに見える。

ハックスリー・ハウスと同様に、この人たちはレベッカがレオの両親として思い描くようなタイプではなかった。むしろ流しの芸人やヒッピーといった人たちのほうがイメージに近かったので、いかめしいヴィクターもみなしごのようなアデリーンも、両方とも同じくらい意外だった。

その写真を見ようとレベッカの横に来ていたエリスが聞いた。「この写真のアデリーンは何歳だったんですか?」

いい質問だった。アデリーンはヴィクターよりもずっと若く、子どもといってもいいくらいだったからだ。もしかすると、大きすぎるワンピースのせいかもしれないけれど。

パトリシアは写真立てを受け取り、裏をあけて読み上げた。「一九七〇年八月。ということは、二十四歳だったはず。わたしよりひとつ年下だったから。たまに、もっと年下に感じることもあったけど」

これは皮肉らしかったが、レベッカはそれについて問いただすことを思いつかないほど必死に写真を見つめていた。いま、パトリシアがその写真立てをレベッカに返したくない様子だったからだ。

「もう写真はほとんど屋根裏に置いてあるんだけど、この写真だけはずっとここに飾っているの。ヴィクターが気に入っていたから」パトリシアはその写真をじっと眺め、寂しげな笑顔を浮かべた。

「これが三人そろって写っている最後の写真だと思うわ」

「最後の?」レベッカは言った。

「知らなかった? アデリーンは若くして亡くなったのよ。この写真を撮った同じ夏に」

レベッカの背筋に寒気が走った。その写真はまだパトリシアが手にしていたが、アデリーン――永遠に若いもうひとりの祖母――の姿はレベッカの目の前で揺らめいているように思えた。

「何があったんですか?」レベッカは尋ねた。

「事故だったの」パトリシアは言った。「痛ましいことに」彼女は短くため息をつくと、その写真を棚に戻し、ずんぐりした指先から埃を払った。「ところで、あなたたち、ちゃんとしたアウトドアシューズを持ってきた? こんなお天気の日に家のなかにいたんじゃ、もったいないわ。だから、あなたたちの泊まる部屋を見てもらったら、みんなで――」

「どんな事故だったんですか?」レベッカは聞いた。

パトリシアが顔をこわばらせたのを見て、この人は話をさえぎられることに慣れていないのだと感じた。パトリシアに叱られるだろうか。

「いまそういう話をするのは気が進まないわ」パトリシアは厳しいというより不機嫌そうだった。気まずい沈黙が下りた。「ええと、わたしはなんの話をしていたんだったかしら?」

レベッカはいつならそういう話をしていいのかと問いたくなったが、エリスがそれに先んじて言った。「外に出かけてはどうかと提案していたんですよね?」エリスは静かに告げた。

「ああ――そうよ」パトリシアは明らかに気を取り直そうとしていた。「そう、みんなで散歩に行きましょう。森に案内するわ。きっと犬たちも喜ぶし……」

パトリシアはさっさと書斎から出ていきながら話し続けた。アデリーンの早すぎる死を知った衝撃から抜け切れないレベッカは口を開きかけたが、エリスがかぶりを振った。それを見て、レベッカは腹が立った。パトリシアがさっさと廊下を歩いていくことにも腹が立った。けれど、なんとか質問を呑みこんだのだった。

ハックスリー周辺の森もしばし暑さを忘れさせてくれたが、家のなかとは違い、木陰は生命力に満ちあふれていた。ミツバチがスイカズラの上をはいまわったり、遅咲きのジギタリスのなかにもぐりこんだりしており、鳥が遠くの枝から互いを呼びかわしている。標本にされていない生きた蝶がひらひらと視界に出入りし、太陽の光の筋を横切るときには羽が燃え立つように輝いた。

子どものころの父は、ここで遊んだに違いない。パトリシアと犬たちがパキパキと音を立てながら進んでいく乾いた小道をエリスとともに歩きながら、レベッカはそう思った。自分と父には、こんな共通点があったのだ。ロウアー・モーヴェールも似たような森に囲まれており、レベッカはかつて父とそこを探検したことがあった。レベッカはこの新たな場所で、かつてひとりの子どもがいた痕跡を探している自分に気づいた。木の幹に彫られたイニシャルや、打ち捨てられたブランコなどを。いまここに来てみて、レベッカは父親の過去についてもっと知りたい、この辺鄙（へんぴ）な場所でどんな子ども時代をすごしたのか理解したい、という気持ちが募っていた。

「もう少し辛抱強くならないと」エリスがそうつぶやいたのは、ずっと前のほうでパトリシアが知り合いと話をするために立ち止まったときだった。

「どういう意味？」

エリスは足取りをゆるめ、地面に向かって言った。「彼女自身のタイミングで、彼女自身がそうしようと思いついたかのように話をさせないと。せっついてはだめなんだ」

おそらくエリスの言うとおりなのだろうが、かっとして、おとなしくお説教を受け入れる気になれなかった。わきの下の汗が不快だったし、おくれ毛がうなじにあたってチクチクしていた。「わたし、あなたにアドバイスを求めていないと思うけど？」レベッカは言った。

「確かにね」エリスはかすかに笑みを浮かべた。「だけど、だったら、なぜぼくはここにいるのかな？」

レベッカがそれに答えずにすんだのは、まさにその瞬間、パトリシアがこっちにいらっしゃいとふたりを呼んだからだ。いずれにせよ、それから散歩が終わるまでエリスのアドバイスに従うことに決めたレベッカは、レオの叔母をもっと理解することに専念した。少しずつ明らかになったところによると、パトリシアは地元のナショナルトラスト所有地にあるビジターセンターで長く働いていたものの、いまはもう引退しているということだった。また、歩くこと、馬に乗ること、ブリッジをすることが趣味らしかったが、彼女がもっとも情熱を傾けているのが犬たちで、現在飼っているのはボニーとポピーだが、これまでもずっと犬と暮らしてきたらしい。パトリシアは田舎暮らしの年老いた独身男性を連想させた。たくましく、頑固で、伴侶がいる姿を想像できないタイプだ。

家に戻って待望のシャワーを浴びようと席をはずしたレベッカは、十字型の蛇口（じゃぐち）と格闘したが、ようやく出てきたのは冷たい水に近かった。コンディショナーを髪からすすぐのにしばらく時間がかかったが、ぬるくて弱いシャワーを浴びながら今日これまでのところを振り返るのは、悪くなかった。

パトリシアが自分をこの家に招いた本当の理由は、なんだろう？ 繰型（モールディング）が配された天井を見て、大叔母の〝最後のサンプソン〟云々（うんぬん）という言葉を思い出し、大叔母がこの荒れた家をわたしに遺そうなどと思っていませんようにと祈った。〈サドワース＆ロウ〉から学んだことがあるとすれば、古い建物はその価値以上に面倒が多いということだったからだ。

レベッカが一階へ下りていくと、大叔母はキッチンにいて、あたりには肉を焼いているにおいが漂っていた。

「どれも有機栽培なの」パトリシアはそう言いながら、手に持ったピーラーでじゃがいも、にんじん、インゲンマメ、ブロッコリーの山を示した。とても三人分とは思えないほどの量だ。「地元の農場から箱づめを買ったのよ。鶏肉もそこから……。あなたまでベジタリアンではないわよね？」突然、責めるような口調になってパトリシアが尋ねた。

レベッカが首を横に振ると、パトリシアは廊下のほうに目をやり、また顔をこわばらせた。いまここにいないエリスに対する不快感を表明しているらしかった。

レベッカもすぐに野菜を洗ったり切ったりする作業に取りかかり、何度かパトリシアと会話しようと試みたが、言葉数が少ない様子からして、大叔母は料理をほぼ無言でやるものと考えているようだった。おそらく単に長年ひとりで暮らしているせいなのだろうが、レベッカは書斎で強引に質問しようとしたことが大叔母の寡黙さを招いてしまったのではないかと不安になった。理由はなんであれ、それは気がかりだった。これまで父親の子ども時代について明らかになったことはごくわずかで、父親がなぜ出ていったのか、どこへ行ったのかを理解する手がかりになりそうなことは何ひとつつかめていなかったからだ。

森のなかではつっけんどんな対応をしておきながら、レベッカはエリスがやってきたのを見てうれしくなった。エリスは配膳の手伝いを申し出ると、料理のにおいに対し、おそらく心からのものではない熱っぽい賛辞を述べた。エリスからは石けんの香りがしており、シャワーを浴びたせいで髪はまだ濡れている。後頭部から髪の束が突き出しており、レベッカはエリスがカトラリーを並べるのを手伝いながら、手を伸ばしてその髪をなでつけたい衝動にかられた。

ハックスリーのダイニングルームは裏庭に面していて、フランス窓にモスグリーンのベルベットカーテンがかかっていた。英国測量局による古いケント州の地図が額に入れられて一方の壁に飾られている。ドアの横には酒用のワゴンがあったが、ボトルのネック部分やデカンタがべたべたしていることからすると、これは最近置かれたものではなさそうだ。これらをのぞけば、この空間は黒い長テーブルと背もたれの高い椅子八脚に支配されていた。レベッカ、エリス、パトリシアはそれぞれテーブルの一辺の席についたが、空席がたくさんあるせいで、ほかの人たちの到着を待っているような感じだった。

パトリシアはエリスをじっと見つめながら、空の皿を手渡して好きな野菜を取って食べるように告げたが、グレービーのかかっていない野菜は乾いていて、おいしくなさそうに見えた。また、パトリシアはエリスのことを見定めようとしているようだった。というのも、ぞんざいに「さあ、どうぞ」と言ってから、「それで、あなたもデヴォン出身なの、エリス?」と尋ねたからだ。

「じつはブライトンなんです。まあ、母はアメリカ人なんですが」

エリスのこだわりのないやや型破りな態度からして、その事実は彼がベジタリアンであることと同様、とくに意外ではなかった。それでも、ゴムのように弾力のあるチキンのひと口めをかじりながら、レベッカは行動をともにしているこの人のことをほとんど何も知らないのだと思い至った。

「でも、いまはロンドンに住んでいます」エリスは続けた。「クラパムに」

パトリシアはレベッカとエリスをコショウ入れで示しながら言った。「じゃあ、ふたりはどうやって知り合ったの?」

「大学です」レベッカが急いで言った。「わたしたち、エクセター大学に行っていたので。学部は違うんですけど。わたしは歴史専攻で、彼は……」レベッカはいささか言いすぎたことに気づいて口ごもった。「……国語を。でも、寮が同じだったんです」

「それに、大学生活最後の年は家をシェアしていましてね」エリスが言った。「想像できないと思いますが、レベッカってじつはとてもだらしないんですよ」

レベッカは驚いたように眉を上げてエリスを見たが、彼は同じ表情を真似てこちらを見返してくるだけだった。

「わたしもできることなら歴史を学びたかったわ」パトリシアが考えこむように言った。「だけど、わたしは大学に行ってないの。当時は女性が大学に行くのはいまほど一般的ではなくてね。もちろん、ヴィクターは行ったんだけど。UCL（ロンドン大学ユニバーシティ・カレッジ）よ。父は鼻高々だったわ」

「そこでアデリーンと出会ったんですか？」夫婦の年齢差からいって、おそらく違うだろうと思いつつ、レオの両親についての話を続けたくてレベッカは聞いた。

「あら、違うわよ。彼女は地元の子でね、じつはわたしたち小学校が同じなの。ヴィクターが彼女に出会ったのは、大学を卒業して、道を少し下ったところにある外科医院で働きはじめてからよ。彼女は兄の患者だったの」

パトリシアの言い方には非難めいた調子が感じられたので、レベッカはそれを真似てみることにした。「それって問題はないんですか？」

「本来はいけないの」パトリシアは即座に答えた。「アデリーンは兄に全然ふさわしくなかったわ。若すぎたし、虚弱すぎたし。ふたりが結婚したとき、彼女はまだ十七歳だったのよ」

「十七歳？」

「そう、そして彼女のふるまいはいかにも十七歳らしかった。ロックウッド家の人たちはみんな少し変わっているんだけど、彼女がいちばんひどかったわ。アデリーンは閉じこめておくべきだ、って学校時代にみんなでよく言ったものよ。だけど、ヴィクターは彼女の世話を焼くのが好きだったの。兄は彼女がいくら神経質でも弱くても、まったく気にならないみたいだった」

いまやパトリシアが軽蔑の念を抱いていたことは明らかであり、レベッカは聞く前から次の質問への答えがわかっていた。「では、あなたたちは、つまり、あなたとアデリーンはあまり気が合わなかったんですね？」

パトリシアは唇をすぼめた。「彼女を見てるといらいらしてね。そのことを隠す気はないわ。だけど、わたしだって彼女を妹のように大切に思うようになっていたかもしれないのよ。もし彼女が――。愛情という面で、彼女は少しも――」パトリシアはまた短くため息をついた。「要するに、彼女はヴィクターをあまり愛していなかったのよ。兄はあの子のためならたとえ火のなかだって歩いたでしょうけど、兄に対して彼女はいつだって……よそよそしかったわ。それは彼女に人を愛する能力がないとかそういうことではなかった。ええ、そうよ、わたしたち、あの子が生まれたときにそれを思い知ったの」

できるだけさりげなく、レベッカは尋ねた。「では、ふたりは仲がよかったんですか、アデリーンとレオは？」

「たぶん、よすぎたわ」パトリシアは憎々しげに言った。そのあと、少し態度をやわらげて続けた。「だけど、ふたりの関係が異常だったとか、そういうんじゃないのよ。ただ、アデリーンはあの子を自分のもの、自分だけのものと考えているようだった。最初からね。この子をレオと名づけると言って譲らなかったときから。レオという名前はうちの家系の男子名じゃないのよ。とにかく、あのふたりはいつもあそこで――」パトリシアは庭のほうを顎で示した。「――ふたりだけの秘密の遊びをして、ふたりだけの秘密のお話を作っていたわ。ヴィクターは別に気にしていないと言っていたけれど。そのおかげで研究を続けられるからって。でも、わたしはどうもそう思えなくて……」

レベッカは藤色の黄昏(たそがれ)に包まれている庭のほうへ視線を向けながら、子ども時代に自分と父親がしていた遊びやお話のことを思い出していた。レベッカに思い出せるのは断片だけだった。なかにだれかいないかを確認しようと木の幹をノックしたり、空を飛べるようにと髪や服に鳥の羽根をさしたり。とはいえ、レオとアデリーンもそんなふうに遊んでいたのだろうかと思わずにはいられなかった。レオはアデリーンからあのつきることのない想像力を受け継いだのだろうか？

「ヴィクター自身はあまりレオとすごすことがなかったんですか?」エリスが聞いた。

パトリシアはしばし考えた。「なかったと思うわ、そのあとに起こったあれこれを思うと。いま当時のことを思い出すのは難しいけれど。でも、そうね。アデリーンが生きていたときに、その機会はほとんどなかったと思う。そして――だれにもわからないことだけど――もし彼女がレオをあれほど溺愛していなかったら、レオも父親に対してもう少し敬意を抱くようになっていたかもしれない。そう、あのあとで」

パトリシアは自分のチキンをナイフで切りはじめ、レベッカはどう会話を続けるべきかわからずにワインをひと口飲んだ。もう一度、アデリーンの死について聞いてみたいのはやまやまだったが、書斎にいたときのようにパトリシアに唐突に話を打ち切られてしまうのが心配だった。

レベッカのためらう気持ちを察したらしいエリスが言った。「ヴィクターにとって、アデリーンの死はさぞかしショックだったことでしょうね」

「ええ、そうよ」パトリシアのナイフが皿をこすった。「じつを言えば、兄はそのあと、完全に立ち直ることはなかった気がするわ。繰り返しになるけれど、兄は献身的にアデリーンの面倒を見ていたのに、突然その相手がいなくなってしまったんだから」

エリスはうなずいたが、レベッカは写真のなかの三人めのことを思って心がざわつくのを感じていた。縞模様のTシャツを着ておもちゃのトラックを握りしめていた、あの幼い男の子。

「そのときレオは何歳だったんですか?」レベッカは尋ねた。

「五歳よ」そして、まるでレベッカの心を読んだかのようにつけ加えた。「言うまでもなく、あの子にとっても大きなショックだったはずよ。わたしは心理学者じゃないけど、母親をあんなふうに失ったことが彼のあらゆる問題行動の原因だったに違いないわ」

どんなふうに母親を失ったんですか?　レベッカはそれが知りたかった。けれど、またしても森のなかでエリスに言われたことを思い出して、ぐっとその気持ちをこらえ、パトリシアから無理に聞き出そうとしてはいけないと自分をたしなめた。アデリーンに関することは、とりわけ。「父は素行が悪かったんですか？」レベッカは代わりにそう尋ねた。

「ものすごく悪かったわ。幼いころはおとなしかったのよ。いま振り返ると、いささか不思議だけど。でも、十二、三歳ぐらいになると本来の姿が出てきたのね。そして、それはよい方向にではなかった。あの子の学校からどれほど手紙や電話をもらったことか……。まったく、とんでもなかったわ」

「父は何をしたんですか？」

「勉強じゃなかったことは確かね。授業の半分はさぼっていたし、授業に出たときも問題を起こすし、日中にいきなり学校から出ていってしまうこともあった。ほかの子たちにいじめられるって言っていたわ。悪口を言われるとか、プールに突き落とされるとか、そんなような戯言を。だけど、そんなの言いわけにならないでしょう？　あの子がそんなふうだから、ヴィクターがどれほど困り果てていたことか。校長から絶えず責められていたけど、兄に何ができたというの？　兄にレオの素行をよくさせるなんて、できっこないじゃない？」

レベッカはこの言葉に同意すべきだし、エリスのように〝気の毒なヴィクター〟に同情するべきなのはわかっていた。それでも、ひたすらブロッコリーを小さくカットしているふりをしながら、レオを責める人にどうしても味方できない自分に戸惑っていた。

とはいえ、同意などなくても、パトリシアの熱弁は止まらなかった。「当然ながら、あの子は何度か停学になって、やがて学校はあの子を見放したけど、そりゃそうだと思ったわ……」

「父は放校処分になったんですか？」そう言いながら、レベッカはそのことに驚いていた。自分は学校で問題を起こしたことなどほとんどなかったからだ。

「ええ、そうよ」パトリシアはフォークでじゃがいもを突き刺した。「あれには本当に困ったわ。だって、ヴィクターはどこかほかにあの子を受け入れてくれるところを探さなくちゃならなかったし、最終的に費用のかさむ私立校に行くことになったから。まあ、平日は寮で暮らすことになったから、たぶん高いお金を払うだけの価値はあったんでしょうけど」

レベッカはエリスの背後のはがれかけた植物柄の壁紙を見つめていた。ハックスリーの色あせた威光から、かつてサンプソン家がどれほど裕福だったのか、いまのパトリシアがどれくらい裕福なのか、判断することは難しかった。

「レオは新しい学校で少しはましな態度をとるようになったんですか？」エリスが聞いた。

「そういうことにはならなかったわ」パトリシアが答えた。「むしろ、前よりひどくなった。一度など、学校中の屋根に登ったというので大問題になったし——それは古い建物で、あの子が由緒ある小塔の一部を壊してしまったとかなんとかで。それに、たえずふらっとどこかに行ってしまうのよ。海辺への修学旅行のときにもいなくなって、そのせいでその日の午後は大騒ぎだったの。おまけに、嘘はつくわ、盗みは働くわ——」

「盗み？」

さまざまな欠点があったのは明らかだったが、父が不正直だったり、意図的に人をだましたりするとはレベッカには思えなかった。

「ええ、ティーンエイジャーになったあの子は手癖が悪くなってしまって」パトリシアは言った。「だけど、わたしに言わせれば、あの子は捕まりたかったのよ。レオがやることはみんな、人目を引くことが目的だったから」

「ひょっとすると、だから彼は演劇の道に進んだのでは？」エリスが言った。

「あの子が目立ちたがり屋だったからということ？」パトリシアはふんと鼻を鳴らした。「そうに違いないわ」

レベッカはパトリシアの味方をする、あるいはそのふりをするエリスにいらいらしたが、考えてみれば自分も数分前に同じことをしていたのだった。

「学校を卒業してから、レオはどうしたんですか?」エリスはそう聞いてから、考えこむようにこうつけ加えた。「というか、彼は学校を卒業したんですか?」

「卒業したのよ。信じられないかもしれないけど。あれには驚いたわ。ただ、最終学年度が地元の劇団に入っていた時期と重なっていて、そのせいであの子の素行はややましになっていたの。アッシュフォードで演劇をやっていたとき、それまでよりは問題を起こさなくなっていたから。といっても、成績優秀だったとかそういうことではなく、むしろ正反対だったわ。かろうじていくつかOレベル（義務教育修了の証）を取れたんだけど、評定はAとかBじゃなかったし。ヴィクターが同じ年齢だったときとは大違いよ。だから、あの子は母親の能力、あるいはその欠如を受け継いだんでしょうね」

パトリシアの頬についているじゃがいもかチキンと思しきかけらが、その話にあわせて揺れていた。レベッカはそれを教えないでいることに決め、カトラリーを持つ手にいっそう力をこめた。

「それでも、レオが少なくとも何個かOレベルが取れたことを兄は喜んでいたわ」パトリシアは話を続けた。「兄は、あの子が進学すれば、たぶんいくつかはAレベル（イギリスの大学入学資格として認められる統一資格）を取れるようになるだろうし、そうしたら大学にも行けるかもしれないと考えていたの。もちろん、医学ではないにせよ、学校生活を送ることで何かよりよい方向へ進んでくれればと願っていたんだと思う。だけど、例によって、レオには別の考えがあったのよ」

「つまり、芝居がしたかったと?」

「そのとおり」パトリシアは苦々しげに応じた。「あの子はどうしてもロンドンに引っ越したくてね……。ほら、俳優になるためにあれこれやりたかったわけよ。オーディションとか、そんなようなことがあるでしょう？」

パトリシアはエリスを見つめた。まるでエリスがそれを裏づけられるかのように。エリスは代わりにナプキンで自分の顔をぬぐってみせたが、パトリシアはその意図に気づけなかったようだった。

「でも、ヴィクターはそれに反対だったんですね？」レベッカは推測した。

「そうよ。だけど、兄はあの子を止めようともしなかった。それどころか、あの子にいくらか独立資金をやりさえしたの。でも、わたしにはそんなことしないほうがいいとわかっていたわ。お金をトイレットペーパー代わりにするほうが、まだましだったでしょうよ」

「何があったんですか？」

「それまでと同じことよ。レオは何もかも台なしにしたの。いえ、どんなふうにかは、よく知らないわ」レベッカとエリスの次の質問を察して、パトリシアはそうつけ加えた。「あの子が出ていってから半年ぐらいは、なんの音沙汰もなかった。あの恩知らずの子どもは、そのお金を持って飛び出していったってわけよ。だけど、例によってあの子が問題を起こしたとき、電話がかかってくる相手はヴィクターだったわ」

「だれが電話してきたんですか？」レベッカは尋ねた。

「警察よ」パトリシアはリチャード・ロウリーが〝ドラッグ〟と言ったときと同じくらい勝ち誇って言った。

あまり気は進まなかったが――というのも、どこかの隠れ家から、腕に針を突き刺したまま引きずり出される父の姿を思い浮かべていたからだ――レベッカは聞いた。「何をしたんですか？」

「真夜中にある私有公園に忍びこもうとして、逮捕されたの。どうやら施錠(せじょう)された門につかまっているところを見つかったらしいわ。べろべろに酔っ払って、大声で歌いながら。しかも……」あまりに強く唇を引き結んでいるせいで、パトリシアは甲羅のなかからこちらをにらみつけている亀のように見えた。「……しかも、真っ裸で」

ほっとしたレベッカは、思わずぷっと吹き出してしまった。大叔母はかんかんに怒っている様子だったが、レベッカは大学時代に、酔っ払ってやらかしたもっとひどい失態の話を聞いたことがあった。もっとも、それは自分に関わりがなく、知り合いの話だったけれど。

「また、花粉症が出てきたのかい？」エリスが穏やかに言った。

「えっ？」レベッカはパトリシアの冷ややかな表情がいまや自分に向けられていることに気づくと、急いで何回か鼻をすすった。「ええ、そうみたい」

「逮捕されてから、どうなったんですか？」エリスが聞いた。

「ヴィクターがロンドンまで出向いて対処するしかないでしょう？」パトリシアがため息をついた。「兄は数日ほど家を留守にしたわ」

「どうしてそんなに？」

パトリシアはがっしりした両肩をすくめた。「さあね。ヴィクターはその件について話したがらなかったの。実の妹にさえ！　恥ずかしかったんだと思うわ。我が子に何度も失望させられていたんですもの」

レベッカが口をはさもうとして息を吸いこんだとき、エリスが先に言った。「あなたは、何があったんだと思いますか？」

「ふたりはひどい口論をしたの。それだけは知っているわ。ヴィクターとレオはそれまで一度も口論をしたことがなかったのに。ふたりともできるかぎりお互いを避けていたから。どちらももめごとが苦手だったのよ」

「逮捕された件で口論になったということですか？」パトリシアが別の話へ移る前に、エリスがたたみかけた。

「そうだと思うわ。あと、おそらくレオの生活全般についてでしょうね。あの子は明らかにお酒を飲みすぎていたし、無職だったに違いないもの。まあ、口論の内容がどんなものだったにせよ、それはふたりのためになったわ。ヴィクターとレオはそれっきり二度と口をきかなかったから」

「二度と?」レベッカはぎょっとして言った。

「そう、二度とよ。そしてね、さらに追い打ちをかけるように、ハックスリーに帰ってきた数日後、ヴィクターはクレジットカードが一枚なくなっていることに気づいたの。もちろん、銀行はそのカードを使用停止にしたけど、レオはすでにヨーロッパを半分ほど横断したあとだった。もっとも、いま考えると、それはもっけの幸いだったけど。あの子がいなくなって、兄はようやく平和と静寂を手に入れることができたのだから」

パトリシアがグレービーのかかった最後のエンドウマメをフォークにのせようとしているあいだ、レベッカは眉をひそめて考えていた。たったいま、あれやこれやの話を聞いたわけだけれど、なぜ自分はこうした話に大叔母ほど愕然としていないのだろう。

「レオがイギリスに帰ってきたときはどうだったんですか?」エリスが聞いた。「彼がプロとして演劇を始めたときは?」

「どうだったか? わたしは新聞で一、二度あの子の名前を見かけたけれど、それをヴィクターに見せたことはないし、ヴィクター自身がそれを読んでいたとしても、そのことを口にしたことはなかったわ。言ったように、わたしたちはロンドンの事件のあとでレオと連絡を取り合ったことがないから」

今度はエリスが眉をひそめる番だった。「でも、あなたはレオの奥さんのことをご存じでしたよね。あるいは、少なくとも奥さんはあなたをご存じでした」エリスはレベッカを見た。「きみのお母さんのアドレス帳に書かれていたのは、この家だよね？」

レベッカはうなずいた。ともかく、エリスがそれを覚えてくれていたことに感謝しながら。パトリシアはきまり悪そうな顔で、ナプキンに首を絞められるのを恐れるかのように、首もとのナプキンを引っ張ってくしゃくしゃに丸めた。

「ええ、もうずっと前だけど、一度、手紙をもらったわ。ロザリン・サンプソンから」

パトリシアはその名前について考えているようだったが、レベッカにとってそれはほかのだれかの母親の名前のようだった。ロザリン・サンプソンだったころの母親は、どんなふうだったのだろう？　いまよりおおらかだったのだろうか？　いまより世間体を気にしなかったのだろうか？　もっと満たされていたのだろうか？

「彼女は最近レオと結婚したことを伝えてきたの」パトリシアは続けた。「そして、もうすぐ赤ちゃんが生まれると。あらまあ、それはあなたに違いないわ！　ほかにごきょうだいは？」

レベッカは首を横に振った。

「感じのいい手紙だったわ。彼女はわたしたちのあいだにいろいろあったことを知っているみたいだった。おそらく、なんらかの形で関係の修復ができないかと思ったのね。彼女は、これからは親戚としておつき合いをさせてもらいたい、お腹の子が生まれたらその子の親戚になってほしいと書いていたわ。だけど、そのときはもう手遅れだった」

「手遅れ？」

「ヴィクターはこの世を去っていたの。兄が亡くなったのは八八年で、あなたのお母さんの手紙が届いたのはその一、二年後だった。だから、レオが償（つぐな）いをすることはできなかったのよ。その気があったかどうかも怪しいもんだわ。すべてあなたのお母さんひとりの考えだったんじゃないかしら。でも、わたしはそれを突き止める気になれなかった。まだヴィクターを失った悲しみのなかにいたから。兄はなんの前触れもなく、心臓発作で亡くなったの。まだ五十三歳だった」

パトリシアはしわだらけになったナプキンをつかむと、それで無造作に顔をぬぐったので、頬についていた食べ物のかけらがようやく取れた。濡れて光っているパトリシアのハシバミ色の目は、ふたつのきれいなペニー硬貨のようだった。

「手紙の返事を書かなかったのは間違いだった――いま、それがわかったわ」パトリシアは震える声で続けた。「レオと再会するなんて、という思いにとらわれすぎていたのよ。正直言って、あのときあの子と向き合う気力はなかった。ヴィクターの孫娘の成長を見られないことになるとは思い至らなくて……。それでも」パトリシアは大きな音を立てて鼻をすすった。「あなたはいまここにいるのよね？　結局、ハックスリーに来てくれたんだわ」

しぶしぶパトリシアの視線を受け止めながら、レベッカはなぜパトリシアが自分を招待してくれたのかようやくわかった気がした。とはいえ、ヴィクター・サンプソンの孫娘という事実をすんなり受け入れることもできなかった。レベッカは母方の祖父アーチーと親しくなかった。祖母リリアンとは仲がいいのに。だが、少なくとも祖父アーチーのことは知っていた。

「もちろん、いま話したことはどれも、あなたへのあてつけではないのよ」パトリシアはつけ加えた。まるでいまようやく、レオを侮辱するとレベッカが気分を害するかもしれないと気づいたかのように。「自分の父親を選ぶことはできないのだから。さっきも言ったけど、レオはアデリーンに似すぎていたの。あまりにもロックウッド的でありすぎたのよ。でも、あなたは……見た目はあまり似ていないけれど、どこをとってもサンプソン家の人間であると断言できるわ」

どうやらこれは褒め言葉のようだったが、レベッカにとっては別に光栄ではなかった。いずれにしろ、レベッカがそれに対して何か言う必要はなかった。パトリシアがこう尋ねてきたからだ。

「さて、あなたたちふたりとも、もう十分？」

これは食べ物のことを言っていたのだが、家族の歴史はもう十分だとレベッカは思った。とりあえず、いまのところは。聞きたいことはまだたくさんあったけれど、部屋に引っこんで、たったいま知ったばかりのあれこれを心に刻みつけたかった。

だが、その前に後片づけをしなければと思い、いまやテーブル中に散らばった残骸(ざんがい)——使ったナプキン、ワインボトルの栓、いくつかのこぼれたエンドウマメ——をかき寄せ、エリスは残った野菜をひとつの鍋に集めた。

「さあ、これでいいわ」手を止めて、ふたりの仕事ぶりを見たパトリシアが言った。「冷蔵庫にトライフルがあるの。そのあと、テレビで何をやっているか見ましょうか……。いいから、こぼれたものはそのままにしておいて、レベッカ。犬たちが食べるから」

7 ハックスリー

ゲストルームの窓下に置いてあるクッションつきの腰かけにおさまったレベッカは、ハックスリーの薄暗い裏庭を見下ろしていた。窓ぎわに寄って、背後で花柄(はながら)のカーテンを閉め、格子状(こうしじょう)の窓は全開にしてある。夜が近くに感じられた。それはロザリンに頭痛を起こさせるタイプの、嵐にしか一掃できない空気感だった。

レベッカは片手でむき出しの両膝(りょうひざ)を抱え、もう一方の手でクッションの糸のほつれをつまみながら、この場所にかれこれ一時間以上も座っていた。眠ることはとうにあきらめていた。ここは暖かすぎたし、この数時間に知ることになったあれこれが心のなかに渦巻(うずま)いていて、リラックスできずにいたのだ。

なぜ自分はパトリシアが言う父親のさまざまな悪行にあまりショックを受けなかったのだろう？子どものころの自分はおおむね行儀のよい子であり、これといって反抗期もなかった。ひょっとしたら、いまその瀬戸際にいるのかもしれないが。とはいえ、そんな自分にも、レオの不品行がそれほど悪いことだとは思えなかった。確かに、クレジットカードを盗むのはまずいと思うが、授業をさぼるとか、いなくなるぐらい、長年エイミーがやってきたことよりはるかにましだ――エイミーはある老農夫に売女(ばいた)と呼ばれ、その男の羊を全部柵から出してしまったことがあった。さらには、母親の若すぎる死を念頭に置いてレオの行動を考えてみると、それらは正当化はできないまでも、無理もないと思えた。

そして、アデリーンはどのように亡くなったのか？　パトリシアの話やあの写真からすると、レオの母親は繊細(せんさい)そのもので、ある種の病が連想できた。おそらくアデリーンは何年もそれを患(わずら)っていたのだろう。そう考えれば、主治医だったヴィクターと親しい間柄になっていったのも説明がつく。だが、パトリシアは彼女が事故で死んだと言っていた。おまけに、その事故について、これほど長い年月を経てもなお口にしたがらない。パトリシアが嘘をついているのかもしれないが、なんのためにそんなことをする？　衝撃的な事故のせいにしたほうが、長引いた病のせいより耐えやすいとしても、レベッカのためを思って事実を隠しているということではないはずだ。今日まで、自分はアデリーン・サンプソンという人物がいたことすら知らなかったのだから。

弱い風が背後のカーテンをそよがせ、急ごしらえの秘密基地のなかがひんやりとした空気で満たされるなか、レベッカはいま自分が座っている場所にレオが座ったことはあったのだろうかと考えた。いまだにハックスリーにいるレオの姿を思い描くことは難しかったが、ここはかつてレオの部屋であったかもしれない。もっとも、ここの花柄の内装は数十年前からのものに見えたけれど。ひょっとしたら、エリスがかつてのレオの部屋に寝ているのかもしれない。明日、彼に聞いてみよう。

夕食後、パトリシアが客たちに課した退屈な列車に関するドキュメンタリーの途中で、エリスは二階に逃げ出しており、レベッカはそのあと彼の姿を見ていなかった。彼はこれらすべてのことをどう考えただろう？　いまとなってはもう遅すぎるが、パトリシアが寝にいったあとでエリスの部屋のドアをノックし、どこかで飲みながらこれまでにわかったことについて話そうと誘えばよかった。とはいえ、最寄りのパブがどこにあるのか見当もつかなかったが。

それに、自分が父のことをどう思っているのかを解明する手助けをエリスができるはずはない。レベッカにとっていちばんわからないのは、自分が父親に対してどう感じているのかということなのだ。どうやらだれもが父のことを悪く言うようだった。パトリシアも、リチャード・ロウリーも、そして伯父モートンも父のことを軽蔑の念とともに語った。なのに、なぜ自分は父親に対して同情の念を抱きはじめているのか？　父親に何か恩があるというわけでもないのに。わずか数年の育児だけで、そこまで恩に着る必要もない。これは単なる本能的なもの、肉親に対する身びいきなのだろうか？　それとも、自分は聞かされている物語の奥に別の人間——自身のぼんやりとした記憶と一致する人物——がいることを感じ取っているのだろうか？

ふと見下ろすと、座席のクッションカバーの一辺がほつれかけてしまっていた。引っ張っていた糸からあわてて手を離すと、布をならして糸を縫い目のなかにおさまるように戻しながら、パトリシアに気づかれませんようにと願った。いまだに目が冴えていたが、これ以上ここに座っていることもできなかった。両脚がしびれていたのだ。そこで、そっとベッドのほうへ歩いていき、旅行用バッグのなかから『七つのお話』を取り出した。

自分でもなぜこれをハックスリーに持ってきたのか不思議だった。いまこのときまで、この物語をこれ以上読むつもりはなかったからだ。だが、本を持ってベッドカバーの上にのりながら、ふと自分は父親からもらったものも、父親のものも、このほかに何ひとつ持っていないのだと気づいた。

レオは娘が生まれてから何回かは誕生日やクリスマスにプレゼントをくれたはずだが、そのひとつとして思い出せなかった。そうした失われた玩具(おもちゃ)のことを思うと、おのずとこのモスグリーンの本を持つ手に力がこもった。だから、この本を持ってきたのかもしれない。それは父親から自分への愛情の証であると同時に、手に触れることのできる父親との絆、お守りのようなものだったのだ。

しばらくまた〝バーディへ〟を眺めてから、レベッカは読みかけのページを開いた。

三つめのお話：世界の果てへの航海

むかし、まちがって刑務所に入れられてしまった若い船乗りがいました。そのつらくて苦しい数週間、暗くてじめじめした独房で体をまるめていた船乗りは、看守たちがこれから船乗りにする拷問(ごうもん)について話すのをふるえながら聞いていました。看守たちは船乗りをいかさま師、泥棒、悪党と呼び、それがほんとうではないことなど知りもしなければ、気にもしません。

ある晩、看守たちは船乗りをもっと暗く、もっとじめじめした独房へ移すことに決め、船乗りの両手を太いロープでゆわえて、刑務所のなかを歩かせようとしました。けれど、船乗りは結び目についてよく知っていたので、すきをついていましめからのがれると、看守たちをたおして逃げだしました。

船乗りはいちもくさんに港へ急ぎ、すぐに追手がやってくることを知っていましたから、やとってくれるといった最初の船に乗りこんだところ、それは東へ向かう船でした。それからの数か月というもの、船乗りは東へ航海をつづけ、ふるさとからできるだけ離れようとしました。いまも看守たちのおそろしい脅しのことばや、してもいないことで責められるのに悩まされていたからです。船乗りは何十隻もの船に乗って、一生懸命に働き、お金も経験もたっぷり手に入れると、ついに自分の船を買うことができるまでになりました。

船長となった船乗りと、新しい乗組員たちは、これまでだれも行ったことがないほど遠くまで東を目ざして航海を続けました。行ったことのある港町をはるかに通りすぎると、海は不思議な魔法によって静かな音をかなでながら、きらきら輝いていました。乗組員たちはそわそわして落ち着かない気持ちになりましたが、船長に弱虫と思われるのがいやで、何も言わずに航海をつづけました。

やがて、暗い海が広がっているところにさしかかると、そこではだれかが水のなかで騒いだりはしゃいだりしていました。はじめ、男たちは大きな魚かイルカだろうと思ったのですが、近づいてみると、それは美しい女に似ている銀色の引きしまった体をした者たちで、乗組員たちはその者たちの不気味な歌を聞いているうちに、だんだんこわくなってきました。

身のほどを知らぬ水夫たちよ、
なんじらが航海するのは
セイレーンの禁じられた海であるぞ。
われらが歌いてみなを眠らせ、
さらには海深くへといざないて、
とこしえに、ともにあらん。

この不吉な子守唄のせいで、たちまち男たちのまぶたは重くなり、セイレーンたちはサメのようなとがった歯をむきだして、船の側面をのぼりはじめました。けれど、両手で耳の穴をふさいでいた船長は大声でこう言いました。「あなたたちの海を通らせていただいていますが、危害を加えるつもりなどはありません！　もうこれ以上進めないところまで航海をつづけたいだけなんです！　お願いですから、ここを通らせてください！」
　セイレーンたちは動きを止めると、にっこり笑い、歌いながらすべるように水のなかへもどっていきました。

なんじらは、まことの
海の痴れ者であったのか。
世界の果てがさだめとは。
だが、われらのたわむれのため、
なんじらを通し、
帰ってくるなら、待つとしよう。

　船はひとまずぶじに航海をつづけることができましたが、船長はセイレーンたちが世界の果てについて言ったことが気になっていました。これまでこんな危険な旅をして生きてもどってきた船乗りはいませんでしたし、言いつたえによれば、世界の果てのその先を見た人間は永遠に変わってしまうというのです。けれど、船長はふるさとに連れもどされて、また無実の罪に問われることのほうがおそろしかったし、こんな遠くまで自分を追いかけてくる者はいないとわかっていましたから、世界の果てまで航海すれば名声と名誉が手に入るのだと乗組員たちを説得したのでした。

　新しい針路を定めてから何日かたったころ、別の船が水平線にあらわれました。その船は黒い旗をかかげており、まもなく海賊たちが船長の船に乗りこんでくると、金銀財宝をよこせと言ってきました。またしても乗組員たちはふるえあがりましたが、船長は冷静でした。

「この船にはあなたたちに渡せる宝物はありません」船長は海賊たちに言いました。「わたしたちは商人ではなく、世界の果てまで航海する探検家なのです。どうか見のがしてください！」

　これまで一度もそれほど遠くまで航海したことがなかった海賊たちは、これを聞いてすっかり感心してしまいました。そして、船に財宝がまったくないとわかると、いっしょに飲み食いしようと船長や乗組員たちを招待しました。そのあと、このふたつの船はとなりあって航海を続けました。えたいのしれないこのあたりの海を進むには、いっしょのほうが心強かったのです。

　彼らは何週間も陸地を見ていませんでしたが、船に積んである食料や水が残り少なくなったとき、遠くのほうにごつごつした緑色の島があるのを見つけました。海賊たちはまっすぐその島に向かったものの、船長は用心深くゆっくりと進んでいきました。

　海賊たちが緑色の岩場に上陸したとたん、その足の下で地面がゆれはじめました。恐ろしさに泣き叫びながら、海賊たちはあわてて船にもどろうとしましたが、巨大な触手が水のなかから伸びてきたかと思うと、海賊船をまっぷたつにたたきこわしたのです。もはや遅すぎましたが、海賊たちは上陸したのが島ではなく、巨大な海の怪物の背中だったことに気づきました。

ぶるぶるふるえている乗組員たちが反対するのをものともせず、船長は船を怪物に近づけるよう命じました。みずから舵（かじ）をとると、船長は怪物がふりまわしている触手をよけながら、この船に向かって泳いできた勇敢な海賊たちを助けあげました。けれど、怪物の背にのったまま身をすくませている者たちのことは、心を鬼にして見捨てるしかありませんでした。

生き残った者たちは怪物のせいですっかりおじけづいてしまいました。海に出るようになってこのかた、こんなに大きくてどう猛な生き物に出会ったことはなかったのです。ですから、船長がこのまま航海を続けるといったとき、乗組員や生き残った海賊たちは反乱を起こして、船長を手こぎボートに放りこみ、羅針盤（らしんばん）、少しのロープ、かびくさいビスケット入りの缶ひとつ、ラム酒ひとびんだけを渡したのでした。

「世界の果てまでいってらっしゃい！」彼らはあざ笑うようにそう言い、船で去っていきました。

見捨てられた船長は、いまや船乗りが自分ひとりしかいなくなり、オールを持ってこぐしかないことに気づきました。太陽に照りつけられる苦しい日が何日かつづいたあと、強い海流を感じるようになりました。激しい潮の流れに水平線のほうへ引っぱられているみたいなのです。船長はぎざぎざした岩にボートを近づけると、その岩のまわりにロープの端をしっかりと結んでから、小さなボートを進めていきました。

船長は、世界の果てというのはテーブルのはじっこのようになっていて、そこから果てしない空を見ることになるのだろうと思っていました。けれど、そこへ近づくにつれて、自分の目的の場所は、海と泡が雲まで伸び上がる大きな滝のような広々した水のカーテンの向こうがわにあることがわかりました。船長はこの不思議な景色におじけづかないよう自分をはげましながら、その滝まで行って、激しい水の流れから守るために目をつぶりました。なので、目で見ることはできませんでしたが、ボートがこの嵐のような激しい水の流れにもみくちゃにされ、それからふいに静かな海に出たのを感じました。

目をあけてみると、そこがまだ暗いことに船長は驚きました。まっ暗やみではなく、太陽が沈んでしまったかのような、目を閉じているときにまぶたのなかに見えるような、ぼんやりしたうす暗い眺めなのです。ボートの下の海はタールのような色で、目の前の水面から出ているぎざぎざの岩は、さっきロープの端を結んだ岩をそっくりそのまま薄汚くしたようでした。いまでは船長の小さなボート、オール、そして両手までもが黒っぽく、まるで影のようで、中身がないように感じられました。

寒くて気分が悪く、急にこわくなった船長は、ここはもといた世界の暗い影なのだと気づきました。ここから出なければなりませんが、潮の流れのせいでますますこの不吉な世界の奥深くへと引っぱられていきます。おまけに、ひどくくたびれていて、体から中身も強さもうばわれてしまったかのようでした。何よりもこたえたのは、だれか、あるいは何かがささやく声が聞こえたことです――いかさま師、泥棒、悪党――。船長は初めてこうした言葉は事実なのかもしれないと思いました。

「ここから逃げ出さなければ」船長はひとりごとを言いました。「さもないと、永遠に迷いつづけることになってしまう」

船長は残っていた勇気をふりしぼり、ロープをたぐりながらもといた場所へ引きかえしはじめました。潮の流れにさからうのは大変でしたが、ロープをたぐりよせつづけて、とうとう滝までもどってきました。反対側に出て目をあけたときには、色や太陽の光に目がくらみました。けれど、止まったのはゆわえてあったロープをぎざぎざの岩からほどくあいだだけで、またオールを使いはじめました。

しばらくして、海の流れが普通になったころ、船長はたおれてしまいました。自分がどこにいるのかもわからず、飢えと渇きですっかり弱ってしまった船長は、このまま死ぬのだろうと思いました。けれど、ある商船の航路にボートがまよいこんでいったので、親切な乗組員たちが船長を自分たちの船に乗せ、元気になるまで看病してくれたのです。船長のセイレーンや海賊や海の怪物の話、そして世界の果ての先にある影の世界についての話は、だれも信じませんでした。そして、ごつごつした緑色の島や暗い海には近寄らないでほしいと言うと、みんなにからかわれましたが、船長は望遠鏡ごしに、以前の自分の船の残骸の上でひなたぼっこをしているセイレーンの姿をちらりと見かけたのでした。

もはや船長ではなくなったこの男は、やがてふるさとの国に送り届けられました。けれど、帰ってきたうれしさも感じなければ、見つかってまた捕まえられるのではないかというおそれも感じませんでした。危険をおかして世界の果ての向こうがわに行ったことで、この男の心には影がいっぱいに広がっていたのです。窓から外を見たときや、鏡を見たとき、あるいはあの脅すようなささやき声を聞いたときに、またあの暗い世界を目にしたような気持ちになることがありました。それはいつも気のせいでしたが、この男は残りの人生ずっとその影の国をおそれ、二度と航海に出ることはありませんでした。


レベッカは文字がかすみはじめるまでそのページを見つめ、ようやく顔を上げたとき、なじみのないハックスリー・ハウスのゲストルームにいることに気づいてぎょっとした。部屋のなかは、ベッドサイドの灯りがついているだけで暗かった。一瞬、自分まで世界の果ての先にある影の国に運ばれてしまったかと思い、暖かい夜だったにもかかわらず、身震いした。

　なぜレオはわたしにこの本を渡そうとしたのだろう？　こんなおとぎ話ではなく、手紙とか日記とか、もっと父親に関するものがほしかった。レオはなぜこんなお話を思いついたのか？　船長が間違って刑務所に入れられたのは、パトリシアが夕食のときに言っていた逮捕に関係しているのかもしれないが、若者が魔法の国に帰ろうとするとか、箱や水槽に妖精を閉じこめている男に人魚――いや、水の精だ――が捕まるというのは、どこから着想を得たのだろう？

　ふと、その日の光景がひとりでによみがえってきた。書斎にあったガラスカバーつきの蝶(ちょう)の箱。ヴィクターも標本を収集していた。もちろん、妖精ではない。昆虫だ。彼はアマチュアの――なんだっけ？――昆虫学者(エントモロジスト)だったのだ。パトリシアによれば、部屋中に箱や水槽があったという。

　まさか。レベッカは自分にそう言い聞かせ、不気味な仮説と肌が粟立つのを打ち消そうとしたが、すでに鳥肌が立ってしまっていた。あのお話の収集家がヴィクターなら、男の子や捕まった水の精がだれのことかは明らかではないか……。

　レベッカは本を閉じ、火傷(やけど)を恐れるかのようにそれをベッドの上に放り出したが、頭のなかに次々と浮かんでくる疑問を止めることはできなかった。父親は自分の幼少期について伝えようとしたのだろうか？　はじめのお話と三つめのお話が自伝だとしたら、全部がそうなのだろうか？　それとも、どれもそう見せかけているだけで、自分は深夜とこの家の特異さに影響されて、ありもしないつながりを探してしまっているのだろうか？

　ベッドの端から勢いよく床に足をつけたレベッカは、携帯電話を手に取り――いま午前二時七分だ――静かに廊下に出て、パトリシアの部屋のなかから聞こえてくる大きないびきに感謝した。そして、携帯電話の淡い光で行く手を照らしながら廊下をそろそろと進み、一歩一歩気をつけながら階段を下りはじめた。なぜかはわからないが、昔からレベッカには階段から落ちるのを極端に恐れるところがある。踏まれることに抗議するように、一段ごとに階段のきしむ音がするのはどうしようもなかった。

一階に着くまでに目は暗闇に慣れた。かすかな月の光が一階の窓のダイヤモンド形のガラス越しに射しこんでいる。幽霊や超常現象は信じていなかったが、携帯電話を下に向けて歩いていると、この家の隅にたまっている影たちがこちらに向かってあくびをしてくるような気がして、レベッカはヴィクターの書斎へ足を速めた。

書斎に着き、危険を承知で埃(ほこり)っぽいバンカーズランプ(緑色のランプシェードが特徴的なテーブルランプ)をつけると、携帯電話のカメラを部屋のあちこちに向けながら、なぜ最近撮った写真がむすっとしたブロンテなのだろうとふと考えた。パトリシアはヴィクターの所持品の大部分を寄付してしまったと言っていたが、レベッカはこの部屋にまだあるいくつかのものを写真に撮りたかった。蝶の標本ケース、顕微鏡、空っぽのガラス鐘、羊の頭骨、オリヅルランも。あの話の不気味な収集家が生まれるもととなった品々を見ているのかどうかはまだ確信が持てなかったが、この新たな仮説を放棄する気にもなれなかった。

部屋のもっと奥のほうへじりじりと進みながら、レベッカは写真立てに入ったレオ、アデリーン、ヴィクターの写真のクローズアップを撮り、フラッシュが消えたあともしばらく庭に立つ三人について考えこんでいた。写真のなかの姿が変化することを期待していたわけではない。ヴィクターが帽子とマント姿になったりはしなかったし、アデリーンに水かきができたわけでもなかった。それでも、レベッカが一度も会ったことのない祖父母と父が昼間見たときとまったく変わらない姿であることが、奇妙に感じられた。いまや彼らについていろいろなことを知っていたからだ。

階段を上がろうとしたとき、廊下の奥のほうから軽い物音が聞こえた。とっさに強盗、または幽霊、あるいはひょっとして収集家がいるのではないかと、その場に凍りついた。だが、そんな突飛な想像はすぐに理性によって打ち消された。この家には自分のほかにふたりしかいないし、その片方はさっき部屋でいびきをかいていたではないか。

思ったとおり、キッチンをのぞいてみると、ちゃんと服を着たエリスがテーブルについてサンドイッチを食べているところだった。

「ああ、きみか」エリスはレベッカが来るのを待っていたかのように言った。「きみも眠れなかったの？」

「ええ」レベッカはエリスが勝手に牛乳を飲んでいることに気づき、パトリシアになり代わって少し腹を立てた。「何をしているの？」

エリスは怪訝（けげん）な顔でサンドイッチを見つめた。「それって、引っかけ問題？」そのあと、パンから落ちそうになっているチーズのかたまりをひょいと押しながら言った。「少しタンパク質がほしくなってね」

「ああ」レベッカは夕食のときに彼に出された乾いた野菜のことを思い出して、いましがたの口調を反省し、親しげな雰囲気を出そうとした。「チーズを食べてから寝ると、変な夢を見ちゃうわよ」

「そもそも不気味なこの古い家で？　あり得ないね」

レベッカが微笑（ほほえ）むと、エリスはサンドイッチから気がそれたらしく、椅子の背にもたれかかって、初めて会ったときに会社でしたようにしげしげと彼女を見つめた。エリスが見ているのは顔だったが、レベッカは突如として自分がパジャマ用のぴっちりしたショートパンツと古いTシャツ姿でノーブラだということに気づいた。レベッカは胸の前で腕を組み、それがなにげない仕草に見えることを祈りながら聞いた。「何か？」

エリスはかぶりをふった。「別に――きみは何をしようとしてるんだい？」

「ああ、水をね」レベッカはごまかした。

階段を三段下りてキッチンに入ると、はだしの足の裏が触れた石の床の感触にびくっとした。レベッカは吊戸棚をいくつかあけてコップを探し、蛇口(じゃぐち)をひねって水が冷たくなるのを待ちながら肩越しに振り返った。エリスはまたサンドイッチに集中していた。それにしても、なぜ先ほどはあんなふうにわたしを見たのだろう?

キッチンから出ていこうとしながら、レベッカは通りがけに一脚の椅子を軽く押した。すると、その脚が床とこすれて大きな音を立て、ふたつの影が部屋の中央から飛び出してきた。

「うわっ!」レベッカは息を呑み、コップのふちから水がこぼれた。「こんなところにいたとは!」

エリスが身をかがめて興奮しやすいボニーとポピーをおとなしくさせると、二匹はすぐにくんくんと彼の足もとのにおいをかぎはじめた。

「番犬としては役立たずだよね」エリスが言った。「さっきは入ってきたぼくをよだれまみれにしたかと思うと、そのうちまた眠ってしまったんだよ」

驚き冷めやらぬレベッカは、エリスがパンのかけらを二匹の黒ラブラドールに分けてやるのを眺めてから、くるりとドアのほうに向き直った。

「グレート・ウエスト・ランってなに?」エリスが聞いた。

「えっ?」

「きみのTシャツの背中の」

「ああ、ハーフマラソンよ。エクセターを二周するんだけど、わたしが参加したのは――」

「――二〇一三年だろ、そこに書いてある」エリスはまたサンドイッチにかぶりついた。「ぼくは走れないんだ。膝が痛むから。スポーツは何もやってないんだよ」

「何も?」

レベッカは彼の言葉に感心もしていなかったが、信じてもいなかった。エリスの体型はまったく運動をしない人のものではなかったからだが、そんなことに気づいてしまうことがなんとなく癪(しゃく)にさわった。

「まあ、たいてい自転車通勤だから、それが運動に入るのかもしれないけど」

レベッカはきゃしゃで非実用的な自転車に乗ったエリスが、ロンドンの車の流れを縫うように走っている光景を思い描いた。「それって、安全なの？」

エリスはにんまりした。「ぼくのことを心配してくれてるの？」

「いいえ」レベッカは恥ずかしくなって即座に否定した。「ただ——わたしの父の身に何があったか突き止めるまでは、バスにつぶされたりしないでよ、いい？」

「わかった」エリスは真面目くさってうなずいた。「だけど、それ以降は何も約束できないな。赤信号は無視するし、運転手の死角には入るし、反射板付きのサイクリング用品はみんな捨てて……」

「はいはい、もうわかったわ」

犬たちは隅に置かれた犬用クッションに戻っていた。レベッカはドア口に立って会話を続けるのが馬鹿らしくなり、またテーブルに近づくとエリスの向かいに座った。エリスはレベッカがこの場にとどまったことについて何も言わず、残ったサンドイッチを食べ続けている。

「二階のあなたの部屋だけど……？」レベッカは切り出した。

「きみのお父さんの部屋ではないと思う。部屋のなかをちょっと調べてみたんだ。もし以前はお父さんの部屋だったとしても、お父さんのものはすべて捨てられてしまったんだろうな。彼女の話しぶりからすると、お父さんはきっと地下室に閉じこめられていたんだろうよ」

明らかに冗談であるにもかかわらず、レベッカは『七つのお話』のはじめのお話に出てくる、収集家の屋敷でびくびくしながら足音を忍ばせている男の子のことを考えずにはいられなかった。レベッカにとって、ハックスリーはレオの痕跡が根こそぎ取りのぞかれた二軒めの家だった。いったいレオのどんなところが、その痕跡をすべて消し去ってしまおうと人々に思わせるのだろう？

「お父さんに同情しているんだね」皿を見つめ、最後のパンくずを人さし指で押さえながらエリスが言った。

「少しね」レベッカは認めた。「考えてもみて。ここで育って、あんな小さいころにお母さんを亡くすなんて……」それから、この家に着いてからずっと気にかかっていたことを口にした。「わたしのミドルネームはアデリーンなのよ」

とたんにエリスが顔を上げた。「本当？」

「これまでどうしてその名前なのか、全然知らなかった。母が古典小説好きだから、そのどれかからとったんだろうと思っていたの」

なぜロザリンはそれを変えなかったのだろう、名字は変更したのに。もしかすると、〝アデリーン〟の由来を忘れていたのかもしれない。

「パトリシアには話した？」エリスが尋ねた。

「いいえ――話すべきだと思う？」

「いや、やめておいたほうがいいだろうな。きみのミドルネームが〝ヴィクトリア〟なら別だけど……」

レベッカは罪悪感とともに、自分たちがパトリシアに隠しているあれこれを思った。リチャード・ロウリーをだましたときのほうが、ずっと楽だった。「夕食のとき、あんなに嘘ばかり言うんじゃなかった。大学で知り合ったとか」レベッカは言った。

「きみが言い出したんじゃないか。それに、ぼくは実際エクセター大学に行っていたかもしれなかったんだし」

「行ってないんでしょう」

「まあね、ダラム大学に行ったんだ。なぜきみはデヴォン州から出なかったの?」

エリスはその質問をひょいと投げかけてきた。『お父さんのことは覚えてる?』と聞いてきたときのように。レベッカはとっさに、何か相手が想定していないようなことを言ってやろうと考えた。

「初めは出たのよ。オックスフォードに行ったんだけど――まあ、結局いろいろとうまくいかなくて」

レベッカはよく考えた末にそう言ったわけではなかった。エリスの足をすくってやろうと思ったばかりに、つい個人的な事情を明かしてしまったのだ。ばつの悪い思いで、次に当然聞かれるであろう質問を待った。

「なら、それこそパトリシアに言わなくちゃ」エリスはそう言いながら、使った皿を洗おうと立ち上がってシンクに向かった。「きみがオックスフォードに行っていたと知ったら、頭のいいヴィクター譲りだってことにできるじゃないか」

ほっとすると、レベッカはエリスの牛乳が入っていた空のコップと、口をつけていない自分の水入りのコップを見つめて言った。「ねえ、わたし、お酒が飲みたい気分」

エリスが蛇口を止めた。「そうこなくっちゃ。ダイニングルームに酒用ワゴンみたいなのがあったよね?」

エリスは手に持っていた布巾をフックに戻し、おそらく酒を探すためにキッチンを出ていった。レベッカは急に夜ふかしをして酒を飲みたくなったことについて考えこんでいた。たぶん気晴らしがしたかったのだ。レオから、自分自身の複雑な感情から、この家にしみこんでいるように思える陰鬱(いんうつ)さからの気晴らしが。あるいは、ひょっとしたら……と、窓の留め金がキーキーいうのを聞きながらレベッカは思った。要するに、自分は少しおびえているのかもしれない。

犬たちを起こさないようにそっとキッチンを横切ったレベッカは、二階と同じように窓をこれ以上開かないところまで押し開いた。そして、裏庭をじっと見つめた。よく刈りこまれた芝生の先に鬱蒼とした低木の林があったが、いまはまだ夜空を背景にしたただの暗い輪郭でしかなかった。三人で行った午後の散歩のときには、あのあたりには足を踏み入れなかったし、その時点ではそのことについてなんとも思わなかった。だが、いま思うと、もしあの茂みに分け入ったら、大きな緑色の池があるのではないだろうか。そして、その水の底には……ひょっとして水の精が？　まさか、馬鹿な考えだ。

「大丈夫かい？」

レベッカが振り返ると、クリスタルのデカンタを持ったエリスが戸口に立っていた。

「ええ、大丈夫――こっちのほうが涼しかったから、それだけ」

「それはいい考えだな」彼はそう言うと、レベッカに酒を渡し、椅子を二脚運んできた。

レベッカはそのはちみつ色の酒を新たな二個のコップに注ぎ、ひとつをエリスに手渡しながら聞いた。「ところで、これは何？」

「さっぱりわからない――乾杯」

それはブランデーだった。甘いうえに体が熱くなるので、湿度の高い夏の夜向きではなかったが、レベッカにはそのピリッとした後味が心地よかった。それはクリスマスにみんなが疲れきって寝静まったあとに、伯父のモートンといっしょに夜ふかしをして、残りもののプディングを食べながらそのときやっているテレビ番組にあれこれ文句をつけているときを思い出させた。もしレベッカがいまどこにいるか知ったら、伯父はいったいなんと言うだろう？

酒を一気に飲み干したい衝動を抑えながら、レベッカは右側の椅子に座り、パジャマのショートパンツの裾を引っ張ってから、ほとんどむき出しの両脚を折りたたんだ。エリスはその隣の椅子で体を伸ばし、両方の足首をあけた窓の敷居にのせたので、彼の足先は闇に包まれていた。レベッカには、ハックスリー・ハウスとパトリシアのもてなし双方を軽んじるこのエリスの態度を、自分が受け入れているのかどうかわからなかった。いまや彼のすねの傷が小さなかさぶたの集まりにおおわれているとわかるほど間近にある、この状況下ではなおさら。

「それは自転車に乗っているときにやったの？」レベッカは彼の傷を顎で示した。

「ん？　ああ——そうだよ。だけど、ロンドンじゃなくてコーンウォールでね。石垣に近づいて、距離をつめすぎたもんだから」

「ほら、やっぱり自転車って危険なんだわ」レベッカはそう言ってから、説明を加えた。「小さいころ、自転車から落ちて腕を折ったことがあるの。いまだにどこかに傷跡があって……」レベッカは右腕をあっちへねじったりこっちへねじったりして、肘の下のほうにある太い銀白色の筋を見ようとした。

「ああ、ここだね」エリスが言った。

エリスが指さしたのとレベッカが動いたのとが同時だったので、彼の指先が偶然レベッカのむき出しの前腕をかすめた。それはごく軽く触れた程度だったのに、レベッカは肌に電流が走ったように感じた。

どぎまぎしながら、レベッカはもう一方の手で自分の肘を包みこんでまくしたてた。「変な話なんだけど、転んだときのことは覚えてないの。自転車そのものははっきりと思い出せるのに。空色で、いっぱいシールやリボンがついてて。それに、事故のことも何も記憶がないのよ……」

レベッカはロザリンのことを考えた。ロザリンはレベッカが自転車のハンドル越しに頭から落ちたことを四六時中持ち出した。この事件のせいで、その過保護ぶりに拍車がかかったのだろう。

「ところで」レベッカは肩をすくめながら言った。「あなたはコーンウォールのどこに行ったんだっけ？」

最初にこの話を聞いたときとは違い、レベッカはエリスが先週末をどこでどんなふうにすごしたかについて熱心に耳を傾けた。ハックスリーと比べると、レベッカの故郷の隣の州――多くの人が夏の休暇をすごす場所――は親しみやすく感じられたし、ふたりはじきにティンタジェルに対して同じ気持ちを抱いていることを発見したのだった。

「あそこからはすごい遺物が発掘されてるのよ」レベッカが言った。「みんな昔からそれとアーサー王伝説を結びつけようとしてるみたいだけど、発見された遺物そのものがすばらしいの」レベッカはそれについて熱く語ろうとしたが、はっとして言葉を呑んだ。エリスが座ったまま体をひねってこちらを見ているのに気づき、ふと恥ずかしくなったのだ。「ずっと前は考古学に夢中だったのよ」レベッカはそれがいかにも子どもっぽく聞こえることをきまり悪く思いながら、打ち明けた。

「そう？　だから歴史を専攻したの？」

レベッカはうなずき、夕食のときにその話をしたことを思い出した。この人はわたしが言ったことをどれほど記憶しているのだろう？

「考古学ってかっこいいよね……」エリスはそう言いながら、窓敷居にのせた片足をもう一方の足首に重ねた。

「かなりの重労働よ」レベッカは言った。「Aレベルを取ったあと、トスカーナの発掘現場でボランティアをしたことがあるの。ものすごく大変だったわ」

レベッカはまたひと口ブランデーを飲みながら、なぜ自分はこの話を持ち出したのだろうと考えた。最近ではもう考古学について話すこともなくなっていたのに。もしかすると、エリスが心底興味がある様子だったからだろうか。それとも明日以降、エリスとはおそらくもう会うこともないせいかもしれない。いや、というより、単に酒のせいだというのが妥当なところだろう。

「何を見つけたんだい？」エリスが聞いた。

「陶磁器とか、コインとか、動物の骨とか。わたしがそこにいるあいだに、人間の頭蓋骨を掘り出した人もいたわ。どうやら、そこは古いゴミ捨て場のようなところだったらしいの。だから、脈絡（みゃくらく）なくさまざまな遺物が出てきて……」

レベッカは口ごもった。膝をついている乾燥したでこぼこの地面や、祖母から借りてきた園芸用手袋のなかで汗ばんだ両手、そして帽子のつばの下のうなじに照りつける強い直射日光を思い出していた。ボランティアの大半はその週、日を追うごとに不満をためていた。何時間も、ときには何日もかかってせっせと土の層を払ったあげくに、それが古いゴミのかけらだとわかって心が折れるのだ。けれど、レベッカにはそうしたことすべてが楽しかった。細かい点まで精密に決められた手順も、屋外ですごす時間も、正真正銘の過去の遺物を地面から発掘できるかもしれないという可能性も。

「じゃあ、いまこの瞬間も古代の墓のなかを匍匐（ほふく）前進していなくていいの？」エリスが言った。

「失われた伝説のお宝を見つけながら」

「どうやらハリウッドの影響で、考古学が実際以上に刺激的なものだと思っているようね」

「そうは言うけど、人の頭蓋骨だろう？　刺激的すぎるよ」

レベッカはそれについてどう説明したらいいかわからなかった。オックスフォードに行っていたことはうっかり明かしてしまったのだが。こじれた感情だということは承知のうえで、レベッカはオックスフォードですごした最初で最後の学期中に、何か本当に悲惨なできごとがあればよかったと思うことがあった。最低の恋人がいたとか、ドラッグで死にかけたとか、とにかくだれが聞いてもそれは災難だったねと思うような何かが。そのほうが〝いろいろとうまくいかなくて〟よりもはるかに説明しやすかっただろう。レベッカは自分がいつ考古学の夢を捨てたのかはっきりわからなかったが、それはクリスマスにデヴォンへ帰省してまもなくのことであり、翌年九月にエクセター大学に入学するよりも前だったことは確かだ。考古学は田舎の小さな学校でトップだったレベッカにはぴったりだったが、自分はごく平凡な人間だと気づいたショックからいまだ立ち直れていない中退者にはふさわしくなかったのである。

「とにかく、うまくいかなかったのよ」レベッカはまた言った。それから話題を変えようとしてつけ加えた。「あなたってずいぶん質問が多いのね」

「それを仕事にするべきかも？」

「面白いわ。昔から記者になりたかったの？」

「いいや、獣医になりたかったんだ。記者になったのはなりゆきさ」

「なりゆきって、どういうこと？」

何度も促(うなが)したあげくにようやくわかったのは——エリスは質問をされる側になるのはあまり慣れていないようだった——高校卒業後、中米と南米を旅行していたときに記事を書きはじめたということだった。イギリスに帰ってくるころには、いくつかの記事がオンラインや雑誌に掲載されており、ある記事など全国紙の日曜版にも掲載されたという。その後、延期していたダラムでの学生生活をスタートし、卒業後すぐにロンドンへ移ってフリーランスとして働いているうちに、〈サイドスクープ〉でフルタイムの仕事をしないかと誘われたらしい。

それを聞きながら、レベッカは思わず感心し、少しうらやましくさえあった。何から何までごく自然に、ごく簡単に聞こえたからだ。〈サイドスクープ〉について聞こうとしたレベッカは、彼が急に目をそらしたことに気づいた。そのとき初めて、自分がエリスの話を聞きながら、折りたたんでいた脚をいつのまにか伸ばして、窓敷居にのせた彼の脚の横に置いていたことがわかった。自分の脚はエリスに比べてかなり青白く、なめらかに見えた。もっとも、足の爪に塗ったダークレッドのネイルは彼のかさぶたの色とよく合っていたけれど。わたしったら、いったいいつ脚を伸ばしたの？　彼はいったいいつからそれを見つめていたの？　レベッカは急に暑さが増したように感じたが、それは新たに湯を張った風呂に浸かるような心地よい暑さだった。

「ところで、考古学者ってどうすればなれるの？」窓の向こう側のちょうつがいに向かってエリスが聞いた。

そのとたん、風呂のようなぬくもりは消え去った。「修士を取らなきゃいけないし、現場で経験を積まなくちゃならないわ。すごく競争が激しいの」レベッカがため息をつくと、空っぽになっていたコップの縁が曇った。「もうやりたいとは思わない」

「そう？」

「そうよ」

「ふうん」

レベッカは顔をしかめてエリスに向き直った。「どうしてそんな声を出すの？」

「別に」エリスはそう言って肩をすくめた。「いまじゃ、考古学者になったきみの姿が想像できるようになったからかな」

初め、レベッカはまたからかわれているのだと思ったが、目が合うと、彼が本気でそう言っているのだとわかった。レベッカは感謝した。彼がここにいることに、そして自分がハックスリーまでひとりで来なくてすんだことに。レベッカはエリスにそう伝えたかったし、ありがとうと言いたかったが、どう言ったらいいかわからなかった。こんな近くに座っているからこそ、なおさら。

そこで、床に置いてあるクリスタルのデカンタに手を伸ばした。「もう一杯飲む？」

嵐があったわけではなかったが、翌朝は前日より涼しかった。裏の芝生を足早に横切ったおかげもあり、涼しさはレベッカが軽い二日酔いを吹き飛ばすのに役立った。二階から一階へ下りるあいだ、だれとも会わなかった。エリス、パトリシア、あるいは犬たちのいずれかが目を覚ましていることを感じさせる物音も、いっさい聞こえなかった。それでも、ハックスリーのどこかの窓から見られたくなくて、低木の茂みまで速足をゆるめなかった。この探検をひとりでやり遂げたかったのだ。

だが、木の生えているところまで来ると、レベッカの歩みは遅くなった。それは家から見られる心配がなくなったためでもあり、単純に植物たちのせいで歩きにくいからでもあった。針金のような枝に服や露出（ろしゅつ）した肌を引っかかれ、ごつごつした木の根に足を取られそうになる。途中で髪から払いのけるはめになったべたべたするものは、クモの巣だった。

思ったとおり、レベッカはじきに池を見つけた。池にはスイレンの葉や浮草がいっぱいで、まるで地面のように足を濡らさず上を歩いて渡れそうに見えた。池の向こう岸にはかつて絵のようだったのかもしれない橋があったが、いまその石はすっかり苔（こけ）におおわれ、まるで土に戻そうという力が働いているようだった。そのひらけた場所全体は見た目もにおいも緑があふれすぎていて、全盛期をすぎた印象派画家の風景画みたいに陳腐にさえ感じられた。

レベッカは爪先で地面があることを確かめながら、何歩か前に進んだ。どこまでが岸でどこからが水なのか判別がつきにくかったからだ。さてどうする？　ハックスリーで池を発見したのだ。

『七つのお話』のはじめのお話で、庭をずっと行ったところに池があったのと同じだった。おそらくこれで、あの話に出てきた収集家はレオの実父をもとにしているのではないかという仮説が、さほど突飛ではないことになる。でも、それだけ。この池を見つけたから、どうしようというの？

ここでほかに手に入れられる情報はないし、できることもない。池に魚とりの網をさし入れて、水の精を探すつもりもなかった。

それに、ここに緑色の大きな池があるからといって、別世界へ通じる扉があるわけはないし、影の国への入口などあるはずもない。

いきなり藪をかきわけるような音がして、レベッカは振り返った。杖を持ったパトリシアがボニーとポピーを連れて、茂みをかき分けながら出てくるところだった。

「ずっと先のほうにあなたがいるのを見た気がしたの！　よく眠れた？」

「ええ、ありがとう！」レベッカは挨拶代わりに片手をあげた。この場所にやってきた理由は説明しないことにした。

「ひどいありさまで、ごめんなさいね」パトリシアはそう言いながら身ぶりで雑草を示した。犬たちはレベッカの脚のにおいをかいだあと、試しに水面をくんくんしている。「いつも地元の男の子にお金を払って草刈りをしてもらおうとは思っているんだけど」

今日のパトリシアは快活そうに見えた。もしかすると朝型人間なのかもしれない。その明るさを思うと、次の質問はますます口にしにくくなったが、ハックスリーを去る前にどうしても聞かなければならなかった。

「アデリーンはここで亡くなったんですか？」

杖でイラクサを払いのけていたパトリシアが動きを止めた。「どうして知っているの？」

「ずっと前に、父からそう聞いたことがある気がして」レベッカは言った。この嘘が頭に浮かんだのと祖母の運命を悟ったのは、同時だった。「たったいま思い出したんです」

「娘になんてことを言うのかしら！　もう起きてしまったことをくよくよ考えてもしかたないのに――死んだ人が生き返るわけじゃあるまいし。そうでしょう？」

「そうですね」レベッカは相槌を打つと、また尋ねた。「溺死だったんですか？」

レベッカはパトリシアがまた黙りこむのではないかと思った。ヴィクターの書斎にいたときのように。けれど、レベッカを値踏みするような目で見つめてから、大叔母は言った。「そうよ――もっとも、いったいなぜそんなことができたんだか。だって、この池は腰ぐらいの深さしかないんだから。たぶん水草に足を取られたんでしょうけど」

レベッカは植物の下にところどころのぞいている濁った水をじっと見つめた。「泳いでいたんでしょうか？」

「違うと思う。泳げたかどうかも定かじゃないし。ヴィクターはそのことについてほとんど何も話さなかったわ——あまりにも痛手が大きかったのね。だけど、発見されたときの彼女はちゃんと服を着ていたから、誤って落ちたんじゃないかしら。なんて愚かな娘なんでしょう」パトリシアはため息をついた。「朝起きてすぐふらふらと出ていってしまったもので、家にいないということさえだれも知らなかったのよ」

奇妙なことに、レベッカは目の前の風景と別のイメージを心のなかで重ねあわせていた。小柄で繊細なアデリーンが水に顔をつけて浮かんでおり、彼女の長い金髪が頭のまわりできらきらと輝いている光景を。

「だれが彼女を見つけたんですか？」レベッカはそう聞きながらも、答えの察しはついていた。

「あの子よ。初めにあの子が母親を探しにいって、池から引きあげようとして自分まで溺れかけたの。あの子は小さすぎたし、すでに手遅れだったのよ」

レベッカは自分の鎖骨をつかんだ。驚きと悲しみが喉もとにこみあげてきて、息が苦しかった。

「ごめんなさいね」あいかわらず杖で地面をつつきながらパトリシアは言った。「だから何も言いたくなかったの。あまりにも気の滅入る話だから——実際、これにヴィクターは打ちのめされてしまって」パトリシアは肩越しに家のほうに目をやった。「ねえ、もう家に戻らない？ あなたたちが発つ前に朝食を作ってあげようと思っていたの。もっとも、ベジタリアンの彼がいったい何なら食べるのか皆目わからないけれど。卵なら食べるかしら？」

帰ろうと促されながら、レベッカは最後にもう一度、ハスや浮草だらけの池を見つめた。まさにアデリーンは水の精だったのだろうか？　彼女はヴィクターという収集家になんらかの方法で捕らえられてしまったのだろうか？　そして、もしやパトリシアはこの義理の姉がどのようにして、なぜ亡くなったか知っているのだろうか？　『七つのお話』のはじめのお話では、水の精は水のなかへ戻ることを望んでいた——いや、戻る必要があったのだ……。

「今朝あなたがひとりでいるときに会えてよかったわ」茂みから出ようというところでパトリシアが言った。「あなたが帰る前にちょっと言っておきたいことがあったから」

レベッカは頭に浮かんでいたおとぎ話を無理やり引っこめ、おそらくはエリスに関する尋問を受けるのだろうと身がまえた。あるいは、デカンタに入れておいたブランデーが昨日の晩よりも少し減っていることに気づかれたのかもしれない。

「あなたは子どものころからずっと、お父さんに会っていないと言ったわよね？　それに間違いはない？」

「ええ——はい」

いかにも物事を慎重に進める人のように、パトリシアは続けた。「あなたはお父さんの子ども時代などについて知りたいと言ったわね。そして、わたしにお父さんの居所や連絡先を知らないかと尋ねた——ということは、あなたはお父さんを見つけたいと思っているのよね？」

芝生を歩きながら、レベッカはまだ自分がその問題と向き合っていなかったことに気づいた。それはこの数日間、自分の前のほうに浮かんではいた。はるか遠くにある、目に見えてはいるけれどはっきりしない物体のように。そして、いま、パトリシアがそれをレベッカのほうへひょいと近づけてきたのである。

「はい」レベッカは言った。「そうなんだと思います」

レベッカは大叔母から責められるか、亡き兄への同情の言葉をまた聞かされるのをなかば覚悟した。けれど、意外にもパトリシアはレベッカの手を取った。

「会いにきてくれて、ありがとう」パトリシアはたこができた硬い指先でレベッカの手のひらをぎゅっと握った。「ヴィクターの孫に会って、サンプソン家の血は絶えていなかったとわかって、本当にうれしかったわ。あなたはいい子だし、これからも連絡を取り合えればと思うの――あなたのお母さんともね。もし過去のわたしの無礼を許してもらえるなら。よかったら、いつかまた遊びにきてちょうだい」

「それはもう、ぜひ」レベッカは大叔母の強すぎる握力と、レオの親戚から手紙をもらったらロザリンがどれほど大騒ぎするかという思いに顔をしかめながら、嘘をついた。

「わたしがお父さんのことをどうしろと指図することはできないわ」パトリシアは言ったが、その表情からは、できることならそうしたいと思っていることが伝わってきた。「当然、それはあなたが決めることよ――だけど、もしお父さんを見つけたとしても、それをわたしの耳に入れてほしくないの。あの子の態度や、ヴィクターにどれほど心労をかけたかを思うと……耐えられそうもないから」

「もちろんです」

「この家に関しても同じよ。さっきも言ったように、あなたのことはいつだって歓迎するわ。だけど、レオにはもうここへ来てほしくない」

レベッカはうなずいた。「わかりました」

「なら、よかった――ほっとしたわ。本当に」

パトリシアは大きく息を吐いた。おそらく自分の言いたかったことを口にできて安心したのだろう。握っていたレベッカの手を離すと、ボニーとポピーのほうへ杖を突き出した。「さあ、あなたたち——なかに入って！　それから、みんなで朝食にしましょう！」
レベッカはこの命令が犬たちだけでなく自分にも向けられたものなのだろうと思ったが、パトリシアが玄関の向こう側に見えなくなるまでその場に残っていた。そして、まだジンジンしている指先に感覚が戻るよう手を動かしながら、ツタのはうハックスリー・ハウスの正面を見上げ、新たな考えにふけった。なぜレオがここに帰りたがるというのだろう？

8　〈サイドスクープ〉

「新たな糸口が見つかったかもしれない……」

助手席で携帯電話を見つめながら、エリスはレベッカの返事を待っていた。だが、レベッカは彼が言ったことをほとんど聞いていなかった。運転に集中するので精いっぱいだったから。心のなかで、レベッカはいまもあの鬱蒼とした茂みのなかにいた。しかも、ずっと昔に、濁った水のなかから母親を引き上げようとする小さな男の子を見つめていたのだ。

「ベックス？」

「ん？　ていうか——」レベッカはかぶりを振った。「そう呼ばないで」

「大丈夫？」

「ええ」レベッカはハンドルを握り直した。「ちょっとハックスリーのことを考えていただけ」

「行った甲斐があったと思う？」エリスが聞いた。

「もちろんよ。あら、あなたはそう思わないの？」

「まあ、あっただろうね。勘違いしないでくれよ。ぼくは不気味な古い家に泊まるのが大好きだから楽しめるんだ。それに、あそこに行ったおかげで、レオの子ども時代について新たな面を見つけたのは間違いない。だけど、彼の身に何があったのかを突き止めるという意味での前進が果たしてあったのかどうか」

「なかったかもね……」

いまこそエリスに『七つのお話』のことを話すべきだろうか？　あの物語集は半自伝的なものだという仮説を説明し、彼にも解釈を試みてもらうこともできた。けれど、なぜかそうする気にはなれなかった。あれは個人的な、父親が自分だけのために書いてくれた本だったからだ。父親が両手でこうやって作るんだよと教えてくれた影絵の動物とか、父親が森のなかで見つけてくれたアナグマの足跡のように。しかも、レベッカはこの秘密があることを気に入っていた。エリスがたくさんの質問と、調査結果の入ったフォルダーとともに自分の人生にゆったりと入ってきたとき、彼はわたしがいかに父親について何も知らないかを明らかにした。だが、いまでは、彼の知らないことをこっちは知っているのだ。

「とにかく」エリスはそう言って、また携帯電話を掲げた。「ひょっとしたら新たな情報が手に入るかもしれないんだ。ぼくがレオのエージェントにメールをした話は覚えてる？」

「メールしたの？」

「そう、彼女はプリヤ・ジョージという名前でね。一九八〇年代後半にレオの代理人をしていたんだ。彼がデヴォンに引っ越す前にね。二、三週間前に彼女にメッセージを送ったんだよ」

「なるほど」レベッカは相槌を打ったが、頭のなかではあいかわらず例のおとぎ話のことを考えていた。「それで、返信はあったの？」

「あったんだよ。なんと、昨日。でも、ハックスリーの電波状況が悪すぎて、受信したのはたったいまなんだ。彼女には無視されてるんだと思ってたんだけどね、ぼくはレオの名前を出してたから。

だけど、彼女からぼくに会ってもいいと申し出があって」

「本当に？」そこまで聞いて、レベッカはエリスの話に全集中力を傾けた。「いつ？」

「今週の木曜日。彼女はソーホーに事務所があるんだ。きみにとってはちょっとタイミングが悪いかな。こんなにまたすぐロンドンまでくるのは難しいだろ？　まあ、会ったあとでぼくが報告すればいいかな？」

「ううん、わたしも彼女に会う」レベッカはその場に招かれていないにもかかわらず、そう言った。

「その日の朝にまた車で行くか、それとも――このままロンドンに泊まるか」

「へえ？」エリスは驚いているようだった。

「別にいいでしょ？」

一週間前のレベッカなら、こんなことをするなど考えられなかっただろう。なにしろ、事前に断りもせずにまた四日間も仕事を休むことになるのだから。だが、いまこのとき、〈サドワース&ロウ〉は重要ではなかった。このエージェントがレオの居所を知っていたら、どうする？

「もし泊まるところが必要なら、ぼくたちのところに居心地のいいソファがあるよ」エリスが言った。

「大丈夫、ありがとう」幾晩もソファで寝るという申し出にはそそられないので断ってから、〝ぼくたち〟とはだれのことなのか考えた。友だちと家をシェアしているのだろうか？　親だろうか？　それとも恋人？　「去年、わたしの親友がロンドンに引っ越して、泊まりにおいでっていつも言われてるから」

そのあと、エリスがまた変なラジオ放送を流しはじめたとき――今度は調子はずれなジャズを延々と流している局だった――レベッカは言った。「ねえ、あのフォルダーのことだけど、あなたがリチャード・ロウリーと会う前にわたしに見せてくれたやつ」

「うん？」

「あれをまた見せてもらえない？」

「いいよ。いまは持ってないから、コピーを取って木曜日に持っていってあげるよ。あるいは、近くまで来ることがあれば、それより前に〈サイドスクープ〉まで取りにきてもらってもいいし」

「ありがとう」

エリスがグローブボックスをあけた。彼が何をしているのか察したレベッカは、彼のほうへ左手を出した。

「わたしにもひとつちょうだい」レベッカは言った。

エリスがお菓子の袋をごそごそやっている音がしばらく続いた。「イチゴ、それとも――この緑のはなんだろう――ライムがいい？」

「ライム」

「本気かい？　イチゴよりライムが好きな人なんているんだ？」

「わたしがそうよ」レベッカは指で早くちょうだいというジェスチャーをした。

エリスはそのお菓子を包み紙から出し、レベッカの手のひらに置いた。このお菓子はこのあいだエクセターまで乗せていってあげた祖母が、車のなかに置いていってくれたのだろう。口のなかのかすかに甘酸っぱい風味を味わいつつちらりとエリスを見ると、彼はまた一個ちょうだいと言われるのを待ちながらお菓子のパッケージを見つめているようだった。エリスにはもうじき別れの挨拶をすることになるが、エージェントと会うことになったいまとなっては数日後にまた会える。しかも、自分がフォルダーをもらいにオフィスに行きさえすれば、二度も。まだ自分でもはっきり認めたくないいくつかの理由から、それはこの午前中もっとも心なごむ考えだった。

「上がってきて、五階よ」インターホン越しにハスキーな声がした。「かっこつけて階段を使ったりしなくていいからね。あんたの考えそうなことはお見通しよ」

レベッカは自分が何か言う暇もなく入口を解錠(かいじょう)されたことに笑みを浮かべた。そして友人の助言に従い、あまりにしゃれていて動いているのかどうかさえよくわからないエレベーターに乗った。

エイミー・ジャーヴィスはこれといって特徴のない廊下にいて、玄関口にもたれかかるような格好でレベッカを待っていてくれた。派手なピンクのノースリーブにヒョウ柄のハーレムパンツ姿で、濡れた金髪を頭の上で無造作なお団子にまとめている。「急にどうしたの？　田舎ネズミ、大都会にやってくる的な？」

レベッカは思わずもっとも長いつきあいの友人の柔らかなむき出しの両肩に抱きついた。慣れ親しんだ何かやだれかをもう何日間も見ていなかった気がしたのだ。

「ずいぶん愛にあふれた態度だこと」エイミーはレベッカの背中をぽんぽんとやさしく叩きながら言った。「あんた、だれ？　ベッカ・チェイスをどこにやったの？」

「何それ」レベッカはエイミーから甘い香水と化学薬品のような刺激臭が混ざり合ったにおいがすることに気づいた。「どうして化学実験室みたいなにおいをさせてるの？　わたしのために消毒でもした？」

「まさか。電話をもらったとき、髪を染めてたの――ご心配なく、もうすすいだあとだから」レベッカがぱっと身を引くと、エイミーはそうつけ加えた。「最近、白髪が生えてくるのよ、信じられる？　とにかく入って……何日も泊まるのに、荷物はそれだけ？」

「急に来ることに決めたから」レベッカは旅行かばんのストラップを持ち、エイミーのあとからなかに入った。「わあ、すてき」

グリニッジの現代的な複合施設内にあるそのフラットは、大きさはたぶんレベッカのと似たようなものだったが、はるかに人が実際に生活している雰囲気があった。ソファには雑誌やくしゃくしゃの服が置いてあり、コーヒーテーブルにはゲームのコントローラー、使用ずみの食器、芯まで燃えつきた二、三個のキャンドルなどが散らばっている。自分のリビングだったら、これだけ散らかしたままにしておくことはできなかっただろうが、この部屋は居心地がよさそうだった。

「それについてはティムの家族に感謝しないと」エイミーは恋人の名前を出した。「あたしたちにはこんな家の家賃なんてとても払いきれなかっただろうから」

「ティムはどこにいるの？」

「サッカーよ」エイミーは答えた。それが観戦なのか実際にやるのか、レベッカにはわからなかったが、どちらでもよかった。しばらくのあいだエイミーをひとり占めできるなら。「こっちに来て、これを見て……」

エイミーに呼ばれて両開きドアのほうへ行くと、それは植物でもいくつか置いたら映えそうな小さいバルコニーに面していた。ふたりはそのバルコニーに何分かたたずみ、向かい側のそっくりなフラットとのあいだから見える景色を味わった。ちょうどカナリー・ワーフ（ロンドン東部にある大規模なウォーターフロント再開発地域）と銀色に輝くテムズ川が見えるのだ。

内心では、この眺めもダートムーアに比べればどうということはないと思ったレベッカだが、ロウアー・モーヴェールに引っ越してきたエイミーはもともと村にもその周囲の環境にもたいした思い入れを持っていなかった。エイミーは昔からロンドンに魅力を感じており、ここに移り住むことは難しいかもしれないとか無謀かもしれないということはまったく考えに入れていなかった。それに比べて自分はなんと冒険心に欠け、世界が狭いのだろう。ほんの一時期、鬱々（うつうつ）とオックスフォードですごしたことをのぞけば、生まれてからずっとデヴォン州暮らしだなんて。

室内に戻ると、紅茶が飲みたいというレベッカのリクエストは退けられ、エイミーは冷蔵庫から白ワインのボトルを出して、ふたつの不ぞろいなグラスに景気よく注いだ。

「それで」エイミーがそう言ったのは、ふたりがふかふかの青いソファに腰を落ち着けたあとのことだった。「いったいどうしたの?」

「話せば長いんだけど」レベッカは前置きした。

「大丈夫、今日の午後の予定はフェイスパックをすることと、ここにある雑誌を読みふけることだけだから」エイミーはレベッカが先ほどコーヒーテーブルの端にきちんと積み上げた雑誌を身振りで示した。「それより、長話を聞きたい」

「オーケー……」レベッカはどこから話そうかと考えながら、ワインをひと口飲んだ。「〈密航者〉のこと、覚えてないわよね?」

　エイミーがぎょっとした。それを見て、なんだか変な反応だとレベッカは思った。こんな脈絡のない質問への反応だとしても。

「わたしたちが小さかったころの子ども番組で、放送時期はたぶん――」

　エイミーが片手をあげた。「うんうん、覚えてる。うちではいつもお茶を飲みながら見てたから」

「その密航者――登場人物のほうよ、番組名じゃなくて――を演じていたのはレオ・サンプソンという俳優なんだけど、その人が……」レベッカはそのときようやくエイミーがいましがたあんな反応をしたわけに合点して、言葉を切った。「わたしが何を言おうとしているか、もうわかってる?」

「ううん」エイミーは即座に答えたが、やがて、こう続けた。「そうね、たぶん。だって、村であんたのお母さんの謎の元夫は密航者だって噂されてたことがあったから。でも、あたしはずっと半信半疑だった。あまりに突飛な話に思えて。なにしろ、あんたのお母さんってすごく……その、〝きちんと〟してるじゃない」

　レベッカは黙って話を聞いていた。だれであろうとロウアー・モーヴェールかその近くである期間暮らしていた人なら、わたしの父親がだれなのかを知っていて当然だろう。でも、ジャーヴィス家の人たちが村に越してきたのは、レオが出ていったずっとあとだ。たぶん。おそらくその噂について一度も口にしなかったことこそ、エイミーの友情の証なのだろう。実際、エイミーは一度だけレベッカの父親について聞いてきたことがあった。小学校の最終学年のとき、校庭でソルト&ビネガーのポテトチップスを分け合って食べながら。そして、レベッカが話題を変えると、エイミーは二度とその話を持ち出さなかった。

「それがね、事実なの」レベッカは言った。「密航者はわたしの父親なのよ」

エイミーはキラキラしたラインストーンで飾られた紫色の携帯電話をコーヒーテーブル下のごちゃごちゃのなかから引っ張り出すと、それを数秒ほどタップしてからレベッカの顔の横に掲げた。

「この表情してみてくれない?」

レベッカが横目で見ると、そこには密航者に扮(ふん)したレオが愉快そうに目を見開き、口をあけていた。

「むかつく」レベッカはそう言って携帯電話を手で払いのけた。

「面影があるような……」エイミーはレベッカとその画像を見比べた。「だけど、やっぱり全体的にお母さん似だよね。それにしても、なぜいま急にそんな話が出てくるわけ? これまでお父さんの話なんか全然しなかったのに」

レベッカが説明を始めると、エイミーはコーヒーテーブルの上のゴールドのネイルポリッシュのほうへ手を伸ばした。そして、無言のままレベッカの片手をクッションにのせると、仕事に取りかかった。なぜかはわからないが、そうされると話しやすかった。レベッカはいつだって自分の爪にエイミーがきれいにネイルポリッシュを塗ってくれるのを眺めるのが好きだったのだ。つかのま、レベッカはエイミーの実家の彼女の部屋でキーキー鳴る折りたたみベッドに座り、泡立てた生クリームとマシュマロをたっぷり入れた――ロザリンがけっして許さない贅沢だ――ホットココアをちびちび飲んでいるような気分になった。あのころは友だちについて、男の子について、そして将来の夢について延々と語り続けていた気がする。とはいえ、エイミーは毎週必ず新しい華やかな夢――ファッションデザイナー、映画監督、ウエディングプランナーなど――を見つけるのに対して、レベッカはその当時すでに考古学一筋だった。

こうした記憶はとてもなつかしく、レベッカには先週起こったことの説明に気持ちを集中させるのが難しいほどだった。もちろん、それは記憶の美化にすぎず、じつはつらくて悲しい瞬間をすべて捨て去ってしまっているのだろう。よみがえってくる父親の記憶がいいものだけであるのと同じように。それでもなお、レベッカは思わずにはいられなかった。お泊まり会、学校、村でうろうろすることを中心にまわっていたころの人生は、ずっと簡単だったし、ずっと幸せだったと。

「リチャード・ロウリーが〈密航者〉に出てたなんて、すっかり忘れてた」エイミーが言った。「見るからに、いやなやつだよね。ところで、もっと飲む？　ううん、あたしが取ってくる――それ、まだ乾いてないから」エイミーはレベッカのキラキラ光るネイルを顎で示した。

エイミーがボトルを持って戻り、残りのワインをふたりのグラスに注いだあと、レベッカはハックスリーに行ったことを話しはじめた。

「待って、ちょっと確認させて」エイミーがまたソファに腰を落ち着けながら、レベッカの話をさえぎった。「まったく知らない土地にある縁もゆかりもない家に、見知らぬ男といっしょに泊まりにいったの……？」

「彼とはその前に二回会ったことがあったし、泊まりにいったのはわたしの大叔母さんの家よ」

「一度も会ったことがない親戚でしょ。ベッカ、下手したら殺されかねないじゃない！」

「馬鹿なこと言わないで」

「それに、その記者って何者？　彼の狙いは何？」

「どういう意味？」

「だって、話を聞いてると、あんたが彼の仕事を半分やってあげてるみたいじゃない」

「それを言うなら、むしろその逆じゃないかと思う」

「なら、いいけど」エイミーはそう言いながら、もう一度、携帯電話を手に取った。「その人の名前なんだっけ？　エリス——？」

「ベイリー」

「それで、勤務先が〈サイドスクープ〉で、書いているのが——」

「例のいろいろなリストとか、クイズとか」

「〈サイドスクープ〉って面白いよね」エイミーはそうつぶやきながら、携帯電話をスクロールしていた。「このあいだ、イギリス料理についての記事があって、どうしてそれがいつも——あっ、見つけた」

うれしそうにエイミーがレベッカに向けた携帯電話には、〈サイドスクープ〉のウェブサイトに掲載されているエリスのプロフィールが表示されていた。そのページの先頭にあるカラー写真を見ると、忘れていたしゃっくりのようにレベッカの胸のなかで何かがうずいた。彼の髪は少し短かったが、やはりきちんと整えておらず、いまのとは別の眼鏡をかけていて、目が濃い緑色に見えた。

実際、こんなに緑だったかしら？

「これがあんたの記者？」エイミーが聞いた。

「わたしの記者ってわけじゃ……」

「ベッカ、すてきな人じゃない！」

友人のコメントに説得力のある異議を唱えることをあきらめ、レベッカはまたワインをひと口飲んだ。

「独身?」

「エイミー、やめて——微妙にわたしのタイプじゃないし」

「なんで? 魅力的すぎるから? 面白すぎるから?」

「やあね」レベッカはそれが唯一まともにつき合った恋人アダムへのあてこすりだと気づいた——

そして、それはあながち的はずれでもなかった。

「あんただって本当はすてきだって思ってるんでしょ」エイミーはそう続け、携帯電話を肩にはさんでからかうようにレベッカを見た。「だから、一泊旅行なんかに行ったわけで……」

「もう、やめてってば――さっきは彼に殺されるところだとか言ってたくせに！」

エイミーはかぶりを振った。「あたしは大叔母さんのことを言ったのかもしれないでしょ」

レベッカはこの話題をさっさと終わらせたくて、エイミーの手から携帯電話を奪い取ってコーヒーテーブルに置いた。もしエイミーの言うとおり、自分がエリスを少しでも魅力的だと思っていたら、どうだというのだ？　それに、エリスも自分のことをそう思ってくれているかどうか自信がなかった。彼にはたぶん恋人がいるだろうし、家は遠いし、お互いまったく違うタイプだ。何かが起こるはずはない。

「話の続きを聞きたいの？　それとも聞きたくない？」レベッカは言った。

ワインのせいか、それともエイミーが先ほどのネイルポリッシュの二度塗りを始めてくれたせいかはわからないが、エイミーに対しては『七つのお話』の存在も、それが父親のこれまでの人生をもとに書かれているのではないかという自分の考えについても、隠そうとは思わなかった。なんとなく父親はエイミーのことも、エイミーに自分たちの秘密を教えることも、認めてくれるような気がしたのだ。レベッカにとって、このいちばん古くからの友人はだれよりも信頼できた。数日前なら祖母に話していたかもしれない。でも、祖母がこれまでずっと『七つのお話』の存在を隠していたことを思うと、いまでは祖母に全幅の信頼を置いていいのかどうかわからなくなっていた。

「その本、見せてくれる？」エイミーが言った。

「わたしのバッグに入ってる……」レベッカは塗ってもらったばかりの指の爪をひらひらさせて言った。

　またソファから立ち上がったエイミーが戻ってきて、自分のネイルが乾いていないかのように用心深く『七つのお話』を扱ってくれているのを見て、レベッカはうれしかった。

「これ、いいね」エイミーはそう言いながら、表紙にエンボス加工された金の曲線を指でトントンと示した。

「それが何なのかわからないんだけどね」レベッカはそう打ち明け、じっとそのマークを見つめた。

「出版社のロゴかなと思ったんだけど、正式に出版された本じゃないみたいなの」

　エイミーはレベッカに向かって目をぱちくりさせ、いきなり笑い出した。「ベッカ、これは著者名だよ！　見て……」

　エイミーは床から雑誌を一冊つかんでめくっていき、星占いのページを見つけた。『七つのお話』の表紙に刻印されたマークが、そのページのいちばん上にあった。どうやら獅子座(レオ)を表すらしい。星占いなんて迷信だと思っていたレベッカは、その曲線が何かもっと深い意味を持つものでなかったことに少しだけがっかりした。そして、みずからその意味に気づけなかったことに腹が立った。

「獅子座のマークって、高い位置でポニーテールにした女の子の頭みたいだなってずっと思ってたんだよね」エイミーはそう言ってから『七つのお話』を雑誌よりもはるかに慎重にめくりはじめた。

「これって物語集？〈収集家と水の精〉――」

「それがアデリーンについての話」

「――〈黄金の扉〉、〈世界の果てへの航海〉……面白そうじゃない」

「そう？　ちょっと子どもっぽいと思わない？」

「子どもっぽくたっていいでしょ。こういうお話ってなつかしいもん。あたしが最近読むものといったら水質汚染に関する報告書とか、どうでもいいもんばかりだから」エイミーは爪先で星占いが載っていた先ほどの雑誌を床に押しやった。「へえ、〈魔女とスフィンクス〉ではどんなことが起こるの？」

「さあ、まだ最初の三つしか読んでないから」

エイミーはレベッカをまじまじと見つめた。「ベッカ！」

「昨夜までこれが重要だとは思っていなかったのよ！」

エイミーがその本でレベッカの頭をぶつ真似をした。「全部読むのよ、この間抜け！　ひょっとしたらあんたについてのお話もあるかもしれないじゃない！」

レベッカはそれを聞いても、勢いこんで読み進めたいかどうかわからなかった。「全部読むわよ、必ず。だけど、いまのところは現実の世界に集中したほうがいい気がして。エリスの調査結果にくまなく目を通したり、エージェントに会ったり……だって、おとぎ話が父親探しを助けてくれるわけじゃないでしょう？」

エイミーは返事をせず、何か考えにふけっているようだった。というのも、『七つのお話』を閉じたあと、ふだん見せないような真剣な顔をしていたからだ。「ベッカ、これまでお父さんからなんの連絡もなかったのには、理由があったのかもしれないとは考えた？」

「死んでいるかもしれないと考えたかってこと？」

レベッカの率直なもの言いには慣れているエイミーでさえ、これには少し驚いたようだった。

「まあ、そうかな」

「死んだという記録はないの」レベッカはオフィスでエリスから聞かされた話を繰り返した。「死亡記事のたぐいは皆無よ。父のような人、密航者が亡くなっていれば、絶対に出るはずよね」

「まあ、たぶん……」エイミーはすっかり乾いてまばゆい金髪になった遅れ毛をもてあそびながら言った。

納得してはいないようだったが、エイミーはその点をしつこく追求しなかったし、それがレベッカにはありがたかった。エイミーのような親しい人の前ではなおさら、無関心を装うのはますます難しくなっていたからだ。父親は自分の人生のほとんどに存在していなかった。けれど、父親について知れば知るほど――父親を自分の過去に登場するパッとしない端役というだけでなく、ひとりの人間として考えれば考えるほど――父親との別離が永遠にくつがえされないものであり、ある時点から父親がもう見つからない場所へ旅立ってしまったと知ることを、恐れるようになっていた。

四つめのお話：魔法のリュート

なん年も前、運に見はなされた若者がいました。仕事もなく、お金もなく、友だちもいません。ある日、森のなかを歩いていた若者は、たおれた木の幹にぐったりとすわりこむと、目をつぶっていいました。「ああ、ぼくに仕事があったらなあ！　国じゅうを旅してまわり、たくさんのお金をかせいで、みんなに大喜びしてもらえるような仕事が！」

若者はこのことばを聞いている人がいるとは思っていませんでした。あたりに人影はなさそうだったからです。けれど、そのとき、だれかの声が聞こえました。「では、この木の幹を弦楽器職人のところに持っていき、楽器を作ってほしいとたのみなさい」

目を開いた若者は、すぐ前に見知らぬ美しい女の人が立っているのを見てびっくりしました。その人の木の葉の服はクモの糸でぬいあわせてあり、浅黒い肌は苔でまだらになっています。そのせいで、はじめ若者は、その人のことを雨ざらしになったブロンズ像かと思ったのでした。けれど、その人は若者に、自分は木の精で、嵐で倒れてしまうまでこの老木にすんでいたのだと教えてくれました。

「この木材にはまだわたしの魔力が宿っています」木の精はそういいました。「だから、わたしが教えたとおりにすれば、あなたの願いはかなえられるでしょう」

なんとか運をつかもうと、若者は弦楽器職人のもとへ急ぎました。すると、弦楽器職人は自分の手や道具でその木材がやすやすと加工できることに驚きました。そして、わずか数日のうちに、職人はこれまで作ったなかでいちばんりっぱなリュートを完成させたのです。それを手にとった若者は、まるで自分のためにぴったりあつらえてもらった手袋をはめたような気持ちになりました。それまで楽器をかなでたことはありませんでしたが、指先がどうすればいいか知っているようで、そのリュートの弦をつまびくと、工房のなかは若者も職人もこれまで聞いたことがないほどの美しい音楽で満たされました。あまりにもすばらしい音だったので、若者が演奏をやめると、工房のなかは冬のように寒々しく、影のように暗く感じられたほどでした。

「演奏をつづけてくれ」職人が頼みました。

でも、有頂天になった若者は、夢がかなったか確かめたくてたまらなかったので、職人の願いを無視して、新しい楽器を手に旅へ出ました。

それからなん年かのあいだ、若者は国じゅうを旅してまわりながら、宿屋、町の公会堂、村の広場などでリュートを演奏しました。そして、大金をかせぎ、たくさんのりっぱな場所を見て、行く先々でリュートで人々を笑顔にしたり、歌を歌わせたりしました。ところが、リュートがかなでる曲があまりにも魅力的なので、若者はもちろん全員がその音楽を聞きつづけたいという気持ちになるのです。指先が疲れてしまって楽器を置かなくてはならないときはいつも、早々と夜がふけてしまったか、ドアの下から寒いすきま風が吹きこんできたような気分になるのでした。

やがて、そのリュート弾きの音楽はますます魅力的になり、若者やそれを聞く者たちをとりこにする力がいっそう強くなりました。若者はお金を先払いしてもらってから演奏をはじめるようになったのですが、それは演奏が終わったときに人々がもっとやれと叫んでいてもさっさと逃げられるようにするためでした。とはいえ、若者も聞いている人たちと同じくらい音楽が終わってしまうのがつらかったので、倒れる寸前まで演奏をつづけることもめずらしくありませんでした。

リュートにしばらく触れなければ、若者の頭はすっきりと冴えてきました。そういうときには、いっそこんな楽器は壊してしまい、自分やそれを聞く人々を支配する力を終わらせてしまおうかと思いました。リュートを崖から投げ捨てようか、湖に投げこもうか、両手でばらばらにしてしまおうかなどと考えましたが、実行に移すことはできません。

一度、若者は旅の途中に、かつて木の精に会った森のなかを通りかかったことがありました。木の精を呼びながら森のなかを歩いていた若者は、しばらくして木の精が姿をあらわすと、リュートの恐ろしい力についてうったえました。

「あなたは仕事を手に入れたがっていたでしょう」木の精は落ち着きはらっていいました。「国じゅうをまわって、大金を稼ぐことができて、周囲の人々に大きな喜びをもたらすような仕事を」

「だけど、これじゃあぼくはリュートの奴隷なんだ！」若者は叫びました。「いつかリュートに殺されてしまう！」

「だったら、リュートを壊せばいいわ」木の精がいいました。「ただ、その前によく考えてごらんなさい。リュートなしで、あなたはどうするつもり？」

悲しみにうちひしがれた若者は、はじめてこの森にやってくる前の、お金も、仕事も、仲間もいなかった生活を思い出しました。いまあんな存在にもどるなんて、耐えられません。

数年がたち、リュート弾きが演奏生活を続けていると、ある日、うわさを聞きつけた王さまから宮殿で演奏をするよう招かれました。若者は王さまの命令に従うしかなく、心のなかではそうすることをおそれていました。なぜかというと、王さまからもっと演奏するようにと命じられたら、けっして逃げられないとわかっていたからです。

宮廷ではいつものように、リュートの曲があまりに美しいのでその場の全員が魔法にかけられたようになってしまいました。若者が思っていたとおり、王さまは彼に夜じゅう、そして次の日もその夜も演奏をつづけるように命じました。聞いている人々のための食べものやワインが運ばれてきて、たくさんの人が椅子に座ったまま眠りこみましたが、リュート弾きはいつまでも演奏をつづけさせられました。

三日めの晩、王さまのまんなかの娘がやってきました。このお姫さまは生まれつき耳が聞こえないので、この演奏会には招かれていませんでしたが、好奇心にかられて自分の部屋から出てきたのです。王さまが人々に会う部屋で、お姫さまは驚くような光景を目にしました。自分の両親やきょうだいや貴族やその奥方たちが、なにかに心をうばわれているのですが、お姫さまはそれがなになのかわかりませんでした。

その理由となりそうなただひとつのものは、王さまが座る椅子の前で揺れたり、よろめいたりしているひとりの男です。その男は老人のように前かがみになり、目を開いていられない様子なのに、水ぶくれができて血を流している指先はリュートの弦を弾きつづけているではありませんか。気の毒でたまらなくなって見つめていたお姫さまと、リュート弾きの目が合いました。

「お願いします！」男は叫びました。「助けてください！」

もちろんお姫さまには男のことばが聞こえませんでしたが、そのころにはなにのせいでこんなことになっているのか、察しがついていました。お姫さまはその部屋をつかつかと横切ると、男の手からリュートをうばいとり、それを三度、床にたたきつけました。すると、木材が割れてこなごなになり、リュートの穴から緑色の煙が立ちのぼり、やがて消えてしまいました。

そのとたん、王さまをはじめそこにいた全員がまばたきをして、伸びをはじめました。まるで夢を見ていた眠りから目を覚ましたかのように。長いあいだ感じたことがないほど軽やかで幸せな気持ちになった若者は、感謝の気持ちがあふれ、お姫さまの前にひざまずいて、足もとに口づけをしました。そのような愛情表現に不慣れなお姫さまは、男の頭に片手を置くと、一生この人の面倒を見ようと心のなかで誓ったのでした。

ふたりの気持ちを知った王さまは、結婚することを許しました。盛大な結婚式のあと、若者は王子さまになりました。そして、愛する妻とともに、一生幸せに暮らしたのでした。

〈サイドスクープＵＫ〉のオフィスは、企業ロゴが刻印された紫色のパーテーションで仕切られた広々とした開放的な空間だった。このロゴはいたるところにあり――紫色のマグカップ、傘、バッジなど――調度品までブランドイメージに合わせてある。たとえば、オフィスのシルバースツールの腰かけ部分は円形になっており、巨大なアイスクリーム・スクープを思わせる形だった。

ピンク色の髪の女性の指示で、レベッカはチラシやふんわりしたアイスクリーム形お菓子入りの容器がのったローテーブルについて待っていた。エリスの姿は見あたらなかったが、ごついノイズキャンセリングヘッドフォンをした〈サイドスクープ〉の従業員数名の姿はよく見える。紫色のパーカーが何着かスツールの背もたれにかけてあるものの、それ以外にドレスコードのようなものはほとんどないらしく、ちらりと見ただけでも、ワックスで整えた口ひげ、肩に大きく入れたタトゥー、パナマ帽などが目にとまった。レベッカ自身はドット柄のワンピースとバレエシューズという格好だ。今朝はそれでいいと思ったものの、いまでは少しばかり上品すぎたのではないかと思いはじめていた。

たぶんそのせいでレベッカは少し緊張しており、エリスがゆったりとオフィスを横切ってやってくるのに気づいたときには、アイスクリーム・スクープ形のスツールが実際に冷え冷えだったかのように飛び上がった。エリスのヘッドフォンは明るい黄色で、いまは首にかけてある。その首もとのくっきりした曲線を目でなぞりながら、レベッカは胸がどきどきするのを感じて、内心、こんなふうにどぎまぎする原因を作ったエイミーを恨んだ。

「たどり着けたね」エリスはそう言ってかがみこみ、テーブルの上に置いてあるお菓子をひとつかみ取ってから、こっちにおいでというように合図した。「このオフィス、どう思う？」

「第六学年（日本の小学校高学年にあたる）の談話室みたい」

エリスはにやりと笑った。「たぶん、それがコンセプトだろうな」

エリスがバッグのなかをかきまわしはじめ、レベッカは彼の薄茶色の髪がつむじのところで渦を巻いているのをしげしげと見つめたが、ここにいるのは自分たちだけではないことを思い出した。

「はい、これ……」

エリスが手渡してくれた透明のフォルダーは、先週レベッカが目にしたものよりもきれいだった。

「ありがとう、わたし――」

「おーい、ベイリー？」パナマ帽をかぶった男性が、自分のデスクのところで立ち上がっていた。

「おまえが探してた動画が手に入ったぞ」

「本当に？」エリスはレベッカにちらりと視線を向けたあと、ショートパンツのポケットから小さなプラスチック製の恐竜を探り出した。おそらくUSBだろう。「これに入れてもらえるかな？」

エリスがパナマ帽の男性のデスクへ歩いていくのを見ながら、もうフォルダーも受け取ったことだし、自分はこのまま帰るべきだろうかとレベッカは考えた。だが、彼にきちんと礼を言わずに立ち去るのは失礼な気がした。それに、こちらはハックスリーのあの池のほとりで聞いたことも、『七つのお話』についても話していないのに、エリスの調査結果をシェアしてもらっていることを申しわけなく思いはじめていた。

レベッカは昨夜、エイミーとティムの小さな物置部屋に敷いた布団に寝そべりながら四番めの話を読み終えており、それをこれまでに読んだほかの話より気に入っていた。その理由ははっきりしなかったが、あの本に出てくる物語に慣れつつあるか、あるいは、いまのところそれが唯一ハッピーエンドだからだろう。とはいえ、〈魔法のリュート〉は何を意味しているのか、レベッカにはわからなかった。もしあれが〈収集家と水の精〉のように自伝的な物語だとしたら、お姫さまはロザリンなのだろうか？　それとも、それはあまりにもありきたりな解釈だろうか？　もし実際にお姫さまがロザリンだとしたら、彼女を耳が聞こえないという設定にした父親の意図は何だったのだろう？

「待たせてごめん」エリスは小さな恐竜をポケットに入れながら言った。「外まで送るよ、ちょうどランチに出ようと思ってたから」

ふたりは殺風景な階段を下りはじめた。そこには矢印とともに〝ラズベリーリップル〟〝ミントチョコチップ〟〝クッキードウ〟と書かれた紫色の標示があった。

「これはいったい何？」レベッカは階段のスチール製の手すりをつかんで聞いた。

エリスがレベッカの視線の先を見た。「ああ、会議室の名前だよ」

レベッカはかぶりを振った。「まったくふざけたところね」

「きみなら気に入るだろうと思ったよ」

外に出ると、まぶしい日の光にまばたきをしながら、レベッカは自分がいまどこにいるのか思い出そうとした。向かって右側がオックスフォード通りだが、地下鉄はどっちだろう？

「これからどうするの？」エリスが聞いた。

「これといって、とくに……」

エージェントと会う木曜日の午前中は、はるか先に思えた。この調査結果を読みこむ以外に、そのときまでいったい何をしてすごせばいいのだろう？

「あっちへ十分ほど歩けば大英博物館があるって、知ってる？」エリスがその方向を顎で示しながら言った。

「そうなの？」レベッカは思わず勢いこんで言った。

「どんなに時間がかかったとしても十五分てとこかな」レベッカがいきなり勢いづいたことに笑いながら、エリスが言った。「来なよ、案内してあげる」

「あら、自分で見つけられるわよ……」

「いいよ」エリスはそう言って肩をすくめた。「どうせ本を読んですごすつもりだったから」

渋滞で車が立ち往生している裏道の歩道を、ふたりは歩きはじめた。そこは近くのショッピング街の歩道よりもはるかに人が少なかった。レベッカはエイミーやグリニッジについてのエリスからの質問に意識を集中しようとしたが、サンドイッチやテイクアウトのコーヒーカップを手に道を急ぐお洒落（しゃれ）なオフィスワーカーたちに気を取られていた。〈サドワース&ロウ〉はいまどんなことになっているのだろう？　わたしの不在に、みんなはどんなふうに対処しているのだろう？　レベッカは朝一番でゲリーに電話し、〝個人的な理由〟により休暇を取らせてもらいたいと身がすくむ思いで告げていた。そう言ったのは、だれかが死んだか、女性ならではの不調で苦しんでいるように聞こえるからだ。ゲリーは困り果てている様子だったが――「今日から木曜日まで、だって？」――詳しい事情を話せと強要したりはしなかった。もしかすると、〝個人的な理由〟とは何かを知るのが恐ろしかったのかもしれない。

そんな職場へのもの思いも、大英博物館の屋根つきの柱廊が見えたとたんにどこかへ飛んでいった。手すり横に群がっている観光客や客引きたちのあいだを縫いながら、エリスとともに舗装された前庭を博物館へ上がる階段のほうへ進んだレベッカは、その階段で興奮している人々が静かになってくれるのをじりじりしながら待った。

レベッカはこれまでここに二度来たことがあった。一度めは小さかったころに母親と、二度めは十代のときに祖母とだった。その二度めの大英博物館めぐりはレベッカの古代史熱の最盛期と一致しており、閉店時間ぎりぎりまでカフェで待つ祖母と合流したとき、テーブルにいくつもの空っぽのティーカップと何種類もの新聞が散らばっていたさまを、いまも思い出すことができた。

いま博物館の入口にたたずんでグレートコートのガラスの天井越しに降り注ぐ太陽の光を見上げていると、レベッカの心にあの日の興奮がよみがえってきた。それはいまでも感じられたが、あのころよりも遠く、弱々しく、まるでこだまのようだった。ここのギフトショップで、レベッカはいまも実家の自分の部屋に雑然と置いてあるあのアヌビス像を買ったのだ。なぜかいま、そのことを思い出しても——自分の考古学趣味の小物たちを思い出しても——恥ずかしくなったり、オックスフォード大学でやっていけなかった挫折感に苛まれたりはしなかった。むしろ、なつかしさがこみ上げてきた。

「ねえ、ベックス？」

「レベッカよ……」彼女はうわの空で訂正した。

「木曜日に会えるんだよね？　そのエージェントについての詳細はメールするよ」

レベッカが振り返って見ると、エリスはバッグからタッパーを取り出しているところだった。

「あなたは入らないの？」レベッカは聞いた。

「ランチを食べようかなと思って」エリスがそう言いながら示した博物館の階段では、何十人もの人々が好天を楽しんでいた。

レベッカはふたたび博物館のなかへ目をやった。そこには古代エジプト彫刻が並ぶ啓蒙主義ギャラリーがあり、ロゼッタストーンが……。だが、エリスと違ってそれはどこへも行きはしない。

「仲間がほしい？」レベッカは聞いた。

エリスはにっこりした。「もちろん」

ふたりが座った階段のコンクリートは南洋の砂さながらに熱かった。反対側の手すりの先では、銅像に扮した人がまったく気づいていない通行人たちのほうに体を傾けているところだ。レベッカはまたもや〈魔法のリュート〉や、それに出てきた木の精の肌が苔でまだらになっているせいで雨ざらしのブロンズ像のようだったことを思い出した。レベッカにはこの四番めの物語の何かが引っかかっていた。あるいは、それは最初感じたのと違って、これらの物語には深い意味があるのかもしれないという、新たな思いこみなのかもしれないが。

レベッカの隣で、エリスが持ってきたタッパーのふたを開いていた。「何を入れてきたの?」レベッカは聞いた。

「クスクス、ひよこ豆、トマト、悪くなる瀬戸際かもしれないアボカド。〝今朝、冷蔵庫で見つけたもの〟と呼びたいささやかなレシピさ」

「チキンを少し入れてもよさそう」レベッカが言った。

「きみには勧めないほうがよさそう」

レベッカは声をあげて笑い、エリスが何口か食べたころに話しかけた。「ところで、この午前中はどんなことをしていたの?」

「担当編集者に見てもらおうと、今後の記事案をいくつか考えただけで……」エリスはレベッカを横目で見た。「そうそう、それでひとつ思いついたことがあって」

「たったひとつだけ?」

エリスは持っていたフォークでレベッカを突く真似をしてから、こう切り出した。「もしぼくらが本当にきみのお父さんを見つけられたら、すごく読み応えのある記事になると思わない?」

「思わない」レベッカは間髪を入れずに答えた。

「応援に感謝する……」

「本気よ」レベッカが九〇年代のテレビ番組に関する記事で父親のことに触れることを黙認しているのは、エリスの協力が必要だからなのだ。「丸ごと父についての記事なんて、とても許せないわ」

「どうして?」エリスは純粋な好奇心にかられているようだった。「記事のなかでちらっと触れる程度じゃなくて、なぜ、どのようにして密航者が姿を消したのかについて、だれもが読みたがるとは思わない?」

「みんなが読みたがろうと知ったことじゃないわ。そんなの、他人には関係のないことでしょ」ハックスリーにいたときや、リチャード・ロウリーとのインタビューのときと同じ保護本能が湧き上がってきていた。

「わかった、わかった」エリスがなだめるように言った。「ちょっとそう思っただけだよ」

エリスがクスクスをすくおうとして、フォークでタッパーのなかをこする音がした。

話題を変えようと、レベッカは聞いた。「ほかの記事案というのは？」

エリスはレベッカを疑うような目で見た。「そんなことに本当に興味ある？」

「興味があっちゃいけない？」

「確かきみはエクセターで、〈サイドスクープ〉のことを『なんとも高尚なジャーナリズムだこと』と言ってたような——もし思い違いだったら訂正して。かなり皮肉っぽい印象を受けたんだけど？」

レベッカは歩いたせいで埃っぽくなった靴の爪先をじっと見つめ、謝ろうかと考えた。ところが、視線を戻すと、彼はニヤニヤしながらランチをもりもり食べている。レベッカは彼を小突いてやりたくなり、指の先で彼のえくぼにも触れたくなった。

「まったく、もう」レベッカは言った。「で、あなたがいちばん書きたいのはどういう記事なの？〈サイドスクープ〉用とかいうくくりなしで」

「きみが言ってるのは、〝選んだ色からズバリ判定、きみが行くべき休暇先〟とかそういうの以外でってこと？」エリス自身もいささか皮肉めかして言った。そのあと、真面目な顔になって答えた。「人物紹介記事かな。この仕事をするようになったきっかけが、それだったんだ。旅をしてたとき、自分が出会った面白い人々について書いて、それが何度かメディアに掲載されたのさ。それから、いつかポッドキャストもやってみたいし、書評も好きだよ……だけど、やっぱり人物紹介記事だろうな」

ふたりはそれから数分ほど、それぞれの夢のインタビュー相手について話し合い、そのリストはすぐに歴史上の人物や架空の登場人物へと広がっていった。エリスがランチを終えてから、ふたりは博物館の門の前にいたアイスクリームの屋台のほうへぶらぶらと歩いていった。レベッカは料金を払おうとするエリスを止めなければならなかった。父親探しに協力してもらっているからには、値の張る99フレーク（チョコレートフレークバーを添えたバニラソフトクリーム）ぐらいはごちそうしなくては。そこで、彼を軽く押してカウンターから遠ざけた。なにげない仕草だったが、片方の二の腕がエリスの胸に触れたとき、レベッカは彼のぬくもり、背の高さ、体格、そして自分の上腕に伝わる彼のかすかな抵抗を強く意識した。

「日に焼けるよ」エリスはそう言って手に持ったアイスクリームコーンでレベッカの顔を示し、木陰へ移動した。

レベッカは微笑み、急に赤くなった頬を彼がそう解釈してくれたことにほっとした。また緊張してしまい、アイスクリームの味がまったく感じられなかった。

「ぼくはそろそろ仕事に戻らないと……」エリスはつまらなそうに続けた。「エジプトのミイラたちに会ったら、よろしく言っておいて。子どものころはミイラが大好きだったんだ。よく姉たちとミイラたちに呪いをかけられたふりをして遊んだっけ」

レベッカは質問をしてエリスを引き止めたかった。どんな呪い？　あなたが最後にここに来たのはいつ？　お姉さんは何人いるの？　レベッカはひとりっ子なので、最後の質問はぜひともしたかったが、エリスはすでに木陰から出ようとしていた。

「じゃあ、木曜日に」エリスが言った。

「ええ、そのときに」

エリスはグレートラッセル通りを何歩か行きかけたが、急に立ち止まると、振り返って言った。

「ぼくのルームメイトが水曜の晩にバーをオープンするんだ」

「へえ?」いまやレベッカはエリスにすっかり慣れており、一見脈絡のない話題にも動じなかった。

「なぜ水曜日に?」

「仮オープンなんだよ」

「えっ?」

「土曜日の正式オープン前の予行練習さ。そんなことより……」今度はエリスが靴を見つめる番だった。「もしよかったら、来てもいいよ」

レベッカはまた赤面したが、おいでよと誘われたのではなく、受けるも受けないも自分次第の情報を提供されただけなのだと気づいた。

「暇だったらだけど」レベッカが何か言うよりも先に、エリスは言った。「詳しいことはメールする。それ、心ゆくまで楽しんで」

去り際に、エリスはレベッカの腕を顎で示した。アイスクリームを持っていないほうの腕だ。視線を下げたレベッカは、自分が透明のフォルダーを肘ではさんでいることに驚いた。しかも、一瞬、それが何だかわからなかった。

9 〝あの人はいま〟

明日エクセターに行きます――ランチできる?　愛をこめて

レベッカは少しがっかりして、ロザリンからのメッセージを見つめた。ふだん、母親との平日ランチは楽しみだった。一時間ほど、退屈な〈サドワース&ロウ〉から離れて美味しい食事をごちそうしてもらい、ささやかなグラスワインを楽しみながら、母親が村の噂話に興じるのを聞くと元気になれたからだ。だが、エイミーとティムの居心地いいリビングに腰を落ち着けているいま、週の真ん中にロンドンにいることにどんな口実をつけられるだろう？　ゲリー・ロウと違って、母親が〝個人的な理由〟なんて言葉を受け入れるとはとても思えない。

レベッカはこのメッセージがエリスからではないかと期待したのだった。昨晩、エイミーとワインのおかげで、エリスの友だちのバーのオープニングに行くことに同意してからというもの、自分はなぜ誘われたのか延々と考え続けていた。単なる社交辞令？　彼の友だちが客集めに必死なの？それとも、エリスが誘ってくれたのは、わたしがハックスリー以来、抱くようになったのと同じ感情を、たとえささやかにせよ彼も抱いているからだろうか？　理由はどうあれ、エリスはすでにバーの名前が〈ピットストップ〉であることとハックニーの住所を、〝じゃ、そこで会おう〟というメッセージつきで送ってきていたのだから、それ以上何かを連絡してくる理由はなかったのだが。

レベッカはため息をつくと、おそらく彼がだれにでも言っているであろう誘い文句に気を取られるのをやめ、そもそもいまこうしてロンドンにいる理由に意識を集中するよう自分に言い聞かせた。無理やり視線をコーヒーテーブルに向け、エリスの調査結果フォルダーに目を通すか『七つのお話』を読むか迷った挙句、テレビのリモコンに手を伸ばした。それが現実の父親について何かを教えてくれるわけではなかったけれど、レベッカが何よりもしたかったのは〈密航者〉を見ることだった。父親の姿が見たかったのだ。

エイミーと昨夜ＹｏｕＴｕｂｅですでに第二話と第三話――〈ウィッティントンと猫〉と〈美女と野獣〉――を見ていたため、〈密航者〉はすでにテレビ画面に表示されていた。ソファに腰を落ち着けながら、レベッカはいつのまにか〈密航者〉のテーマソングに合わせて数小節ハミングしていることに気づいた。第四話は酒場の場面から始まり、密航者は床にあるドアからびっくり箱のように飛び出してきた。そして、バーカウンターのまわりをはいまわったり、大勢の人たちのお酒を盗み飲みしたりしたあと、みすぼらしい服装のリチャード・ロウリーに出会った。酔っぱらった彼は、うちの娘は麦わらから金の糸をつむぐことができるのだと自慢した。

　この〈ルンペルシュティルツヒェン〉が終わると、自動的に〈ジャックと豆の木〉が再生され、主人公のジャックが巨人を倒してしまうころには、この際だから第六話〈眠れる森の美女〉も見てしまおうかと考えた。だが、次を見る前に迷いが生じた。父親が出演している〈密航者〉は第二シリーズまでしかないと思うと、急にもったいない気持ちが湧いてきたのだ。ひょっとすると、残りの放送分は少しずつ見るようにしたほうがいいかもしれない。父親探しが徒労に終わった場合、その姿を見ることができるのはこの番組だけなのだから。

〈密航者〉の色鮮(いろあざ)やかな背景に比べると、エイミーの明るいリビングさえくすんで見えた。おそらくはそのせいでレベッカは次に『七つのお話』に手を伸ばし、手のひらにその緑色の薄い本をのせた。まるでオークション会場の白い手袋をはめたアシスタントのように。内容からすると、その本は実際の十七年前よりも古くからあるもののように感じられた。こんなの単なる一冊の本にすぎないわと、気軽に扱いすぎているのかもしれない。この本は本当に一冊だけなのだろうか？　これまで考えてもみなかったけれど、もしかしたら『七つのお話』が何十冊もあって、それぞれ別の人に捧げられているのかもしれない。ただ、これは子ども向けの物語集であり、レベッカの知るかぎり、一九九九年ごろのレオの人生に存在する子どもは自分だけだった。

　その時点で、父親が出ていってから少なくとも三、四年は経っていたのだから、この本がレベッカだけにあてられたものだとしても、娘を楽しませるためだけに書かれたものではないはずだ。重要な意味、つまり単なる魔法とか空想とか以上の何かが含まれているに決まっている。とはいえ、これらが実際に自伝的な物語だとしても、自分にはそれを読み解くことができるのだろうか？
ハックスリーを訪れてから、〈収集家と水の精〉がいかに父の幼いころと一致しているかわかるようになった。だが、ほかの話についてはどうだろう？　たぶん、〈黄金の扉〉はレオが十代だったころの話なのだろう。レオは学校でいじめられていたと、パトリシアが言っていたではないか。そして、〈世界の果てへの航海〉は、レオが父親のクレジットカードを盗んで海外へ逃げたあとのことを描いているのではないだろうか？　とはいえ、あの話に出てくる海賊や海の怪物たちがいったい何を意味しているのかは想像もつかなかった。また、これらのお話が時系列に並んでいるのだとしたら――それはこれから明らかにしなくてはならないが――〈魔法のリュート〉はレオが駆け出しの俳優だったころの話だろう。あの魔法の楽器の誘惑は、父親がその時期に初めて体験したなんらかの違法薬物の影響を表現しているのかもしれない。

けれど、これはみんな推測にすぎない。確証は何もないのだ。それに、この推測が奇跡的に正しかったとしても、果たしてレオは誠実な語り手なのだろうか？　レオの俳優としてのキャリアは、何かのふりをする能力に支えられていた。それまでの人生のほとんどを空想に浸ってすごしてきた男が、真実を書くと信じていいものだろうか？

でも、やっぱり真実みたいな気がする。そう思いながら、レベッカはまだ読んでいない次の話のページをめくった。なぜかはよくわからないが、そう思うからこそ、あいかわらずこの本を持ち歩いているし、残りのお話も読むつもりでいた。いろいろ疑問はあれど、やはりレベッカは父親を信じていたのである。

五つめのお話：木こりの小屋

むかし、あるところに森で道に迷った男がいました。森は寒く、暗く、おそろしく、どちらへいっても出口が見つかりません。

男は木の実や果実を食べ、きたない水たまりの水を飲んで何日もさまよいました。時間がたてばたつほど、男はどんどんこわくなりました。木の枝のあいだからこちらを見つめる目が見え、木の葉のざわざわという音にまじってささやき声が聞こえましたが、男がそちらをじっと見つめたり、耳をすましたりしても、そこにはなにもいません。森は男を丸ごと飲みこんでしまったけだもののようで、やがてその薄暗い森にあまりにも長くいた男は、自分がだれで、どこから来たか、そしてなぜここに来たかをだんだん思い出せなくなりました。

そんなある日、男は小屋を見つけました。はじめは、またまぼろしを見ているのだと思いましたが、その小さな家に近づいていくと、窓から赤々と燃える火あかりが見え、煙突から立ちのぼる煙のにおいがし、家のなかから声が聞こえました。これがみんな気のせいのはずはないと思い、男は最後の力と勇気をふりしぼって、この家のドアをノックしました。

すぐに、がっしりとした大きな男が戸口にあらわれました。黒いもじゃもじゃの顎ひげを生やしています。家の外には丸太が積み上げてあるし、男は肩から斧(おの)をかけていたので、木こりらしいとわかりました。

「お願いです、ぼくを助けてくれませんか？」道に迷った男はいいました。「ずいぶん長いあいだ森のなかをさまよっているのです」

木こりは男に、あたたかくて居心地のよさそうな家のなかに入るよういいました。木こりのおかみさんとふたりの子どもたちは、男をひじかけ椅子へ案内し、あつあつの飲みものを持ってきてくれました。すっかり安心した男は木こりの一家にお礼をいうと、小屋のなかにあったたくさんのリス、ハリネズミ、キツネ、そして人間のみごとな木の彫刻に見とれました。どうやら、木こりの一家のなかにはすばらしい彫刻家がいるようです。

「森のなかをさまよっていたおまえさんが元気になるまで、食べるものと寝るところは喜んであたえよう。ただし、それに見あうお返しをもらいたい」木こりはその男にいいました。「ここは食べものがとぼしくて、シチューにコクや風味をそえるものがほとんどないので、おまえさんをここに置いてやるかわりに、両方の手から指を一本ずつもらいたいんだ。そしたら、わしが木で新しくもっといい指を作ってやるから」

森をさまよって力つきていた男はすっかり弱っていたので、この取引をすぐに受け入れました。そこで、木こりは斧を使って客の指を二本切り落とすと、それをかまどにかけた鍋に放りこみました。そのあと、木こりは仕事に取りかかり、木のかたまりを少しずつけずって二本のりっぱな指を作り、それを男の手にくっつけました。それから、木こりの一家とその客はコクがあっておいしいシチューを食べ、男は体があたたまり、おなかがいっぱいになったのです。

木こりの客はその晩、小屋に泊めてもらい、森のなかをさまよっていた疲れと、手の指二本を失った傷をいやしました。次の日、木こりのおかみさんが男のもとにきていいました。「森で迷っていたあんたが元気になるまで、うちにいるのも食事をするのも大歓迎なんだけど、そのお返しにほしいものがあるんだよ。ここは食べものがとぼしくて、シチューにコクや風味をそえるものがほとんどないのさ。だから、あんたをここに置いてやるかわりに、両方の足から指を一本ずつもらいたいんだ。そうしたら、うちの亭主があんたに新しいりっぱな木の指を作ってあげるから」

男は窓から暗くおそろしい森をながめ、この取引にも応じることにしました。そこで、木こりは斧を使って客の両足から指を一本ずつ切り落とし、それをかまどにかけてある鍋のなかに投げ入れました。そのあと、木こりは仕事に取りかかり、木のかたまりを少しずつけずって、二本のすばらしい足の指を作りあげて男の足にくっつけました。それから、木こりの一家とその客はシチューを食べました。それはおいしいシチューでしたが、男は前の晩ほど体があたたまらず、おなかもいっぱいになりませんでした。

三日めになり、男が森をさまよっていた疲れと手足の指を失った傷をいやしていると、木こりの子どもたちがやってきました。子どもたちは親たちと同じことばをくりかえし、今度は片耳と鼻先をくれといいました。またしても、男は窓から暗くおそろしい森をながめると、しばらく考えてからこの取引に応じることにしました。あとで木こりの一家と食卓についたときには、新しい木の耳と鼻がつけられていましたが、シチューは苦く、男は不安と寒さをおぼえはじめました。

何度も何度も同じことがくりかえされました。男はその小屋に泊まりつづけ、手足の指、耳、鼻を失った傷をいやしていましたが、毎日、木こりかおかみさんか子どもたちがやってきては、片手、片方の足首、片方の肘をシチューのコクと風味づけのためにくれといいました。そのうち男は、このままここにいたら自分はどうなってしまうのだろうと、こわくなりましたが、木こりの小屋から逃げ出そうと思ったときにはもう手おくれでした。男の両脚はすでに木こりの一家にうばわれていたからです。

　やがて男にはもう肉も、血も、骨もなくなり、この小屋のなかにある木のリスや、ハリネズミや、人間と同じになりました。それもみんな、かつては木こりの客だったのです。けれど、木こりの一家はシチューのコクと風味づけにもってこいだったこの男が、いちばんお気に入りでした。そこで、木こりのおかみさんは木の男の両手、両足、頭に穴をあけ、木こりの子どもたちがその穴に糸を通しました。そして、木の男を思いどおりに動かして、歩かせたり、手を振らせたり、踊らせたりして遊んだのです。

　こうした遊びにあきると、木こりの一家はこの木のあやつり人形を窓の横に置きました。人形の頭はときどきかたむいて森のほうを向くことがありました。この木の体の内側のがらんどうに残っていた男の心は、ずっと昔にさまよっていたその森に見覚えがあると感じました。けれど、いま見ると、そこは少しも寒そうでもなければ、暗くも、おそろしそうにも見えなかったのでした。


　レベッカは『七つのお話』を膝（ひざ）の上で開いたままにしておいた。ページが揺れて弧を描きながらパラパラとめくられていく。まるで呼吸をしているかのようだ。自分までこの身の毛のよだつシチューを食べさせられたかのように、やや気分が悪かった。このとき初めて、レベッカはこの本をこれまでずっと隠していた祖母に感謝した。昔の自分が〈木こりの小屋〉を読んでいたら、その陰惨（いんさん）さに動揺していたのは間違いない。なにしろ、いまですら動揺しているのだから。

　レオはなぜこんなひどいお話を書いたのだろう？　これは何を意味しているの？　そして、自分は本当にそれを知りたいのだろうか？　もし『七つのお話』はレオの人生を時系列に物語化したものだという自分の仮説が正しければ、この〈木こりの小屋〉はおそらく父親がロウアー・モーヴェールですごした時期を描いたもので……。

　そう思うと、レベッカは本を閉じてバッグのなかにしまいたくなった。けれど、いまページのほとんどが右側になびいていたため、レベッカはまた〝バーディへ〟という献辞を見つめていた。一瞬、何を見たがっているか本に気づかれているのかと思ったが、この一週間、あまりにもちょくちょく献辞のページを開いているせいで、開きぐせがついているのだと自分に言い聞かせた。勇気を出して読み進めようと、表紙の下に手のひらをさし入れると、その拍子に一ページめがめくれ、本の扉に印刷された〈フレッチャー＆サンズ・一九九九年〉があらわになった。

　レベッカは顔をしかめた。これまで一九九九年ということばかり気にして、この名前をろくに読んでいすらいなかったのだ。コーヒーテーブルから携帯電話を取って、グーグルに〝フレッチャー＆サンズ〟と入力し、数分間いらいらしながら建具屋、不動産業者、葬儀屋をスクロールしていった。次に、英企業登記局(カンパニーズ・ハウス)にあたったところ、もう少し成果があった。そのサイトで名前が一致するエディンバラ拠点の製本業者を発見し、一瞬これはと思ったのだ。だが、その会社は三年前になくなっており、そこに登録されている住所は現在ワインバーとなっているようだった。

　それにしても、エディンバラか。一九九九年にレオはそこにいたのだろうか？　レベッカはいそいそと〝レオ・サンプソン　エディンバラ〟と携帯電話に入力しはじめ、いくつか可能性がありそうな検索結果が出てきたのを見て、またしても心が躍った。けれど、よく読んでみると、それらはレベッカが生まれる前の一九八五年と一九八六年のエディンバラ・フリンジ中に、レオが出演した演劇の舞台評にすぎなかった。

　エリスはレオがスコットランドの子ども劇団といっしょに地方をまわっていたと言っていなかった？　だとすれば、結婚生活が破綻(はたん)して〈密航者〉をクビになった父親が、舞台経験となじみのある場所に移ったというのはありえるのでは？　『七つのお話』が印刷されたのはエディンバラではないかという仮説にもとづいて考えると、それはありえるどころの話ではないように思えたが、では、なぜ自分もエリスも、現在のレオの消息をまったくつかめないのかがわからなかった。

これを説明するもっとも明白な理由について考えたくなくて、レベッカは「画像」をクリックし、出てきた屋根や尖塔からなるエディンバラのものらしい写真をぼんやりと眺めた。一度も訪れたことがない場所だ。

それとも、行ったことがある？

この思いつき——この疑問——はどこからともなく湧いてきたようだったが、レベッカはそれを頭から追いやることができなかった。エイミーのバルコニーの上に見える雲が浮かんだ四角い空を見つめながら、暗闇のなかで明るい鉱石を探すように自分の記憶をたどりはじめ、ついに探りあてた。大道芸人、押し合いへし合いの群衆、行ってはいけないとわかっている暗い通路。ランニング中にふいによみがえったものの、いったいどこなのかわからなかったあの思いがけない不穏な光景だ。

街についてほかに覚えていることはなかった。携帯電話に表示されているその通りや建物は、ほかのどこであってもおかしくない。だが、ぼんやりとした記憶をあてにすることにためらいはあるものの、レベッカの心にはいまや次々と疑問が湧いてきていた。地面にぽっかりと穴があいているように感じたあのトンネルは、何だったのだろう？　それに、自分はいったいいつそこへ行ったのだろう？　ずっと昔であることは間違いない。なにしろ、かなり小さかったのだから。それに、父親といっしょだったはずだ。そこには父親がいた。それでいて、いなかったのだ。

それじゃ筋が通らないわ。レベッカは自分を叱り、頭頂部を手でつかんだ。頭蓋骨を圧迫すれば、なかに入っている不要ながらくた——古い曲の歌詞やCMソング、Oレベルのために選択した化学で習った公式など——を絞り出せるかのように。だが、どれほど思い出そうとがんばっても、エディンバラのことはほかに何も覚えていなかった。

記憶のふたを開けてくれるかもしれないと思い、レベッカはエリスの調査結果に目を通すことにしたが、そこにはたったいまネットで目にした以上のエディンバラへの言及はなかった。それでもレベッカはしばらくのあいだ、エリスが集めた新聞の切り抜き、インターネットのプリントアウト、写真などを片っ端から見ていった。〈密航者〉関連の情報の大部分はすでに読んだことがあるものだったが、初めて目にする記事もいくつかあった。VHSビデオ発売日のお知らせと、抽選で撮影現場見学に当選した地元の小学生たちについてのニュース、そして衣装デザイナーへのインタビュー記事である。さらにエリスは、レオの役者人生の黎明期、つまりロウアー・モーヴェール以前のロンドンで舞台俳優をやっていたころの記事もいくつか見つけ出してくれていた。

どうやら当時のレオにとっての最大の仕事は、一九八九年に上演された〈ピーター・パン〉のようだった。エリスが発掘した劇評はどれも好意的で、ほとんどはレオが舞台にもたらしたエネルギーを褒めたたえていた。大げさなウィッグとフロックコート姿で、観客に向かって歯をむき出しているレオの白黒写真に、レベッカは微笑(ほほえ)んだ。これといって恐ろしくはないにせよ、レオは説得力のあるフック船長をつくり上げていた。次に、レベッカは同じ公演の別のスチール写真を見て、デイナージャケット姿でいかめしい顔をしたレオ——衣装も表情もレオらしくなかった——に一瞬わけがわからなくなったが、すぐにレオはダーリング氏（ピーター・パンの登場人物）も演じたのだとピンときた。

〈ピーター・パン〉はレオが出演した最後の舞台のようだったが、それは奇妙に思えた。なぜなら〈密航者〉をのぞくと、フック船長兼ダーリング氏は俳優レオにとってもっとも重要な役であるらしかったからだ。レオは絶頂期にすたこら逃げ出す——または追い出される——のが習いだったのだろうか？　だが、考えてみれば、それは不思議ではないのかもしれない。一九八九年は自分が生まれる前の年、つまり両親が結婚した年だ。レオはすべてをロザリンのため、ロザリンとわたしのために手放したのだろうか？

そういえば、自分は両親がどうやって出会ったかさえ知らない。ロザリンに対してレオの居所を尋ねる以上に踏みこんだ質問をしたことは一度もなかったし、レオがいなくなる前に両親のいずれかが話してくれたことがあったとしても、レベッカは幼すぎて覚えていなかった。当時の数少ない記憶において、レベッカはいつも両親の片方といっしょにいた。母親とバブルペイントをしようとストローに息を吹きかけていたり、父親と色つきチョークで影をなぞっていたり。

よくよく考えてみれば、一度、父母が言い争う声を聞いたことがある気がする。プリムローズ・コテージの分厚い壁のせいでよく聞こえなかったけれど……。そして、海辺でのあの日、小さな赤いシャベルを使って父親や貝殻を砂のなかから掘り出していたときも、母親だってあの場にいたはずなのだ。ピクニック用毛布のところに戻っておいでと、母親に呼ばれた覚えがあるのだから……。そう考えると、なんだかもやもやした気持ちになった。母親はそのころすでに夫と娘を引き離そうとしていたのだろうか。

とはいえ、わたしが幼かったころの両親はあらゆる点においてバラバラな生活を送っていたに違いない。それは意外ではなかった。どう考えても、互いにまったく似つかわしくないのだ。離婚後のロザリンの男性の「お友だち」数人はみんな身だしなみがよく、信頼できて、びっくりするくらい退屈だった。だが、母のお気に入りの想像上の男性――古典小説でも、レベッカは知らないことになっている際どいロマンス小説でも――は長いあいだ荒れ地をさまよったり、女たちを誘拐犯から助け出したりしていた。そう考えるだけで鼻にしわが寄ってしまうが、レオのなかにはかつてロザリンが魅力的だと感じたであろう野性味があったのかも……。とはいえ、〈魔法のリュート〉のなかに出てくる耳の聞こえないお姫さまはロザリンであるという仮説を思い返すと、母親は救出者であって、その逆の役割ではない。

　エイミーが仕事から帰ってくるころには、レベッカはあとで『七つのお話』と比べてみようと、エリスからもらったコピーを時系列にまとめて並べていた。エイミーはコーヒーテーブル中に広げられた紙を見ても何も言わず、代わりにハンドバッグと鍵を肘かけ椅子のほうに放り、はいていたペンシルスカートのファスナーを下ろした。「あんたのボーイフレンド、忙しかったみたいね」

「だれ？」一九八八年の公演プログラムの不鮮明なコピーから顔を上げて、レベッカは聞いた。

「エリスよ」エイミーが言った。「彼のあの記事、出てたでしょ。もう見た？」

「どの記事？　それと――」レベッカは戸惑って息を吐いた。「――彼をそんなふうに呼ばないで」

「えっ、エリスのこと？　それが彼の名前じゃない？」

「わたしが何のことを言ったか、わかってるくせに」

　エイミーはソファの肘置きにどさりと腰かけ、スパンコールで飾られた自分の携帯を手渡してきた。その画面には、〝九〇年代の子ども番組のスターたち：あの人はいま〟という見出しが表示されていた。

　レベッカはそれに続く記事が、通常の画像中心の〈サイドスクープ〉の記事より長めであることに気づいた。文章をざっと読みながら、初めて会ったときにエリスが口にしていた番組名――〈放課後クラブ〉や〈きみは城を攻め落とせるか？〉――に目がとまったが、〈密航者〉について書いてあるところまで読み飛ばした。

> 九五年当時、ＢＢＣ１〈密航者〉のだれもが認めるスターだったのが、レオ・サンプソンである。有名なおとぎ話に迷いこむ主人公の活気あふれる演技は、あっという間に彼を――ひいては番組をも――あらゆる子どもたちから愛される存在にした。だが、今日〈密航者〉出演者

のなかでも無視できないのがリチャード・ロウリーの存在である。いまや舞台とスクリーン双方においてもっとも尊敬されている名優ロウリーは、同番組に出演していたころ、いつも厳格な王や不運な父親役を演じていた（とはいえ、第二シリーズ〈ペルセウスとメデューサ〉でのゼウス役は、とりわけ人々の記憶に深く刻まれている）。

その記事は続いてロウリーの〈密航者〉後のキャリアを列挙したうえ、先週のインタビューで聞いた内容をいくつか紹介しており、そのなかには幼い孫の存在が同番組への出演承諾に影響しているというロウリーの話も含まれていた。そして、レオの名前はもう出てこなかった。

「なんだか心配そうな顔ね」エイミーは、レベッカが携帯電話を返したときにそう言った。「お父さんのことについてほとんど何も書かれてないと知ったら、喜ぶかと思ったのに」

レベッカはつかのま黙りこんだ。エリスがレオからロウリーへと話題を切りかえた鮮やかな腕前に感心していたし、この記事にレオのことは書かれなければ書かれないほどいいと思っていたのも事実だった。けれど同時に、この記事が公開されたということは、これまでいろいろと調査してきたというのに、エリスがレオの居場所を突き止めるのをすっかりあきらめたのを意味する。レオの消息はもうわかりっこないと思っているのだろうか？

「昨日、エリスはこのことについて何も言ってなかったのよ」レベッカは博物館の階段での会話を思い出しながら言った。

「忘れてたとか？」エイミーは肩をすくめた。「ふたりともアイスクリームの食べさせっこに忙しかったんじゃない？」

レベッカはしばし黙っていた。たったいま思いついたことがあったのだ。「でも、わたしたち、木曜日に例のエージェントに会うことになってて……」

「だから？」

「だから、この記事を書き終えたのに、なぜわざわざそんなことをするのかと思って。なぜいまもわたしに協力してくれるの？」

ため息をつきながら、エイミーは手を伸ばしてレベッカの頭のてっぺんのお団子をくしゃくしゃっとした。「やれやれ、ベッカったら」エイミーは面白がっているとも哀れんでいるともつかない表情で言った。「なぜだと思うの？」


「もしもし、ベッカ――じゃあ、電話は見つかったのね？」

「え？」

「電話をなくしたんだと思ったの。メールに返信がなかったから」

「メールって？」

「明日のことよ」母はいらいら気味に言った。「大聖堂構内(カテドラル・クローズ)の新しい店はどうかなと思って。ほら、あの小さなビストロ……」

レベッカは指先で左のこめかみを押さえた。母親からランチの誘いのメールが来ていたことを忘れてしまうなんて。いまもどうやってその誘いをかわすべきかわからなかったので、電話に出てしまったことが悔やまれた。とはいえ、今日一日で聞きたいことが山ほどできたので、母親と話せたこと自体はよかったかもしれない。

「明日は無理なのよ、お母さん。いまロンドンにいるから」

「ロンドンですって？」母の反応は、レベッカがいま月にいると明かしたかのようだった。「そんなところで何してるの？」

レベッカは半分だけ事実を告げることにした。「エイミーに会ってる」

「週の真っただなかに？　エイミーに何かあったの？」

「別に何も。ただ、急に決めて来たのよ。ランチは来週でいい？」

「あら、すごく残念。旅に出かけてからずっと会っていないんだもの。写真があるのよ！　いつ戻ってくるの？」

「木曜日」

「じゃ、週末には村にいらっしゃい」

「そうする」レベッカは答えながら、ロウアー・モーヴェールに帰れば祖母と――今度はちゃんと――話す機会もあるだろうと考えた。

母親がロンドンを拠点にしたさまざまな活動を勧めはじめたのを聞き流しながら、レベッカは父親について思いきって聞いてみようと思った。こんな絶好の機会を逃すわけにはいかない。とはいえ、ここ一週間ほどのうちにあれこれしておきながら、母親に「お父さんとはどうやって知り合ったの？」とか「お父さんがまだ生きているかどうか知ってる？」とか「どうしておばあちゃんに、わたしがお父さんといっさい関わり合いになりたくないと言ってるなんて伝えたの？」と聞くのは、それ以上に勇気が必要だった。何を聞くにせよ、その質問は慎重に決めなければ。そうでないと、母親はまたあっという間に会話を打ち切ってしまうだろう。

「お母さん？」レベッカは英国図書館にまつわる逸話を語っているロザリンの言葉をさえぎった。

「わたし、これまでエディンバラに行ったことあった？」

軽いジャブのような質問で人々の反応を見るエリスの真似をしてみたものの、母親の顔を見ることができないため、その有効性は疑問だった。いま、レベッカには相手の沈黙の意味を読み取るしかなかったからだ。

「お母さん？」

「エディンバラ？」

「うん」

「なぜそんなことを聞くの？」

「エイミーといっしょにどこかに行こうって話をしてて。ちょっとした旅行よ」

「ちょっとした旅行……」ロザリンはぼんやりとその言葉を繰り返した。「だけど、いまはちょうどフェスティバルの時期だから、ものすごく混んでいるし、とんでもなく高くつくわよ」

「そうね。でも、いまじゃなくて」レベッカはそう言いながら、だんだんもどかしくなってきた。「来年かそれぐらいよ。昨夜、そんな話になったの。エイミーは行ったことがないんだけど、わたしはどうだったかなって……」

「あら、もちろん、行ったことないわ」急にきっぱりと母親が言った。「あなたはスコットランドには一度も行ったことがないから。ロンドンより北にはほとんど行っていないはずよ」

「そうだと思った」レベッカは返事をしながら、顔を見なくても母親が真実を語っていないことはわかるような気がしはじめていた。


電話のあと、レベッカは一時的に自分用のベッドと化しているでこぼこした布団にまた沈みこんだ。隣の部屋ではエイミーとティムが法廷ドラマに熱中していたが、レベッカは物置部屋に引っこみ、ありあまる夜の時間を使っていろいろなことを考えてみるつもりでいた。

問題は、とりとめのない思考をコントロールできないことだった。エディンバラについてもっと何か思い出せないかと考えていても、頭のなかにエリスのことが浮かんでくる。エリスがいまもわたしに協力してくれている理由についてのエイミーの仮説は、正しいのだろうか？　そう考えると、こそばゆくなってくる。彼の気持ちは、明日の晩〈ピットストップ〉というバーで会ったときにもっとはっきりするかもしれない。もし自分が行けばだけれど。いまになって行くのがこわいような気になり、なんとか行かずにすむ口実を考え出そうとしていた。

そんなことばかり考えるのはやめるのよ。レベッカは自分を叱り、気をそらしてくれるものを求めてあたりを見まわした。視線は、自分がコーヒーテーブルの上から片づけて持ってきた調査結果の山にのせてある『七つのお話』で止まった。〈木こりの小屋〉を読み終えたところで、その残忍さにショックを受けて読むのを中断していたのだ。寂しい森林地帯という背景と、強欲で邪悪な一家が出てくることから、レベッカはいまもその物語がロウアー・モーヴェールでチェイス家の人たちとすごしていたころのことを描いているのではないかとの疑いを打ち消すことができなかった。そう考えるだけで、ひどい裏切り行為に思えたし、ここ最近、父親に対して抱いていた同情的な気持ちがすっかり削がれてしまったけれど。それでも、エリス以外の何かについて考えたかったレベッカは、エディンバラについてのロザリンの嘘にまだわだかまりを感じつつ、その小さな緑色の本に手を伸ばし、最後から二番めのお話を開いた。

六つめのお話：魔女とスフィンクス

むかしむかし、ある砂漠に、砂に埋まっていた金の卵を見つけた男がいました。このめずらしい宝に大喜びした男は、それを荷物のなかにしまうと、見つけたもののことをだれにもいいませんでした。

それからまもなく、ひどい砂嵐のせいで男は仲間たちからはぐれ、わずかな食べ物しかないのにどちらへ行ったらいいのかもわかりません。自分の影だけを道づれに、男は何日もさまよい、すぐに食べ物も水もつきてしまいました。そして、もう死ぬしかないというとき、男は遠くに輝く池や、青々とした木々や、小さな家のあるオアシスを見つけたのです。さっそくその魅力的な風景のほうへ行って、きれいな水をごくごく飲み、小さな家で食べ物をわけてくださいと頼むと、そこにはみにくい老婆が住んでいました。

「おまえに食べさせてやったら、お返しに何をくれるんだい？」老婆はこぶだらけの杖に寄りかかって、そうたずねました。

　男に財産はひとつしかありません。手放したくはなかったのですが、老婆にその金の卵をさし出しました。老婆はすぐにそれを受けとり、男が食事をしているあいだに、その卵をかまどに入れて火をつけました。金の卵が炎に包まれはじめると、卵のからにひびが入り、やがて美しい赤い鳥が卵からかえりました。

　このすばらしい生き物を見た男は、おさえられないほどの愛があふれてきて、自分にその鳥を飼わせてほしいと老婆に頼みました。けれど、老婆はそれを断り、おまえは食べ物のためにこの卵をよこしたんじゃないかといいました。そして、こぶだらけの杖をひとふりして、赤い鳥を入れる金色の鳥かごをつくりはじめたのです。

「この美しい鳥をくれるなら、かわりにお望みのものをなんでもさしあげます」と男はいいました。

「ならば、ぜひ手に入れたいものがある」魔女はこたえました。「ずっとむかし、スフィンクスがこのオアシスを通りかかって、あたしから三つの小瓶を盗んでいったんだ。ひとつめには美しさが、ふたつめには喜びが、三つめには若さが入っていた。いまじゃ、そのスフィンクスはこの国の北にある洞窟にすんでおる。スフィンクスはあたしの顔には気づくだろうが、もしおまえがかわりに行って、その三つの小瓶を取りかえしてくれたら、この小鳥をやろう」

男はこの話を聞いてすぐにうなずきましたが、こうたずねました。「なんの財産もないぼくが、どうやってこの国の北まで旅をすればいいんですか？」

魔女はぼろぼろのトランクから、古い革のマスクを取りだしました。砂漠の風から顔を守るためにつけるようなマスクです。

「これは魔法のマスクだ」と魔女はいいました。「このマスクをつけていると、相手はおまえを自分の会いたかった人だと思いこんで親切にしてくれる。だが、よく聞くがいい。このマスクの魔法は強力だから、つけるのはどうしても必要なときだけにするんだよ」

こうして、男は旅に出ました。魔女がいったとおり、マスクをつけると人々は男にとても親切にしてくれました。ラクダや食べ物や水などをくれましたし、通りかかった商人たちからいっしょに食事をしようとか、いっしょに旅をしようと誘われました。仲間を失った男にとって、それはとてもいい気分でしたが、魔女のいいつけを忘れず、マスクはごくたまにしか使いませんでした。

やがて、男はスフィンクスがいる洞窟までやってきました。スフィンクスは体の一部が女、一部がライオン、一部がワシという、まぶしいほど輝く怪物でした。スフィンクスを見た男は深々とおじぎをすると、本当のことをいわなければならないとわかっていたので、こうたずねました。「スフィンクス、あなたのねぐらから宝物を持っていくことをお許しいただけますか？」

スフィンクスは男を見おろし、長いしっぽを左右にふっていいました。「よいだろう」スフィンクスはいいました。「ただし、わたしが出すなぞなぞに正しく答えられればの話だ。もしまちがえたら、おまえを殺す。それでも、なぞなぞを聞きたいか？」

男は鮮やかな赤い鳥のことを思い浮かべていいました。「聞きたいです」

すると、スフィンクスはいいました。

　わたしはいつも届かぬところにいて、
　それでもおまえを焼きつくし、
　生と死のどちらも連れてくる、
　そんなわたしの名前はなんだ？

　これまで知恵があるという評判をとったことのない男は、長いあいだこのなぞなぞを考えました。男はなぞなぞをつぶやきながら考えに考え、とうとう頭上の暑い太陽が男の鼻を焼きはじめたとき、ようやく気づきました。

「太陽！」男はいいました。「答えは太陽です」

「入ってよろしい」スフィンクスはうなずいていいました。「わたしのねぐらから、なにかひとつだけ持っていくがよい」

　男が急いでスフィンクスの前を通って洞窟に入ると、そこにはたくさんの宝物がありました。あちこち探しまわった男は、「美しさ」と書かれたラベルつきのきれいな水晶の小瓶を見つけると、それをポケットに入れました。そのほかに何も取ってはいけないとわかっていたので、男はオアシスへの長い旅につきました。

　小さな家へたどりつくと、魔女は男の手から小瓶をうばいとり、中身をひと口で飲みほしました。男の目の前で、魔女は変わりはじめました。曲がっていた腰はぴんと伸び、歯はまっすぐに生えそろい、いぼは消えて美しい姿になりました。けれど、男は赤い鳥のことしか目に入りません。鳥は前より大きく、いちだんとすてきになり、愛らしい歌を歌うようになっていました。

「これで、この鳥をぼくにくれますか?」男はたずねました。

「あたしはまだみじめな気分だし、年老いている」魔女は鏡に映った自分の姿を見つめながらいいました。「ほかの小瓶も持ち帰ってきたら、あの鳥をおまえにやろう」

こうして、男はもう一度出発しましたが、今度は前より疲れていたので、一度めよりもたびたびマスクをつけました。そうすると旅はしやすくなりましたが、いらない贈りものをもらったり、絹やスパイスをあつかう商人たちのもとに長居しすぎたり、目的地へ向かう道から大きくはずれたりしてしまいました。

男がまたスフィンクスのもとにやってきたとき、スフィンクスは男を見ても驚いていないようでした。男はまたスフィンクスに同じことを頼み、スフィンクスはまた同じ返事をしました。もしなぞなぞに答えられたら、自分のねぐらからひとつだけほしいものを持ちだしてもよいと。

わたしはおまえの手のひらに入り、
それでいて、はるかかなたまで広がっており、
岩と時間によってつくられている、
そんなわたしの名前はなんだ?

このなぞは前のときよりもむずかしく感じ、男はいつまでもそれについて考えつづけ、最後には地面にすわって砂に指を走らせました。そのとき、気づいたのです。

「砂!」男はいいました。「答えは砂です」

「入ってよろしい」スフィンクスはまたうなずきました。「わたしのねぐらから、なにかひとつだけ持っていくがよい」

このとき洞窟へ入った男は、残りの小瓶をふたつとも探してしまおうかと考えました。けれど、スフィンクスの怒りをかうのがおそろしくて、「喜び」のラベルがついている丸みをおびた黄色い小瓶を見つけ、そこを出ました。

男がオアシスへ帰りつくと、魔女は両手でふたつめの小瓶を奪いとり、中身をひと口で飲みほしました。すると、魔女は急にうれしそうなようすになりましたが、ますますすてきになった赤い鳥を渡してほしいと頼む男に、三つめの小瓶を取ってきてからだと断りました。

しかたなく三度めの旅に出たものの、旅つづきでくたびれはてていた男は、魔法のマスクをはずすことができません。そのせいで男は遠まわりをし、商人たちと何か月ものんびりしていました。そして、ようやく何をしなければならないかを思いだして顔からマスクを取ろうとしましたが、顔にくっついてびくともしません。すっかりこわくなりましたが、大好きな鳥を手に入れるために、男は旅をつづけました。

とうとうスフィンクスのところまでやってきた男は前と同じことを頼み、スフィンクスは同じ条件をくりかえしました。

「だが、考えてみるがいい」スフィンクスはいいました。「おまえがあの小瓶を砂漠の魔女のところに持ち帰っていることは知っているが、そもそもあれは魔女が悪い魔法で手に入れたものなのだ。それでも、おまえはわたしのなぞなぞを聞きたいのか？」

これが警告だということはわかりましたが、赤い鳥のことしか考えられなくなっていた男はこたえました。「聞きたいです」

スフィンクスはいいました。

おまえはおおしくたくましい
だが、わたしにはまことの姿がみえている
もしも宝がほしいなら
おまえの名前を聞かせてごらん

男はどきりとしました。自分の名前？　それは、これまででいちばんかんたんななぞなぞなのに、長いあいだマスクをつけていた男には思い出すことができません。仲間たちからはなんと呼ばれていたんだっけ？　母さんがささやいてくれた名前はなんだった？　男はすべて忘れてしまっていました。

自分の身があぶないとわかった男は、考えるふりをしながら、大股でスフィンクスから遠ざかっていきました。男が何をしているのか気づいたスフィンクスは、後ろ足で立ちあがって吠え、ライオンのつめで男を殺そうとしました。けれど、男はすでにスフィンクスが届かないところまで行っていたので、その洞窟が見えなくなるまで熱い砂の上を走って逃げることができたのです。

男は怒りに燃え、何も持たずに魔女のもとへ帰りました。

「あたしの若さはどこだ？」魔女はなじるようにいいました。

「持っていない」男は答えました。「だけど、ぼくは鳥がほしいんだ」

魔女が杖に手をのばす前に、男は鳥かごをつかみました。けれど、まだマスクをつけたままだったので、鳥は男のことがわからず、こわがって叫びました。魔女はののしりながら鳥かごの反対側をつかみ、男と魔女が引っぱりあいをするうちに、鳥かごの扉が開いて鳥が転がり出てきました。そして、大きな赤い翼をはばたかせて小屋から飛びだすと、空高くへ舞いあがり、炎をあげて燃えてしまったのです。

「だめだ！」男が叫びながら砂漠へかけだすと、赤い鳥の灰がひらひらと降ってきました。「戻ってきてくれ！」

「手遅れだよ」魔女が男にいいました。「やがてその灰から新しい卵ができるだろうが、それを見つけるのは一生かかっても無理だね」

男は魔女の言葉を聞いていませんでした。その場にひざをつき、燃えつきた鳥の灰をかきあつめようとしましたが、つかむことができたのは太陽の光と砂だけだったのです。

レベッカは指先を胸の中央に押しつけ、先週のランニング中についに父親を思い出すことを自分に許したときに感じたのと同じ痛みをしずめようとした。初めのころのお話のときのように、この本を読んで平然としていることはもはや不可能に思えた。いま自分をとらえ、かすかに胸まで苦しくさせているこの感情に比べたら、〈木こりの小屋〉を読み終えたときのショックさえかすむ気がした。

ここに集められたお話が変化しているのか、それとも、わたしが変化しているのか？　ひとつだけ確かなことがある。『七つのお話』はどんどん読み解きやすくなっていた。スフィンクスや三つの小瓶が何を意味しているかはわからないにせよ、この物語が両親の結婚の破綻や、その後のドロドロを描いていることは疑いようがない。主人公がつけざるをえなかったマスクは、間違いなく〈密航者〉時代のレオを象徴しているのだろう。とはいえ、またしてもレベッカは強い不快感を

――さらには怒りさえも――覚えていた。わずかひとつ、ふたつ物語が進むうちに、母親が親切なお姫さまから狡猾（こうかつ）な年老いた魔女にされてしまったのだ。

とはいえ、レベッカの胸が苦しくなったのは、母親がこんなひどい描かれ方をされ、ずっと昔に書かれた言葉で歪（ゆが）められているせいだけではなかった。また、この物語全体への複雑な感情や、すべての物語に漂っている執拗（しつよう）なもの悲しさのせいでもなかった。金の鳥かごに入れられている、男がほしくてたまらないあの鳥が原因だ。この続きもののように感じられるようになってきた一連の物語に、初めて自分が登場したからだった。

10 〈ピットストップ〉

外観から判断して、〈ピットストップ〉はもともと修理工場として建てられた場所のようだった。かつてシャッタードアがついていたであろう四つの大きな窓と、いまも駐車スペースの白線が残るコンクリートテラスがついている、プレハブ建築だった。だが、店内はストリングライトのおかげで柔らかい雰囲気になっていた。もっとも、バーのコンセプトは車の修理工場という原点に忠実だったけれど。エイミーやティムといっしょになかに入ったレベッカの視線を引いた波形屋根には、自然史博物館の骨格標本のようにむき出しの車体が吊るされていた。そこはにおいまで工業的だったが、おそらくペンキやおがくずの臭いは、カーレース場のピットの演出というよりもこのバーの新しさのせいなのだろう。

「今日が正式なオープン日じゃないんでしょう?」突然、聞こえてきた大音量に負けじとエイミーが声を張り上げた。

「そうよ」レベッカはエイミーが不思議そうなわけを察して答えた。水曜日だというのに、混んでいたのだ。まあ、それはテーブルに散らばっているチラシに書かれている、カクテル半額のせいかもしれない。

めったに下ろさない髪の先をもてあそびながら、レベッカは客たちを眺めた。その大部分は二十代や三十代で、完璧にはね上げたアイラインを引き、あえて柄(がら)ものの服に柄ものを合わせた女たちは、レベッカやエクセターの友人たちが〈ザ・クラウン〉で週末をすごすときよりも、はるかに見た目に力を入れているようだった。

「はら、あたしたち、お洒落(しゃれ)しすぎじゃなかったでしょ?」エイミーがレベッカの心を読んだかのように言った。

レベッカは髪をもてあそんでいた手を、今晩のお出かけのためにエイミーから借りたダークグリーンミニドレスの裾(すそ)へ移した。ハックスリーで一泊するだけの荷物しか持っていないため、何から何までエイミーから借りているのだが、エイミーはレベッカよりもはるかに女らしい曲線の持ち主なのだ。そのことを意識しながら、レベッカが盛り上がりのない胸もとをおおうミニドレスの深いネックラインを引き上げていると、それに気づいたエイミーに指先を払い落とされた。

「やめなさい、あなたはセクシーよ。それで、エリスとやらはどこ?」エイミーはお節介に徹すると心に決めた親戚のおばさんのように言った。

「エイミー……」

「わかってる!」エイミーが片手をあげると、その腕で何本ものゴールドバングルがチャリチャリ音を立てた。「だけど、約束を忘れちゃだめよ。仕事やデヴォンの話、それから、お父さんの話は絶対にしないこと。とにかくリラックスするのよ、いい?」

巻き毛で長身でもの柔らかなティムが言った。「リラックスするっていうのはね、ベッカ、要するに人が――」

「もう、いいってば」レベッカはむっとしてさえぎった。

ひと晩リラックスして楽しむのが気が進まないとか、そういうことではない。この数日間、レベッカは吹きこぼれ寸前の鍋のような気分だったからだ。ただエイミーたちのフラットか、グリニッジに近いもっと静かなバーですごせたらよかったと思わずにはいられなかったのだ。〈ピットストップ〉がこんなに混雑しているなら、自分が来ても来なくてもエリスは気づきもしないだろう。

「飲む？」ティムがチラシを手にして聞いた。

エイミーはそれを見ようとのぞきこんだ。「エンジンオイルって、なんだと思う？」

レベッカはあまり夕食が進まなかったこともあり、よくわからない名前がついたカクテルを試してみるつもりはなかった。ふたりにそう言おうとしたとき、テーブルのあいだを縫ってエリスが向かってきた。彼を見て、またしてもレベッカのなかの何かがぴくりと跳ねた。転びかけたものの、なんとかバランスを取り戻したみたいな感じだ。眼鏡のせいでわかりにくかったけれど、エリスはレベッカのミニドレス姿にさっと目を走らせたようだった。そのため体がかっと熱くなったことから気をそらしたくて、エリスの格好のアラを見つけにかかると、オフホワイトのシャツの上からつけているダークレッドのサスペンダーに目がとまった。そのサスペンダーのせいで、彼はレトロファッションがテーマのパーティーへ行くところのように見えた。

エリスが来たので、レベッカは「友だちを連れてきたの」と言わずもがなの説明をして、エイミーとティムを紹介した。エリスはティムと握手をし、エイミーには握手ばかりか頬にキスもした。エイミーはそれについてなんとも思っていないらしく、むしろ、それを予期していたように見えた。けれど、レベッカとしては、頬へのキスは少しやりすぎだし、ちょっとロンドンっぽすぎると思った。かがんだエリスから頬にキスをされ、耳もとで「きみに会えてうれしいよ」と言われるまでは。

彼のアフターシェーブローション——これまでは意識していなかった——は、かすかにスパイスの香りがした。もう少しそこに立ってその香りを吸いこんでいたかったし、たぶん、そのせいだろう、エリスが体を引いたとき、レベッカは何も言うことを思いつかなかった。そこで、ただ彼に笑みを返した。彼が自分に会って心から喜んでいるように見えたので、うれしかった。サスペンダーはともかくとして。

ふたりを見比べていたエイミーが、ぐいっとティムを押した。「さあ、行きましょ——バーへ」「最初の一杯は無料だよ」エイミーにチラシを見せられたエリスが、かぶりを振って言った。「デレクのおごりなんだ。紹介するよ……」

人混みを縫っていくとき、友人たちがついてきているかを確かめようと肩越しに振り返ったレベッカは、エイミーが親指を立てるのを見てにらみつけた。

デレクというのはこのバーのオーナーで、エリスのルームメイトであることがわかった。がっしりした大男で、黒い顎ひげとカナダ風の発音、そして、荒れ地からさまよい出てきてまもないような雰囲気の持ち主だった。今晩の盛況ぶりがとりたてて面白くもなんともないらしく、レベッカとエイミーとティムがお祝いの言葉を言ったときも、その大きな両肩をすくめてみせただけだった。まるで、シルバーのバーカウンターをはじめクラフトビールや蒸留酒が並ぶ照明つきの棚まで、ありとあらゆるものが偶然ここにやってきたかのように。

とはいえ、デレクは道具箱のような形のトレイにのせた四つのエンジンオイル・カクテルをプレゼントしてくれた。そのオレンジ色のカクテルには子どもの薬っぽい甘さがあり、さまざまな成分のなかにコアントローやメイプルシロップが混ざっているような気がした。カクテルは飲まないつもりでいたことを思い出したころには、レベッカのグラスにはすでに半分ほどしか残っていなかった。

レベッカたちはバーを居場所に決め、デレクとその仲間たちにたくさんの友人や親族がお祝いを述べにくるのを眺めていた。レベッカは最初のころ、だれとでも気楽におしゃべりできるというう らやましい特技を持つエイミーにくっついていた。けれど、デレクがレプリカであってほしいオイル缶からグラスにお代わりを注いでくれればくれるほど、レベッカの会話はエイミーから独立していき、デレクのいとことお気に入りの警察ドラマに関する仮説を語り合ったり、〈サイドスクープ〉で働いているという女の子にランニング用アプリについて熱弁をふるわれたりした。

エリスはそばにいて、レベッカを紹介してくれたり、彼女の会話に入ったり出たりしていた。全員と知り合いのようで、レベッカは初めそれが不満だった。彼だけと話をして、大英博物館の階段やハックスリーのキッチンにいたときのような親密な会話をまたしたかったのだ。とはいえ、すぐに思い直した。彼が必ずレベッカのスツールまで戻ってくる様子や、〈ピットストップ〉がますます混雑して騒々しくなっていくなかで、彼と何度も目を合わせることで互いのやりとりが秘密めかしたものになることに、ときめきを覚えずにはいられなかったから。

夜はけだるく、ねばりつくようにふけていき、レベッカはまるで目に見えない潮の流れに運ばれているかのように、店内をよろよろと歩いていることに気づいた。そして、階段下のゲーム用テーブルが並んでいるところで、エアホッケーをやってティムに勝った。もっとも、エアホッケーにルールがあるとしても、そんなものはまったく知らなかったけれど。人々が踊りはじめていたフロアのスピーカー脇の一角では、エイミーが村のイベントのために十代のころ考え出したダンスにレベッカを引きずりこもうとした。また、化粧室でリップクリームを塗り直していたレベッカは、見知らぬ女性から急に髪をなでられ、その女性が友だちに「ほら、こういう色にしたいのよ……」と訴えるように言うのを聞いた。

ふたたびバーカウンターへ戻って水の入ったグラスを待っていると、バッグのなかの携帯電話が振動した。レベッカはとっさにエイミーとティムを探したが、ふたりともすぐそばのエアホッケー台に戻っていた。エイミーは片腕をティムの腰にまわし、親指をティムのベルト通しのひとつに引っかけている。レベッカが見ていると、ティムは身をかがめてエイミーの頬から何かを払う仕草をした。おそらくメイクの汚れかまつげでもついていたのだろう。それを見て少しうらやましい気持ちになったものの、レベッカはティムに街灯と同じぐらいの魅力しか感じなかった。エイミーとティムはいつ婚約するのだろう。それが「もしかして」ではなく「いつ」の問題であるのは明らかだ。

「きみの友だちはクールだね」

レベッカはバーのスツールに座ったまま、くるりと振り返った。エリスがまたレベッカの前に来ていた。

「あなたの友だちだって」レベッカはそう言い、手でさっとこの店内全体を示した。

エリスは髪がぼさぼさで、眠そうで、ハンサムに見えた。また携帯電話が鳴っていたが、レベッカは無視した。エリスにエイミーのことや、ロウアー・モーヴェールですごした子ども時代や、それ以外のあらゆることについて話したかった。だが、同時に、彼のサスペンダーをパシッと弾いてやりたいという強い衝動に駆られてもいた。

「何がそんなに面白いんだい?」エリスが聞いてきた。

レベッカは自分が笑っていたという意識がなかったので、肩をすくめてやりすごした。そして、今晩、彼と一対一で話すのはこれが初めてだと気づき、こう尋ねた。「わたしたち、やっぱり明日は例のエージェントに会うの?」

「ああ、もちろん」エリスはその質問に驚いているようだった。「会わない理由があるかい?」

あなたの記事を見たのよと話そうかと思ったが、やはり自分のほうが多くを知っている状況が気に入っているので、また肩をすくめるだけにした。

エリスはレベッカのスツールに少しずつ近づき、ぎりぎりのところでバーのカウンターに肘をついて寄りかかった。「あのフォルダーを見て、どうだった?」

「ええ、役に立ったわ。ただ……」

レベッカはエアホッケー台のほうへ顎をしゃくった。「友だちに、今夜はその件について話さないって約束したの」

レベッカはエリスから、だったら何なら話してもいいんだいとか、この話を始めたのはきみのほうじゃないかとか言われるのではないかと思った。けれど、エリスは手を伸ばしてきて、レベッカの借り物のブレスレットのビーズをねじった。皮膚の薄い手首が彼の指先にくすぐられた。

「あのさ、ベックス?」エリスの声はあまりにも小さくて、聞き取れないほどだった。「もしよかったらなんだけど――?」

「ベイリー!」

だが、また別のエリスの友人たちが――いったいどれだけ友だちがいるのか?――バーの反対側から彼を呼んでいた。彼はまだブレスレットをもてあそびながらためらっていたが、こっちに来いと合図している友人たちのほうへちらりと目をやった。

「ちょっと待ってて」エリスはつぶやいた。「姉貴の友人たちでね。挨拶しておいたほうがよさそうだ。すぐ戻るよ」

レベッカはエリスの手をつかみ、彼が言いかけた質問を最後まで聞きたかった。だが、彼が去っていくのを見送り、彼が仲間たちにハグされているのを眺めているうちに、真っ赤な口紅を塗り、黒髪をヴィクトリーロール(一九四〇年代前半に人気があった、髪を大きくカールしたヘアスタイル)にした胸の大きな女性に目が釘づけになった。まったくもう、わたしの知らないところでレトロファッション・パーティーでもあったわけ? このやたらおしゃれな邪魔者がエリスの耳もとへ大声で話しはじめるのを見て、レベッカは急に不機嫌になった。〝あっち〟はすぐ戻ってくるかもしれないけれど、〝こっち〟はここからいなくなってやるわ。ほかにもわたしと話をしたがってる人はいるんだから。スツールから下りると、レベッカはバッグのなかから携帯電話を探し、先ほど無視した着信履歴を見つめた。〝クリス・フェントン〟。勘弁して。

外は寒くなかったが、夜風を浴びるのは冷たい水で顔を洗うようだった。どうやら思っていた以上に酔っていたらしい。テラス席にされた駐車場に置かれているピクニックテーブルがすべてうまっていたので、レベッカは道端でリンゴの香りのミストを吸いこんでいる人たちのあいだを通り抜け、手足をちゃんとコントロールできていないことを意識しながら、上が平らなコンクリートの車どめポールに注意深く腰を下ろした。そして、うまく座れたことを確かめ、なめらかなグリーンのミニドレスを上から膝に向かってなでつけながら、それが自分のゴールドのネイルによく映えているのをほれぼれと眺めた。この服を着てきてよかった。

ロウアー・モーヴェールとは異なり、ここでは星は見えなかったし、季節的に、またはスモッグのせいで、暗くさえなく、長く伸びた工場の煙突の輪郭が青みがかった紫色の空にくっきりと浮かび上がっていた。〈ピットストップ〉の前の通りは何台か車が停めてある以外がらんとしているが、近くを行き交う車の音が低く聞こえ、背後のバーの喧噪をかき消すようにサイレン音が鳴り響いていた。

わたしはいまロンドンにいる。レベッカはそう考えながら体を伸ばし、危うく車どめから落ちそうになった。ミストを浴びている人たちがそのことに気づいていないらしいのを確認すると、レベッカは片足をもう一方の足首にのせてこう思った。そうしたければ、わたしはここで暮らすことだってできるんだわ。どこで暮らしてもいいのよ。

ふいに浮かんだこの思いつきについて考えていると、一匹のキツネが道の反対側の影のなかから出てきて、捨てられたハンバーガーの箱のにおいを嗅ぎはじめた。レベッカは前かがみになったが、背後から聞こえてきた甲高い笑い声に驚いたキツネがその場にかたまったとき、興味よりも大きな不安に襲われた。じっとして動かなくなったキツネの姿に、〈木こりの小屋〉に出てくる木の彫刻を思い出したのだ。レベッカは身震いし、その連想を追い払おうとした。あの話は大嫌いだった。

にもかかわらず、レベッカはその本に手を伸ばそうとして、いまはエイミーの小さなペールゴールドのハンドバッグを持っていることに気づいた。しかも、『七つのお話』は仕事やデヴォンや父親の話と同じく、今晩は禁止されている。とはいえ、あの本と離れているのは不思議なだけでなく、寂しくさえあった。祖母から手渡されて以来、そして間違いなくハックスリー以来、レベッカはその本をいつも手もとに置き、書名がバッグの底できらきら輝いているのを見ることにすっかり慣れてしまっていたのだ。

レベッカの携帯電話が鳴った。三度めだ。

「チェイサー、やあやあ！」

レベッカは携帯電話から体を離し、クリスの大声がやむのを待った。なぜまたしても電話に出てしまったのだろう？　酒に酔ってのつかのまの情事という思い出したくもない記憶がよみがえり、レベッカは顔をしかめた。

携帯電話をまた耳にあてても安全に思えたころ、クリスはこう言っていた。「――九日間だけ王位に就いたのは？」

「えっ？」

電話の向こうで友人ステフが質問を繰り返すのが聞こえ、レベッカは今日が水曜日でパブ〈ザ・クラウン〉のクイズ大会の日であることを思い出した。

「人に聞くのはズルじゃないの？」レベッカはクリスに言った。

「もうとっくの昔に終わったよ。答え、わかる？」

「レディ・ジェーン・グレイよ」

「くそっ、きみがいれば優勝してたかもしれないのに。少なくともトップスリーには食いこめたな。いまどこ、チェイサー？」

「ロンドンよ」

「どこだって？」

「ロンドン」

「ロンドン？」

レベッカはため息をつき、クリスがほかの質問を思い出そうとするのを聞き流しながら、彼を含む〈クイズですよ〉のメンバーたちが、たぶん何皿かのフライドポテトをつまみながら、いつもの隅のボックス席にかたまっているところを思い描いた。その光景は安全かつ心やすらぐものだったが、とても遠く感じられた。レベッカの一部は彼らといっしょにそこにいたいと思い、むしょうにフライドポテトが食べたくなった。

「それで、いつ仕事に戻ってくるんだい？」クリスが聞いた。

「さあ、金曜かな？」

「へえ？」

レベッカはそれ以上、約束めいたことを言いたくなくて黙っていた。数秒後、ふいにクリスが忍び笑いをした。

「ゲリーが言うぞ、きみがまだ契約書に署名してなくて助かったって」

「どういう意味？」

「ゲリーが言ったんだよ、名前を変えて、別の人間に渡すことだってできるって。ほら、もしきみが帰ってこなかったら」

「なんですって?」

声が思った以上に大きくなってしまい、まだ道路の向こう側にひそんでいたキツネが停まっている車の後ろに逃げこんだ。

「ほんの冗談だろ」クリスがあわてて言った。「ちょっとした嫌味だよ」

「だったら、ゲリーに言っといて……」レベッカはそう言いかけて、車どめポールの上に座り直した。そして、腹が立っていたので、何を言うつもりかわからないまま続けた。「ゲリーに言っといて……わたしは辞めるって」

「いや、ちょっと待てよ。そんなむきに――」

レベッカは携帯電話の画面を指でつついて通話を終わらせ、「ふんっ」と言った。とげとげしい響きになればいいと願いながら。だが、レベッカはだいぶ傷ついていた。〈サドワース&ロウ〉で約三年も非正規雇用で働いてきたというのに、レベッカの休暇をネタに冗談を言い、正社員の雇用契約は別の人間と結ぼうかと口にするまでにたった三日しかかからないとは。

それが自分にとってそんなに大切だったのなら、なぜとっくに署名してしまわなかったの?

レベッカは心のなかでその問いを振り払った。あの契約書を渡されてから、さほど長い時間が経ったわけではない。オンライン上であの契約書をもらった日付を確認してみようと思い立ち、自分宛てのメールを探しはじめたが、文字がぼやけていた。わたしったら、あの変なカクテルをいったい何杯飲んだの? ともかく、親指で画面をどんどん上にスクロールしていきながら、契約書を渡されてからかなりの日数が経っていることを認めざるを得なかった。

携帯電話が振動し、自動的に更新された受信箱を見て、レベッカは驚きに目を見張った。最新のメッセージを送ってきたのが、リリアン・チェイスだったからだ。レベッカはこれまで一度も祖母からメールをもらったことがなかった。

最愛のベッカへ

あなたとこのあいだ話したことについて、よくよく考えてみました。いままでお父さんの本を渡さずにいたこと、心から申しわけなく思っています。週末に村に来るそうですね。もしあの物語を読んだのなら、そのとき、ふたりでちゃんと話をしませんか？

たっぷりの愛をこめて
おばあちゃんより、キスとハグを

レベッカはこのメールを読むのに一分近くもかかった。携帯電話の画面が自然と二重になっていくようで、わざわざ片目をつぶって文字がぼやけないようにしなければならなかった。とはいえ、このメールをタブレットで入力した祖母は、それよりもはるかに長い時間がかかったことだろう。祖母はなぜメールをくれたのだろう？　良心の呵責(かしゃく)を軽くするため？　それに、わたしが『七つのお話』を読んだか読んでいないかが、なぜそんなに気になるの？

このメールをもらって、ほっとするべきなのだろう。祖母はわたしに答えを教えてくれようとしているのだから。けれど、なぜか気が重かった罪悪感や困惑がよみがえり、まるで潜水夫がベルトにつける重しのようにレベッカの心を沈ませた。もう少しゆっくりことにあたればよかった。こうした状況になるまで待つべきだったのだ。もう何年も娘のことなど気にかけず、おそらくもう死んでいるであろう男のために、母親に隠れてこそこそと国内を行ったり来たりして、自分の仕事を失う危険をおかすのではなく。わたしがいるべき場所は、ロンドンでも、オイル缶からカクテルが注がれるバーでもない。着ている服さえ借り物だ。家に帰りたかった。フライドポテトが食べたいし、家に帰りたかった。

立ち上がると、地平線が傾き、靴の下で地面がぐにゃりとした。店内に入ると、音楽がずしんずしんと響いており、金属製品のにおいがビールや香水や人いきれと混じり合ってむせ返るようだった。レベッカは人とぶつかりながらジャケットをかけておいた席へ向かい、山になったブレザーやカーディガンの下から自分のを引っ張り出した。友だちと顔を合わせるのが気まずくて——酔っ払った姿を見られたら、エイミーに笑われるだろう——彼らをエアホッケー台のところに残したまま、ひとりでフラットに戻ることにした。たぶん、どの地下鉄に乗ればいいか思い出せるだろう。

ドアまであと少しというところで、エリスを見かけた。彼はバーの向こう側にいて、同じタイミングでこちらに気づいたようだった。というのも、ふたりとも同時に動きを止めたからだ。レベッカの胸が、用心深くパンケーキを引っくり返すときのようにかすかに浮ついたが、気づかれないうちに抜け出していればと悔やまれた。いまはからかわれたり挑発されたりすることに耐えられそうもない。疲れてしまって、話をする気力も何かを考える気力も残っていなかった。

エリスはドアとレベッカが右腕にかけたジャケットに目をやり、彼女のほうへ向かってきた。その足もとはかすかにふらついており、表情はいつになく真剣だ。怒っているのだろうか？　レベッカはさっきエリスと何を話したか思い出そうとしたが、ぼんやりしていてよく思い出せない。挨拶もせずに帰ろうとしていたことをなんと言いわけしようか考えた。息を吸いこんでしゃべろうとしたものの、もうエリスは目の前にいた。というより、かなり近づきすぎていた。そして、何が起ころうとしているのか察するよりも早く、エリスが手を伸ばしてレベッカの顎を持ち上げ、そのまま自分の顔へ近づけた。

レベッカは小さく驚きの声をあげてその場に凍りついた。彼の自信に満ちた態度とキスの両方に同じくらいびっくりして。まず思ったのが、エリスはカクテルの味がするということで、次に思ったのが、自分もそうに違いないということだった。またしても頭がくらくらして、レベッカは目を閉じた。上半身だけが急降下し、それ以外の部分とは別物のような、まるで遊園地の乗り物に乗っているような感じがした。

あまりにもあっけなく、エリスはレベッカを離した。レベッカはたったいまエリスがしたことを信じられず、彼をじっと見上げた。彼が笑い出し、冗談だよとごまかそうとするのではないかと思ったのだ。けれど、彼は先ほどと同じ決然とした表情を浮かべており、いまはそこに期待らしきものが加わっていた。質問をひとつしたあとのように。

自分の答えはわかっていた。けれど、期待されていることが楽しくて、わくわくしたレベッカは、ジャケットをいちばん近くの椅子のほうへゆっくり放ると、それが椅子まで届いたのか床に落ちたのかは気にせず、人さし指を彼のサスペンダーにからませた。そして、試すようにそのサスペンダーを引っ張ると、エリスが一歩前に出たので、もう一度サスペンダーを引っ張りながら、エリスを引き寄せて危なっかしい足取りでドアから離れた。彼はレベッカの両手に目をやり、両方の眉(まゆ)をかすかに持ち上げて、これから何が起こるのだろうと控えめに興味を示していたが、もはや無関心を装うことはできないようだった。レベッカの指の関節にあたっているエリスの胸は激しく上下し、シャツ越しに彼の肌のほてりが感じられた。

レベッカはもっとうす暗い、人目につきにくい片隅へエリスを連れていくと、両方の手のひらを彼の肩にかけて、顔を上げ、もう一度キスされるのを待った。エリスはすぐに応じた。無我夢中で不器用に抱き合うと、互いの膝がぶつかった。レベッカはエリスの首にしがみつき、エリスはレベッカの腰や髪へと手をはわせた。エリスは温かくて気持ちがよく、レベッカは彼をいっそう強く抱きしめながら、その唇に吐息をもらした。体が目もくらむような欲望ではちきれそうだったが、頭はすっかり冴えていた。

11 エージェント

「先におひとりでお入りになりますか？」

レベッカは指で押し出していたシリアルバーからぼんやりと顔を上げた。〈G＆Bタレント〉の美しい金髪の受付係が受話器を戻しながら、視線を向けてきた。

「すみません、いまなんと？」

「同僚の方は少し遅れるそうです」受付係はそう言って、デスクの上部にかかっている文字盤のないグレーの時計を顎で示した。それはどうやら十時十五分をさしているようだった。「ですが、こちらはもう準備が整っておりますので、よろしければ先にお入りになりますか？」

レベッカは入りたくなかった。できることならペーパークリップの大きさになり、このふかふかの椅子のクッションのあいだにもぐりこんで、頭がガンガンするのがおさまるまで、その暗く静かな内部に身をひそめていたかった。だが、口をつけていないシリアルバーをバッグのなかに――あとで悲惨なことになるのを承知で――戻して言った。「そうですね、ありがとうございます」

受付係は短い廊下の先を指さした。「右側のひとつめの部屋です。同僚の方もお着き次第ご案内しますので」

「ありがとう」レベッカはもう一度そう言い、うめき声を漏らさないように気をつけながら立ち上がった。「でも、今朝はわたしだけになるかもしれません……」

エリスが現れないのはあまり意外ではなかった。なにしろ、もう記事は完成しているのだ。むしろ、姿を現さないでくれてほっとしているくらいだ。〈G&Bタレント〉の廊下を重い足取りで歩いていくと、昨夜のできごとが浮かんできて、身の縮む思いがした。あのとき、わたしは彼の膝の上に座った？　わたしったら、いったいどうしてしまったの？　わたしたちふたりとも、どうしてしまったのだろう？　十代のカップルみたいにあんな店の隅で互いにべたべた触れ合ったりして。

エイミーが探しにきてくれて、本当によかった。そうでなければ、いったいどこでどんなふうに残りの夜をすごしていたことか。胃のむかつきや恥ずかしさに苛まれながらも、エリスとともにあのまま突っ走っていたら解消されていたかもしれない渇望が、レベッカのなかに残ってはいた。少なくとも、もし自分が彼の隣で目覚めていたら、彼をこのインタビューに連れてくることはできたかもしれない。

〈プリヤ・ジョージ、タレントエージェント〉と書かれた真鍮の銘板をしばらく見つめていたことに気づき、レベッカは逃げ出したい衝動とたたかいながら目の前のドアをノックした。こんなにひどい頭痛を抱えて、自分だけでいったいどうしよう？

「どうぞ入って！」

ドアをあけると、オフィスは小さくて白と黒が基調になっていた。デスク、ファイル用キャビネット、レザーチェアは黒で、床、壁、積み上げられた台本は真っ白。壁に不気味な家系図のように無数の顔写真が並んでいなかったら、窮屈な独身寮のように見えたかもしれない。真面目くさった顔つきの俳優たちを思わず見渡したが、見知った顔はいちだんと大きな額入りのほんのひと握りにすぎなかった。

デスクの向こう側には五十代後半と思われる魅力的な女性が座っていた。とはいえ、しっかり化粧の施された目のまわりの肌のなめらかさからして、この人はすぐれた遺伝子、またはすぐれた美容外科医に恵まれているのだろうと思わずにはいられなかった。黒っぽいゆったりとした服に、つくりこまれた無造作風のヘアスタイル、そして首もとや手首をこれでもかというほどゴールドジュエリーで飾った彼女は、華やかなオーラとムスクのような香水のかおりを漂わせていた。

「ようこそ、ようこそ」彼女はハスキーな声でそう言いながら、女王のような物腰でレベッカを手招きした。「プリヤ・ジョージよ」

「レベッカ・チェイスです。お時間いただき、ありがとうございます」

「あら、そんな。いいのよ」

椅子に座ったままプリヤは片手をさし出し、レベッカの指先をさっと握ると、デスク前のふたつの空いた椅子のほうへうなずいた。レベッカはありがたく左側の椅子に腰を下ろした。少し歩いただけで、また吐き気をもよおしていたのだ。

「お客さまはふたりだと思っていたんだけど」プリヤは言った。「わたしにメールをくれた男性は？」

「ええと」レベッカはそう言いながら、なんと説明しようか迷っていた。「その、彼はいま――」

ドアをノックする音がした。

「どうぞ！」

「――ここに」レベッカはそう言いながら、サイクルヘルメットのストラップ部分を持ったエリスが猫背で部屋に入ってきたことに驚いていた。

「すみません、自転車を置ける場所が見つからなくて」エリスはプリヤに向かって低い声で言った。「〈サイドスクープ〉のエリス・ベイリーです」

「プリヤ・ジョージよ。心配しないで、たったいま始めたばかりだから」

プリヤはレベッカよりもエリスに興味を持った様子だった。というのも、エリスと握手するために椅子から数センチ立ち上がったし、彼が空いていた椅子に座ってバッグのなかをかきまわすのを熱心に見つめていたからだ。レベッカもエリスがメモ帳と携帯電話を取り出すのを横目で眺めながら、彼の動作が緩慢でひげを剃っていないことに気づいた。そして、彼がプリヤのデスクの下で両脚を伸ばしたのを見て、レベッカは思わず顔をしかめた。なんと自分はあの膝の上に座ったのだ。

「これだけ集まっていると壮観ですね」エリスはがさついた声でプリヤに言いながら、手に持ったペンをゆるりと振って壁に並んでいる顔写真を示した。「どなたがお気に入りなんですか?」

「あら、お気に入りなんていないわよ!」

「大丈夫ですよ、だれにも言いませんから……」

プリヤはくすくす笑うと、最新のクライアントひとりひとりの名前をあげ、エピソードをまじえながら紹介しはじめた。プリヤが話しているとき、エリスにペンで腕をつつかれたレベッカは、彼がここにいることをまだ不思議に思いながら、無理やり彼と目を合わせた。エリスは笑顔というよりもしかめっ面に近い表情をちらりと彼女に向けた。数時間前に密着させていた体を離したときには、そんな顔はしていなかったのにと不満に思いながら、レベッカは顔をそむけた。こんなことなら、このインタビューは自分だけのほうがよかったかもしれない。

プリヤはふたりの来客のあいだの張りつめた空気には気づいていないようだったが、どちらも上の空であることは察したようだった。マニキュアを塗った指の爪でデスクをとんとんと叩くと、これから豪華な食事を始めようとするかのような口調で言った。「さてと、レオ・サンプソンよね」

レベッカは父親の名前を聞いてびくっとしそうになった。ほかでもない、〈ピットストップ〉でのできごとのせいで、ここ二週間で初めて父親のことが念頭から消えており、エリスに会うことばかり頭にあったため、今朝〈G&Bタレント〉まで重い体を引きずってやってきた真の理由についてろくに考えていなかったのだ。このインタビューでどういうアプローチをするか、エリスと事前に相談していなかった。わたしはまだ〈サイドスクープ〉の見習いのふりをして、この場は彼に任せるべきだろうか？　それはリチャード・ロウリーに対しては有効な作戦だったが、今朝のインタビューにおいても自分は戦力外なのだろうか？

ふたりの沈黙に動じる様子もないプリヤが、考えこむように言った。「ずいぶん長いあいだ、彼のことは考えたこともなかったわ。あなたからメールをもらうまで、彼のことを最後に思い浮かべたのがいつだったかも思い出せないくらい。ところで、あなたたちはふたりとも記者なの？」

「じつは、わたしはレオの娘なんです」

そのとたん、プリヤが驚きの表情を浮かべた。「本当に？　まあ、なんてこと！」

プリヤは自分が驚いたことに楽しくなってしまったようだった。真実を告げたのは正しい選択だった。この女性はゴシップが大好きなタイプだ。

「あなた、チェイスと言ったわよね？」プリヤが続けて言った。

「母の姓なんです。わたしが父に似ていないことは知っていますが――」

「あら、そんなことないわ。似てるわよ」デスク越しにレベッカをじっと見つめながらプリヤが言った。「ほら、彼は人の心をとらえて離さない、とても強いまなざしの持ち主だったでしょう。あなたもそうだわ」プリヤは長い爪の先をレベッカの顔に向けて振ってから、エリスに話しかけた。「あなたもそう思わない？」

「えっと――」あくびの途中だったエリスは当惑しているようだった。「――はい？」

「レオの娘さんとは、なんてこと！」プリヤはまたそう言うと、楽しそうに含み笑いをもらした。

「ちょっと待ってて……」

プリヤは回転椅子に座ったままくるりと向きを変え、立ち上がってファイル用キャビネットの中段の引き出しをあけた。

「全員分を取ってあるわけじゃないのよ」プリヤは引き出しのなかを探しながら、そう言った。

「でも、どうにも心に残る人たちというのがいて。あっ、あったわ！」

プリヤは色あせたファイルからＡ４サイズの写真を引き出すと、それをデスク越しにレベッカに渡してよこした。指先で注意深くそれを受け取ったレベッカは、その写真の父親の雰囲気が、ここ一、二週間に見たほかの写真とは異なっていることに気づいた。それは白黒の顔写真で、父親はまっすぐにカメラを見つめていた。顔の白さと整えてある髪の黒さのおかげで引き立っている目はすばらしく印象的で、やや悲しげだった。そのとき、ふと、レベッカはプリヤが言ったことに合点（がてん）がいった。この写真の父親とレベッカはどこか似ている。

「ハンサムでしょう？」レベッカの手からその写真をひょいと取って、プリヤが言った。「もちろん、いわゆる正統的な美男子ではないわ。鼻はちょっと大きすぎるし、いま見ると少し曲がっているわね……だけど、生身の彼を前にすると、そんなことは気にならないの」

プリヤは立って写真を持ったまま腕を伸ばし、美術館で鑑賞中の作品が好みなのか、そうでないのか、わからずにいるように頭を左右に傾けた。

エリスが身を乗り出した。「あの、ジョージさん――」

「プリヤと呼んで！」

「レオについていくつか質問をさせてもらえますか？　ぼくはメールでご説明した記事のために彼のキャリアの概要をまとめようとしていまして、それで――」

「なぜ彼に直接、聞かないの？」

エリスが無言のままレベッカを見つめ、真実を告げていいかという許可を求めてきた。すでに公開されている記事を口実にしたことに引っかかりを感じつつも、レベッカはどうぞとばかりに肩をすくめた。

「それは彼の居所がわからないからです。もう何年も彼の姿を見かけた者はいないようなんです、レベッカも含めて」

「本当？」目を囲んでいる黒々としたアイラインが大きく広がり、プリヤはようやく写真から視線をはずした。「聞けば聞くほど不思議な話ね！」プリヤが回転椅子にまた腰を下ろすと、彼女のゆったりとした黒っぽい服がふわりと揺れた。「わたしたちにはコーヒーがいるわね、そうじゃない？」

エリスはほっとした口調でブラックコーヒーを頼み、話が中断されたことにいらだっていたレベッカは水を頼んだ。その朝早く、にやにやしているエイミーから無理やり飲まされたコーヒーのせいで、レベッカはいまだに両手の震えが止まらずにいたのだ。

プリヤが電話で飲み物を――ビスケットについてのかなり具体的な指示とともに――頼んでいるあいだ、レベッカは壁に飾られた顔写真を見つめ、プリヤのクライアントのなかに知っている顔はあるだろうかと考えることでいらだちを抑えようとした。そして、エイミーとティムが気に入っている法廷ドラマに出ていたと思われるいかつい顔の女優を見つめていたとき、目の端に入った一枚のポートレート写真に気づいてぎくりとした。〈黄金の扉〉のみなしごだ。

いや、もちろん、違う。何回かまばたきをして、もう一度その写真を見つめると、そこに写っていたのは突き出た大きな耳と間隔のあいた黒い目の若者だった。主演俳優というよりは、性格俳優と呼ばれるタイプだ。レベッカは顔をしかめた。こんなふうにおとぎ話のことばかり考えるのをやめなくては。ここ、このオフィス、この現実世界に、あの捨て子がいるわけがない。たぶん自分はまだ少し酔っているのだろう。

「さてと、それで」プリヤは受話器を置き、人さし指にそのコードをからませながら言った。「何を知りたいの？」

エリスはそう言われて考えこんでいるようだった。もしかすると、プリヤがこれほど話す気満々だとは思っていなかったのかもしれない。「あなたはどんなふうにレオと知り合ったんですか？」

エリスはおもむろに口を開いた。

「ああ、とあるパーティーでよ。でも、だれのパーティーかとか、場所はどこだったかとかは聞かないで。答えられないから」

「いつだったかはお尋ねしていいですか？」

「八六年だったかしら？　だいたいそれくらいだと思うわ。なにしろ、マリーとわたしが――そのマリー・バウマンというのが〈G＆B〉のBなんだけど――この事務所を始めたばかりで、鵜の目鷹の目でクライアントを探していたころだったから。それを知ったレオが、なんとかわたしの気を引こうとしたのよ。彼、あなたのお父さんは、そうしようと思えばとびきりすてきになれたわ」プリヤのその言葉は、レベッカにとってとくに意外ではなかった。

「あなたと会う前のレオが何をしていたかはご存じですか？」いまのところ、自分がこのインタビューのリード役だと考えているらしいエリスが聞いた。

「よく知らないわ。彼とそんな話をしたことがあったかどうかさえわからない」

レベッカは〈世界の果てへの航海〉を思い浮かべながら聞いた。「父が旅の話をしていたことはありましたか？」

エリスはプリヤ以上にこの質問に困惑した顔をしていたが、彼女は口をすぼめてこの質問について考えこんだ。「あったかも。スコットランドを旅してまわったとか、そんな話を聞いた気がする。でも、レオはけっして過去について多くを語ろうとせず、いつも未来や次の役のことを考えていたわ。わたしは彼のそういうところに感心していたの。少なくとも、最初のうちはね。役者ってたいていはとても怠け者だから」

明らかに話題を元に戻そうとして、エリスが言った。「レオがあなたの気を引こうとしたというそのパーティーについて、もっと詳しく教えてください」

「ああ、そうね」プリヤはにっこりした。「彼は何がなんでも、芝居をしている自分をわたしに見せようとしたわ。つまりね、自分が出ている最新の舞台にわたしを招待したの。ほら、よくあるちょっとした素人芝居よ。そして、それを見にいくと約束するまで、わたしから目を離そうとしなかった！　おそらくそれが、わたしと会う前の彼がやっていたことでしょうね」プリヤはさっきより物思いにふけるような調子でつけ加えた。「人から注目されようとしていたのよ」

「その舞台はどうでしたか？」エリスが聞いた。

「あら、ひどかったわよ」プリヤは楽しげに答えた。「あの手の芝居はいつだってそうよ。だけど、レオはよかった。かなりよかったわ。彼には演劇学校だとかそういったところでは教えることのできない輝きがあった。実際、だから、彼のエージェントを引き受けることにしたの。リスクがあることはわかっていたけど、さっきも言ったように、この会社を始めたばかりのころだったから、選り好みをしている余裕はなかったのよ」

「彼のどんなところがリスクだったんですか？」メモを取りながら、エリスが尋ねた。

「最初からアラがあることがわかっていたと言うべきかしら。みんながみんな彼の代理人を引き受けたがるわけではないとわかっていたの。ただ、自分があれほど彼に手こずるとは思っていなかったわ」

「どういう意味ですか？」

プリヤは回転椅子を何回か左右に振った。「まるでふたりのレオがいるみたいだった……」彼女はゆっくりと続けた。「片方は才能やカリスマ性があって、いとも簡単に仕事を手に入れることができたし、その魅力で会う人みんなのパンツを脱がすこともできた――ま、文字どおりの意味でね」そこでプリヤは眉を吊り上げ、それを見たレベッカはまた胃のなかがむかむかしてきた。「そういうレオと仕事をするのは楽しかったわ。だけど、もうひとりのレオは気難しくて、信頼できないの。遅刻はしょっちゅうだし、まったく姿を現さないこともある。それに、仕事の最中にふらりといなくなってしまうこともあって、それがどういう理由によるものかもさっぱりわからない。問題は、そのときになるまでどちらのレオを相手にすることになるのか予測がつかないってこと。だから電話を受けたとき、彼への称賛の言葉を聞くことになるのか、彼がしでかしたミスをなんとか取りつくろう羽目になるのかわからないのよ。実際、彼はとんでもなく手がかかったわ」

「彼はどうしてそんなふうだったんだと思いますか？」エリスはそう尋ね、レベッカは妙な質問をするものだと思った。パトリシアの話が信用に足るものだとすれば、レオは昔からずっと手に負えないほど気分屋だったのだから。

「見当もつかない！」プリヤは片手を振ってエリスの問いを退けた。「だけど、そういう性格は役者のライフスタイルには向いていないのよ——向いていると思うかもしれないけど」客たちの表情を見て、プリヤはそうつけ加えた。「役者ってのはおかしな稼業でね、公演や撮影の真っ最中でたえず忙しく人々に囲まれているか、家で次の仕事を待ちながら、ぼんやりとひとりきりですごすかのどちらかしかないの。そして、それはレオのような人には向いていなかったのよ」

「オフのときのことをおっしゃっているんですか？」レベッカは聞いた。

「そうよ。彼は何もしないでいることに耐えられなかったから、いつもわたしに次の役を手に入れてくれとうるさくせがんでいたわ。でも、仕事がつまっているときでも彼には問題があった。仕事、とりわけ演じているキャラクターに呑みこまれてしまうところがあってね」プリヤはいまもまだデスクの中央に置かれたままのレオの写真の角を、指でとんとんと叩いた。「もちろん、彼はそれがみんな作りものだということはわかっていたわ。だけど、わたしはよく冗談を言ったものよ。あなたはそれを現実だと思ってるんじゃないのって」

レオは密航者の物語に取りつかれるようになっていたというリチャード・ロウリーの話を思い出し、レベッカはプリヤにその件についてもっと詳しく話してほしいと思ったが、エリスが口をはさんだ。「レオとそういう彼の態度について話したことはありますか？」

「あら、たとえそんなことをしたとしても無駄だったはずよ！」プリヤはそう言って笑った。「彼はわざとそんなふるまいをしていたわけじゃない。あれが彼だったとしか言いようがないの。事実、それが彼の魅力の一部でもあったわ。それに、さっきも言ったけど、彼はとてもすてきな人だったから、彼に対していつまでも不機嫌でいつづけることは難しくて……。いま思えば、メロドラマとかの定期的な仕事をやらせて、いつも忙しくさせておけばよかったのかもしれないけれど」プリヤはそう言って考えこんでいたが、やがてかぶりを振った。「ううん、彼が大勢の出演者たちとうまくやれたとは思えない。レオは主役タイプで、だれもがそれを知っていたの。とくに彼自身が」

「では、彼は一貫して舞台の仕事をしていたんですか？」エリスが聞いた。「というのも、ぼくがこれまでに読んだ記事によれば、八〇年代の彼はテレビの仕事をほとんどしていなかったようなので」

「ええ。それが彼のもうひとつの問題だったわ」プリヤが言った。「彼はものすごく舞台にこだわっていてね。たいていはその逆なのよ。俳優たちはなんとかしてテレビや映画に出ようとするの。でも、彼にはかろうじて二、三の広告出演を承諾させるのが精いっぱいだった。彼は観客を愛していたのよ。生のお芝居のスリル、あの雰囲気、その場の反応が生きがいだったのね。だから、のちのち彼が〈密航者〉に出演しているのを見て、少しばかり気分を害さなかったと言ったら嘘になるわ……」

プリヤはその話題についてもっと語りたそうだったが、ちょうどそのとき、受付係がトレーを持ってオフィスに入ってきた。すぐさま〈密航者〉は忘れられ、プリヤは高価そうなビスケットがのった皿に手を伸ばし、エリスは湯気を立てているコーヒーを飲みはじめた。レベッカはおそるおそるビスケットを一個かじってみたが、それがレモンとラベンダーのショートブレッドだとわかったとたんにやめた。その香りにまた胃がむかむかしてきたのだ。

受付係が出ていってしまうと、エリスは胸の前でコーヒーカップを抱え、自分のメモ帳を見直した。「先ほど、レオには手がかかったとおっしゃいましたが、あなたにとって彼はずっとそんなふうだったんですか？」

「ほぼそうだったわ」

ふと思いついて、レベッカは尋ねた。「父は薬物をやっていたと思いますか？」

「あら、そうよ、当然でしょ」プリヤはふたつめのショートブレッドをコーヒーにつける途中で手を止め、レベッカのぎょっとした顔を見て笑った。「悪い意味じゃないのよ。当時は八〇年代だもの、みんな何かやってたわ！　いまだって、やってる人はけっこういて……」プリヤは具体的な名前をあげたがっているように見えた。「レオはちょっと手を出していた程度よ。だれもがやっていたわ」

これに驚いたレベッカはエリスを見たが、彼はプリヤにじっと視線を向けていた。「あなたが最後にレオに会ったのはいつですか？」エリスが聞いた。

「彼が〈ピーター・パン〉に出ていたときだから……」

「八九年ですね」その記事を二日前に読んでいたレベッカが言った。

「そうだと思う」プリヤはそこでコーヒーをひと口飲んだ。「確か、いまぐらいの季節だったはずよ。〈サークル〉が夏休み中の人たちを呼び集めようとしていたから。馬鹿げた考えよね。〈ピーター・パン〉がクリスマスのお話だってことはみんな知っているのに」

「父はフック船長とダーリング氏を演じたんですよね？」レベッカは先週よりもずっといろいろなことを知っているのだとエリスに見せつけたくて言った。

「そういう慣例なのよ」プリヤが言った。「実際、彼ならあの公演で大活躍するだろうとわたしが思ったのは、その一人二役が理由でもあったの。そして、わたしの読みは正しかったわ。舞台上の彼はすばらしかった。言うまでもなく、レオは海賊に扮して足音高く歩きまわるのが得意なタイプなんだけど、じつはあまり報われない役だとされているダーリング氏で大絶賛されたの。ダーリング氏の一方的で卑怯な性格を、フック船長に引けを取らない悪者として演じていてね、それはもう見事だったわ」

ハックスリー・ハウスへの訪問と〈収集家と水の精〉双方から浮かび上がったレオの父親を思い出して、レベッカはこの話に興味をそそられた。だが、またしてもエリスはせっかちに次の質問に移った。「じゃあ、舞台の外で何があったんでしょう？」彼はたたみかけた。

「あら、いつもどおりのことよ。遅刻する、感情的になる、合図を見落とす、台詞を忘れる――その場で勝手に思いついた台詞を言うこともあったわ。だけど〈ピーター・パン〉のような有名なお話でそんなことをやったら、バレるに決まってるじゃない。ただ、いつもどおりではあったけれど、この公演のときの彼はいつも以上に気難しくてね。それまでで最悪だったわ。あとで考えたんだけど、彼は自分にふさわしくない役を演じているとでも思っていたのかしら……」

このところ〈密航者〉をかなり見ていたレベッカは、その言葉に納得してうなずいた。

「では、彼はクビになったんですか？」エリスが言った。

「クビ？」プリヤは戸惑ったような顔をした。「いいえ、そんなことないわ。なぜそう思ったの？」

「あなたと彼が別々の道を行くことになったのは、そのころだったとおっしゃいませんでしたか？彼が『それまでで最悪だった』から、きっと……」

「わたしたちが別々の道を行くことになったのは、あの女のせいよ」プリヤがエリスの言葉をさえぎり、ふいに悪意をこめて言った。「あの忌々しい女と出会ってから、彼はお芝居にも劇場にも興味を失ってしまったの」

「あの女とは？」エリスが尋ねた。

「名前なんか覚えてないわ。実際に会ったことはないから。なんか気取った名前よ――ジョセリンとか？」

「ロザリンです」レベッカが静かな声で言った。

レオが舞台を去ったのにはロザリンが関係していたのではないかと思っていたレベッカだったが、それでも母親が引き合いに出されるのは意外な気がした。母親がこの話の一部だとは思えなかったのだ。

「そう、それ。ロズよ……」プリヤはさげすむように、その名前を発音した。「ロズがどうしたとか、ロズがこうしたとか――あら！」なぜレベッカがその名前を知っていたかにふいに気づくと、プリヤは嫌味な笑みを押し殺した。

エリスがすかさず場をとりなした。「ふたりはどうやって知り合ったんですか？」

「芝居よ」プリヤはまたぞんざいに手を振った。その質問を聞いたレベッカが少し背筋を伸ばして座り直したことには気づかずに。「彼女は姪たちだったか甥たちだったかを連れてきていて、サインをもらおうと楽屋口で待っていたの。彼女とレオは出会ったとたん恋に落ちたわ。というか、あとで彼からそう何度も聞かされたの。まあ、彼はいつだって物事を大げさに言う癖があったんだけど」プリヤはそこで鼻を鳴らした。

〝甥たち〟という言葉を聞いて、レベッカは双子を連想したが、ロザリンはモートンといまは離婚している妻とのあいだの子ビーとオリバーのベビーシッターをしていたのだろうと気づいた。真面目くさった年上のいとこたちが、たとえ子どものころにせよフック船長のサインをほしがるさまを思い描くのは難しかったが、それを言うなら〈ピーター・パン〉の公演で恋に落ちる母親の姿などとても想像できなかった。

「ぼくはまだよく理解できないんです。レオとロザリンの出会いがなぜあなたたちの仕事上の関係を終わらせることになったのか」エリスが言った。

「それはレオが彼女と駆け落ちしたかったから」プリヤはまるでそれが自明のことであるように言った。「彼はその舞台、つまり〈サークル〉での公演から抜けて、ドーセットだかどこだかに姿を消したかったの。それでわたしの忍耐もつきたってわけ。それまで身を粉にして彼につくして、俳優として最大の役を手に入れてやったと思ったら、彼はそれを投げ捨てようとしたのよ。それもどこの――」プリヤはレベッカの前であることでかろうじて踏みとどまった。「――どこのだれともわからない、会ったばかりの女性のために！」

「でも、あなたは彼を引き止めなかったんですか？」エリスが言った。

「そうするしかなかったのよ、そうでしょう？」プリヤの口調は不思議と言いわけめいていた。「あんなふうに公演の途中で仕事を放り出したら、もうこの業界の人はだれも彼のことを真面目に扱ってくれないわ。少なくとも、わたしはそう思ったの。だから、レオが〈密航者〉のあの役をどうやってつかんだのか、いくら考えてもさっぱりわからない。きっと何かコネがあったんでしょう」

プリヤの話があちこち脱線することに不満を募らせていたレベッカは、こう尋ねた。「あなたが父を見限ったとき、父はどんな反応でしたか？」

「そうね……」プリヤの指先が最後のショートブレッドへそっと伸びていった。「あいにく、わたしたちはちょっとした仲たがいをしてね。いえ、かなりの仲たがいだったわ。その醜い詳細を語るつもりはないけれど、わたしははっきり言ってやったの。あんたは軽率だし、自分勝手だし、これまであんたがやってきたこと、わたしたちがやってきたことすべてを投げ出すなんて大馬鹿者だって」

「そんな状態では、ことがうまく運ぶはずないですからね」エリスがさらりとそう応じるのを聞いて、レベッカは彼がパトリシアに対してと同様、プリヤにも味方するふりをしているという印象を受けた。

「ええ、うまく行きっこないわ」プリヤは言った。「だけど、その当時、彼は最高に馬鹿げた考えを持つようになっていたの。なんと、わたしは彼のことを理解していないし、けっして彼の言葉に耳を傾けないし、彼が苦しんでいるのに気づかなかったって……」プリヤはあきれはてた口調で言った。芝居がかったティーンエイジャーの話をしているように。「レオは彼女が自分を救ってくれるんだと繰り返し言っていたわ——まるでひどく苦しい思いをしていたみたいに！　まったく、ああいう俳優たちが話すことを聞いていると、鉱山のなかで無理やり働かされていたのかと思ってしまいそうよ！」

「そして、それっきりになったわけですか？」エリスが言った。

「そう、それっきり彼は去っていったわ！」プリヤが持っていたビスケットの残りを空中で振ったので、デスクの上にかすが散らばった。「ある友人から聞いたところによると、彼とロズはその一、二か月後に結婚したそうよ。信じられる？　わたしはとても信じられなかったわ。彼はとても若くて、まだ結婚するような年じゃなかったもの」そのあと、無関心を装いつつも隠しきれずにレベッカに話しかけた。「でも、ふたりの結婚生活はうまくいかなかったんでしょう？」

「ええ、あまりうまくいきませんでした」

「ほら、やっぱり」うれしそうな顔でプリヤは言った。「そうだと思ったわ」

うんざりした顔をしないために、レベッカは自制心を総動員しなければならなかった。

「彼と連絡を取り合ってはいらっしゃらないんでしょうね？」エリスが言った。

「取ってないわ……」プリヤの表情が残念そうに変わった。「ときどき、彼をあんなふうに立ち去らせてしまったことを後悔したわ。これで彼の役者としてのキャリアもおしまいだと思っていたのでね。だから、彼が〈密航者〉に登場したとき、そして、あの番組があんなにヒットしたときには、どんなに驚いたことか！　それに、少し傷つきもしたわ。なにしろ、わたしは最初からずっと彼にテレビ出演を勧めていたんだもの……おそらく、彼がついに宗旨がえをする気になったのはお金のためだったんじゃないかしら。役者というのは、えてしてそうだから」プリヤは作り笑いを浮かべた。「ひょっとしたら、彼は養育費を払わなければならなかったのかも！」

レベッカはこの発言に気分を害しても不思議はなかったのだが〈魔女とスフィンクス〉のマスクをつけた主人公が何度も魔法の小瓶を取りに砂漠を旅させられたことを考えると、プリヤの仮説にはかなりの真実味があった。

「では、あなたはその後、二度と彼と連絡を取り合うことはなかったんですか？」エリスがしつこく尋ねた。「クリスマスカードやメールなども……？」

プリヤはかぶりを振った。「それぐらいしたって罰はあたらないわよね？　あんなに世話をしたんだから！　考えてみれば、わたしがいなければ〈密航者〉だって存在していなかったはずよ。少なくとも、彼にとっては」またしてもかすかな悪意がプリヤの顔をよぎった。「でも、ほら、彼はあの番組をクビになったという噂があるでしょ、わたしはそれが絶対に真実だと思う。新聞には彼が自分から役を降りたように書かれていたけど、その後はいっさいどこにも出ていないじゃない？」

もっと前なら話を合わせ、先週リチャード・ロウリーから聞いた話を明かしていたかもしれなかったが、レベッカのプリヤに対する嫌悪感は増すばかりだった。母親がこきおろされるのを聞いてからは、とくに。

エリスが新たな質問を口にしかけたが、オフィスの電話の呼び出し音にさえぎられた。受付係との短いやりとりのあと、プリヤは言った。「申しわけないけど、もう時間切れよ。クライアントが待っているの。ああ、つまらない！」プリヤは子どものように下唇をとがらせた。どうやら彼女は楽しいときをすごしたらしい。

エリスはいささか失礼なほどさっさとメモ帳を閉じると椅子から立ち上がった。だが、レベッカは座ったままでいた。

「あなたが父と長いあいだ話をしていないことはわかりました」レベッカは言った。「つまり、父がいまどこにいるかご存じないんですね？」

「あいにくだけど、知らないわ」そう言ったプリヤはつかのま心の底から気の毒がっているように見えた。

「では、だれか父が最近、連絡をしていそうな人をご存じないですか？　先ほど共通のご友人のことをおっしゃっていましたが……」

けれど、プリヤは首を横に振った。「ごめんなさいね、もっと何か知っていればよかったんだけど——ええ、本気で言ってるのよ」エリスとレベッカが驚いた顔をしているのを見て、プリヤはつけ加えた。「彼と再会したら楽しいかもしれないし、このあたりを活気づけてくれることは間違いないわ」

プリヤは漫画の四角い吹き出しのように頭上に浮かんでいる顔写真を眺め、先ほどよりもつまらなそうにクライアントたちを見つめた。レベッカとエリスはその隙に礼を言ってドアのほうへ進みかけたが、プリヤに手招きされた。

「そうだわ」プリヤはデスクの引き出しをあけ、何枚か名刺を取り出しながら猫なで声で言った。「もし彼を見つけたら、わたしに電話するように言ってちょうだい。昔のよしみで――悪いようにはしないって」

プリヤはデスク越しにその名刺を振って見せた。子どもに甘い医師が患者に棒つきキャンディーをふたつ渡そうとするように。レベッカは受け取らざるをえなかったが、手のなかでその紙をくしゃくしゃに握りつぶしてやった。

レベッカが向きを変えると、エリスが廊下のほうを見つめながらドアを押さえて待っていた。レベッカは胃がむかむかしており、そうなっているのは二日酔いのせいだけではなかったが、ふとその場に残りたくなったので、エリスには先に行ってほしかった。ふたりきりで話せないかとプリヤを振り返ったが、彼女は客のことなどもうすっかり忘れてしまったようだった。レオの白黒の顔写真を手に椅子の背にもたれかかり、その写真についたビスケットのかすを払っていたのである。

12 動 画

レベッカはプリヤの風通しの悪いオフィスから出れば気分がよくなるだろうと思ったが、外にいるといっそうひどくなった。空気は淀(よど)んでいたし、ソーホーにあるプリヤのタウンハウスから外に出ると、一瞬、向かいの高い窓に反射した太陽光に目がくらんだ。

ロンドンに滞在したのが間違いだったのだ。エイミーは喜んで寝るところや着るものを提供してくれたに違いないが、プリヤと会うことで家族に嘘をついたり、失職のリスクをおかすだけの価値が本当にあったのだろうか？　いまの自分が父親について知っていることは、日曜日にハックスリーを出発したときとまったく変わりがない。自分がここですごしたからといって、何も変わらなかったのだ。

いや、ほとんど何も変わらなかったと言うべきか。そう考えていると、エリスが彼女のあとを追って通りに出てきた。プリヤと話をしているときは一時的に〈ピットストップ〉で起こったことを頭の隅に追いやることができていたが、いままたふたりきりになってしまい、互いのあいだには空気を入れている最中の風船のようにむくむくと気まずさがふくらみつつあった。

エリスが最初にこの沈黙を突き破ろうとした。「で、きみは彼女のことをどう思った？」彼は頭を〈G&Bタレント〉のほうへひょいと傾けた。

レベッカは彼が何か言ってくれたことに感謝し、初めに思いついたことを口にした。「彼女は父のことが好きだったんだと思う」

「本当に？」

エリスはそのことについて考えこんでいるようだった。だが、レベッカにとってそれは明らかだったので、さらに恋愛の話題を続けたくなくてこう言った。「それ以外はあまり有益だったとは思えない」

「そう？」

「だって、父の居所は知らなかったでしょう？　それに、彼女が話してくれたことのなかに新しい情報はなかった気がするし」

エリスは無言のままサイクルヘルメットのストラップをつけたりはずしたりしていた。彼は何かをじっと考えこんでいるようだった。あるいは、単に目を合わせないようにしていたのかもしれない。

「そう思わない？」レベッカが返事を促（うなが）した。

エリスはようやくヘルメットのストラップをだらりと垂らしたままにした。「ええと」彼はゆっくりと言った。「どこかで朝食でもどうかな」

びっくりしてかすかに胸がふるえたが、何かちゃんとしたものを食べないとデヴォンまで車を運転して帰れないし、プリヤのオフィスの前の道端でインタビューの詳細を話し合うわけにはいかないと、レベッカは自分に言い聞かせた。

「いいわ」レベッカは、あまり気乗りしないように聞こえてほしいと願いながら答えた。

「ブランチやなんかを出すカフェがすぐそこにあるんだ」うなずきながら、エリスがそう続けた。

ふたりはのろのろとさまざまな建物の前――パブ、ブティック、本屋――を通りすぎながら、エリスがどうでもいいような何かを話しかけてきて、レベッカはどうでもいいような返事をした。レベッカには一歩一歩が重労働で、蒸し暑い気候のせいで周囲がかすんで見えた。〈世界の果てへの航海〉の船長になって、容赦(ようしゃ)ない潮の流れに逆らっているかのようだった。

なぜエリスはわざわざプリヤに会いにきたのだろう？　なぜ彼はまだここにいるのだろう？　単に好奇心から今回の父親探しがどうなるのか知りたいのかもしれないし、自分の記事を修正するつもりだったのかもしれない。そのとき、睡眠不足の心の奥からこんな声が聞こえて戸惑った。そこにはエイミーからかけられた言葉のように怪しむ響きがあった。『彼があなたのためだけにここにいるのだとしたら？』

そのカフェは小さくて明るい感じの店だったが、卵黄のような色に塗られた壁も太陽に照らされた通りのあとでは落ち着いて見えた。ふだんなら、ミスマッチな足もとのタイルや、ゆがんだピンボードにあふれるズンバ講習会だのウエストエンドのミュージカルだののポスターを批判的に見ていたかもしれないが、今日はあたりに漂うコーヒー、トースト、そしてベーコンの入り混じったにおいのほうが気になった。

ふたりは壁際に空いたテーブルを見つけ、パティオに置いたほうがよさそうな座り心地の悪い金属製の椅子に腰を下ろした。レベッカは椅子がぐらぐらするのを安定させようと、たたんだナプキンをその脚の下にはさみこもうとして、ひどい頭痛に見舞われた。驚いたことに、ラミネート加工されたこのカフェのメニューにはすべての料理にカロリー表示があった。フルイングリッシュ・ブレックファストの隣に記載された数字を見て、昨夜たっぷり摂取したあの甘ったるいカクテルのことを悲しく思い出したレベッカは、おとなしくオートミールがゆを注文することに決め、厨房から漂ってくるジュージューと肉を焼くにおいを懸命に無視しようとした。

注文を取りにきたウエイターが去っていくと、レベッカは窓から外を眺めているエリスに目をやった。いつのまにか――おそらくレベッカが椅子と格闘しているあいだに――エリスはメモ帳を出していた。ということは、たぶん彼には昨夜のことを話すつもりはまったくないか、あるいは、レベッカがその話を持ち出すのを待っているのかもしれなかった。レベッカをこのカフェや〈ピットストップ〉に誘ったのも、初めにキスしたのも、彼のほうなのだ。今度はわたしが何か行動を起こす番なのかもしれない。だけど、何を？　そして、どうやって？

たちまち怖気(おじけ)づいたレベッカは、代わりにこう尋ねた。「じゃあ、あなたはなぜプリヤとの会話が有益だったと思うの？」

「ぼくはだれであれレオを知る人から話を聞くのは有益だと思ってるんだ」視線と同じくらい心ここにあらずな調子でエリスは言った。

「だけど、父に関して新たにわかったことは何もなかったじゃない」

「そうかな？」

「そうよ」レベッカはエリスが反論するのを待ったが、彼が議論をふっかけてくることはまずないことを思い出し、こう続けた。「じゃあ、言ってみてよ――プリヤの話の何がそんなに役に立ったかを」

「役に立ったのは、むしろ彼女が言わなかったことにあるんじゃないかな……」エリスはガラス製の塩入れに視線を向けた。そこには乾いた米粒がいくつか入っており、それはほかの中身に比べて薄汚れて見えた。まるで切った足の爪のようだ。「ぼくにわからないのは、彼女が嘘を言っていたのかどうか、あるいは、彼女が二十数年間も自分を欺(あざむ)いてきたのかどうかということなんだ。つまり、彼女は間違いなく真実を語っているように見えたんだよ。だって、どうして彼女はそれをぼくらになんとか隠そうとするんだい？　でも、だとしたら、プリヤは彼が何をやっていると思っていたんだろう？」

「いったいなんの話をしているの？」レベッカは冷たく言った。

エリスはようやくレベッカの目を見た。「きみはなぜお父さんが〈ピーター・パン〉から逃げ出して、きみのお母さんと結婚したんだと思う？」

その質問に虚をつかれたレベッカは、反射的にこう答えた。「ふたりが恋に落ちたからでしょ」

「それが事実だと思う？」

「思うわ！」レベッカは侮辱(ぶじょく)されたような気がした。両親の互いへの愛を疑うことで、彼に悪口を言われたかのように。「でも」レベッカは考え直して言った。「実際のところは、わからない。ふたりの仲睦(なかむつ)まじい姿は記憶にないから。本当にそうなの。ふたりが同じ部屋にいるところさえ想像できない。いつだってわたしと父だけだったわ。あとでわたしと母だけになるまでは……」

レベッカは口ごもった。父親の思い出――あるいは、それがないこと――についてエリスの前で触れたのは、これが初めてかもしれないと思った。だが、もしエリスがそのことに気づいたとしても、彼はとくに何も言わずにメモ帳をめくりはじめた。

「プリヤが彼と最後に会ったとき、口論になったと言っていたことは覚えてる？」

レベッカはうなずいた。

「言うまでもなく、彼女は彼に何を言われたかについて詳しいことは語らなかった。だけど、それは何か――」エリスは自分のメモを確認した。「――彼女は理解してくれないとか、耳を傾けてくれないとか、自分が苦しんでいることに気づいてくれないというようなことで、彼は――」

「――わたしの母が自分を救い出してくれると思った」レベッカはエリスの言葉を引き取って言った。

エリスはメモの一か所をとんとんと叩いた。「何から救い出すと？」

「たぶん、プリヤからよ」そのあと、エリスの疑うような目を見て、レベッカはもう一度あてずっぽうを言った。「でなければ、業界全体から？　もし彼女やリチャード・ロウリーみたいな人だらけだとしたら……」

レベッカはウエイターがエリスのコーヒーを運んできたので口をつぐんだ。すると、思いはプリヤ、リチャード・ロウリー、そしてパトリシアへと移っていき、嫌悪感に胃がきりきりと痛んだ。

「たくさんの人たちが父に背を向けたのよ。父が彼らを必要としていたときに」ウエイターが行ってしまうと、レベッカは言葉を続けた。

「それはどういう意味？」

「ほら、まずは父親、そしてパトリシアがそうだわ。彼らはアデリーン亡きあと、レオのことを顧みようとしなかった。そして、プリヤも父が苦しんでいるときに手を切った。それに、〈密航者〉の人たちだって、父の薬物問題がそれほど深刻なら、ただ父を追い出すのではなく手をさし伸べるべきでしょう。さらには――」

レベッカははっとした。こう口走るところだったのだ。〝さらには、わたしの母や親戚たちも〟と。

「じゃあ、きみはいまもお父さんのことをかわいそうだと思っているんだね？」エリスが言った。

レベッカはそういう言葉を使いたくはなかった。それでは暗に、レオが弱くて哀れな存在だと言っていることになる。レベッカにとって、それはまるきり父親と結びつかない言葉だったからだ。記憶のなかの父親はバイタリティのかたまりだった。騒々しく、陽気で、きらきらした目と血色のいい頬を持ち、外が好きで、いつも行動的だった。御影石（みかげいし）の塀をよじのぼったり、湿地帯のなかを水を跳ね飛ばしながら進んだり、門や低く垂れた枝にぶら下がったり……もちろん、また父親と密航者とを混同していなければの話だが。

「わたしはただ、父がずいぶんつらい目にあってきたと思うだけよ」

エリスはコーヒーにミルクを垂らし、それがコーヒーのなかに小さな渦巻（うずまき）を描くのを見つめながら言った。「じゃあ、さっきの話に戻って、きみはなぜお父さんがあの舞台から逃げ出したんだと思う？」

「そんなこと知らないわ！」エリスのしつこさにじれて、レベッカは語気を荒らげた。自分たちが昨夜のできごとではなく、この話をしていることにも不服だった。自分からその話を持ち出す勇気はなかったけれども。「そんなことが大事なの？　ひょっとしたら〈ピーター・パン〉が退屈だったんじゃない？　それともプリヤだけじゃなく、その演出家とも仲たがいしたのかも。あるいは、具合が悪かったのかもしれないでしょ」この最後の捨て台詞の何かが心に引っかかり、考え深げに続けた。「よくセレブたちが疲労困憊（こんぱい）して休養する話を聞くじゃない？　以前から、あれは薬物依存のことじゃないかと思っていたの」

レベッカはこれをエリスが肯定するか否定してくれることを期待していたが、彼はただ肩をすくめただけだった。エリスは何か物足りなく感じているようだった。そのことを気にしないようにしながら、レベッカはかたわらの壁に指を走らせ、卵黄色の塗料が点々とはげているところをなぞりながら、頭痛でぼんやりとする頭で考えをまとめようとした。

　レオは不調のために役者としてのキャリアを中断し、ロザリンとともにデヴォンで暮らしながら健康の回復に努めざるを得なかったのかもしれない。衰弱した父親というなじみのない想像から、レベッカはこれまで考えてこなかったこと――あるいは日曜日の午後にエイミーからほのめかされて以来、考えたくなかったこと――に思いを向けずにはいられなかった。探している相手がもうこの世にいなかったらどうしよう?

　いまこのときまで、レオは密航者を演じたのだから、もし亡くなったら〈サイドスクープ〉のようなウェブメディアで大きく取り上げられるはずだと考え、きっと大丈夫だろうと思っていた。だが、目下の二日酔いの苦しみのなかで、レベッカはレオが無名の個人として亡くなっている可能性があることを認めざるをえなかった。山の裂け目に落下したかもしれないし、惨(みじ)めな身の上になってやせ衰え、髪はべたべたで、目は血走り、体はあざや傷だらけになっていたかもしれない……その光景を思い浮かべると、レベッカはますます気分が悪くなった。そんなふうになってしまったら、レオがかつてあのような偉大な人物だったことなど、だれにわかるだろう?

　だが同時に、レベッカにはレオが実際に死んでいるとは信じられなかった。『七つのお話』がバッグのなかに、食べかけのシリアルバーや今朝エイミーからもらった鎮痛剤といっしょに入っているいまとなっては。なぜかはわからないが、その本の存在がレベッカに伝えていたのだ。父親はまだどこかで生きていると。もちろん、これは完全に勝手な思いこみではあった。一週間前だったら、自分をあざけっていたに違いない。だが、レベッカは『七つのお話』を父親の内面の一部だと思うようになっており、内面があるのだから実体も生き続けているはずだと感じていた。

　爪の先で壁を引っかきながら、レベッカはなぜいまになってこんなにも父親の生死を気にかけているのかと自問した。父親が娘のわたしを置いて出ていったことには変わりがないのに。父親は理解されなかったかもしれないし、ひどい扱いを受けたのかもしれないが、だからといって長い不在が正当化されるわけではない。それに、もしレオの具合が悪くてそのまま回復しなかったのだとしたら、自分の家族の態度が説明できない。みんな、いまこの瞬間にもふたたびレオが現れるのではないかとおびえているようだった。まったく理解できない。いったいどういうことなのだろう。

「あの、ベックス?」

ふと見ると、ウエイターが紙のランチョンマットの上に水っぽいオートミールの器を置こうとしていた。壁紙をめくっていたことに気づかれていませんようにと願いながら両肘(りょうひじ)を上げて、小声で礼を言いつつ、自己嫌悪でいっぱいになった。なぜよりによってオートミールがゆなんか注文してしまったのだろう?

「これ、少し食べる?」全粒粉トーストにバターを塗っていたエリスが聞いた。「たくさんあるから……」

「いいえ、けっこう」レベッカはきっぱりと断った。

レベッカはスプーンの先をそのねばつくかゆのなかに入れた。それは嘔吐(おうと)物のように見えたし、味もそんな感じだった。表面にはブルーベリーやこんがり焼いたクルミが散らされていたが、それもレベッカの胃を震えさせた。

エリスはバターを塗ったトーストを紙ナプキンに一枚のせ、無言のままレベッカのほうに押しやった。レベッカはそれを見なかったようにふるまったが、彼の親しげな仕草につかのま父親のことを忘れた。

レベッカはスプーンを置くと、息を吸いこんで聞いた。「これから昨夜の話をする?」

エリスが五分とも思えるあいだトーストを食べているので、レベッカは何かとても重大な答えが返ってくるのを期待していた。だが、ようやくトーストを飲みこんだ彼はこう言っただけだった。

「きみがそうしたいなら」

「それ、やめて」レベッカはエリスに言った。

「えっ?」

レベッカは大げさに肩をすくめてみせると、半オクターブほど声を低くして言った。「きみがそうしたいなら」

エリスはその物まねにあっけにとられたようだったが、気まずそうな笑みを浮かべて言った。

「ごめん」

「何も起こらなかったふりをしたいのなら、こんなところに誘うべきじゃなかったのよ」レベッカは身ぶりでカフェを示した。

エリスの顔が引きつった。「そんなふりをしたいとは思ってないよ」

今度はレベッカがあっけにとられる番だった。互いに視線を合わせながら、レベッカは腰のくびれに触れたエリスの手の感触や、首筋をなぞった彼の唇を思い出しながら、先ほどよりも心地よい震えが走るのを感じた。顔が赤らむのをごまかすため、エリスが押してよこしたトーストを手に取ってかじりついた。オートミールがゆよりも、はるかにおいしかった。

エリスはそれを見て、また食事に戻っても大丈夫だと判断したらしく、目玉焼きとハッシュブラウンに取りかかった。それを見たレベッカは、今度は自分が会話のボールを投げ返す番だと気づいた。

「わたし、今日はデヴォンへ帰らなくてもいいかなと思って」レベッカは言った。

エリスが動きを止めた。「帰らない?」

「たった一日出勤するためにあわてて帰っても、あんまり意味ないでしょう?」レベッカはそう言いながら、ふいに昨夜クリス・フェントンと話をしたことを思い出した――何について話したかはまるきり思い出せなかったけれど。

「ということは……週末もこっちにいるということ?」エリスは皿の上でつついているベイクドビーンズに向かって聞いた。

「ええ、たぶん。それで、もし週末もいることになったら、その――」レベッカは急に怖気づいた。なぜこういうことってこんなにも難しいのだろう? 「――あなたといっしょに何かできないかな?」

エリスが顔を上げた。一瞬、感情が丸見えになった。その顔から彼の期待や欲望を読み取ったレベッカは、自分のなかにも同じ感情が湧き上がるのを感じた。もしかすると、思っていたほど難しくないのかもしれない。

ところが、彼は眉をひそめ、深いため息とともにナイフとフォークを脇に置いた。「あの、ベックス、きみに知らせなければいけないというか――きみに見せなければならないものがあるんだ」

エリスはわたしの質問をはぐらかそうとしているの? 彼が食べかけの朝食を横に押しやってノートパソコンの置き場所を作るのを見ているうちに、レベッカの当惑は不安に変わっていった。

「動画なんだ、あとでメールで送るよ」

「どんな動画?」レベッカはたたみかけた。

「〈密航者〉のころのものなんだけど、ただ――」

「ああ、それならもう見たわ」レベッカはほっとしながら言った。「といっても、まだ半分ほどだけど……」

「見た?」エリスはレベッカの返事につかのま気を取られたようだったが、かぶりを振って例の恐竜形USBをパソコンの側面にさしこんだ。「だとしても、きみがこれを見ているはずはないよ。ほとんどだれも見ていないやつだから」

興味を引かれたレベッカは椅子をテーブルの反対側に移動させ、その動画——にせよ何にせよ——がプリヤとの会話以上の情報をくれるものであることを願った。いきなり隣にきたのを見てぎょっとしている様子のエリスを見て、レベッカは考えた。彼は今朝、シャワーを浴びる余裕があったのだろうか、もしなかったとしたら、自分はそれを気にするだろうか。

「これは何?」レベッカがのぞきこんだ画面には、不明瞭な動画が一時停止されていた。

「〈密航者〉撮影現場のメイキング動画だよ。先日、送ってもらったんだ」

レベッカはもっとよく見えるようにパソコンの向きを調整した。「じゃあ、見せて」

「えっ、いま?」

「わずか数分でしょ」レベッカが言った。「それ貸してくれる?」

レベッカはエリスが〈サイドスクープ〉のオフィスで使っていた黄色いヘッドフォンがバッグからのぞいているのを指さした。ためらいがちに、エリスはそのヘッドフォンを手渡した。

「ベックス」エリスは真面目な顔でそう切り出した。「いまこれを見るのは、あまりお勧めできないと——」

だが、彼がそのあと何を言ったかは、ヘッドフォンを耳にあてたレベッカにはよく聞こえなかった。あなたが言ってることは聞こえないと身ぶりで示すと、レベッカはヘッドフォン端子をパソコンにさし、再生ボタンを押した。

画面のいちばん下には〝1997年4月10日〟と日付が表示されている。その画素の粗いフォントは電卓の数字に似ており、近くに表示されているそれ以外の数字や文字とともに、方程式や暗号の一部であるように見えた。それ以外のあらゆるものは金色だった。

映像が鮮明になり、ぼんやりとしていた光の円が凝(こ)った装飾のランタンの表面にフォーカスした。ランタンの光は東洋の絨毯(じゅうたん)、蛇使いの籠(かご)、コインや指輪、宝石、真珠の首飾りなどの宝物を照らしている。やがて、その場面は小さく縮んでいき、周囲の暗がりに照明装置やテープの貼られた床などが現れ、ついに画面は大部分が空(から)っぽの空間になって、先ほどの宝の山はドールハウスぐらいにまで小さくなった。

画面が切りかわり、一列に並んだ子どもたちが映し出された。八、九歳ぐらいの子どもたちで、そろいのグレーの上着に学校のロゴが入っている。彼らの栗色のネクタイの結び目は、手先の器用さに応じたさまざまな仕上がりだった。女性教師二名が子どもたちを撮影現場のほうを向いて整列させようとしていたが、なかなかうまくいかない。子どもたちは落ち着きがないうえ、気も散りやすく、きらきらと輝く小道具の山だけでなく、暗くて広い部屋のあちこちをきょろきょろ見まわしたり、背後にあるカメラをじっと見つめたりしていた。

およそ一分ほど、ほとんど何も起こらなかった。子どもたちはその場で足を踏みかえたり、小声でささやき合ったりしていた。首からネックストラップをかけた小柄な中年男性が、前のほうにいる男の子や女の子数人と会話を試みている。ヘッドセットをつけた女性が宝物の山の裏をうろうろしており、その背景は洞窟(どうくつ)の岩壁のようにごつごつしていて、光を反射しているように描かれていた。そのとき、カメラには映っていないだれかが拍手を始めた。子どもたちも反射的に拍手をしながら、体をひねって自分たちが何に拍手しているのか探していたが、やがて明るい緑と黄色の服を着た人物が跳ねるように姿を現したのを見て、指をさしたり息を呑んだりした。

「やあ！」その男はよく通る大声で言った。「やあ、やあ、やあ、やあ——」

彼は子どもたちひとりひとりと握手をしはじめ、子どもたちは我先に握手してもらおうと彼のほうへ押し合いへし合いした。子どもたち全員に歓迎の挨拶をすると——教師ふたりのことは完全に無視して——密航者は両腕を翼のように広げ、子どもたちのなかに飛びこんだ。子どもたちはきゃっきゃと叫びながら散り散りになり、きちんとした列は一瞬にして崩れ去った。

むかしむかしのそのむかし、
不思議な男がさまよっていた。
見おぼえのない魔法の国を、
ふるさとへの帰り道さがして

密航者の歌声は調子はずれだったが、あまりに元気いっぱいなので、子どもたちもその歌詞を大声で歌いはじめた。子どもたちは彼のまわりをスキップし、なかには彼の手や衣装をつかもうとする子たちもいる。グレーの制服を着た子どもたちは、色鮮(いろあざ)やかな惑星のまわりをぐるぐるまわる小さな月みたいだった。

密航者、密航者、
彼のお話をよくお聞き。
密航者、密航者、
彼がしてくれるお話を！

このテーマソングをさらに数回繰り返すと、ネックストラップをした先ほどの小柄な男性が踊る子どもたちのあいだを縫(ぬ)ってそっと近寄ってきて、中心にいる密航者に何かを言った。
「あーあ、つまらない！」密航者が叫んだ。「ねえみんな、ぼくはこんなことができるんだよ！」彼は両足を蹴(け)り上げて逆立ちを始めた。「ほら見て、ぼくが何をしているか見て！」
両腕を震わせて逆立ちをしたまま、密航者はよろよろとテープが貼ってある床を横切った。数人の子どもたちが彼の真似をしようとしたが、すぐに教師たちにやめさせられた。ぷるぷると震えていた肘の片方がついに力尽き、密航者はどさりと片側に倒れこんだ。ネックストラップの男性がぎょっとして駆け寄ったが、鮮やかな色をまとった人物はまるで床がトランポリンでできているかのように飛び起きた。

画面がまた切りかわった。

今度は先ほどと同じ子どもたちが床に座っており、目の前にある宝物でいっぱいのセットをじっと見つめていた。

「アクション！」画面に映っていないだれかが叫んだ。

全員が身動きせず静かにしていたが、後方の列にいた小さな女の子ひとりだけがもっとよく見ようと膝立ちした。

「アクション！」

巨大なバスケットのふたが持ち上がり、その下から密航者の頭がのぞいた。彼が顔を出すたびに面白い顔をして、そうかと思うとまた頭を引っこめるのを見て、子どもたちがくすくす笑っている。次に密航者が体を前後に揺らしはじめるとバスケットが倒れ、彼はコインだらけの絨毯の上に転がり出た。

「やあ、みんな！」彼はぬいぐるみの人形のように脱力した姿勢で叫んだ。「ぼくが密航者だよ！」

子どもたちは拍手喝采し、彼はひょいと立ち上がるといつもの冒頭のモノローグを始めたが、あまりにも早口で舌がもつれてしまっていた。「あのね、ぼくにはなぜか人のお話のなかに入ってしまうという残念な癖があるんだ。だけど、いつもふるさとへ帰る道を探しているんだよ。だから、ひょっとしたら今度こそ……」彼はあえぐように息を吸ったが、あたりを見まわしはしなかった。

「違う、ここはぼくのふるさとじゃない！　それにしても、これはすごい宝物だな……」

新しい台詞が始まると、彼の口調はゆっくりになった。「こんなにたくさんの金貨を見たことがあるかい？　こんなにたくさんの宝石を？　ぼくはいったいどこにいるんだろう？　巨大な宝箱のなかに入りこんでしまったみたいだけど――だけど――」

密航者が手首をまわしていると、ヘッドセットをした女性が急いで台本を持ってきたが、彼はそれをうんざりしたように見た。

「こんなもの、必要ない」彼は女性にそう言い、台本を遠くに放り投げた。「こんなもの、ほしくない」

子どもたちが笑った。

調子にのった密航者は堂々と述べた。「アリババなんて間抜けだよ。ぼくらにあんなやつは必要ない！　別の冒険――もっとすてきな冒険へ出かけようじゃないか！　どう思う？」

「レオ……」

「もっとすてきな冒険へ」今度はうろうろ歩きながら、密航者は繰り返した。「もっと壮大で、もっとすてきな探検へ！　だけど、何を探そうか？　ぼくたちは何を――」

「レオ！」

密航者は画面に映っていないだれかをちらりと見ると、大げさにため息をついて足音高く自分の台本のところへ行き、それを床から拾い上げて、また子どもたちの笑いを誘った。

「ぼくはいったいどこにいるんだろう？」彼はその場面の自分の台詞を見つけ、退屈そうな抑揚のない口調で言った。「巨大な宝箱のなかに入りこんでしまったみたいだけど、こんなふうに濡れた岩があるということは、きっとここは洞窟のなかに違いない！　ああ……」

密航者はまたふるさとではない場所に来てしまったことに気づいた様子で、そのセットの奥のほうまで金貨や宝石のあいだをスキップしてまわった。「だれかの話し声が聞こえる！」彼は洞窟の岩壁に耳を押しあてた。「五人、ひょっとしたら十人ぐらい？　いや、違う……」そこで、目を見開いた。「四十人はいるぞ。それに、全員で何か悪だくみをしているみたいだ！　早く！　どこかに隠れなくちゃ！」

　さっきまでの不機嫌そうな様子もどこへやら、彼は道化のように隠れるところを探しまわり、絨毯の下にもぐりこもうとしたり、小さなオイルランプのなかに入ろうとしたりしていたが、指をさしたり叫んだりしている子どもたちに教えられて、先ほどの大きなバスケットのなかに隠れた。

　また画面が切りかわった。

　子どもたちはあいかわらず床の上に座っていたが、今度はほとんど全員が手をあげていた。子どもたちの前で左右に揺れながら踊っていた密航者が、前から二列めのぽっちゃりした男の子を指さすと、その子はうれしそうに質問した。「好きな動物はなんですか？」

「すばらしい質問だ！」密航者が叫んだ。「ぼくの好きな動物、ぼくの好きな動物は……そうだ、当ててごらん。これを見て！」

　彼は両腕を体の脇にくっつけ、よちよち歩き出した。数人の子どもたちが答えを口にしたが、密航者は聞こえないふりをしている。

「だれかわかる人は？」密航者はぐるぐると円を描いてよちよち歩きを続けながら叫んだ。「だれもいないのかい？　ほら、ぼくはだれだ？」すると、子どもたち全員が「ペンギン！」と叫び、彼は驚いたふりをして後ろに飛びすさった。「おっと、叫ばなくても聞こえるって！」

　笑い転げる子どもたちを前に、密航者は別の質問はないかと尋ねた。そして、今度はいましがたの男の子とは反対側にいる女の子を選んだ。その女の子はしばし三つ編みの先につけていたピンク色のポンポンを手で触っていたかと思うと、こう打ち明けた。「忘れました」

「忘れちゃったんだ！」密航者は満面の笑みで言った。「そうか、気にしなくていいよ。ぼくなんかいつも忘れてばかりさ！　ときどき、自分の脳みそはゼリーでできていて、両方の耳の穴からどろっと出てくるんじゃないかと心配なくらいなんだ……」彼はそれがどんなふうかやって見せ、子どもたちは喜んだり気持ち悪がったりした。「さあ、ほかに質問は？」

子どもたちが勢いよく手をあげた。多くの子どもたちがほかの子よりも高く手をあげようと必死で手を伸ばし、何人かの子どもたちは「はい、はい、はい！」と訴えている。だが、密航者はふさふさしたプラチナブロンドの小柄な男の子が後列のほうでほかの子たちの陰になっているのに目をとめた。

「決まり！」密航者は叫んだ。「海賊どの！　おーい、そこの相棒、何を聞きたいんだい？」

その子の質問は動画上ではよく聞こえなかったが、どうやら密航者には聞こえたようだった。愕然とした顔をしたからだ。

「こっちへおいで」彼は真剣な顔で男の子を呼び寄せた。「前へ出てきて」そのあとに続くぎごちない静けさのなか、彼は笑い声をあげた。「つまり、もしきみがこの新米の船乗りの横に立ってくれるならだけど！」

確認するように教師たちのほうを見てから、その男の子は言われたとおりにした。そして、密航者は男の子をクラスメートたちの正面に立たせた。男の子は不格好なプラスチックの眼鏡をかけており、右目に眼帯をしていた。

「さて、相棒」密航者は座っている子どもたちを手で示しながら言った。「きみのいちばん大きくて勇敢な海賊の声で、さっきの質問をもう一度言ってくれるかい？」

眼鏡の男の子は自分の手が隠れるまでグレーの制服の袖を引っ張ると、大きく息を吸いこんで叫んだ。「あなたの名前は？」

子どもたちは男の子の突然の大声にくすくす笑ったが、密航者は無表情だった。「ぼくの名前だって？」彼はそう言うと、またうろうろ歩きはじめた。「ぼくの名前？　それはとてもいい――そうとも！」彼がいきなりそう叫んだので、眼帯の少年はぎょっとした。「これまでで最高の質問だ。ぼくらが探し求めるのは、これだよ。ぼくらで見つけるんだ。ぼくの名前を！　みんなでぼくの名前を見つけよう！」

彼はまた元気になったように見えたが、ネックストラップの男性が宝の山の横にふたたび姿を現して、彼を制止しようとした。

「いや、ラリー。なんの問題もない。この子たちに手伝ってもらおう！　この子たちは――ほら、子どもたちのほうがずっと心が広いし、偏見がないからね。開け、ゴマ！」

「レオ、落ち着いて。きみは少し――」

「ぼくの名前は？」密航者は子どもたちに向かってそう聞いた。「さあみんな、当ててごらん。あのお話と同じだよ。きみたちは当てなくちゃならない。ルンペルシュティルツヒェン！　ほら、当てて。三回で、七回で、千と一回で！　だって、だれにでもあるじゃないか――。なのに、どうして密航者はただの密航者なんだ？　そんなことはどうでもいい、ぼくの物語じゃない。でも、ぼくはいつもかわいそうなんだよ、何ひとつ見つけられなくて！　いつまでもいつまでも、いつまでもいつまでも、お話がすべて語られるまで……」

彼の話し方は繰り返し音が飛ぶ曲のようだった。調子ははずれ、音も耳ざわりで。教師のひとりが座っている子どもたちのほうへそろそろと近寄っていくと、いちばん後ろの列の子どもたちの背後にしゃがみ、両腕を少し上げて、子どもたち全員を立ち上がらせようとした。

「だから、ぼくたちで決めるんだ。みんなで当てるんだ――」密航者は目にかかっていた黒い髪の束を振り払った。「そうすれば、きっとうまくいく。みんなでどこかに行こう。ここじゃ考えられない。だから、歩いて話して、話して歩こう。むかしむかしのそのむかし、不思議な男がさまよっていた……」

　いまや、彼の歌うテーマソングは調子っぱずれなだけではなく、前のときの倍の速さだった。彼はじっとしていることができないらしく、両手の親指でほかの指先をこすり続けていた。まるでお金をよこせというジェスチャーか、指を鳴らそうとしているようだが、彼の手からはっきりした音は聞こえてこない。

「レオ、名前についてはあとで話し合おう。まあ、落ち着いて――」

「うるさいぞ、ラリー！」密航者は手で頭をつかんだ。「あんたにはわからないのか――わからないのか、ぼくがいま一生懸命――待ってくれ、みんな何をしている？」

　ふたりの教師はちょうど子どもたちに立ち上がるよう促しており、どこか画面に映っていないところを指さしていた。

「帰るつもりじゃないだろうね？」ぎょっとしたように密航者が呼びかけた。「ここにいなきゃだめだ。ぼくらは――おい、戻ってくるんだ！」

　子どもたちはだれの指示に従うべきかわからず、密航者と教師たちを見比べていた。まだにここにこしている子も何人かいたが、ほとんどは困ったような表情のまま、促されて引っ張られていった。ひとりの女の子は両手で耳をふさいでいる。

「戻ってくるんだ！」

　密航者は必死であたりを見まわし、眼帯をした小柄な男の子に視線を据えた。男の子は数分前に呼ばれた場所から動いていなかった。

「ここにいるんだ！」密航者はそう叫びながら男の子の長袖をつかんだ。「きみはここに残るんだ、若き海賊くん。ぼくらは船を見つけ――真実を見つけて――そして――。あんなやつらは必要ない。ほかのだれも必要ない！　いちばん勇敢で、いちばん強くて、いちばん――」

彼が男の子の上着を引っ張りながらまくし立てているあいだ、男の子のほうは眼帯をしていないほうの目でまばたきをしながら彼を見上げていた。表情からすると、こわがっているというよりも面白がっているようだった。そのとき、ヒールのカツカツという音がしたかと思うと、教師のひとりが密航者のほうに大股で近寄ってきた。密航者はすぐにその男の子を放した。最後の生徒を連れにきて、その子をほかの子どもたちのほうへ押しやる女性教師の剣幕に身をすくませながら。

「あの子たちを連れ戻してくれ」宝の山のセットの前でラリーとふたりきりになった密航者は、彼の腕をつかんでうめくように言った。「頼む、あの子たちを連れ戻してくれ!」

ラリーが何かつぶやいたが、密航者はかぶりを振った。

「ぼくは大丈夫。ぼくはただ——理由はわからないけど——あの子たちは手伝ってくれようとしていたんだ!」彼はまた両手をこめかみに持っていくと、指先をかぎづめのように丸めた。「とにかく、ぼくに——黙っててくれ——考えさせてくれ。もう疲れたと言っただろう?」

ラリーは密航者を落ち着かせるため、肩に手を置いた。いまや密航者は体を折りたたむように、前かがみになっている。

どこか別のところからだれかが怒ったような声をあげており、電話の鳴る音がした。ヘッドセットをした女性が画面の端にどうしたらいいかわからない様子で立っていたが、やがて前へさっと駆け寄ると、引っくり返っていたバスケットを元に戻した。

「まだまわしているのか?」いきなり、ラリーがカメラを見つめて言った。そして、イモムシのように体を丸めたままの緑と黄色の人物の肩に手を置き直して、叫んだ。「おい、そんなところにぼけっと突っ立ってないで、そいつを止めろ! 彼の具合が悪いのがわからないのか? そいつを止め——」

レベッカは耳からヘッドフォンをはずした。いまはもう何も映っていない画面にすっかり気を取られていたので、ふたたび聞こえてきた周囲の音——食器にあたるカトラリーの金属音、頭上のスピーカーからかすかに流れてくる音楽、そしてコーヒーマシンのシューッという音——も、ほとんど耳に入らなかった。

レベッカはそれが現実ではなく、芝居やワークショップの一部であり、最後に拍手が起こって、レオがお辞儀をするというものであればよかったのにと思った。だが、レベッカはそれが事実であるとわかっていた。動画がそこまでしかなかったからではない。ずっと昔にこのようなふるまいを見たことがあったからだ。

自分はこれを見てどう感じるべきなのか？　レベッカはとっさに笑いたくなったが、それはふさわしくなかった。滑稽ではなかったから。レベッカはどうしたらいいかも、何を言ったらいいかも、どう考えるべきかもわからず、初めはそれが何よりも不安だった。自分自身の反応の欠如が。

エリスが軽くレベッカの腕に触れた。「大丈夫かい？」

レベッカはうなずいた。大丈夫ではなかったけれど。

しばらくして、エリスが言った。「この翌月に、彼は番組から降板して、第三シリーズは別の俳優が密航者を演じると発表されたんだ。だから、リチャード・ロウリーが言っていたことは正しかったんだよ。少なくとも、ある程度までは」

それでも、レベッカは黙っていた。どうして自分はこれとよく似た光景を見たことがあるのだろう？　レベッカはパソコンの画面から目を離さなかった。そこに自分のわずかばかりの記憶の数々——庭で蜂に刺された自分を介抱してくれる父親、または古い羊の毛の塊を小人の顎ひげだと言い張る父親——が映し出されるのを待つかのように。そうすれば、父親の欠点を消し去ってしまっている心のなかにではなく、客観的なレンズ越しに父親を見ることができるからだ。

「このことについて話したい？」エリスが切り出した。

レベッカはようやく見つめていたノートパソコンから目を上げた。「何について話すの？」

「きみのお父さんが……」エリスは声をひそめ、心配そうな表情になった。「病気であり、しかも、かなり深刻な状況だということについて。つまり、どうやらきみのお父さんはなんらかの心の病を抱えていて、おそらく――」

「いいえ」レベッカは反論するというより、彼に黙ってほしくて言葉をさえぎった。まだ〝心の病〟というような言葉を聞く心構えができていなかったからだ。「そのことは話したくない」それでもまだエリスが何か言いたげだったので、レベッカはパソコンの画面を顎で示した。「こんなもの、いったいどうやって手に入れたの？」

「友だちの友だちがBBCのアーカイブから見つけ出してくれたんだ。当然のことながら、一度も放送されていない。ぼくはしばらく前からこの動画を手に入れようとしていたんだよ」

「一度も放送されていないのに、どうしてその存在を知ったの？」

レベッカは自分がそう質問したことに驚いていた。少なくともわたしの脳はまだ働いているらしい。エリスはためらい、ほとんど身をすくませるようにしてパソコンに手を伸ばすと、神妙な面持ちで動画下にあるバーのカーソルを動かした。

レベッカは椅子の背もたれに寄りかかった。「やめて！」

エリスが動画を再生しないままそのバーを右側に移動させると、たったいま見たばかりの動画の場面が次々と画面上に現れた。身もだえするレオ、手で頭をつかむレオ、うろうろ歩きまわるレオ、レオ、レオ、レオ……。レベッカはエリスが何をしているのかわからず、彼の手をタッチパッドから払いのけたかったが、画面をじっと見つめている自分に気がついた。耐えられなかったが、目をそらすこともできなかった。

やがてエリスは目あてのものを見つけたらしく、レオが眼帯をした小柄な少年を前に立たせたところで動画を一時停止させた。その子のまわりでぐるぐるとカーソルを動かしながら、エリスは聞いた。「この子に見覚えは？」

レベッカはその不明瞭な画像に目を凝らした。「わたしの知ってる子？」

エリスは何も言わずに、その男の子のプラチナブロンドの頭部のまわりをカーソルでなぞり続けていた。まるでそこに後光を描こうとしているかのように。

「あなたはこの場にいたのね……」

一瞬、レベッカは声をあげて笑い出したくなった。エリス・ベイリーがこんな恥ずかしがり屋のもじもじした子どもだったなんて、信じられない気がしたのだ。とはいえ、面白いことなど微塵もない。

エリスは片手をパソコンから離した。「ぼくのクラスはコンテストで優勝したんだ」彼は言った。「というか、ジェシカ・ドーブが優勝してね。彼女が絵を描いたおかげで、クラス全員で撮影現場を見学して、密航者に会えることになったんだ。ぼくはその場にカメラがあったことを覚えていた。バスから降りる前に、ブルック先生からみんな髪をきれいにとかしなさいと言われたから。だけど、なぜぼくたちがカメラで撮られたのかはわからなかった。どうやら、おとぎ話についてのドキュメンタリー用だったらしいんだけど、さっきも言ったように、結局この動画は使われなかったんだ」

いまやエリスは、子どものころの自分の姿が映ったままの画面によって催眠術にかかってしまったようだった。だが、レベッカはいまのエリスに視線を移しており、突如として見知らぬ他人になってしまったようだと感じていた。

「あなたは最初からずっと知っていたのね……」

「いや」エリスはすぐに否定した。「そうじゃない。ぼくはあの日、彼がどこか変だと感じていた。

そして、そうなったのはぼくのせいじゃないか、ぼくが何かへまをしたせいじゃないかと思ってしまっていたんだ。だけど、だれも何も説明してくれなかった。ぼくらはただバスに戻り、そのできごとについてはもう二度と触れられなかったんだよ」

「そんなの信じないわ」レベッカが言った。

レベッカはヘッドフォンをエリスのほうに押しやると、椅子を引きずってテーブルの反対側に戻した。急に動いたせいで胃のなかが波立つのを感じた。午前中いっぱいよりもさらに気持ちが悪くなっていたが、これ以上、彼の横に座っていたくなかった。このふたつめの不快感は最初の不快感よりはやや対処しやすい気がした。この感情に対処してから、父親についてたったいま知ったことについて考えてみよう。

エリスがノートパソコンを閉じたせいで、お互いの姿がよく見えるようになった。「確かに、ぼくはこれまで幾度となく彼のことを考えてきた」エリスは言った。「ずっと、あのとき実際に何が起こったのか知りたいと思ってきたんだ。あれはまるごと自分の想像だったんじゃないかと思うこともあった。あのことがあったあと、だれもそれについて話さなかったから。だけど、ある意味そのせいでよけいに記憶に刻まれたんだ」

それはレベッカ自身の体験と似ているようだったが、いまそのことについて考えてみるには動揺しすぎていたので、ただこう尋ねた。「なぜあなたはここにいるの？」

「えっ？」エリスはカフェを見まわし、それからまた心配そうな顔でレベッカを見た。きっと彼はレベッカまでおかしくなったと思っているのだろう。

「なぜあなたはいまもわたしに協力してくれているの？」

「それは記事が……」エリスはゆっくりと言った。「〝あの人はいま〟の記事を完成させなきゃならないから」

「だけど、それはもう完成して、公開されているじゃない」レベッカは言った。「そして、その記事は父のことにほとんど触れていないわ」

エリスはレベッカを凝視していた。どうやら、彼女があの記事を見ているとは思っていなかったらしい。それでもまだ、レベッカは彼がこちらの聞きたい言葉を口にしてくれることを願っていた――『きみのためにここにいるんだ、いまも協力しているのは、きみのことが好きだからさ』――刻一刻と、そうでないらしいことが明らかになっているにもかかわらず。

「あなたはもうひとつの記事のためにここにいるのね。月曜日にちらっと言っていた記事のために」レベッカはそう言いながら、轟音を立ててやってくる列車のようにすべての謎が解けるのを感じていた。大英博物館の階段で、彼が今朝ちょっと思いついたふうに言っていた新しい記事案についての会話を思い出しながら。「あなたがあれだけいろいろな人から話を聞き、この動画を手に入れようとしていたのは、くだらない懐古記事のなかで少し触れるためなんかじゃなかったのね。あなたには最初からもっと別の思惑があったんだわ。父のことだけを扱った記事を書きたいという」

エリスの気まずそうな表情がそのとおりであることを裏づけていたが、それに答える彼の口調はきっぱりしていた。「ぼくがいろいろな人から話を聞き、あの動画を手に入れようとしていたのは、ぼくの記憶と実際にあったことが一致しているかどうか確かめたかったからだよ」

「それで、あなたはリチャード・ロウリーが言ったことを記事にしないと約束したのね」レベッカはろくにエリスの言葉を聞かずに言った。「あなたはドラッグ云々の話は嘘っぱちだと知っていたし、もっとおいしくて面白いネタが目と鼻の先にあるとわかっていたんだわ。あなたはそのことをみんなから聞き出そうとしていたのね――」レベッカはいまや自分の浅はかさにめまいがしそうだった。「――このわたしからも」

レベッカはハックスリーでパトリシア自身に話をさせるようアドバイスされたときのことを思い

出した。『彼女自身のタイミングで、彼女自身がそうしようと思いついたかのように話をさせないと』……。エリスはわたしにもこの方法を使っていたのだろうか？　新しいオフィスで初めて会ったとき、エリスはわたしが何かを隠していると思っていたわよね。自己嫌悪をつのらせながら、レベッカは彼がそのためにここにいるのだと気づいた。彼は時間をかけてレベッカが口を滑らすのを待っていたのだ。

「きみはぼくをそんなふうに思っているのか？」エリスがむっとした顔で言い返した。「そんな薄汚いタブロイド野郎だと？」

「じゃあ、わたしの勘違い？　わたしの父について書くつもりはないの？」

エリスはため息をついた。「書いたとしても、それはきみが思っているようなーー」

「やっぱり書くんじゃないの」レベッカはさえぎって言った。「あなたはあらゆる関係者に電話をし、メールを送り、エクセターにもハックスリーにも来てーー」

「ハックスリーに誘ったのはきみじゃないか！」

「ーー考えてみたら、あなたはフォルダー一冊丸ごと父のことを調べていたものね」今度は実際に声をあげて笑ってしまった。「どうしてこれまで気がつかなかったのかしら！」

「なぜきみがそれほど腹を立てるのか理解できないよ」エリスが反撃してきた。「月曜日に話したように、すごくいい物語になるのに」

「物語なんかじゃない！」レベッカは吐き捨てるように言った。「わたしたちがいま話しているのは父の人生、父の現実なのよ！」

「わかってる」エリスはそう言いながら、なだめるように両手をあげた。「ちょっとこっちの話も聞いてくれないか。頼む、聞いてくれ」ふたたびレベッカがさえぎろうとしたので、エリスは懇願するように言った。「ぼくはページビュー数を稼ぐことを目的にした、〝きみが絶対に知らない密航者の真実〟みたいな見出しのゴシップ記事を書こうというんじゃない。ぼくが書きたいのは、ちゃんとした人物紹介記事、なぜひとりの男が人気絶頂のときに突如として姿を消したのかについての慎重な調査に基づいた記事なんだよ。きみだって言っていたじゃないか。彼は苦しんでいるときに見捨てられたんだって。なにしろ、彼はクビにされたんだから！　みんなはそのことを知るべきだとは思わないか？　そして、それはレオのためだけじゃない。そういう記事は重要だし、ものごとをいい方向に変えることができるんだ。それに、考えてみて。ぼくらがもし本当に彼を見つけることができたら……」

　エリスは思わせぶりにこの最後の言葉を口にした。まるでそれが猫の玩具（おもちゃ）で、レベッカが飛びつくのを待っているかのように。だが、レベッカは椅子に座ったまま動かなかった。椅子の金属のフレームが背骨や肩甲骨に食いこんでいた。この瞬間まで、レベッカは心の底から信じていたわけではなかった。あるいは、信じたくなかった。自分がどこまで彼に欺かれているのかを。だが、いまこのとおり、彼は悪いことをしたと思っていないだけでなく、自分のもくろみを誇りにさえ思っているらしい。

「では、あなたのなかではこれは想定内なのね？」レベッカは氷のような声で言った。

「違うよ！」エリスがそう叫ぶのを聞いて、レベッカは動揺しながらも、彼がこんなにあわてるなんて珍しいと感じた。「そうじゃない！　まるでぼくがひどい悪だくみをしていたみたいに言うけど、ぼくはただ取材をして、そのなりゆきを見守っていただけなんだよ。ぼくはこんなことを想定していたわけじゃない」

　彼が空中で大きな弧を描く仕草をするのを見ながら、レベッカはその弧のなかにわたしも含まれているのだろうかと考えている自分がいやになった。

「あなたはわたしの味方だと思ったのに」レベッカは言った。「あなたがわたしに力を貸してくれるのは、あなたが――」レベッカは危ういところで口をつぐんだ。己の愚かしさに身が苛まれるようだった。「あなたとわたしは友だちだと思っていたのに！」

「友だちだよ！」

「じゃあ、なぜわたしに教えてくれなかったの？」

レベッカの声は高く悲しげに響き、そのせいでふたりとも一瞬、動きを止めた。レベッカはそれまでと同じくらい、いや、それまでにも増して怒っていた。何もかもがいまやぞっとするほど理解できたからだ。もちろん、彼には彼のすべき仕事がある。もちろん、彼はわたしの友だちにも、それ以上にもなりたくないに決まっている。だが、理解できないのは、なぜ彼がこれまで何も言ってくれなかったかだ。レベッカの胃はたったいま絞られているびしょびしょの布巾のようにねじれていた。彼はこれまでずっと、わたしの馬鹿さ加減をあざ笑っていたのだろうか？

「あの動画を見るまで、確かなことは何もわからなかったんだ」注意深くエリスが言った。「きみと同じく、ぼくにもおぼろげな記憶しかなかったんだよ」

「わたしの記憶を知ったように言わないでよ」

「確かに、ぼくにはわからない」彼はレベッカの言葉に乗じようとしているようだった。「それに、きみがレオのことをそれほど大切に思っているということにさえ気づいていなかった。きみはこれまでレオのことも、彼とすごしたころのことも、まったく話さなかったじゃないか――」

「そんなの、あなたには関係のないことだからよ！」

「――だとしたら、きみが何を知っていて、何を知らないか、ぼくにわかりっこないだろう？　それに、ぼく自身が知りもしないことを、なぜきみに伝えなきゃならない？」

レベッカはかぶりをふった。そんなのは言いわけ、説得力のない言いわけだ。

「ぼくはリチャード・ロウリーかパトリシアかプリヤがそのことを裏づけてくれるんじゃないかと

思っていたんだ」エリスは続けた。「彼らはレオを知っている——レオがどんな人間かじかに見て知っているから、期待していたんだよ。けど、三人ともまったく役に立たなかった。そうだろう？あまりにも敵意に満ちていたり、能天気だったりして、目の前で何が起こっているのかわかっていない人たちで——」

「それでも、あなたはわたしに言うべきだったわ」レベッカは譲らなかった。「わたしはあなたを信頼していたの。あなたと話をするために、母を裏切ってもいて……」レベッカは口ごもった。母親もまた最初からずっとレオの病気のことを知っていたのだと気づいたからだが、それでもまたエリスの裏切りをなじりはじめた。「少なくとも何かを伝えようとする誠意はあってしかるべきじゃない？」

「さっきから言っているように」エリスはきっとなって言った。「それはぼくが伝えるべきことじゃ——」

「あるいは、もしかしてあなたが何も言わなかったのは、そんなことをしたらわたしにもっと早く本性を見抜かれてしまうかもしれないからだし、大事な特ダネをふいにしたくなかったからでしょう」

いま、エリスはかぶりを振っていた。「ぼくのことをそんなふうに思っているのなら、仕方ないな」彼は冷たく言った。「だけど、ぼくは何ひとつきみにやらせてないよ。きみがいなかったら、ぼくはリチャード・ロウリーにインタビューしたあとであきらめてしまっていただろうな。なんとしても答えを得ようとしていたのは、きみじゃないか。その答えがつらいものだったのも、その答えを見つける手段がこのようなものであったことも、ぼくのせいじゃない」

「あら、思いやりのある言葉をありがとう……」

「嫌味かい？　本音じゃ、冷たいと思ってるんだね？」

「もういい」

傷ついたレベッカはありったけの憎しみをこめてそう言い返したが、エリスはただひたいをさすり、ため息をついた。「いや、悪かった。そんなつもりじゃ——何をしてるんだい？」

レベッカは両膝の裏を椅子に強くぶつけながら立ち上がっていた。椅子がミスマッチなフロアタイルとこすれて大きな音を立てた。その音のせいで近くのテーブルの客たちがこちらをじっと見つめた。いや、もっと前から見ていたのかもしれない。急にこの店は暑すぎるし、うるさすぎるし、耐えがたいと感じた。

エリスも立ち上がった。「ベックス、いいからちょっと——」

「そう呼ばないでって言ってるでしょ！」レベッカは怒鳴るように言った。「まったくもう、何度言ったらわかるのよ？」

金属製の椅子からバッグを取ろうとしてストラップを引っ張ったとき、食べなかったオートミールがゆが目に入った。その灰色がかったどろどろを見たとたん、お腹のあたりが震えはじめた。まるで内臓がねじれて外へ飛び出そうとするかのように。ここから出なければ。いますぐに。

エリスはまだ何か言っていたが、もはや彼の言葉など聞こえていなかった。あらゆるものがぼやけていた。「やめて」レベッカはそう言いながら、エリスの伸ばす両手からのがれた。「放っておいて……」

レベッカがぐいっと強く引っ張ってようやくバッグを椅子の背からはずすと、そのバッグはテーブルにぶつかって彼女の朝食のスプーンをはね飛ばした。それが床に落ちて派手な金属音を立てたのにはかまわず、エリスの横を無理やり通ると、レベッカはいまにも戻しそうな口を片手で押さえながらドアのほうへよろよろと向かった。

外に出ると、太陽がまぶしかった。レベッカは観光客の一団とぶつかった。彼らがつぶやく謝罪を聞き流しながら、観光客たちのショッピングバッグのあいだをふらふらと進み、よろめきつつ通りを歩いて小路にたどり着いた。そこで泣きながら前かがみになると、手近な壁につかまって体を支えながら、コンクリートの上にわずかばかりの胃の中身を吐き出したのだった。

13　ロザリン

　何よりもこたえたのは屈辱感だった。デヴォンへ帰る道中、それは雹（ひょう）をともなう嵐のようにレベッカを苛（さいな）んだ。みんな知っていたのだ。エリスも、母親も、祖母も。家族みんなずっとこのことを隠していて、自分も実の父親への無関心を装うことで、彼らの隠しごとを容易にしていたのである。

　なぜもっと早く父親のことを尋ねなかったのだろう？　なぜ察することができなかったのか？

「彼は具合が悪いんだ」と、あの動画に出てきた男性が言っていた。とはいえ、父親に関する玉石（ぎょくせき）混淆（こんこう）の記憶――クリスマスキャロルを大声で歌ったり、森のなかにビスケットのかけらを落としたり――を思い返してみても、レベッカにはやはりその行動を病気とは結びつけられずにいた。父親はただみんなよりも大きく、元気いっぱいだった――そして、すばらしいとレベッカは思っていた。それまで考えたこともなかったのだ。あの輝きが何かの症状かもしれないだなんて……。そもそも、あれはなんと呼ばれるものなのだろう？

　でも、自分だって何かには気づいていたんじゃない？　リチャード・ロウリーやパトリシアやプリヤの言うことを疑っていたのだから。わたしが彼らの言うことを信じなかったのは、自分の心にある父親の姿が彼らが悪しざまに言う人物とは違っていたからなの？　それとも、自分は薬物、悲しみ、孤独以外の理由を感じ取っていたから？　あるいは、父親の性格や、父親が自分の人生から消えてしまったことを、ただ〝そういう人だから〟と考えて納得してしまっていたからだろうか？　父親のいなかったこれまでの長い年月、父親はわたしのことなんてどうでもいいんだと思いこみ、こっちだって父親のことなどどうでもいいと考えてきたけれど、そのあいだ、実際は……正確にはどうだったのだろうか？　父親は無理やりわたしの人生から追い出されていたの？　どこかに入院している？　それとも、死んでしまった？　レベッカは車のハンドルを揺らして大声で叫びたかった。いまなお、自分はエリスが二週間前に投げかけてきた問い、『レオ・サンプソンはどこに？』の答えに少しも近づいていない。

エリス。彼のことを考えると、レベッカのいまや空っぽになった胃は怒りと恥ずかしさで痙攣しそうだった。どうしてわたしはあんなにも愚かだったのだろう？　彼がなんらかの記事のネタを追いかけていることは、最初からずっとわかっていたはずなのに。父親探しを始めた時点で彼とは距離を置くべきだったし、ハックスリーに誘ったり、打ち明け話をしたり、あのバーであんなふうに抱きついたりするべきではなかった。少なくとも彼と一夜をすごさなかったことが、せめてもの慰めだ。こうなったら、もうかまうものかと思う相手はエリスであり、自分の記憶から消し去りたいのもエリスだ。昨夜のできごとの記憶はもちろん、彼は自分を好いてくれているに違いないという馬鹿げた思いこみも、消し去りたい。そして、父親探しは自分の考えで始めたことで、父の病気なり状態なり――それをなんと呼ぶべきにせよ――をあんなひどい動画からではなく、自分自身で気づいたことにしたかった。

レベッカはエクセターへの最初の出口を通り越し、続いてＭ５（イギリス南西部を走る主要道路）から市内へ入るほかの出口もすべて通り越した。狭くてさえない自分のフラットに向かっているつもりでいたが、じつはダートムーアへ車を飛ばしていることに気づいたときも驚かなかった。おそらく、心の奥底では最初からずっとロウアー・モーヴェールを目ざしていたのだろう。

プリムローズ・コテージが見えてくると、怒りに体がこわばる気がした。バタンと車のドアを閉めながら、レベッカは思った。ロザリンがすぐに飛び出してこないのは珍しい、まるでわたしの訪問の目的を知っているかのようだ。けれど、私道を大股で進みながら、レベッカは家のなかが前回の訪問のときのように静かだと気づいた。それでも、立ち止まって二階から足音がしないか聞き耳を立てていると、どこか外から女性の笑い声が聞こえてきた。

レベッカはつかつかと廊下を歩いていき、キッチンとロザリンの書斎を通りすぎた。裏庭へ通じるドアを勢いよく開けたとき、はっとして立ち止まり、怒りが驚きに変わった。甘い香りを放って垂れ下がるライラック色の花に囲まれて、母ロザリン、祖母リリアン、叔母ダフネが午後の陽射しのなかデッキチェアに寝そべり、ピムス（英国産リキュール）の大ジョッキらしきものをまわし飲みしていたのだ。そのそばでは伯父モートンが、すっかり日陰になっている椅子にうつむきかげんに座ってビール瓶を握っている。

ふいに現れたレベッカに、みんなが口々にうれしそうな言葉をかけた。叔母が手にしたグラスを振ると、なかの氷がきれいな音で鳴った。「ヤッホー！」叔母が大声で言った。「ちょうどこれからみんなで飲むところよ！」

「今日、ロンドンから帰る予定だったのよね？」ロザリンが満面の笑みを浮かべた。

「そう。まっすぐここに来たの」レベッカは淡々とした口調になるよう努めたが、全員から歓迎されているときにそうするのは難しかった。

「じゃあ、こっちに来て、わたしたちにその話を聞かせてちょうだい」祖母が手招きをした。

「そうだよ、頼むから話題を変えてくれ」薄暗い物陰から伯父がつぶやいた。「さっきからずっとクッションカバーの話なんかしてるんだからな。おまえも何か気の利いたものを飲むだろう？」伯父はデッキチェアの横に置かれたクールボックスのほうに手を伸ばし、新しいビール瓶を取り出してレベッカにさし出した。

「だめよ、こっちを飲んでみて！」叔母が叫びながら、フルーツがたくさん入ったカクテル入りのジョッキを振ってみせた。「このイチゴはうちの畑で採れたものなのよ……」

「椅子を持ってきたら？」ロザリンが言った。

レベッカはそうしたい気持ちにかられた。冷たい飲み物――ノンアルコールの飲み物――を手に太陽の光を浴びてくつろぎ、なんの問題もないふりをするほうがはるかに楽だ。みんなとても落ち着いていて、満足そうだった。レベッカは伯父の毛むくじゃらの足の指がのぞいているおんぼろのサンダルや、ランプシェードのように見える叔母の巨大な麦わら帽や、祖母がヘイターそばの湿原で見つけた白フレームの傷だらけのサングラスを見ながら、はからずも愛情が湧き上がってくるのを感じた。

だけど、みんな嘘つきなのよ。自分にそう言い聞かせると、この光あふれる庭も暗くなったように思え、今度は意図的に〈木こりの小屋〉を思い浮かべた。あの物語にはいまも読み解けないところがあるけれど、父親がここで途方に暮れ、閉じこめられているように感じ、自分自身がほとんどなくなるまで少しずつ削られる思いだったことは、わかっていた。

レベッカは母親をじっと見つめて言った。「じつは、少し話したいことがあるんだけど。家のなかで」

「なんだかこわいわね、ベッカったら！」母親はそう言って笑いながらデッキチェアから立ち上がり、ジョッキを指さした。「ふたりとも、わたし抜きで全部飲んでしまわないでよ！」

祖母と叔母がくすくす笑い、伯父がこちらに向かってやれやれという顔をしてみせるのを見て、レベッカまで思わず笑い出しそうになった。

ロザリンは白いクロップドパンツに花柄(はながら)のノースリーブシャツ姿で、腕や脚の細さが強調されていた。玄関で庭用のサンダルを蹴るように脱ぐと、ロザリンはレベッカを抱きしめて言った。「会いにきてくれて嬉しいわ、ベッカ。もっとも、ほんの少しだけでも連絡がほしかったとは思うけど。あなたにいったい何を食べさせたらいいのかしら！」

「すぐ帰るつもりだから」

だが、ロザリンは聞いていなかった。「でも、何かあるから大丈夫。さあ入って、入って……」

レベッカは無言のまま母親のあとから家に入り、実家の森林のような香りを吸いこみながら、昔の自分の部屋へ行き、ベッドに倒れこんで眠ってしまいたくなった。だが、疲れた体に鞭打って二階への階段前を通りすぎた。ここには休息を取りに帰ってきたわけではない。

キッチンでは、母親がすでに戸棚、引き出し、冷蔵庫の扉をあけたり閉めたりしていた。「ピムスがいい？　それとも、紅茶？　紅茶を飲むと涼しくなるって言うけど……ロンドンのお天気はどうだった？」

「暑かった。ありがとう、紅茶で」

朝食用カウンターのスツールに腰を下ろすと、レベッカは母親がケトルに水を入れ、ポットに入っている牛乳のにおいをかぎ、ブロンテの水入れに水を足すのを見つめた。どうしてこの人はいつもせかせかと動きまわっているのだろう？　レベッカは母親の上から網をかぶせ、ヴィクターの蝶のようにガラスのなかに閉じこめたくなった。

「お母さん？」レベッカは切り出した。

「エイミーはどうだった？」

「うん、元気だった」

「どんなフラットだった？」

「すてきだった」

心のなかで、レベッカは顔をしかめていた。とにかく早くロンドンから逃げ出すことばかり考えていて、エイミーが仕事から帰ってくるのを待つことさえしなかったのだ。それに、置き手紙もしなかったし、メールもしていない。エリスとのあいだに何があったか説明することに耐えられなかったから。もっとも、レベッカはこうも思っていた。エイミーがよけいなおせっかいさえしなければ、自分はあれほど愚かな真似はしなかったのに。

「エイミーはグリニッジに住んでるんでしょう?」母が言った。「あなたが行ったと知ったら、きっとデビーが喜ぶわ。大都会でひとり暮らしをするエイミーのことを、それは心配してるのよ」

「エイミーはひとりじゃないわ。ティムがいるんだから」

「そうね。だけど、わたしの言いたいことはわかるでしょ、ベッカ。あの子はあなたみたいにすぐ近くにいるわけじゃないんだもの。夜は泊まっていくの?」

「ううん」

こんな会話を延々と続けている場合ではない。だが、レベッカはキッチンで忙しく立ち働く母親の姿に魅せられていた。母親がいまも以前のままなのが驚くべきことのように思えたのだ。父親——というか、レベッカの心のなかの父親——はすっかり変わってしまったというのに。

「だったら、また週末に帰ってきてね」母は言った。「ところで、いま何枚か旅行の写真を見るぐらいの時間はあるでしょう。すぐ持ってくるわ」

「だめ、行かないで——」

けれど、母親はもう廊下へ出てしまっていた。

レベッカはひたいをこすりながら、ケトルのシューシューいう音やブロンテのいびきを聞いていた。ここに来てすぐに何か言うべきだった。たとえほかに人がいたにせよ。母親が万事いつもどおりと信じている時間が長くなれば長くなるほど、自分が言いたいこと、言わなければならないことは、ますます口に出しにくくなっていた。

「持ってきたわ」母が封筒を手にまたキッチンに入ってきた。「プリントアウトしたの。そうしないと、パソコンのなかでどこに行ったかわからなくなっちゃうでしょう?」

「お母さん?」

「なあに、ベッカ?」

「わたし、お父さんの居所を知りたいの」

母親は動きを止めたが、一瞬、顔に驚きがよぎっただけで、そのあとなんとか笑顔になった。

「レベッカ、その話ならもうしたわよね、覚えてるでしょう?」

「ううん、してない」

「したわよ」母は歌うような口調で強く言った。「つい二、三週間前に。あなたのところにあの記者から連絡があって、それで——」

「そんな話じゃない。わたしがお父さんの居場所を知りたいの」

母親は何度かまばたきをした。「いったいどこからそんな話が出てくるのかしら。わたしを困らせたいの?」

「そんなわけないでしょう」

「じゃあ、どうしてそんなことを聞くの?」

レベッカはため息をついた。これではエリスと話しているみたいだ。質問に次ぐ質問に次ぐ質問。

「わたしのお父さんなんだから、わたしには知る権利がある」

「では、わたしはどうなの?」母親が聞いた。「この件に関して、わたしに発言権はないの?」

「この件って? わたしはただお父さんがどこにいるか知りたいだけよ!」

母親はかぶりを振った。「信じられない。今日の午後、あなたはわたしのために来てくれたんだったことも水に流して……」

と思っていたのに！　わたしは何週間も会っていなかったことも水に流し、昨日ランチできなかったことも水に流して……」

「わたしはロンドンにいたのよ！」レベッカは冷たく言い返した。「その理由を知りたい？」

母親はあまり知りたくなさそうだったが、レベッカはようやく自分の思っている方向に話が進んでいると感じて言った。「お父さんを探してたの」

母親が何かを言う前に、レベッカはこの一、二週間のできごとを簡単に説明しながら、これが現実であることに感じ入っていた。長い年月を経ていまようやく、強引にこの話をしているのだ。レベッカは母親が教えてくれようとしなかった説明を求めて、父親の過去を知る人々と会ったこと、とりわけこれまで存在すら知らなかった大叔母パトリシアとすごした週末について語った。

レベッカがその話を終えたとき、高い頬骨あたりを赤くした母親は、娘の顔と朝食用カウンターに置かれたアドレス帳へ視線を交互に向けていた。そして無言のまま、振り返ってケトルの電源を入れた。あっという間にお湯は再沸騰したが、母親は二杯の紅茶を入れるのにいつも以上に時間をかけているようだった。

「お母さん？」レベッカは水道の水音にかき消されないように声をかけた。母親がスプーンを水ですすいでいたからだ。「お母さん、そのことについて話したいんだけど？」

「何を話すの？」

「お母さん、わたし、知ってるのよ」

母親は水を止めたが、シンクから動かず、居眠りしているブロンテや、窓敷居や、プリムローズ・レーンに目を向けていた。「レベッカ、あなたが知っていると思っているのはどんなこと？」

「全部よ」レベッカはあきれたように小さく笑って応じた。「お父さんが病気だったことも知ってる。すごく長いあいだ――というか人生の大半そうだったんだと思う。お父さんはそれから逃げ出そうとして、お芝居にエネルギーを注いだけれど、お母さんと出会ったときのお父さんは苦しんでいたことも。その後ふたりが別れたあと、お父さんが密航者になって、また不調が始まったことも」

レベッカは自分に驚いていた。これまで父親の人生についてわかったことや、あの動画を見て知ったことを結びつける暇など、ほぼなかったのに、子ども時代に何度も語ってきたお話のように自分の口をついて出てきたのだ。だが、ようやくシンクから振り返った母親は、さほど感心しているように見えなかった。

「あなたは何もわかってない」母親は言った。

その声は静かで、冷静で——あまりに冷酷だったので、レベッカは思わずひるんだ。

「それは事実じゃないと言うの？」

「あら、そうは言ってないわ」母は言った。「だけど、そんな探偵ごっこをしたくらいで、あなたにあれがわかるはずないわ」

母親は朝食用カウンターに戻ってくると、カチャンと音を立ててレベッカの紅茶を置いた。レベッカはそれをカウンターから払い落としたかった。ブロンテが前足でいろいろなところに置いてある装飾品を払い落とすように。オレンジ色の〈高慢と偏見〉のマグカップ——母のお気に入り——が石の床にあたって砕け、中身が飛び散るところが見たかった。

だが、レベッカは母親の氷のような落ち着きに気圧されないよう努力した。「じゃあ、そのことについて説明してくれない？」

ロザリンは探るような目でレベッカを見た。まるで娘の大きさを確かめるように。「いいわ」静かな声だった。

その場に立ち続けるロザリンも、一瞬、台詞を思い出そうとしている役者のように見えた。

「目を覚まして、家じゅうが粉まみれになっていたらどうか、想像してみて」母親は目を大きく見開いて語りはじめた。いまもその光景がまざまざと浮かぶかのように。「というのも、それこそあの人がホワイトクリスマスを望んだときに起こったことだったから。想像してみて……」母親はまた台詞を思い出そうとするかのように、窓の外をじっと見つめて口ごもった。「朝の三時に牧師さまから電話がかかってきて、あなたのご主人が鐘楼の上で踊りまわっているから迎えにきてもらえませんかと告げられたらどう思うか。自分の貯金の大部分がいつのまにかなくなっていたらどう思うか、想像してみて――」いまや言葉が次々とあふれ出てくるようだった。「――そして、それはあの人がギリシャなんかへ運転していきたいと思った高価なキャンピングカーを買うために、共同名義の口座のお金を引き出したせいだとしたら！」ロザリンはレベッカをにらみつけて言った。「あなたにわかるもんですか。あなたには想像もつかないわよ。あの人が何をするか、何を言い出すか、どこへ行くか。そもそも帰ってくるのかさえわからずに、いつもおびえている生活がどんなものかなんて！　なにしろ、何であれあの人の頭のなかで起こっていることは、わたしたちがあの人を閉じこめようとしている退屈でささやかな暮らしなんかよりもはるかに刺激的なんだから！」

ロザリンは音高く鼻から息を吐きながら、そこでいったん間を置いた。だが、ようやくこの話をすることにしたいま、言葉を止めることができないようだった。

「そして、それは〝ハイ〟のときの話！」ロザリンは甲高い声で叫んだ。「それは楽しい日々なのよ――少なくとも、あの人にとっては。だって、つらい日々もたくさんあったんだから。あの人がベッドから出ることもできず、動くことも話すこともしようとしない、わたしが恐れた日々が……」母はかぶりを振った。「そして、それは遊びでもなければ、ゲームでもなかった」

「そんなこと思ってな――」

「いいえ、あなたは遊びだと思っていたの」ロザリンは言った。「でも、それはあなたのせいではないわ。あなたは子どもだったんだから。だけど、レオとバーディにとっては、あらゆることがゲームだった。エクセターまでヒッチハイクしよう、ぼくたちの服を全部、緑に染めてしまおう、雨のなかでキャンプをしよう――だけど、ママには言っちゃだめだよ。どうせダメって言われるだけなんだから――。あの人はわたしを、あなたが避けたり、嘘をついたり、恨んだりする相手にしてしまったの。あの人の作り上げた物語のなかでは、いつもわたしは悪者だったわ」

　レベッカは目を伏せたが、口をつけていない紅茶入りのマグカップを見るのではなく、砂漠に住む魔女のことを思い浮かべていた。それから、パトリシアが顎で庭を示しながらアデリーンとレオについて話していたときのことを思い出した。『とにかく、あのふたりはいつもあそこで――ふたりだけの秘密の遊びをして、ふたりだけの秘密のお話を作っていたわ』レベッカがまた顔を上げると、ロザリンは向かい側のスツールに腰を下ろしており、我慢ならない記憶のせいですっかり消耗した様子だった。しみひとつないカウンター越しに互いを見つめながら、レベッカは実際に母親を恨んでいることに気づいた。責を負うべき親だからではない。まるきり悪者らしくなかったからだ。

「あの人と出会ったとき、わたしはとても若かったわ」ロザリンはいまやずっと静かな声で続けた。「あの人もわたしも。わたしは何も知らなかった……心の病のことを」母親は喉から絞り出すように最後の言葉を言った。「少し変わった人だなとは感じたけれど、それは治せると思っていたの――わたしが治してみせると」そこで、指の関節のひとつをぎゅっとつかんだ。まるで自分がばらばらに崩れていくのを恐れるかのように。「わたしはなんとかうまくやろうとしたのよ。本当に。最初のころは、あの人のためならなんだってした。あの人に夢中だったから。それまであんな人には会ったことがなかった。つまり小説ではなく、現実で……」ロザリンは視線を下げ、指輪をしていない左手の薬指を握りしめていた手をさっと離した。「でも、やがてあの人はわたしたちを引き裂きはじめたわ。ベッカ、あなたとわたしをよ。そして、見なさい！」母は甲高い、苦しそうな笑い声を漏らした。「あの人はいまだにそうしている！」

「お父さんは何もしていない」また腹が立ってきて、レベッカは言い返した。「こうなったのは、お母さんのせいよ。もっと前じゃなく、いまになってこんな話をしているのは、お母さんのせいでしょう」

「だって、あなたはまだ——」

「わたしはいつまでも子どもじゃない！　お母さんはわたしに何か言うべきだった。お父さんがいなかったふりとか、お父さんはわたしのことなんか気にかけていないふりをするんじゃなくて」

「いったい何を言えばよかったというの？」ロザリンが叫んだ。

「事実を言えばよかったんじゃない？　お父さんは病気だったと！」そして、すべてを知りたいという思いから、レベッカは聞いた。「お父さんの病気は何なの？　何という病名？」

だが、ロザリンはかぶりを振っており、その拒絶だか敗北感だか、なんと呼ぶかわからないものこそが、母親がこれまでに言ったりしたりした何よりもレベッカをいらだたせた。

「お父さんは病気だった」レベッカは繰り返し、そう言うのが正しいことに思えた。というのも、この家でこれまでだれかがそう言うのを一度も聞いたことがなかったからだ。「お父さんは病気だったのよ！」

「だから、何？」

レベッカはロザリンがあざけるように言った言葉を理解するのに数秒を要しただけでなく、理解してなお、そう言われたことが信じられずにいた。だが、母親の表情にはひとかけらの哀れみも浮かんでおらず、レベッカはうんざりして思わず顔をそむけた。

「どこへ行くつもり？」スツールから下りかけたレベッカに向かって、ロザリンが言った。

レベッカ自身にもわからなかった。話は終わっていなかった——まるきり。だが、この話をするのは想像以上に大変だった。今日の午後ここに来るべきではなかった。この話はすべてをよく振り返り、きちんと睡眠を取ってからすべきだった。

「レベッカ？」

「ちょっと時間をちょうだい」

「レベッカ……」

レベッカはドアのほうに歩き続けた。

「立ち去るなんて許さない！」

レベッカはその場に凍りついた。いつもなだめられたり、罪悪感に訴えかけられたり、実際は冗談ではないことを冗談めかして言われたりすることに慣れていたからだ。無言のもてなしやちょっとしたご機嫌取りをすっかり当たり前のことと思っており、この二十五年間、母親からこんなふうに怒鳴られたことは一度もなかったのだ。

レベッカが振り返ると、またしても顔と喉を真っ赤にして立っているロザリンの姿が目に入った。

「あの人のことを聞きにきたんだったら、最後まで全部聞かずに出ていくんじゃないわよ！」母はとげとげしい口調で言った。「真実が知りたいんでしょう、レベッカ。だったら、最後まですべてをちゃんと聞きなさい！」

「いいわ――とっくの昔に聞かせてもらっていれば、もっとよかったけど！」

「じゃあ、あの人はそれを気に入っていたってことも教えればよかった？」

「えっ？」

「あの人は病気の自分を気に入っていたのよ」ロザリンはいまや勝ち誇ったような顔をしていた。

「そのために自分はほかの人と違って、特別なんだって思っていたの」

レベッカは怪訝(けげん)な顔をした。「それもその一部、つまり病気のせいだったんじゃないの？」

「だからといって、あの人は自分の病気に気づいていなかったわけじゃないわ。あの人は自分の病気に依存していたし、まったく気にしていなかった。まわりがいくら迷惑しようが、当人はいい気分なんだから、そりゃあ知ったこっちゃないわよね？」

レベッカは口ごもり、父親を擁護（ようご）する知識や語彙（ごい）を知っていればと思った。そして、その午後初めて自分に問いかけた。果たして父親は擁護に値するのだろうかと。「つまり、お父さんは助けを求めようとはしなかったの？」

「もちろん、助けなんか求めないわよ。あの人は自分はそういう人間なんだと思いこんでいたし、ほとんどの場合、自分がそうであることになんら問題はないと見なしていたんだから。あの人はこのわたしにさえ、そう信じさせることがあった。だけど、あの人が熱に浮かされたようになっているときに思いつく途方もない考えときたら、とにかく……」ロザリンは声をあげて笑った。「どれもこれも、ひたすら馬鹿げたものばかりだったわ」

レベッカは自分の無知をさらけ出したくなくて、おそるおそるこう言ってみた。「だけど、もし医者にかかっていれば……」

「あの人が拒否したのよ。医者がこわかったのか、自分勝手すぎたのか、まあ、ほぼ後者でしょうね」

「でも――」

「いいえ、あの人は自分勝手だった。あなたはそれがどんな生活だったか、わたしたちがあの人の病気に振りまわされてどれほど大変だったか、覚えていないでしょう。あの人の病気のせいで、本人だけじゃなく、わたしたち全員がくたくただったのよ。頼むから治療してくれって、あの人に懇願（こんがん）したわ。わたしのために、あなたのために。だけど、さっきも言ったように、あの人はあのままでいたかったのよ」

お父さんは病気だったのよ、とレベッカは思った。だが、今度は口に出さなかった。「それでもやっぱり、わたしに伝えるべきだったわ」レベッカは食い下がった。「わたしが大人になったらすぐに」

「大人になったらって言うけど、具体的には？　事情が理解できるくらい大人になったらってこと？　いま話してるけど、それでもわかってないじゃないの。あなたはどんなことがあってもあの人に味方するって決めてるんだから。昔からずっとそう」

「そんなのフェアじゃないわ」

「ええ、フェアじゃない」それから、同じぶっきらぼうな口調でロザリンが聞いた。「それ、飲む気あるの？」

　ロザリンは朝食用カウンターに置かれたままのマグカップに入った紅茶を見つめている。レベッカは思わず言いなりになってスツールに戻った。ロザリンはシンク横から自分用のマグカップを取ってくると、もう一度、向かい側のスツールに腰かけた。そのよそよそしい表情は、たまたま会議で顔を合わせただけの赤の他人に対するようだった。考える時間を稼ぐため、レベッカは紅茶に口をつけた。すでにぬるくなっていたが、空っぽの胃に何かを入れるのはいい気分だったし、母親は娘好みの濃いめの紅茶にすることを忘れていなかった。

「わたしが最後にお父さんに会ったのは、エディンバラ？」やがて、レベッカは聞いた。

「そうよ」

　ロザリンはこの質問にも、数日前についた嘘がばれていることにも、驚いていないようだった。

「わたしがそこに行ったのは、いつ？」

「九七年の八月。どれくらい覚えてるの？」

「断片的に少しだけ」

「なぜあそこにいたか、知ってる？」

父親との思い出をよくよく考えてみるように母親から促されるというのが意外すぎて、初めレベッカはぽかんとした。思い出せることといえば、今週前半にインターネットで目にしたエディンバラの素材写真、たとえば城、ごつごつした丘、柱状節理（マグマの冷却にともなってできる多角形柱状の割れ目）ぐらいだったからだ。レベッカはその旅のなかで唯一記憶にあるフェスティバルに意識を集中し、心の薄もやのなかから、踊る娘たち、ジャグリングをする大道芸人、仮面をつけたカップルを浮かび上がらせた。いや、仮面をつけていたのは男性だけだったかしら？　そう思ったとき、パフォーマンスをしていた者たちの姿が消え、代わりに太陽と砂、金の鳥かごをめぐって取っ組み合いをするふたりと、そのあいだに空高く舞い上がる赤い鳥が脳裏に浮かび……。

「お父さんに連れていかれたから」レベッカはそうささやきながら、胸が苦しくなるのを感じた。

「エディンバラにいたのは、お父さんがわたしを連れていったからでしょう」

ロザリンは目を閉じ、ひたいにしわをよせた。いつもの頭痛が起きるのを待ち受けているかのように。

「どうして？」レベッカは聞いた。「何があったの？」

母親はなかなか答えなかった。心の準備をしているかのように。だが、話し出したときの口調は淡々としていた。「あの人が村から出ていったあと、あの人はあなたと月に一、二度会うことができるというのが、わたしたちの取り決めだった」ロザリンは言った。「当時、あの人はブリストルで暮らしていたの。あの番組が撮影されていたのが、そこだったから。なので、いつもわたしがあなたを乗せて車で行き、あなたをあの人のフラットに置いて――信じられないほど薄汚いところだったけれど――わたしはそのあとひとりでショッピングや美容院に出かけてその日をすごしたわ。ときどき、あなたがあの人のフラットに泊まることもあった」

レベッカは当時の父親の家へ行った記憶を呼び覚まそうとがんばったが、思い出せたのは紫色のドアの前でもらった紫色のお菓子だけだった。おそらく、その紫色のドアはその薄汚いフラットのドアだったのだろう。レベッカは改めてリチャード・ロウリーが語っていた当時のレオの様子を思い出した。『彼は娘のことでひどくうろたえていて……前妻によって娘に会うことを制限されていたとか、なんかそんなようなことさ』

「一、二年はそれで大丈夫だった」母は続けた。「つまり、あの人は大丈夫だった。あの番組があったからでしょうね。それがある日、八月二十三日にわたしたちがフラットに着くと、あの人はそこらじゅうを跳ねまわっていたので、いつもの症状が出ていることに気づいたわ。いつだってすぐにピンと来たの。わたしはその日の面会をキャンセルしたかった。だけど、あなたを連れてはるばる車を走らせたあとだったし、キャンセルなんて言ったら、あの人とあなたがどれほど大騒ぎするかよくわかっていたから、きっと大丈夫だろうと自分に思いこませたの。ひょっとしたら、あの人の父親としての本能が症状を抑えこんでくれるんじゃないかとね。いずれにしても、あれはわたしがおかした最大の間違いだった。自分の直感に従わず、あなたを置いていくなんて」

レベッカはまじまじとロザリンを見つめた。母親からはこの午後まで怒鳴られたことがなかったばかりか、これまで失敗を打ち明けられたこともなかったからだ。

「あなたには想像もつかないわよ。フラットにあなたを迎えにいったら、ふたりともいなくなっているとわかったときの気持ちは。だって、その瞬間、あの人があなたを連れ去ったんだとわかったんだもの。最初のうちは、警察から何度も言われたわ。ご主人は時間の感覚を失っているのではないですか、ご主人とお子さんは公園で遊びすぎたのかもしれないですよと。でも、わたしにはわかっていた、わかっていたのよ」

母親がいまにもこの話を打ち切ってしまうのではないかと思いながら、ためらいがちにレベッカは聞いた。「わたしはどれくらいの時間いなくなっていたの?」

「二日弱よ。わたしがあなたをフラットに連れていったのが土曜日の午前十一時ごろで、あなたはその翌日の晩、エディンバラで見つかったの。そんなに長い時間だとは思えないかもしれない」そこで、ロザリンはいきなり鋭い口調になった。「だけど、忘れないで。わたしには見当もつかなかった——見当もつかなかったのよ。あなたがどこにいるのか。あなたにはわかりっこないわ……そりゃあ、あの人があなたを傷つけないということはわかっていたわ。意図的にはね。だけど、あの人があなたを車通りの激しい道に引っ張っていくんじゃないか、高いところをよじ登ろうと連れていくんじゃないかと考えたら、心配で心配で……」母親は息を吸いこんだ。呼吸が乱れていた。「あなたは六歳だったわ、ベッカ。もう二度とあなたに会えないんじゃないかと思ったのよ」

ロザリンは骨ばった両肘(りょうひじ)をついたまま身を乗り出し、頭をかかえこんだ。こうした記憶をよみがえらせたことで、実際に頭痛に見舞われたかのように。レベッカは何か言うべきだし、たとえば片手をさし伸べるとかするべきだとわかっていた。だが、体は鉛(なまり)になってしまったようだった。

その後の沈黙のなかで、レベッカはその旅、というか〝連れ去り〟の記憶を探した。自分たちはどうやってそこまで行ったのだろう? そして、どこに泊まったの? ほとんど丸二日ものあいだ、わたしたちは何をしていたの? 考えて、レベッカは自分にそう呼びかけた。考えて。けれど、思い出せたことといえば、あの、雨に濡れた丸石敷きの通りで頭に浮かんだ一連の光景と、人ごみにもみくちゃにされた感覚だけだった。『お父さん! お父さん! お父さん!』

「お父さんとはぐれてしまった」レベッカは言った。「あそこにいるとき、お父さんとはぐれたの」

ロザリンが顔を上げた。「というより、あの人があなたを見失ったのよ」母親はきっぱりと言った。「あなたがひとりきりで街なかをさまよっていたのは、あの人のせいだわ。あの人のせいで、あなたは——」母親ははっとして口をつぐんだ。

「何？」レベッカは追求した。「お父さんのせいで、わたしがどうしたの？」

ロザリンの黒い目は、驚いた鹿のように大きく見開かれていた。それから、小さくため息をついて言った。「事故があったの。あなたは階段から転げ落ちて、腕の骨を折ったのよ」

レベッカは顔をしかめながら、自分の右肘をつかんだ。「違う……」レベッカは滑らかな傷跡を親指で触りながら言った。「これは自転車で作った傷でしょ。村を流れる川の浅瀬のそばで自転車で転んだときの傷だって、お母さんが言ってたじゃない」

とはいえ、そう言いながらも、レベッカには理解できた。これまでどこのものかわからなかった記憶のなかの、あの暗い通路の地面がふいに深く落ちこんだようだったあの場所……。それに、あのステッカーやリボンのついた子ども用の青い自転車で転んだのを、まったく思い出せなかったことも。

「それはエディンバラで起こったことよ」ロザリンは断固とした口調で言った。「あなたは大勢のなかにひとりきりでいて、急な坂道のほうに押しやられて、濡れた舗道で足を滑らせたの。もちろん、あなたは病院に運ばれて、幸いそこで自分がだれであるかを言うことができた。どうやら、その警察はすでにあなたを探してくれていたようで、だからそのあと、ことは迅速に運んだわ。とはいえ、あなたを取り戻すまでの時間はそれこそ何週間にも感じられた。それに、もっと深刻な事態になってもおかしくなかったんだから」

ロザリンの震える声がとうとう涙声になった。そして、ロザリンのほうから手を伸ばしてきてレベッカの指先をしっかりと握った。ロザリンは娘の手を痛いほどぎゅっと握りしめていたが、レベッカはほとんど痛みを感じなかった。またしても、自分の記憶とのギャップに混乱していたのだ。病院のことも、母親との再会も、事故そのものも、何ひとつ覚えていなかった。

レオについて聞くべきだろうか？　父親はわたしに怪我をさせてしまった。おそらく、そのつもりではなかっただろうが、そこにわたしがひとりでいたのは父親のせいだ。つまり、自分にこんな醜い傷跡があるのは父親が原因だったのだ。とはいえ、それでも、自分がほとんど覚えていないことに対して悲しんだり怒ったりするのは難しかったし、むしろロザリンの取りつかれたような表情や苦しみのほうに困惑していた。ロザリンはあとどれくらいこんな話に耐えられるだろうか？　彼女がこんなにも父について率直に話したことはこれまでなかった。だが、だからこそ、このまま話を続けるべきなんじゃない？　こんな機会は二度と訪れないかもしれない。

「じゃあ、お父さんはそのときそこにいなかったの？　事故のあとも？　病院にも？」

「いなかったわ」ロザリンの顔がこわばった。「たぶん、あの人はそのことを知りもしなかったと思う」

「お父さんに何があったの？」

「あの人も警察に保護されたらしいけど、詳しいことは知らない。あの人はいわゆるハイの状態だったから、いったい何をしていたことやら……」ロザリンはレベッカの手を放すと、片手で払うような、この件はもうこれでおしまいという仕草をした。

「それで二度とお父さんをわたしに会わせなかったのね」レベッカは責めるような口調になるのを止めることができなかった。

「そうじゃないわ。わたしは理不尽なことを求めたわけじゃない」ロザリンは言い張った。「当然、弁護士を雇ったわよ。法律上、そのときわたしたちはまだ婚姻関係にあったから。そして、あの人があなたに会うのは自分自身のことをきちんとしたあとでと取り決めた。つまり、医師の診察を受け、薬の服用を開始し、ちゃんとした仕事を見つけたあとでってこと。それはみんな、わたしが長年あの人にやらせようとしてきたことだし、それまであの人はあなたの面倒を見るには不適格だということよ」

「じゃあ、お父さんはそれをやり遂げることがなかったと？」

「もしあったとしても、わたしの耳に入ることはなかった。まったく、ほかならぬ〝あなた〟のためなら、あの人も考えを改めるんじゃないかと思ったのに……」ロザリンは肩をすくめた。

　これを侮辱と感じ、レベッカは身をこわばらせた。父と母、どちらからの侮辱なのかはよくわからなかったけれど。だが同時に、それが本当のことだとは思えなかった。病気であろうとなかろうと、レオがあっさり娘のことをあきらめるはずがない。だって、レオは二年後にわたしのために『七つのお話』を置いていってくれたではないか。

「そんなの信じない」レベッカは言った。

　ロザリンはまた冷ややかな顔になった。「どの部分を？」

「お父さんはその事故のあと、わたしに会いにこようとしたはずよ」レベッカはまた怒りを爆発させて言った。「お母さんがそれを邪魔したに違いないわ。どうにかしてお父さんを近寄らせないようにしたんでしょう。そして、いま――」

「そんなことしてない！」

「――そして、いまもまた嘘をついてる。わたしに自転車で転んだと言ったときのように。わたしは一度もエディンバラに行ったことがないと言ったときのように！」

「それはあなたを守るためでしょう！」母は声を荒らげ、ふたたび顔を真っ赤にしながら朝食用カウンター越しに指を突きつけてきた。「わたしがやってきたことは何もかもあなたを守るためよ、レベッカ、何もかも！」

　またしてもレベッカはこの母親らしくない怒りの爆発にひるんだ。それは懺悔ではない。仮にも。だが、これ以上、ロザリンから納得のいく言葉が聞けるとは思えなかった。ロザリンは自分が言っていることを真実だと思っているのかもしれないが、真実のはずがない。それこそ、父親がまったく姿を現さなかったことの唯一の説明になるではないか。少なくとも、納得できる唯一の説明だ。

ふたりはまた黙りこみ、それがあまりにも長引いて居心地よく感じられるほどだった。母と娘はある種の膠着状態に陥ったようだった。あるいは、言い争うのに疲れてしまったのかもしれない。

「わたしは何年もあの人が現れるのを恐れていたわ」廊下のほうを見つめながら、やがてロザリンが言った。「夕食どきにずかずか入ってくるあの人の姿や、校門のところで騒ぎを起こすあの人の姿をよく想像したものよ。だけど、あるときふと気づいたの。あの人はもういなくなったんだって。そして、わたしたち、あの人なしでもまあまあ楽しくやってきたでしょう？」

「そうね」レベッカは答えた。ロザリンが何よりも望んでいるらしいことを言うのは不本意だったけれど。「でも、いま、お父さんはどこにいるの？」

これがそもそもの始まりだった。〝レオ・サンプソンはどこにいるのか？〟。もっとも、その質問はいつだって忘れ去られてしまった。そう尋ねようとすると、次々と別の質問が湧き出てきたからだ。

「知らないわ」ロザリンが言った。

「そんなはずない。ただ離婚して、それからその人と二度と口をきかないなんて、できるはずがない」

「甘っちょろいこと言わないで。そりゃあ、できるわよ。あの人が誕生日カードを送ってきたり、クリスマスに連絡してきたりしたと思う？　あの人があなたの学費を援助してくれた？　あの人はあのくだらない番組で稼いだお金を一ペニーたりとも、わたしたちにくれたことはないのよ……」

「じゃあ、あの机の引き出しには何が入っているの？」

ロザリンは後ろめたいというよりも、わけがわからないという顔をした。「なんのこと？」

「鍵がかかっている真ん中の引き出し。あそこにお父さんがらみのものが入っているんじゃないの？」

「まったく、何を言い出すやら！」母は両手をあげた。「あそこにはチョコレートが少し入っているだけ。ただのお菓子よ」母はふときまりが悪そうな表情になったが、それはレオがらみというよりも、お菓子をこっそりたくわえておいたことによるものと思われた。「鍵をかけたのは、一度ブロンテに荒らされたからよ。嘘だと思うなら、見せましょうか？」

ロザリンは挑むように廊下を指さしたが、レベッカは動かなかった。

「じゃあ、お父さんの居所に心あたりはないのね？」レベッカは絶対に話をそらされまいと思いながら言った。「これっぽっちも？」

ロザリンはため息をついた。「わたしの知っていた最後の居所はエディンバラだったけど、それはもうずっと昔の、あらゆる法律上の手続きが行われていたころの話よ。だから、いまもあの人がそこにいるのかどうか怪しいものだと思う。あの人の落ち着きのなさを考えるとね。だから、あの人はいまどこにいてもおかしくないわ」そこで、レベッカに鋭い視線を向けた。「で、あなたはまだあの人を探し続けるつもりなのね？」

「わからない」

「探すつもりなんだわ」ロザリンは言った。「わたしがこれだけ洗いざらい話しても」

「お母さん、わたしはお父さんの言い分も聞いてみるべきだと思うの……」

「わたしの言うことが信じられないから？」

「そういうわけじゃないけど、ただ――」

「まだ足りないのね」ロザリンはこわばった笑みを浮かべた。「こればかりはわたしの言い分を信頼してくれると思ったけど、わたしが馬鹿だったわ！」

「お母さん……」

「いいのよ、レベッカ。もう慣れたわ」ロザリンはスツールから立ち上がると、ふたり分のマグカップをつかんだ。「ただね、これだけ時間が経ったいまなら、あなたがわたしの味方になってくれるんじゃないかと思っただけ」

「わたしはお父さんと話がしたいだけよ！」

「そうでしょうよ」快活な口調を保って、ロザリンは言った。「で、あの人がもう生きていない可能性があることは承知しているわよね？　もしかしたら、それがあなたに会いにこない理由なのかもしれないことは」

「わかってる」

ひょっとすると、ロザリンはこれを切り札と考えていたのかもしれなかった。というのも、レベッカが平然としているのを見て、全身から力が抜けてしまった様子だったからだ。両手で持っているマグカップがずっしりとしたダンベルであるかのように。母親が疲れ、打ちのめされ、あまりにも悲しそうなので、レベッカのそれまでの怒りや不満が何やら柔らかな感情に取って代わられた。ほとんど無意識のうちにレベッカはキッチンを横切り、母親の手にあったマグカップをシンクに移すと、母親を抱きしめた。

ふたりは背の高さがほぼ同じだったが、痩せているロザリンは壊れそうで、きつく抱きしめるのがこわいほどだった。寒さのせいだけではなく、ロザリンのむき出しの両腕には鳥肌が立っていた。その体からはフローラル系の香水、高級シャンプー、そして家のにおいがした。母親のにおいだ。

初めのうち、ロザリンは身動きをしなかった。どうやらめったにない娘からの愛情表現に驚き、じっとしていたらしい。だが、しばらくしてゆっくりと頭をまわし、レベッカの耳もとに口を近づけた。「とにかく、あの人がわたしの家族にしたことを忘れないで」母親はそうささやいた。

お父さんだってわたしの家族なのに、とレベッカは思った。

「あら、いい眺めだこと！」

　ふたりがさっと体を離して見ると、戸口で祖母が満面に笑みを浮かべていた。祖母が持っているジョッキは、底のほうに何かどろりとした果物が残っている以外は空っぽになっている。祖母が羽織っているレース編みのショールは、一方の肩から背中のほうへずり落ちて床についていた。にこにこしている祖母の姿を見て、レベッカも思わず微笑(ほほえ)みかけた。

「お邪魔して悪いんだけど、ダフネとわたしにお代わりをもらいたいと思ったものだから」祖母はきまり悪そうにくすくす笑いながら言った。

「お代わり？」ロザリンが聞き返した。

　祖母の笑顔が消えかけた。「ピムスの」

「ああ……」ロザリンはまたぎゅっと目をつぶった。「どうぞ、自由に飲んで……わたしはちょっと部屋で横になるわ。少し気分が悪くて」

　祖母は心配そうに声をかけたが、ロザリンは手を振ってそれを受け流しながらドアへ向かい、ふとシンクに戻ってくると窓敷居にいたブロンテを抱え上げた。巨大な猫を胸に抱いて去っていくその姿は、お祭の屋台で手に入れた巨大なクマのぬいぐるみを引きずっていく子どものようだった。もちろん、うきうきした雰囲気は微塵(みじん)もなかったけれど。

「何かあったの？」

　レベッカはしぶしぶ祖母のほうを振り返った。祖母は手に持っていたジョッキを朝食用カウンターに置くところだった。紙のように薄い祖母の顔の皮膚は、旅に行ったせいで日に焼けており、ヘアクリップのひとつには鮮(あざ)やかなピンク色の花がはさんであった。おそらく叔母がやったのだろう。それ以外の点で祖母はいつもどおりだったが——同時にまったく見知らぬ人のように見えた。

「なんでもない」レベッカは言った。「わたしは帰る」

レベッカは祖母の顔に浮かんでいる心配と困惑を無視することに決め、廊下のほうへ進みかけた。

「ベッカ、いったいどうしたの？　ちょっとだけわたしにも話をして――」

だが、レベッカは立ち止まらなかった。話ならもうたっぷりしたし、ちょっとでも話す暇はなかったからだ。たとえ祖母のためであっても。いま自分の時間は父親のためにしか使いたくなかった。

「こうなっているのは、あの本のせい？」

ポーチで靴に足を入れていたレベッカは、動きを止めた。祖母がまた長いショールの端を床に引きずりながら、レベッカのところへやってきた。祖母の頬はいましがたのロザリンと同じように暗くかげっている。そんな祖母の姿を見て、レベッカのなかにまた怒りが湧き上がってきた。

「もっとずっと前にあの本を渡してもらいたかったわ」レベッカは言った。

「そうよね、ごめんなさい。だけど、ロザリンからあなたはお父さんともう関わりたくないんだと聞かされて――」

「お母さんは嘘をついてたのよ。おばあちゃんだって、それが嘘だとわからないはずがないでしょう」

祖母はうなずいてそれを認めてから、続けた。「ただ、あの子が経験したあれこれを思うと……」

「じゃあ、お父さんが経験したあれこれはどうなるの？」

「もっともだわ、だけど――」

「それに、わたしはどうなるの？　ずっとお父さんから〝気にもされていない〟と思っていたのよ！」

「ああ、ベッカ」祖母があまりに激しくかぶりを振ったせいで、ヘアクリップにはさんであった花が落ちた。「この世界でレオがいちばん大切に思っていたのは、あなたよ。問題の半分がそれだったと言ってもいいわ」

レベッカは『七つのお話』のあの献辞を見て以来ずっと、この言葉が聞きたかった。いや、レベッカは心のどこかで、これまでずっとその言葉が聞きたかったのだ。だが、いまとなっては、それだけでは十分ではなかった。

「どうやってあれを手に入れたの?」レベッカは聞いた。そのあと、祖母の困惑した顔を見て言い直した。「あの本よ!　お父さんから手渡されたの?　それとも、送られてきたの?」

「あれは——あれは、気づいたらあったのよ」泣きそうな声で祖母が言った。「戸口に、家の……」

「何かメモはあった?」レベッカはそうたたみかけながら、家族にこんなふうに詰問している自分が信じられなかった。「消印は?　差出人の住所は?」

「いいえ——封筒はなかった。包装紙にくるまれていたわ、明るい黄色の包装紙に。あなたの誕生日の贈り物だったんだと思う」

「いつの誕生日?」

「九歳の」

「なのに、カードはなかったの?」

「ごめんなさい……」

嘘をついている、とレベッカは思った。みんな、嘘をついている。

「で、お父さんがどこにいるかは知らないのよね?」レベッカはぶっきらぼうに聞いた。

「ロザリンが最後に知っていた彼の住所は——」

「エディンバラでしょ、知ってる」

むき出しの足をバレエシューズに入れながら、レベッカはエディンバラにレオ・サンプソンがいなかったことを思い返した。少なくとも、インターネット上に彼の痕跡は見つからなかった。もし父親がまだ生きているなら、おそらくどこかに引っ越してしまったのだろう。ロザリンが言ったように。

「お母さんのところに行って、話をしてきたほうがいいわ。すごく動揺してるから」

レベッカは廊下の向こうの、階段の見えているほうを顎で示したが、祖母はそこから動かなかった。「ベッカ、もしあなたが彼を探すつもりなら――」

「探すつもりよ」

「――どんな人を見つけることになるか、考えたことはある？　あの物語はもう読んだ？」

レベッカは思わず笑い出しそうになった。「おばあちゃん、わたしはもうわかってるの」レベッカはそう言いながら、最悪の部分をどう言うべきか考えた挙句、父親自身の言葉にたどり着いた。「演奏をやめられない音楽家のことも、世界の果てのあの暗い影のことも、わかってる。いまはもうわかってるの」

祖母は引き合いに出したその言葉に混乱している様子はなかった。いつにせよ、祖母も『七つのお話』を読んだのだろう。新たな悲しみに揺さぶられながら、レベッカは祖母に背を向けて玄関のドアを押しあけた。あれはわたしの本だ。あの物語を最初に読むべき唯一の人間は、わたしだった。なのに、それもまた、わたしから取り上げられてしまっていたのだ。

14　影のない男

レベッカのフラットは出かけたときのままだった。出かけたときと同じ犯罪小説がソファの上に開きっぱなしになっていたし、同じ服が洗濯物干しからぶら下がっていたし、同じ買い物リストが冷蔵庫につけたホワイトボードに走り書きしてあった。最初に見たとき、自分がほぼ一週間ここを留守にしていたことを示すものは、ドアマットに散らばっている不要なダイレクトメールと、テーブルに置いた鉢に入っているしなびたリンゴ数個だけだった。なんとなく、何かがもっと変わっていることを想像していたのだけれど。

荷物の片づけは数分で終わった。ハックスリーに一泊するための荷物しか持っていかなかったからだ。だが、すべてをしかるべき場所へ戻す作業——鍵類をキッチンのフックへ、携帯電話の充電器をベッド脇のコンセントへ——は、期待していたほど満足感を与えてくれなかった。ここへ戻ってくれれば、ほっとできるはずだったのに。とりわけ今日は、自分の持ち物や空間を恋しく思っていたから。でも、いまこうしていると疲労困憊(こんぱい)しているにもかかわらず、なぜかそわそわと落ち着かない気分だった。もはやこの部屋が自分の居場所ではなくなってしまったかのように。

ほかにすることがなくなると、片手をバッグの内ポケットに入れ、色あせたオリーブグリーンの表紙の『七つのお話』を取り出した。この二日ほどはまともに見ていなかったが、お話そのものはずっと心の中心にあった。いまやそれがこの小さな本のページを超えて存在しているかのように。レベッカは収集家や水の精、魔女やスフィンクス、そしてそれ以外のあらゆるものを、この本をもらうずっと前から知っていたように感じていた。いまでは、その物語をつい最近読んだばかりであるはずがないと思うまでになっていたのだ。物語と記憶のなかの父親の姿とを比べてみると、思い出には物語の断片のようなものがたくさん含まれていたから。たとえば、髪や服にさした鳥の羽根、木の精を探して木の皮をノックしたこと、海の怪物や木こりや魔女の紙人形たち……。ふいに両肩を強く揺さぶられたように、はっと気づいた。お父さんはわたしが生まれてからずっとあのような物語を聞かせてくれていたわよね?

読んでいない物語は、あとひとつだけ。今日も昨夜も読む時間はなかったが、ひょっとしたら、〈密航者〉の第二シリーズのように、自分はそれを読んでしまうのを引き延ばしていたのかもしれない。父親が自分に残してくれた言葉がもうこれしか残っていない場合に備えて、取っておいたのかも。レベッカはロザリンの姿や、数時間前に母親が言ったことを思い浮かべた。『最後まで全部聞かずに出ていくんじゃないわよ』それに対して、自分はすべてを知りたいと言い返した。だが、最後の物語のページを探して『七つのお話』をめくりながら、自分は果たして本当にすべてを知りたいのかわからなくなっていた。ここ一、二週間でわかったことのほとんどが、はっきりとした答えも満足感も与えてくれるものではなかったからだ。

七つめのお話：影のない男

むかし、あるところに、自分の影を払いおとせる男がいました。子どものころから、この変わった能力を持っていて、片足ずつ振りさえすれば、ひもを結んでいないブーツのように影が体からするりと取れるのです。

子どものころ、男は遊び相手になってもらおうと、影を体から切りはなし、森のなかで鬼ごっこをしたり、パチンコや魚とりの網を持って探検したりしていました。ですが、成長するにつれて、男と影は別々になっている時間が長くなっていきました。というのも、影の冷たい重さを引きずっていないほうが、はるかに体が軽かったからです。それに、なぜかはわかりませんでしたが、男は暗い相棒をなんとなくうす気味悪く感じていたのでした。

同じように、ほかの人たちはこの男のことを気味悪がっていました。初めのうちは男の明るさに引きつけられるのですが、じきに、近づきすぎると火傷（やけど）してしまうのではないかとおびえたり、信用しなくなったり、距離を置いたりするようになるのです。とはいえ、男の特別な能力に興味を持った地元のまじない師だけは違っていて、影を体にぬいつけてあげようといってきました。

「でも、そんなことをしたら、ぼくたち、つまり影とぼくはおたがいから離れられなくなるじゃないか」男はいいました。

「だれだって自分の影から離れることはできないんだ」まじない師はいいました。

「ぼくはみんなと違うよ！」男は笑いました。「影と離れていると、とっても軽いんだ！なのに、どうしてそれを変えなくちゃならないの？」

「いつかきみもほかの人みたいに、背中に小さな影をつけていることの大切さがわかるかもしれない」まじない師はいいました。「手おくれにならないように、気をつけるんだよ」

けれど、男はそんな忠告を聞く気はありませんでしたから、まじない師の申し出をことわり、それまでどおりの暮らしをつづけました。さて、男が陰気な影を気味悪く思いつづけているうちに、その影も男と同じようにすっかりおとなになりました。そこで、男は影を自分の体からけりおとすと、いつもの遊びのようなふりをして影を大きな水槽のなかに誘いこみました。すっかりだまされた影はよろこんでなかに入りましたが、そのとたん、男はガラスのふたをバタンと閉じ、たくさんの錠(じょう)やかんぬきでふたをあかなくしてしまいました。背中の冷たい重みがなくなった男は、笑ったり、歌ったり、踊ったりして、自分にはもともと影があったことさえ忘れかけてしまったのです。

ところが、影のほうは男を忘れていませんでした。水槽のなかに置いていかれた影は、さびしさや、あきらめや、むなしさを食べるしかありません。こうした暗い栄養をとってどんどん大きく強くなっていき、とうとうガラスを破ることができるほどすごい力を持つようになりました。

　影は水槽から逃げだすと、自分を閉じこめた男を探すようになり、男は影がずいぶん大きくておそろしくなっていることに驚きました。男は影に背を向け、影が追ってくると、急いで逃げだしましたが、影も子どものころのように男を追いかけましたが、いまやそれは遊びではありませんでした。

　だんだん男は疲れてきました。そして、荒れはてた海岸で止まるしかなくなると、そこで影が飛びかかってきました。影と男はとっくみあいになりましたが、影にさわられると男は気分が悪くなり、寒くなり、こわくなりました。あたりが暗くなるなかで、男はあがきつづけましたが、影はあまりにも強すぎました。なんとかこの危機から脱しようと、男は影もろとも崖のふちにむかい、荒れ狂う海へ落ちていきながら、ようやく影と別々になることができたのです。

　男がこの苦しいできごとに傷ついた身をいやしていたところ、あのまじない師が男を見つけ、影を体にぬいつけてやろうと、ふたたびいってきました。

「あんなひどい目にあわされたのに？」男はぎょっとして叫びました。「そんなことをしたら、影に殺されるよ！」

「またきみと影がひとつになれば、そんなことにはならない」まじない師は答えました。

「影をぬいつければ、影はきみの一部となり、後ろをついて歩くしかなくなるんだ。でも、ぬいつけなければ、きみはいつまでもあれから逃げつづけなければならず、さびしい人生になるよ」

「だったら、それでいい」男は意地をはっていいました。「ぼくはあれを後ろに引きずっているよりも、軽くてひとりぼっちのほうがいい」

まじない師のいったとおりでした。影は男を追いかけつづけ、男はまた影に追いつかれたらどうなってしまうんだろうとおびえながら、逃げつづけました。男は車の荷台に乗せてもらったり、船で密航したりしました。そして、村や町や大都会へ行き、荒れ野や谷間を旅しました。また、仮面や衣装を使って変装しましたが、影はいつも姿かたちで男だと気づくのです。

逃げているあいだ、男はたくさんの人に出会いました。親切な人もいれば、意地悪な人もいましたが、たいていは少し親切で、少し意地悪でした。男の明るさに魅了され、人々は男をわなにかけようと、もう少し火にあたっていらっしゃいとか、もう少し家に泊まればいいとか、もっとシチューはいかがなどと誘い、自分たちの生活に男を取りこもうとしました。男はたびたび、自分の身にせまっている危険について説明しようとしましたが、だれもそれを理解してはくれません。みんなの影は体にくっついていて、自分のいいなりになりますし、だれもがいつも後ろに影がいることに慣れていたからです。

というわけで、それはまじない師が予言したとおりのさびしい暮らしでした。そして、長いあいだ、男はそうするしかないと自分にいいきかせていました。軽いままでいるには、ひとりぼっちでいるぐらいなんでもないと。けれど、年をとるにつれ、男は考えるようになりました。むかし、影を相手に遊んだように、いっしょに遊べる友だちがいたらどんなふうだろうと。

そんなある日、美しい歌が聞こえてきました。あまりに美しいので、男は胸が痛くなり、それまでに感じたことがないほどの喜びで満たされました。美しい歌がするほうへ進んでいくと、近くの木の枝に小さな鳥がいます。これほど愛らしい生き物は見たことがありません。その小鳥は小さくて、きゃしゃで、真っ赤な羽と長い金色の尾を持っていました。

小鳥は男がいることに気づいて黙りこんでしまいましたが、男は小鳥に歌を続けるようにいいました。「お願いだから、鳴きつづけておくれ」男は片足で交互にとびはねながら頼みました。「ぼくはもうすぐ行かなくちゃならないんだけど、その前にきみの歌を聞けたら力がわいてきそうなんだ」

「そんなにお急ぎでしたら、わたしもいっしょにまいりましょう」羽ばたきながら小鳥がいいました。「そうすれば、あなたのおともをしながら歌えます」

そのときからずっと、小鳥は男のそばにいました。ほかの者たちとはちがって、小鳥は男についてくるのがせいいっぱいでしたが、喜んでそうしていました。男と小鳥はいっしょに歌ったり、笑ったり、遊んだりしましたし、男がどれほど遠くへ行き、それにどれほど長い時間がかかろうと、小鳥はついてきました。小鳥はとても軽く、影を切り離した男よりも軽いくらいでした。そして、男は小鳥のことをこれまでに知っているだれよりも、何よりも愛していました。

またしても暗い影が男に追いついてきたとき、男はあるすばらしい街にやってきていました。肩越しにちらりと見ると、影は前よりもさらに大きく、おそろしくなっています。男の分身には見えないほどでした。男はぎょっとして速足になり、なんとか追手から逃げきろうとしましたが、あわてていたせいで小鳥のことを忘れてしまいました。

「待って！」小鳥は翼を羽ばたかせながら叫びました。「もう少しゆっくり！」

けれど、男は急いでずいぶん遠くまで行ってしまったので、小鳥の声は聞こえません。男は走りに走り、ついにもう大丈夫と思って地面に倒れこんだときになってようやく、影よりもずっと大事なものを失ってしまったことに気づいたのでした。

すぐに男は小鳥を探しはじめ、これまで通ってきた道を逆向きにたどることまでしました。これまで一度もそんなことをしたことはありませんでしたが、もときた道をたどりながら奇妙なことに気づきました。逃げてきた地面が黒くなっているのです。まるで焼けこげてしまったかのように。

男が小鳥を探しているあいだ、暗い影のほうも男を追っていたのですが、いまでは、こわい影よりも、小鳥を失ってしまうことのほうが耐えられません。何日も探しつづけ、それが何週間にもなり、何週間が何か月にもなりました。そして、さびしさや、あきらめや、むなしさが、男の心を重くしました。後ろについてくる影の重さが心を重くするのと同じように。

もうこれ以上、耐えられなくなったとき、男はあの古いしりあいを探しだしました。

「助けてくれ!」男はまじない師の小屋に転がるように入ると、ドアに鍵をかけながら叫びました。

男がもう走れないし、小鳥がいないと生きていけないと説明していると、外では影がドアをガタガタ揺すりはじめました。

「初めからいっているように」と、まじない師はいいました。「平和な暮らしや仲間を手に入れたいなら、きみは体に影をぬいつけてもらわなければならないんだよ」

「そんなことが本当にできるのかい?」男は聞きました。

「きみたちは長いあいだ別々になっていたから、きっとそれは苦しいだろう。それに、ぬった傷は残ると思う」まじない師はいいました。「だが、できる。それは可能だ」

男はおそるおそる小屋の窓から外をのぞいてみましたが、見えたのは影ではなく、自分がここまでやってきた道でした。

「あの地面が黒くこげているのは、ぼくがやったのかい? それとも、ぼくの影がやったのかな？」男はたずねました。

「きみと影はもともとひとりなんだから、それはどっちだって同じだろう？」まじない師がこたえました。

男はどう返事をしたらいいのか見当がつきませんでしたが、なぜみんなが自分のことを恐れるようになったのかがわかるような気がしました。

「逃げるのをやめても、やっぱりぼくはひとりぼっちだろうな」男はいいました。「だれもぼくを受け入れてくれないよ。これまであれだけひどいことをしてきたんだから」

「背中に影をつれていれば、だれもきみだとはわからない」と、まじない師はいいました。「新しくやり直すのなら、きみはみんなからどう見られるか、なんと呼ばれるかを、自分で決めることができるんだ。普通でいることは、何よりも手軽な変装なんだよ」

話をしているあいだも、男の影はあいかわらず鍵のかかったドアをドンドンたたいており、小屋全体が揺れていました。

「それに、きみはひとりぼっちじゃない。きみがあの小鳥を見つければね」まじない師はあとをつづけました。「あるいは、小鳥がきみを見つけてくれれば」

男ははぐれてしまった友だちのことを思い浮かべました。あの真っ赤な羽、長い金色の尾、美しい鳴き声のことを。

「そうなったらいいな。それがいちばんだ」男はいいました。

まじない師はうなずき、引き出しから銀色の糸玉と、長くてするどいぬい針をとりだしました。

「では、あのドアをあけて、きみの影をなかに入れてくれ」

レベッカは目の前に立つ父親の姿をなかば期待しながら、顔を上げた。『七つのお話』を読み終えることで、父親を呪いから解放できるかのように。だが、目に入ったのは自分自身のぼんやりとした輪郭だけだった。つけていないテレビの黒い画面に映った、自分の姿だ。次のページ、そのまた次のページをめくったが、何も書かれていなかった。これだけ？　結末はどこ？　彼はどこ？

本の裏表紙の内側にある小さな挿し絵に、改めて目がとまった。何本かのねじれた木が描かれており、幹には鍵穴があいている。その挿し絵はくっきりとした黒の線画だったので、木版画のような昔風のおもむきがあった。まさに『七つのお話』のような本にぴったりのイラストだ。それにしても、これはいったい何を表しているのだろう？

初めてこの絵を見たとき、レベッカはまだ〈収集家と水の精〉しか読んでおらず、これは後半のお話の一場面をイラストにしたものなのだろうと思っていた。そしていまは、〈木こりの小屋〉がもっともこの絵にふさわしい気がした。主人公が暗くて恐ろしい森から出られなくなる話だったからだ。それとも、みなしごが自分の国へ帰る〈黄金の扉〉の一場面を描いたものなのだろうか？これはかつて木の精が宿っていた魔法の木で、〈魔法のリュート〉のイラストである可能性も否定できないと思ったが、やや無理がある気もした。実際、こうした思いつきはどれもいささか根拠に欠けている。それに、なぜあるひとつのお話だけが挿し絵つきなの？

お父さんはわたしに何かを伝えようとしている。レベッカはそう思って考えこんだ。もうこれまでに百回は考えていたが、どうして父親はわたしにこの本を書いたのだろう。この本の目的は何？この物語は父親の人生、父親の病をお話にしたものだと考えてきたけれど、この本にはそれ以外にも何かが含まれているのだろうか？　レベッカは七つめのお話の最後のページをめくり、影のない男が愛する赤い小鳥――つまり、わたしとはぐれてしまうところを読み直した。『きみはひとりぼっちじゃない。きみがあの小鳥を見つければね』まじない師はそう言っていた。『あるいは、小鳥がきみを見つけてくれれば』。父親はわたしと再会するために『七つのお話』を書いたのだろうか？　この本はわたしを父親のもとへ導くために書かれたものなの？

どうにも納得がいかない。こんなに近づいたのに、まだこんなに遠いなんて。ようやく父親のことを理解できたのに、そのことを伝えられないなんて。なぜもっと続きがないの？　あまりにも歯がゆくて、こんなことならこの本に出会わなければよかったと思うほどだった。たぶん、父親はわたしのことなんてどうでもいいのだと思いこんだまま、こんなことを始めないほうがよかったのだろう……。そう思うと、七つめのお話の最後の言葉に続く空白のページに猛烈に腹が立ってきた。その空白のページにあざ笑われているような気がしたのだ。思わず『七つのお話』を床に放り投げると、それはバシッと音をたて、テーブルの下に滑っていって動かなくなった。

レベッカはすぐにそれを取りにいった。そんなに強く投げるつもりではなかったのだ。いま、その本には埃(ほこり)やパンくずや髪の毛が少しついており、投げられた衝撃で本の背が折れてしまっていた。ページがはがれかけ、逃げ出そうとしているみたいだ。その場に膝(ひざ)をつくと、レベッカは本の表紙から埃を取りのぞき、内側のダメージを確かめた。わたしったら、どうしてしまったの？　これは父親と自分をつなぐ最後のきずななのに。

レベッカはその本を胸に抱いて長いあいだそこに座っていたが、ふと祖母の言葉を思い出した。『包装紙にくるまれていたわ、明るい黄色の包装紙に。あなたの誕生日の贈り物だったんだと思う』。封筒に入っていなかったのなら、『七つのお話』はなぜ祖母の家の戸口にあったのか？　父親は村に来ていたのだろうか？　父親が、あるいはだれかが父親に代わってそれをそこに置いていったのだろうか？　レベッカはその話をせずに実家から飛び出してきてしまったことを悔やんだ。それに、祖母にあんなひどい態度をとるのではなかった。これまで一度も祖母にあんなに悲しそうな顔をさせたことはなかったし、いままで話してくれなかったとはいえ、祖母がわたしのためを思ってくれていたことは間違いないのだ。

外の光がかげりはじめたころ、レベッカはシャワーを浴び、パジャマに着がえ、はげはじめていたゴールドのネイルポリッシュを落とした。ポットにいれた紅茶をすっかり飲んでしまうころには元気が湧いてきて、明朝のために仕事用の服を準備しようかと考えたところで、うめき声とともにクリスとの電話を思い出し、自分にまだ職はあるのかどうか考えた。彼はなんと言っていた？　わたしは何を言った？　レベッカは頭を抱えて、〈ピットストップ〉前での会話を詳しく思い出そうとしたが、あのバーのこと、昨夜のことが脳裏に浮かぶと、エリスのことしか考えられなくなった。

彼は午後中ずっと電話をかけてきていた。レベッカがシャワーから出ると、そのあいだにも二度、彼からの着信があった。とはいえ、じきに彼もあきらめるだろう。一週間かそこらもすれば、彼は何か、あるいはだれかに気を取られ、わたしのことなどすっかり忘れてしまうはずだ。まるでお互い会ったことさえなかったかのように。そう考えると、ほっとした。だが、せつなさもわずかにあったのは、期待してしまっていたからだ。長年ひとりですごしてきた——いや、もっと悲惨なことに、長年クリスや元彼のアダムのような退屈で能天気な男に悩まされてきたレベッカは、ようやく自分の番がやってきたかと思ってしまったのだ。少なくとも、魅力的で手ごたえがあって面白い人、つまり自分が実際に好きだと思えて、こちらのことも気に入ってくれているらしい相手に出会うのは、とても心躍る体験だった。でも、彼はわたしを好きではなかったのよ。レベッカは惨めな気持ちで自分にそう言い聞かせた。彼はわたしを好きではなかったのよ。

旅行かばんの中身を片づけながら、レベッカは週の初めにエリスからもらった調査結果フォルダーを取り出していた。彼がこれだけさまざまな資料をきちんと整理していた理由を理解したいまとなっては、捨ててしまいたくなったものの、いつのまにかフォルダーの中身をリビングのテーブルに出し、〈サドワース&ロウ〉でのファイリング業務のように分類を始めていた。

最初に、レベッカはそれを種類別に分類した。写真、新聞の切り抜き、ファンサイトのプリントアウトを、それぞれひとまとめに。次に、それを時系列に並べていった。もっとも、こうすることによって明らかになったのは、ここにある資料のいかに多くが〈密航者〉関係かということだけだったけれど。というのも、たちまち番組評やインタビューやプレスリリース記事や販促写真は山と積み上がったのに、そのほかはだいぶ少なかったからだ。それでも、レベッカは辛抱強くそれを続けた。もしかしたら、ここにある全部をしかるべき順序に並べればなんらかのパターンが浮かび上がるかもしれないし、そうすればエディンバラのあとでレオに何が起こったのか解き明かせるかもしれない。さらには、そうしていれば気が紛れたからだ。

この作業に没頭して三十分ほど経ったころ、レベッカはハックスリーで撮った写真のことを思い出した。レオとその両親が庭にいる家族写真である。時系列に並んでいるこのレオに関する資料の最初につけ足したいという思いから、レベッカは携帯電話のなかにあるはずのその画像を探し、ようやくアデリーンの黄色いサマードレスを見つけた。その瞬間、着信音とともにエリスからのメッセージが表示された。

迎えにきて――いまエクセターにいる

レベッカはそれを見なければよかったと思った。無視できるはずがない。

「どこにいるって?」レベッカはエリスに電話して聞いた。

「エクセター・セントデイヴィッド駅」エリスは案内板か乗車券を読んでいるようだった。

「冗談でしょ……」

「冗談なんかじゃないよ。どこかで会って話せない？」

「いま？」

「いや、来週――なわけないだろ、いまだよ！」

レベッカは電話を切ってやりたくなったが、体のなかがふいに温かくなったような気がした。彼がエクセターにいる。

「もしもし？」しばらくして、エリスが言った。

「あなたとは話したくない」レベッカはそう言ったが、半分嘘だった。

「わかってる、だけど頼むよ、ベック――レベッカ。ぼくはここにいるんだ。なんとか状況を立て直したい。ここに来て、会ってくれ」

「あなたが来なさいよ」レベッカは冷たくそう言い、自分の住所を教えた。

エリスがやってきたのは、その十五分ほどあとだった。あいかわらずひげは剃（そ）っておらず、午前中と同じ服のままだ。目は充血しており、リュックのジッパーはあけっぱなしだった。ひどい格好。レベッカは胸の高鳴りを無視しようとしながらそう思った。

「泊めてあげないわよ」レベッカはインターフォン越しに、考えていたことを言った。「安宿かどこか探して」

「わかった」エリスは片手であくびを抑えながら答えた。

レベッカは脇に寄ってエリスをなかに入れ、彼を見つめた。彼は部屋のなかを眺めている。マットの横に置いてあるランニングシューズ、玄関の鉢植えのシダ、食器棚の扉にもつれたままかけてある数個のトートバッグ。数日前――数時間前――のレベッカなら、エリスをここ、自分の空間に入れることに抵抗感があったかもしれない。だが、今夜、レベッカはパジャマ姿で、シャワーを浴びた髪がまだ濡れたままでドアをあけた。

レベッカはリビングでソファのほうへ手をやったが、エリスは立ったままでいた。ふたりのあいだには薄板のフローリングが広がっていた。

「初めから知っていることをすべてきみに話すべきだった」彼は前置きなしでそう言った。「それに、自分が計画していたこともきみに話すべきだった。これ――」

エリスが注意深く何か小さくて明るい緑色のものをレベッカに投げてよこした。反射的にそれを受け取ったレベッカが手を開くと、それは彼の恐竜形のＵＳＢだった。

「どうしてこれを？」

「きみのお父さんに関してぼくが書いた原稿は、すべてそれに入っている」エリスが説明した。「それはきみが持っていてくれ。捨ててもらってもかまわない。きみの好きなようにしてほしい。すでに自分のハードディスクからは削除した――確認してもらってもいい」

レベッカは恐竜のプラスチックの背中にならぶヒレを親指で触りながら、記憶の底からその名前を掘り起こした。ステゴサウルスだ。

「ぼくは調子にのっていたんだと思う」エリスは続けた。「でも、きみを傷つけるつもりはなかったし、それに、台なしにするつもりもなかった――」彼はひと呼吸置くと、レベッカと自分とのあいだを何度か手で示してから、いつになく歯切れ悪く続けた。「――ぼくたちのことを。ごめん」

続く沈黙のなかで、レベッカの耳には自分自身の不安定な息づかいが聞こえていた。彼はいまここでその返事がほしいのだろうか？　そんな必要はないと、レベッカは自分に言い聞かせた。ただ彼をここから帰らせて、少し待ってほしいと言えばいいのだ。

だが、レベッカは言った。「もういい」

エリスはレベッカを見つめながら目をぱちくりさせた。「もういい？」

レベッカはうなずきながら、エリスがこれほど簡単に許してもらえないと思っていたことに気づいた。自分だって、そう簡単には許さないと思っていた。けれど、なぜかエリスにはもう怒りを感じなかった。もしかすると、彼の嘘など自分の家族の嘘に比べればたいしたことはないと感じたからかもしれないし、そもそも彼がいなければ真実を知ることはなかったからかもしれない。なにより、エリスはここにいる。わたしのために、〝ぼくたちのこと〟のために、わざわざ来てくれたのだ。それは何か大切なことを意味していた。何であるかはまだよくわからなかったけれど。

エリスはおそるおそる笑みを浮かべた。「じゃあ……仲直りできる？」

「できるわ。だけど……」レベッカはＵＳＢを掲げた。「こんなものに原稿を入れておくなんて、いったいどういう人――どういうプロ意識の持ち主なの？」

エリスの笑みが広がった。「だって、だれでも恐竜は好きでしょ」エリスは腕時計に目をやった。「あれ、まだ二分も経ってない。最低でも二十分は謝り続けなきゃと思ってたんだけど」

「いまからそうしてもらってもかまわないわよ」

ふたりは恥ずかしそうに視線を交わした。レベッカはこれからどうすべきか考えた。彼にここに泊まってほしいと言うべきか、帰るようにと言うべきか？　彼の存在はうれしくもあり、気まずくもあった。

エリスはテーブルの上の、彼自身が集めたコピーの山を顎で示した。「まだやってるんだね？」

「ええ」この話題が出たのをきっかけに、レベッカは書類のほうへ近づいていった。「母のところに行ってきたの。母はほとんどすべてを認めたわ。だけど、父がどこにいるかは知らないか、少なくともそう言っている。だから、こうして見直しをしていたの。何か見落としているんじゃないかって……」

きちんと整理されたコピーの山をエリスが見ているのを眺めながら、レベッカは自分がどれほど理性に欠けた思いこみの強い人間に見えるだろうと気づいて、言葉を濁した。けれど、いま投げ出すわけにはいかなかった。こんなにも長く父親のいない日々をすごしてきたのだから、これ以上は一刻も無駄にしたくなかった。

レベッカはその気持ちをどうエリスに説明したらいいかわからなかったので、彼の反応を待って身がまえた。だが、からかったり、話題を変えたり、少し寝たほうがいいなどと勧めることもなく、彼はただ背負っていたリュックを肩から下ろすと、ノートパソコンを取り出しながら言った。「もう一度、ネットで確認してみるよ」

ふたりは隣り合って作業した。レベッカは書類に目を通し、エリスは見落としているものはないかインターネットで探して。レベッカは学生時代に戻ったような気がした。試験勉強か何かのように〈密航者〉に関する新たな記事に必死で集中しながら。

「あのさ、きみは彼の娘だから問い合わせできる組織がいくつかあるんだよ」エリスはそう言いながら、また麺(めん)を口に入れた。途中で、エリスは中華のデリバリーを頼んでおり、それが届いたとき――熱々のアルミホイルの容器で、ショウガと醤油(しょうゆ)の香りを漂わせて――レベッカは自分がどれほど空腹だったかということに驚いたほどだった。

「たとえば？」レベッカは聞いた。

「まず最初に警察だね。以前、お父さんが警察につかまったことがあるのなら、なおさら。お父さんが失踪人の範疇(はんちゅう)に入るかどうか詳しいことはわからないんだけど、長いあいだ行方のわからない家族を見つけるためのすべが、ここにいろいろあって……」手に持ったはしを使って、エリスは自分のパソコンの画面を示した。

ロザリンから聞いたエディンバラでの一件の後日談を思い返しながら、レベッカは言った。「母は離婚のために弁護士に依頼していたから、ひょっとしたらその人が父の居所を知っているか、あるいはなんらかの方法で突き止められるかもしれない」もっとも、たとえこうした選択肢が実行可能であろうと、それには時間がかかるはずだ。とくに弁護士は。ロザリンはそのような情報をあっさり教えてくれないだろう。

しばらくして、エリスは空になった皿や未開封のエビせんべいの袋をキッチンへ持っていき、湯を沸かす音がするなか、声をかけてきた。「きみがこういうのが好きな人だとは思わなかったな」

エリスは『七つのお話』を掲げていた。レベッカは椅子から飛び出してそれを奪い返したい衝動を抑えた。「それ、おとぎ話の本なの」

「わかる」

「父が書いたのよ」

「え——ほんと？」

レベッカはうなずきながら、ようやく彼に告げることができてなぜかほっとしていた。「数週間前に祖母から渡されたの。そこに書かれている物語は間違いなく自伝的なものだわ」

エリスはテーブルに戻ってきたが、明らかに興味をそそられている様子ながら『七つのお話』を読もうとも開こうともしなかった。レベッカはエリスのその態度や、なぜ自分はこの本の存在をこれまで知らされなかったのかと尋ねてこないことに感謝した。

「面白い？」

「まあ、たぶん」レベッカはそう答えたが、これまで面白いかどうかを考えたことはなかった。レベッカにとって、この本はひとつの証拠であり、文学作品ではなかったからだ。

「どんな感じの話？」

「どういう意味？」

「つまり、笑えるとか、馬鹿馬鹿しいとか、それとも——？」

「ううん」レベッカはさえぎった。エリスにとってレオのイメージは〈密航者〉と結びついているので、そんな言葉が出てくるのだろうとわかっていたけれど。「ううん、どちらかというと……悲しいわ。摩訶不思議だけど、悲しい話」

ふたりは本をじっと見つめていたが、やがてエリスがかぶりを振った。「レオが本を書いていたとは知らなかったな。彼は何も出版していないんだ——少なくとも、彼自身の名前では。でなければ、とっくにぼくが見つけていたはずだから」

「父はこれをわたしのために書いたのよ」レベッカはそう言いながら、その本をエリスの手から受け取ると、彼に献辞を見せた。「父はわたしをこう呼んでいたの、バーディって。父はわたしに説明しようとしたんだと思う……父自身のことを」

レベッカはそのページから指を離し、『七つのお話』を閉じた。ようやくわかった気がした。この本の重要性を。この一、二週間で自分が知ることになったり思い出したりしたありとあらゆるものがジグソーパズルのピースだとしたら、『七つのお話』はその箱に印刷されている完成図なのだ。だが、同時に、それは単なるたとえ話の寄せ集めではなかった。『父はこれをわたしのために書いたの』とレベッカは言った。そして、それはその通りなのだが、これまで自分はレオがこれらを十五年以上も前に書いたという事実を見すごしていた。レベッカが——バーディが——たった九歳のときに書いたということを。

無言のまま書類を押しやると、きちんと重ねてあった紙の束が滑り落ちて崩れた。レベッカはテーブルの端に『七つのお話』の壊れた背表紙が落ちないように置き、献辞を抜かして〈収集家と水の精〉のページを開いた。初めて実家の自分の部屋でこのお話と出会ってから、ほぼ二週間になる。今夜はそれを皮肉な気持ちで見るのをやめ、純粋に物語として読んでみよう。なぜなら、バーディならそうしたに違いないし、バーディならわかったはずだからだ。

水の精が池のなかへ帰ってしまうと、レベッカは〈黄金の扉〉を読みはじめ、エリスがテーブルから離れたことには気づいていたが、顔を上げはしなかった。外の世界に気を取られていなければいないほど、そして、おとぎ話が何を意味しているのかにこだわらずにいるほど、分類することが不可能な物語の一面——たぶん、その摩訶不思議さ——が理解できて、たぶん初めてレベッカはそれ、つまり父親の高揚感、惨めさ、その中間のありとあらゆる感情を感じることができた。〈木こりの小屋〉を読み終えるころ、夜はふけ、あたりは静まり返っていた。初めから五つめの話までを読むのにどれくらいかかったのか、わからない。数分だったのかもしれないし、何時間も経ったのかもしれなかった。エリスはソファに倒れこんで眠ってしまっていた。開いたノートパソコンをお腹の上にのせたまま。

あくびをしながら、レベッカはコップにまた水を注ごうと立ち上がり——デリバリーの中華料理のせいで喉が渇いていた——キッチンから戻ってきても、エリスは少しも身動きしていなかった。彼のノートパソコンが床に転げ落ちてしまいそうに見えたので、ソファの横にしゃがみこみ、一瞬ためらったが、それを彼の手からそっとはずした。彼の最後の検索画面（レオ・サンプソン 役芝居 2016年）を閉じて、ノートパソコンをコーヒーテーブルに置き、ゆっくりとした規則的な寝息を聞きながら安心して彼の顔をじっくりと見つめた。

眠っている彼の顔に笑みはなく、レベッカは昨夜キスしてくれた直前の彼がどんなに真剣な顔をしていたかを思い出してぞくりとした。彼の眉間（みけん）にはこれまでレベッカが気づいていなかった水疱瘡（みずぼうそう）の跡があったが、いまそれが目についたのは、たぶん彼の眼鏡がクッションに押されてななめになっているからだろう。寝にくそうだったので、レベッカはその鼻から眼鏡をはずしてたたみ、彼のノートパソコンの上に置いてやりたくなった。眼鏡をはずした彼の顔はどんなだろう？　レベッカはエリスの腕と体とのあいだにできている隙間に身をあずけ、彼の胸に頭をのせて目を閉じたかった。けれど、彼の眼鏡に触れるのですらお節介でなれなれしすぎるような気がした。このまま眠らせておいたほうがいい。そう考え、テーブルと『七つのお話』に戻った。この本を読むことに関して、もう彼に手伝えることはないのだから。

〈魔女とスフィンクス〉を読みはじめたとき、レベッカはロザリンのことを考えずにはいられなかった。母親から見たこのできごとの説明を聞かされたばかりだったから、なおさらだ。けれど、あのときの会話でさまざまなことを知ったにもかかわらず、母親が強欲な年老いた魔女として描かれる物語を読むのはとても苦しかった。『あの人の作り上げた物語のなかでは、いつもわたしは悪者だったわ』とロザリンは言っていたが、レベッカはこの現実を描いた話に悪者などいないような気がしはじめていた。

疲れを感じながら、レベッカは赤い不死鳥が空に飛び上がる結末から〈影のない男〉へと移った。この最後の話はほかの話とは明らかに異なっている。冷静にほかの話と比べてみると、これは独立した物語というよりも要約のように思えた。レオは娘がこの本全体を理解できるように確実を期したのだろうか？　もしそうだとしたら、その試みの片方、あるいは両方は失敗している。なぜなら、自分はいまも何か重要なことを見落としているような気がするからだ。『それに、きみはひとりぼっちじゃない。きみがあの小鳥を見つければね……あるいは、小鳥がきみを見つけてくれれば』だけど、どうやって？

レベッカは思った。いったいどうやって？

本を最後から最初へパラパラしていくと、文字がぼやけた。表紙と表紙とのあいだに割りこみ、すべての結末を変えてしまいたかった。もう一度、池のなかの水の精を捕まえ、もっと思いやりを持つよう木こりの一家を説得し、不死鳥が飛び立つのを阻止するのだ。それに、最後のお話にはちゃんとした結末が必要だ。

だいぶレオに近づいた気がしたものの、レベッカの目は痛み、頭は重くなっており、なんとなくエリスの深く規則正しい寝息に呼吸が合ってきていた。やがて体が前に倒れていき、本のページのなかへ入りこんでいった……。

……だが、そこにあったのはページではなく、レベッカのノートパソコンの画面だった。そこで見つかるただひとつの情報は、〈密航者〉に関するものだ。〝第四話で、密航者（レオ・サンプソン）は粉屋の娘に遭遇し、その父親に娘は麦わらから金の糸をつむぐことができるのだと自慢される〟。

「あの物語と同じだよ」密航者はそう言いながら、ハックスリーのキッチンで逆立ちをしていた。

「きみはね――ルンペルシュティルツヒェン！――答えを当てなくちゃならないんだ」

どこかへ行ってよ、とレベッカが思っていると、密航者はテーブルのまわりを側転しはじめた。わたしはお父さんを探そうとしているんだから。

レベッカが自分のパソコンにちらりと目を戻すと、画面は一枚の解答用紙に変わっており、〈ザ・クラウン〉のクイズ司会者のよく知っている声が聞こえてきた。「ＢＢＣの子ども向け番組〈密航者〉で密航者を演じていたのは、だれ？」

この答えは知っている、とレベッカは思ったが、解答用紙から顔を上げると、このクイズのチームメイト、司会者、〈ザ・クラウン〉はみな消えており、自分は目の前で前足をぴくぴくさせているスフィンクスを見上げていた。

おまえはおおしくたくましい
だが、わたしにはまことの姿がみえている
もしも宝がほしいなら
おまえの名前を聞かせてごらん

レベッカははっとして目をあけた。閉じた『七つのお話』の表紙の上に頭をのせており、表紙にエンボス加工された金色の文字が視界の端で輝いている。身を起こしながら、笑い出しそうになった。それはずっとそこにあったのだ。いや、そこにというのは正しくないかもしれない。初めからずっとあったのに、これまで自分は疑問を持とうとしなかったのだ。

「エリス！」

「えっ？」彼はがばっと起き上がって、混乱したようにあたりを見まわしてから、自分がどこにいるか思い出したようだった。

「なぜわたしたちが父を見つけられないか、わかった気がする」レベッカは『七つのお話』を掲げた。「この表紙、どこか変だとは思わない？」

「えっと……」目を凝らしながら、エリスは眼鏡を正しくかけ直した。

「著者名がないの」彼の答えを待ちきれずに、レベッカは言った。「ここにもないし、なかにもない」

「ということは……それを書いたのはお父さんじゃなかったのかい？」

「ううん、父が書いたのよ。すべてがそれを示している。物語の内容も、この献辞も……。だけど、父は名前にこだわっていたに違いないの。覚えてる？　父は密航者の名前を知りたくてたまらなかった——あなたはその目で見たわよね——そして、リチャード・ロウリーによれば、それはあのときが初めてではなかった。では、なぜ父は自分の名前をこの本に残さなかったのか？」

「きみのお母さんに気づかれたくなかったから？」

「そうかもしれない」レベッカは同意した。そして、エリスを責められはしなかったが、彼が会話についてこられないことをもどかしく感じた。「でも、父がここに書いたことを聞いて。この最後のお話のなかに……」震える手で、レベッカは目当てのところまでページをめくった。『新しくやり直すのなら、きみはみんなからどう見られるか、なんと呼ばれるかを、自分で決めることができるんだ……』わたしたちが父を見つけることができずにいるのは、このせいだと思うの。ここにそう書いてあるもの。この最後のお話のなかに。父は名前を変えたのよ」

エリスの表情が困惑から心配へと変わった。「だけど、もしそれが正しいなら、何もかもますます難しくなるよね？　どんな名前もありうるわけだから」

「父は名前をすっかり変えてしまったわけじゃないと思うの」レベッカは言った。そして、また本の表紙を指でとんとんと突いた。「この曲線、これは十二星座の獅子(レオ)のマークよ。それに、パトリシアが言っていたことを覚えてる？　レオというのはお母さんがつけてくれた名前だわ。だから、〝レオ〟は変えないはず。変えるのは、父方の名前である〝サンプソン〟よ」

「なるほど、だけど、それでも……」エリスが言った。どうやらこの世にレオが何人いるかについて考えているらしい。

だが、レベッカはいまアデリーンのことを思い浮かべていた。黄色いサマードレスを着たか細い人、あの水の精のことを。「だれもかれも、父が大切に思っていたのはわたしだけだったと言うけれど、彼女のことはどう？　あの人は父にとってすべてだったわ。それに――」レベッカはあることに気づき、ふいに言葉を切った。「――それに、父はわたしに彼女の名前をつけたのよ！」

「彼のお母さんのこと？」

「もし父がもう一方を使っていたとしたら？　もし父方の名前を捨てて、母親の旧姓を使っていたとしたら？」ぐるぐると渦巻(うずま)いている頭にようやく思考が追いついて、レベッカの胸は躍った。

「ああ、思い出せない、なんだったっけ？」

レベッカはテーブルにのっているコピー類を広げはじめたが、そこに答えがないことはわかっていた。パトリシアとの夕食の記録はないから。あんなにいろいろメモしてきたのに、あんなにいろいろふたりで調べたのに、必要なたったひとつの情報は書きとめていなかった。

「インターネットを見てみようか？」エリスはそう言うと、コーヒーテーブルにのっていた自分のノートパソコンを手に取った。「彼の出生記録に記載されてるよね、きっと？　あるいは、アデリーンとヴィクターの婚姻登録を見つけられるかもしれない……」

だが、レベッカはほとんど聞いていなかった。ふたたび『七つのお話』を手にして、裏表紙から開いた。答えはここにあるはず――父はわたしに何かヒントを残してくれているはずなのだ。おそらく、この最後のお話のなかに。けれど、〈影のない男〉の最後のページをめくる前に、レベッカはこの本の唯一の挿し絵を思わず見つめていた。木に鍵穴がある、よくわからない挿し絵を。

「ロックウッドよ」レベッカは静かに言った。

エリスがまじまじとレベッカを見た。

「ロックウッドよ」レベッカは繰り返した。

「それは――それは確かなのかい？」

「確かよ」レベッカはそう言いながら、パトリシアのあざけるような口調を思い出した。『アデリーンは閉じこめておくべきだ、って学校時代にみんなでよく言ったものよ……』アデリーンのクラスメートたちの冷酷な言葉についてくよくよ考えたくなくて、レベッカはエリスのパソコンを手で示した。「それで検索してみて。〝レオ・ロックウッド〟で検索して」

エリスは言われたとおりにした。「いくつか出てきた……」

「〝レオ・ロックウッド　エディンバラ〟で検索してみて」

「エディンバラ？」エリスは怪訝な顔をした。「どうしてそんなことを思いついたんだい？」

レベッカは答えなかった。興奮していたので、自分はいまパターン、思いつき、直感に従っており、その直感がまずエディンバラから探してみるのがいいと告げているのだと説明している余裕はなかった。

「エディンバラにはレオ・ロックウッドがいる」エリスがパソコン画面を見つめながら言った。

「どうやら青少年のための劇団で働いているらしい」

「父だわ」レベッカは即座に言った。

「どうかな。この写真からはなんとも言えないけど……」

レベッカがソファのところに行くと、エリスはレベッカが見やすいようにパソコン画面の向きを変えてくれた。エリスは〈アクティング・アップ〉という劇団の概要が書かれたページを見つけていた。そこに掲載されている各スタッフの白黒の顔写真は、プリヤ・ジョージのオフィスに飾られていた顔写真と似ていなくもなかった。レオ・ロックウッドの写真は遠くから撮られたもので、昔の探偵のように、そのほとんど全部が影になっている。レベッカはしばらくその暗いプロフィール写真に目を凝らし、手に負えない髪や鼻が少し曲がっているのを見つけようとしたあとで、写真の横に掲載された文章に視線を移した。

参加アーティスト：レオ・ロックウッド

〈アクティング・アップ〉に在籍して十年以上になるレオは、指導者、ワークショップのまとめ役、演出家として働いている。舞台および映像の世界で経験豊富な俳優であった彼は、いま裏方に徹することを望み、子どもたちが演劇を通じて技術や自信を育むことができるよう力をつくしている。今回もまた、レオは今年度のサマースクール公演〈エメラルドの都〉の才能ある若者たちをサポートする予定である。

「父だわ」レベッカはまた言った。

レベッカはそれ以上、一瞬たりともじっと座っていることができずにソファから飛びおりた。たったいま読んだ内容に興奮していた。これまで知らなかった貴重な情報の数々、何十年も前のものではなく〝現在の〟父親の暮らしがうかがえるこれらのさまざまな真実に。レベッカはそれをすんなり理解できなかったし、おそらくその必要もなかった。もうそうした手がかりを整理したり照合したりしても無意味だった。

とはいえ、エリスは自分のパソコンを見つめたままでいた。眼鏡の奥の目はぼんやりしている。

「たとえ、これが彼だとしても——」

「絶対そうよ！」

「わかった。そういうことにしよう。で、きみはこれからどうするつもり？」

うろうろしていたレベッカは動きを止めた。そこまでは考えていなかった。たぶん、そこまで迫れるとは思っていなかったからだ。これから、どうする？　この劇団を通じて父親にメッセージを送る？　いや、それでは時間がかかりそうだ。それに、そうしたら父親はわたしを避けたり、身を隠したりするかもしれない。

いったいどうしてそんな考えが浮かんだのだろう？　レベッカの胸がすっと冷たくなった。冷たい飲みものを急いで飲んだときのように。〝〈アクティング・アップ〉に在籍して十年以上になるレオは……〟。父はそのあいだ本当にずっとエディンバラにいたのだろうか？　列車や飛行機ですぐ行けるところにずっと住んでいたのに、どうしてわたしにそのことを教えてくれなかったのだろう？　お母さんのせいだ、と自分にそう言い聞かせながら、またしても怒りが湧いてきた。ロザリンがレオを近づけないために何か言うか、するかしたのだ。父親が大切な小鳥をあきらめるなんて考えられない。影のない男はいまも、ひたすらわたしを待ちわびているのだから。

「そこに行くわ」レベッカはもうあれこれ疑問に思うのをやめにして言った。こうした疑いの気持ちは、前回その街へ行ったときの散々な結末の名残りにすぎないことを願いながら。「父を探しにいく」

エリスの表情は読み取れなかった。腹立たしいことに、エリスはいつのまにか記者の顔に戻ってしまっていた。エリスの意見など気にしないでいたかったが、そうせずにはいられなかった。彼の協力はレベッカにとってとても大切なものになっていたのだ。

「もしそうしたかったら、いっしょに来てもいいけど……」

レベッカはそこで言い淀み、唇をぎゅっと引き結んだ。これは博物館までいっしょに行くとか、バーのオープニングとかの話ではない。この二十四時間に彼とのあいだに起きたすべてのことを考えると、いまさら無関心を装っている場合ではなかった。

「というか、できたらあなたもいっしょに来てほしい。だって、心細いから――」あなたがいないと、と心のなかで思った。そして、「――友だちがいないと」と口にした。

エリスはノートパソコンを閉じ、またえくぼを浮かべた。いつもの彼に戻ったように見えた。

「いつ出発する?」エリスが聞いた。

第三部

15　エディンバラ

レベッカには八月にエディンバラへ戻るというのがどういうことなのか、よくわかっていた。前にエディンバラに行ってから今月で十九年も経っている。最後に父に会ってから、子どもだったころの年数以上の月日が流れていた。

だが、エリスはそのことよりも移動手段や宿泊場所の心配をしていた。エディンバラのフェスティバルのせいで宿泊代も公共交通機関の料金もとてもふたりには支払えないほど割高になっていることを知ると、彼は車で現地に向かうことを提案し、レベッカがふたたび旅行かばんに荷物をつめ終わるころには、エディンバラ在住の大学時代の友人に連絡して、ふたりを何日か泊めてもらう手はずを整えていた。

前日にひとりでロンドンから運転して帰宅していたレベッカは、この長距離ドライブにエリスがつき合ってくれたことに感謝した。ひと晩明けて、ふたりの関係は今週初めに戻ってしまったかのようで、エリスは何かいい放送はないかラジオ局を次々と変えたり、お菓子をくすねたりしている合間に、単調なM5をドライブする気晴らしになるような複雑なゲームを考え出した。だが、エリスにとってあいにくなことに、レベッカは昔から「アイ・スパイ」や「二十の質問」（いずれも言葉あてゲーム）などには強かったし、エリスが楽しそうに負けを認めるので、レベッカは彼が考え出したルールに苦戦しているふりをした。

ブリストルをすぎてしばらくしたころ、ふたりは退屈を紛らわす新しい方法を発見した。ようやく運転を任されたエリス——驚くほど運転がうまいことが判明した——が、『七つのお話』について質問を始めたのだ。彼の質問は踏みこみすぎるのを恐れるかのように遠慮がちだったが、レベッカにしてみればもはや彼にこの物語について教えずにいる理由はない。彼はすでに父親探しの一員であり——しばらく前からそうだった——エイミー同様、自分と父親の秘密を教えるに値する存在だったからだ。

というわけで、〈収集家と水の精〉について説明しようとしたレベッカは、自分がいくつか重要な部分を忘れてしまっていることに気づき、単に本を読んで聞かせることにした。お守りのようにその本をまたかばんに忍びこませてきたのだ。初めは、自分の車の助手席に座って、友情以上の気持ちを抱いている相手に子ども向けの物語を読み聞かせていることが気恥ずかしかったが、エリスは熱心な聞き手だった。ときおり驚いたり納得したりして小さな声を発するほかは、黙って物語を聞き、レベッカがひとつの話を読み終えるごとに感想を述べたり質問をしたりした。エリスもレベッカ同様この物語に含まれる真実を見極めようとしたが、こういうことに経験豊富なエリスが拾い出す部分の多くは、レベッカがこれまで考えたことがないものだった。

「ほかの標本たちはヴィクターのほかの患者たちを表しているのかな?」エリスは最初のお話のあとでそう言い、考えこんだ。

「〈世界の果てへの航海〉はなかでもとくに神秘的だよね?」しばらくして、彼は口を開いた。「なにしろ、ぼくらは海外にいたころの彼について、ほとんど何も知らないわけだから……」さらに、レベッカが〈魔法のリュート〉を読んで聞かせると、彼はこう尋ねた。「じゃあ、木の精はこのリュートを持つとどんなことが起こるのかわかっていたんだよね。ということは、木の精は悪者なのかな。それとも、純粋に男のことを助けようとしていたんだろうか？」彼はまた〈影のない男〉の異色さにも驚き、悩み苦しむ主人公とまじない師の会話から構成されている最後のページをもう一度読んでほしいと頼みすらした。エリスもレベッカがそうだったように、この読者に委ねるような最後のお話、そしてこの本全体の結末のない結末に呆然としていたが、それにいらいらするというよりは困惑しているようだった。

「おそらく、きみのお父さんがこんなふうに決着をつけずに終わらせたのは、当時まだその渦中にいたからだよね」エリスはそう言いながら、車線変更をしようと眉を寄せてバックミラーを見やった。

「どういうこと？」

「うん、男がまじない師の申し出を受け入れて、影を家のなかに入れたのかどうかは明かされていないよね。それはたぶん、現実の世界で、きみのお父さんがなんらかの治療を受けるかどうか迷っていたからじゃないのかな」

昨夜、レベッカはこの話のなかの自分の役割を分析することにばかり気を取られていていたが、エリスの言葉は腑に落ちた。昨日、ロザリンが言っていた、レオが医者にかかろうとしなかったという話、『医者がこわかったのか、自分勝手すぎたのか、まあ、ほぼ後者でしょうね』と一致していたから、なおさら。

「だけど、それはもうずっと昔の話だよ」エリスは続けた。「そして、ぼくらはまだ、そのあと何が起こったのか知らずにいる。彼がどこにいるのか、まだ知らないんだ」

「いいえ、知っているわ」レベッカは道路の先を手で示した。

「確かに、ぼくらが見つけたのが正しいレオ・ロックウッドだと仮定すればね」エリスは認めた。

「ぼくが言いたいのは、影のない男がついにまじない師に助けを求めにいったのは、彼が小鳥――

きみと再会したかったからだ。じゃあ、彼はどこにいる？　なぜきみが彼を探していて、その逆じゃない？」

それは劇団のウェブサイトで父親の写真を見たあと、レベッカの心をよぎった疑問だった。だが、車がなめらかに追い越し車線に入ると、レベッカはそのことについても、エリスのほかの疑問についても、考えてはいけないと自分に言い聞かせた。『七つのお話』はその目的を果たしたのだ。この本は父親から見たできごとがどういうものだったかを教えてくれたし、自分たちをエディンバラに導いてもくれた。細かいことをあぁでもない、こうでもないといま考えても、何にもならない。こうした質問はもうじき父親自身に面と向かって尋ねればいいのだ。


「もうひとつの道を行くべきだったよ」また車を進めながら――というよりも、運転席に座ったまま――エリスが言った。車はまたもや交通渋滞に巻きこまれていた。「きみのカーナビはいまがフェスティバル中だと知らないみたいだな」

レベッカはのろのろしたスピードが気にならなかった。ほとんど丸一日、高速道路しか見ていなかったのだが、急に見るものがあふれてきたからだ。ミニサイズの大英博物館のような柱のある新古典主義建築。ガラス張りの前面がかすかに凸状（とつじょう）になった劇場。質素で薄汚れた大学の校舎――その弧を描く入口付近にはたくさんの自転車が乱雑に置かれている。無数のポスターやチラシも目を引いた。お笑いショーからサーカスまでありとあらゆるものを宣伝しており、レンガの壁やカフェの窓などに貼られていたり、ガードレールや信号機の支柱に引っかかっていたり、ゴミ箱や側溝でくしゃくしゃになっていたり、舗道を舞っていたりした。

こうしたものを眺めているのは、レベッカだけではなかった。重々しいカメラや土産物屋の紙袋ですぐにそれとわかる観光客たちが、写真を撮ったりガイドブックを確認したりしながらあたりをぶらぶらしている。また、八月中はオールナイトで営業と謳っているところが大多数のカフェやファストフード店の前には、若者たちがたむろしていた。おそろいの蛍光色のバックパックをしょっていることから、あるサマースクールの一時雇い責任者であることがわかる。

　このような光景や店に負けず劣らず観光客たちの目を引いているのが、おそろいのパーカーやショーの衣装を身につけたパフォーマーたちだった。楽園の鳥たちのように色とりどりに着飾って、看板や舞台装置の前でにぎやかにしゃべりながら、通行人にせっせとチラシを渡している。レベッカとエリスの車がたまたまウィスキーの瓶や、ネッシーの玩具や、タモシャンター帽（スコットランド特有のベレー帽）が所狭しと並ぶ店のショーウィンドーの横で停まったときには、顔中にピアスをした若い娘が道路まで飛び出してきて、半分あいていた車の窓からリーフレットを押しこんできた。

「電子バイオリンのリサイタル？」Ｓ字形の楽器の写真を見てレベッカは言った。

「ぼくは遠慮する、おあいにくさま」エリスは珍しく神経をとがらせており、ハンドルを太鼓のように叩いた。「ところで、もうすぐロイヤル・マイル（エディンバラ旧市街を走るメインストリート）だよ。まっすぐ城まで続いてるんだ」

　ここまで来る前に聞いたのだが、エリスは友人たちと一度この街を訪れたことがあるという。レベッカが彼の指さす歩行者専用道路を見上げると、〝フリンジ〟と書かれた大きな青い横断幕の下に大勢の人が集まっていた。小さなショーや展示が人だかりのそこかしこで行われているらしく、数人がその群衆の上に立っているように見えたが、おそらく杭や肩や竹馬にのっているのだろう。とにかく人が多すぎて、実際に何が起こっているのかよくわからなかった。

　わたしが迷子になったときも、こんなに混雑していたのだろうか？　わたしたちは人混みのなかでうっかり互いの手を放してしまったのだろうか？　レベッカはまた、その日のこの場所でのできごとを何か思い出そうと記憶をたどりながら、無意識のうちに指で肘の傷跡をなぞった。

車が幅の広い橋の上に出ると、道路の両側に見えていたビル群が手品の最後の黒い布のようにさっと視界から消え、エディンバラが現れた。先のほうに堂々たる時計塔が見える。左側には小塔や尖塔や円蓋がぎっしり並び、右側には荒涼たる大地の一部が広がっている。その下のほうでは何本もの線路が交差しながら駅に入っていた。

レベッカは自分の側の窓を全開にした。まだ夕方だというのに寒かったし、風も強く、ポールに張りついているスコットランド国旗がそれを物語っている。車の排気ガスや食べ物のにおいがしたが、もしかすると海のにおいかもしれない何か爽やかな気配もかすかにした。頭上の雲はぐんぐん流れており、そのふわふわした表面が夕日を受けて輝いていた。

戻ってきたわ、とレベッカは思い、すべてを一度に吸いこもうと深呼吸した。わたしはここにいる。そして、どこかに父親もいる。

やがて比較的静かな地区に着いた。ふたりはブザーを鳴らしてから、優雅なジョージ王朝様式の住宅へ入った。その螺旋階段はてっぺんにある天窓へ近づくにつれて明るくなっていく。ふたりはやや息を切らしつつ、三階の象のドアノッカーがついているドアの前で立ち止まった。そこについているしゃれた真鍮製のネームプレートには、〝ラムゼー〟と書かれていた。

勢いよくドアをあけてくれた人は長身痩躯で、濃い眉毛、生え際の後退をごまかすために髪を剃っていなかったら、おそらく髪は真っ黒だろう。薄紫色のVネックセーター、ベージュの細身のチノパンツ、モカシンシューズという格好だった。

「つかまったか?」彼が聞いてきた。

「つかまった?」エリスが言った。

「チラシ配りだよ」

「ああ、渡された――車の窓越しに」

「しょうがない連中だ」彼はエリスの頬に力強くキスをした。「久しぶりだな、ベイリー――おいおい、なんだよ、そのいでたちは？　最近はリサイクルショップで服を買ってるのか？」そこでエリスの色あせたTシャツをつまみながら、ふいに手を止めてまじまじとレベッカを見た。「で、この人は？」

「こちらはレベッカ」エリスはそう言いながら、片手を背中にあててレベッカを前のほうへ押し出した。

　エリスの友人からの凝視と、肩甲骨のあいだをやさしく押すエリスの手の感触の両方に動揺しないように努めながら、レベッカは片手をさし出した。「こんにちは」

　友人の握手は驚くほど力強かった。「キャンベルだ」彼はそれが姓なのか名前なのかを説明せずに言った。「だけど、よかったらキャムと呼んでくれ」彼は悠然とつけ加えた。キャムには耳に心地いいスコットランドなまりがあり、それが彼のぶっきらぼうな物腰にやや不似合いだった。

「というわけで、ここが家だ」キャムがそう続けながら脇へ寄ると、アフリカの草原が描かれた絵画や、コート掛けを兼ねている木製のキリンの彫刻などが飾られている長い廊下が見えた。「ここにあるサファリ関連のガラクタは無視してくれ。いまちょうど名づけ親の家の留守番をしていてね。その人はほとんどの時間をタンザニアの野生動物を脅してすごしてるんだ。家のなかをひと通り見せようか？」

　ふたりが返事をする前に、彼は先に立って廊下を進み、通りかかったドアを手で示した。

「ここはぼくの寝室。なかは見るなよ、すごい状態なんで。こっちはキッチン。食料はご自由にどうぞ、もし何かあればだけど。ここはバスルーム。鍵がないから、使うときは歌を歌うこと。そして……ゲストルームだ」キャムはダブルベッドに掛けてあるスコットランドというよりマサイ風の赤と青の格子柄の毛布の端をちょっと引っ張ってから、レベッカとエリスに長い指を振ってみせた。

「隣のリビングに音が筒抜けだから、ぼくが眠るまでくんずほぐれつは禁止。いいね？」

レベッカはサウナに足を踏み入れたかのようにカーッと体が熱くなるのを感じた。エリスはぎごちなく足を踏みかえ、カーペット下の床板をきしませた。

「えっと、ソファはある？」エリスはそう言った。

キャムはまじまじとエリスを見た。「ここがワンルームに見えるか？ もちろん、ソファぐらいあるに決まってるだろ。隣がリビングだって言ったよな？」

「よかった」エリスはそう言って、また床板をきしませた。「じゃあ、きみがベッドで寝るといいよ、ベックス」

「ええ、そうね」レベッカはまたニックネームで呼ばれていることを意識しながら、派手な毛布を見つめた。「ありがとう」

「へええ」キャムがにやにやしながら言った。「ふたりはてっきり――」

「そのリビングを見たがっていると思った？」エリスがさえぎった。「キャム、そのとおりだよ……」

エリスが友人をゲストルームのドアのほうへ押しやり、彼らは無言でもめながら部屋から出ていった。ひとり残されたレベッカはリュックをベッドの上にぽんと置くと、両方の手のひらを頬にあて、顔が普通の温度に戻るのを待った。エリスがソファで寝るのはこれが二回めだと気づき、かすかな罪悪感を抱いた。それとも、これは落胆？

顔の赤みがおさまったので話題のリビングへ行くと、やはりそこもアフリカ風に装飾されていた。草原の絵画ばかりか、凝った暖炉の脇に乾燥したイグサの入った丈の高い花瓶が置かれ、炉棚には巨大な莢のようなものが入ったボウルがあった。

「――ふたりがフェスティバルを見にきたっていうなら、話は別だったけどな」とキャムが言っていた。

「キャムはフェスティバルが大嫌いなんだ」エリスが椅子の肘かけに腰を下ろしたレベッカに説明した。

「フェスティバル全般な」キャムは吐き捨てるように言った。「数えきれないほどあるんだぜ。フリンジ、国際フェスティバル、国際ブックフェスティバル……よく知らんけど、いまじゃたぶんおはじきフェスティバルだってあるだろうよ」

「それでも、きみがあの部屋を貸しに出してないのは驚きだよ。がっぽり稼げるだろうに」

「それでこのフラットを演劇学生だらけにするのか?」キャムはエリスをじろりと見てから、体をねじってレベッカのほうへ顔を向けた。「ああ、来たね。さあ、飲もう。ワインがあるんだ。それとも、カクテルがいい?」

「ワインがいいわ」エンジンオイルの二日酔いから脱したばかりのレベッカは言った。

「そうだね」エリスもすぐに賛成した。

キャムはキッチンでふたりをテーブルに座らせてメルローのボトルを出すと、夕食を作りはじめた。高価そうな包丁を使って慣れた手つきで野菜を刻んで、パチパチいっているフライパンに入れ、そのあいだずっと八月にこの街に殺到する人の多さを楽しそうに愚痴(ぐち)っていた。

やがてレベッカは彼の軽快な声をBGMのように聞き流しながら、自分がエディンバラにいるという事実を改めてかみしめた。でも、はるばる来たのに空振(からぶ)りだったら? もしあれが人違いで、インターネットで見つけたレオ・ロックウッドが父親でもなんでもなかったら——?

レベッカの次の心配は、テーブルの下で軽く膝(ひざ)を押されて中断された。リラックスして、と口の形だけで言いながら、エリスが安心させるように微笑(ほほえ)んだ。レベッカは笑みを返し、また赤面してしまうのではないかと心配でキャムのほうに視線を向けたが、彼はいまショーの料金をこきおろしているようだった。

「……前は何かちゃんとしたものを見るのに二、三ポンドってところだったのに、いまじゃ二十ポンドも払って、大の男が子ども用三輪車に乗って走りまわるのを見せられるんだからな……」

それでも、キャムの不機嫌は料理に反映されず、彼がやがて盛りつけてくれたパスタはコクがあって、ヒリヒリするほど辛かった。もっとも、その日レベッカとエリスが食べたものといえばお菓子とサービスエリアのサンドイッチだけだったので、食に対するハードルは低かったのだが。みんなでリビングに戻るころには、レベッカは二杯めのワインを飲み終えており、エリスの隣でアニマル柄のクッションのあいだにはさまりながら、お腹いっぱいで眠くなっていた。だが、キャムは少しも眠くないようで、新たにあけたボトルからみんなのグラスにワインを注ぐと、向かい側の肘かけ椅子に座り、目を細くしてレベッカとエリスを見つめた。

「それで」キャムが探るような表情で言ったので、レベッカはまた彼が寝るときのルールを持ち出すのではないかと心配になった。「どうしてふたりはこの時期に、こんなにも突然エディンバラに来たわけ？　もしフェスティバルが目的でないのなら」

反射的にレベッカはエリスのほうを見たが、エリスはこれは彼女の旅なのだと手ぶりで示した。レベッカはためらった。父親について話すことには慣れていなかった。相手が会ったばかりの人である場合は、なおさら。

「わたしの父がここにいると思うの」レベッカは言った。

「思う？」

「父がいると確信してるわ。ずっと父を探していたの」

キャムは期待するようにレベッカをじっと見つめていた。少なくともキャムに説明する義理はあると感じたレベッカは、この数週間のできごとを手短に話しはじめた。ただ、『七つのお話』や父親の病気、そして父親のもっとも有名な出演作については省略した。おそらくキャムはレベッカよりも一、二歳年上なだけだろう。たぶんエリスと同い年だ。レベッカの経験では、自分と同年代で〈密航者〉を見たことがない者はまずいない。このほぼ他人同然の相手を信頼して真実を打ち明けたかったとしても、それは自分が語るべき真実ではないという気持ちが高まってきていた。

レベッカが話し終えたとき、キャムはちらりとエリスのほうを見た。なぜエリスがこの件に関わっているのかが解せないのだろう。とりわけ、レベッカは説明から父親が有名人であることを省いていたから。けれど、幸いにもキャムはその点を追求しないことにしたらしく、代わりにこう尋ねた。「それで、これからどうするつもり?」

「わからない」レベッカはそう認めた。「父が青少年劇団で働いていることはわかっているの。そのウェブサイトによれば、彼らが目下リハーサル中の会場の名前は――」そこで、もう一度確認しようと携帯に手を伸ばした。「――聖ユダだったかな?」

キャムは手にした空のワイングラスを窓のほうに振った。「そこなら、ここから歩いて十五分くらいだよ」

「じゃあ、そこに行ってみようと思う」レベッカは言った。「父がいるだろうから。明日の晩が公演初日なの」

レベッカはそれがあまりにも簡単に思えることに驚いた。自分の口調があまりにも冷静であることにも。ワインと食事で少しリラックスしていたものの、レベッカの神経はまだ電子レンジに入れたポップコーンのようにたかぶっていた。

「じゃあ、ただいきなり行くつもりなのかい?」この数分ほど黙っていたエリスが聞いた。

「ええ」

その後に続いた沈黙から、エリスもキャムもそれをいい考えとは思っていないことが伝わってきた。

「ぼくもいっしょに来てほしい？」しばらくして、エリスが言った。

来てほしい、とレベッカは心のなかで言った。「ありがとう。でも、わたしひとりでやるべきだと思うの」

エリスがうなずいたのを見て、これについては彼の賛同を得られたと感じた。そして、このときもまた、レベッカはエリスにどう思われるかを気にしてしまう自分に腹が立った。

「言わせてもらえば、芝居のリハーサルってのはどうもフェスティバルがらみに聞こえるな」どれくらいワインが残っているか見ようとボトルをランプの横に掲げながら、キャムが言った。「ぼくはだまされた気分だよ、レベッカ。もうきみのことを好きじゃなくなったかもしれない」

レベッカはそもそも彼に好かれていたことに内心喜びながら言った。「でも、ただの青少年劇団よ」

「げっ、だったら、なお悪い」

その後、エリスとキャムが大学時代の思い出話や、共通の友人たちの最近のやらかし話などを始めたので、レベッカはそっと部屋を抜け出して予備の寝室へ引っこんだ。だが、眠れなかった。ここはデヴォンやロンドンより明るい。いままでここがどれほど北なのかを意識していなかった。とはいえ、それはあまり気にならなかったし、ハックスリーでひと晩、エイミーとティム宅の布団でも何日か泊まったいまでは、自分のベッド以外の場所で寝るのにも慣れてきていた。隣の部屋から低く聞こえてくる男性の声や、ときおりの大笑いも、ほとんど気にならなかった。まあ、キャムの言うとおり、音は筒抜けだったが。

そう、レベッカが眠れずにいるのは明日のことを考えてしまうからだった。明日の計画を打ち明けたあとのエリスの沈黙に、どうしても引っかかる。それは、レベッカがエディンバラまで行くつもりだと打ち明けたときの彼の反応とまったく同じだった。とはいえ、ほかにどんな選択肢があるというの？　絶対に認めたくはないことだったが、レオが自分に会いたがらない可能性もある。『なぜきみが彼を探していて、その逆じゃない？』前回、エリスにこう聞かれたときはなんとかかわしたけれど、その疑問はいまもレベッカの心にわだかまっており、いくら考えてみても、そしてどれほどロザリンのせいにしたくても、考えられる答えはふたつしかなかった。そのひとつめにして、もっともつらい答えは、レベッカが昔から思いこまされていたように、父親はもう娘のことなど気にかけていないというものだ。だが、レベッカは父親から大切に思われていたことを知っていた。この数週間、その証を示されてきたではないか。何度も何度も。

認めざるを得ないもっとありそうな可能性としては、父親が姿を現さなかったのはまじない師の小屋の扉をあけることができなかったからだというものだった。つまり、レオはいまも病気だということだ。これを念頭に置きながら、レベッカは昨日の午後、祖母が同じ心配を口にしたときに自分が感じたのと同じ自信を呼び起こそうとした。とはいえ、今夜、それは容易ではなかった。

レベッカはあの動画のなかのレオほど深刻な状態の人――あのおとぎ話集のなかの父親ほど精神のバランスを失っている人――には、これまで実際に会ったことがなかった。もちろん、心に苦しみを持つ人々のことは知っている。エイミーの彼のティムだって以前はカウンセラーのもとへ通っていたし、エクセターの友だちのステフだって〝心を幸せにする薬〟を飲んでいると気軽に口にすることがあった。ただ、どういうわけかセラピーや服薬などの話題は必ずもっと明るくて楽しい話題へ変わっていってしまった。なぜティムやステフはもっといろいろなことを打ち明けなかったのだろう？　なぜ自分は一度もそう頼まなかったのだろう？

直感が正しければ、自分はようやくレオのいるところへやってきたし、わずか数時間後には再会が控えている。だから、いまさら逃げ出すことはできない。どれだけ知識不足に思えても。いまのレベッカには、明日出会う相手がどんなタイプの人だろうと考えること、そして、いまも影を野放しにしている人物に会う心構えができるのかと考えることぐらいしかできなかった。

16 リハーサル

聖ユダは小さな教会で、朽ちかけた外壁のところどころに使われている新しい滑らかなレンガが絆創膏のように目立っていた。もっと子どもの家的な建物を想像していたレベッカは、危うく通りすぎてしまうところだったが、エディンバラ中で見かける見覚えのある青い看板〝フリンジ会場317〟がふと目にとまった。

〈アクティング・アップ〉公演〈エメラルドの都〉のポスターが、教会入口の横にある古い告示板のガラスの内側に貼られていた。睡眠不足のためにしょぼしょぼする目でじっくり眺めると、そのポスターには斑点のあるモノクロの背景に複数の緑色の斜線が入っており、一瞬ののち、それがコンクリートのひび割れから発芽している草のクローズアップだと気づいた。それが『オズの魔法使い』とどうつながるのか、わからなかったけれども。

教会のドアをあけ放しておくために使われている黒いペンキ入れはすっかり乾燥しているらしく、その真ん中から一本の刷毛が突き出ている。なかからは人の話し声と、携帯電話か安物のスピーカーから流れているらしいかすかな音楽が聞こえていた。教会のポーチにはフリップチャート（一枚ずつめくれるようになっている解説用の図表）の用紙が敷いてある。これは、戸口に集まってしまったさまざまなもの——リュックサックや、ビニール袋や、食べかけのバゲットや、台本や、メタリックグリーンのキラキラなど——から教会のタイルを守るためらしく、そのキラキラはよく見ると、はがれ落ちたスパンコールだった。

「写真撮影の方ですか?」

レベッカと同世代くらいの短い黒髪の女性が、ポーチ奥の開いたドアからのぞいていた。レベッカの背後から射す太陽の光にまぶしそうに目を細めているため、肉づきのいい上半身にぴったりフィットした黒の〈アクティング・アップ〉Tシャツとあいまって、穴から顔を出したモグラのように見えた。

「えっ?」レベッカはぎくりとして聞き返した。なんの計画も立てていないうちに、だれかに声をかけるつもりはなかったからだ。

相手は怪訝(けげん)そうな顔になった。「来ることになっているカメラマンでは?」

「いいえ——違います。わたしはレオ・サン——レオ・ロックウッドに会いにきたんです」

女性はその名前を知っているようだったので期待が持てたが、あいかわらずこちらを見て目をぱちくりさせていたので、さらなる説明を求められているのだと気づいた。けれど、ほかになんと言えばいい? 『わたし、彼の娘なんです』とか? だが、父親に会う前にこの見知らぬ人に自分がだれであるかを明かすつもりはなかった。

「記者なんです」レベッカはとっさの思いつきで言った。「ご存じでしょうか、〈サイドスクープ〉というんですが?」

レベッカは自分の口調がさらなる質問を封じてくれることを願った。リチャード・ロウリーへのインタビューのときのあの社員証(ネックストラップ)をいまも持っていればよかった。けれど、それは必要なかったらしく、その女性は整えられていない眉を上げた。

「〈サイドスクープ〉?」彼女は息を呑んだ。「もちろん知ってます! どうぞお入りください、散らかってますけど……。今日はすごい日だわ!」彼女は両手を掲げてジャズハンズ(手のひらを見せて小刻みにひらひら動かすポーズ）を真似てから、ポーチ奥のドアを手で示した。

　聖ユダ教会は中身をすっかり空っぽにした建物のようだった。祭壇も、説教壇も、信徒席もなく、唯一の備品といえば、学校給食を思わせる折りたたみ式の黒い椅子が数列並んでいるのみだ。エディンバラがいまも空襲を受けているかのように窓は黒い布でおおわれており、床、壁、天井もすべて黒で、例外は一個の消火器と、はがれかけたマスキングテープのライン、そして数枚の手書きの掲示〝夜間は持ち物を劇場に置いていかない！　使った刷毛は必ず洗う！〟だけだった。

　こうした注意書きは明らかに、その場のあちこちに散らばっている二十数名の少年少女たちに向けられたものだった。さっきの女性同様、彼らも全員同じ〈アクティング・アップ〉Tシャツを着ていたが、その大半がなんらかのカスタマイズを施しており、ある女の子はTシャツの下半分をカットしてお腹が見えるようにしていた。十人あまりが作業中で、背景の色塗りをしたり、プログラムを折ったり、ミシンに向かったりしている。それ以外は台本を手に金属製の椅子にだらしなく座っていたが、なかには自分の台詞をおさらいするよりも、互いの携帯電話を見ることや、食べ物や、髪型に関心がある者たちもいるようだ。

　ポーチから案内してくれている女性が立ち止まり、こちらを振り返るのを見て、レベッカは彼女の胸に貼ってあるシールに〝ヘザー！〟と書かれており、そのまわりに手書きの渦巻（うずま）きや星がちりばめられていることに気づいた。「ここでちょっとお待ちください」彼女はまわりの騒音に負けじと大声で言った。「あなたがいらしたことをレオに知らせてきます」

　レベッカは礼を言った。その声は意外にも落ち着いていた。ヘザーがゆっくり歩いていくのを目で追っていくうちに、この会場内に大人はあと二人しかいないことがわかった。反対側の隅にいる年配の男性は舞台照明にかがみこんで、さまざまなカラーフィルターのテストをしているらしく、オーバーオールにプラチナブロンドのショートヘアの女性は脚立のなかほどにいて、キラキラした緑色の帯状の布を渡すようふたりの少女に合図しており、それを壁のいちばん上に沿ってホチキス留めしていた。

父親はどこだろう？　すぐに見つけられるだろうと思っていたが、見つからなかった。仕かけ扉か天窓のようなものがあって、そこから密航者のように飛び出してくるのではないかと、あたりを見渡した。教会内の別のところにいるか、何かの用事で外出しているのかもしれない。だが、活動の中心であるここ以外のどこかにいるというのは、レオらしくない気がした。いつも物事の周辺ではなく、中心にいる人だったからだ。

自分は何か間違っていたのだろうか？　レベッカはもう一度、エディンバラの〈アクティング・アップ〉のレオ・ロックウッドが父親ではない可能性について考えた。エクセターでは絶対に間違いないと思っていたが、いま、リハーサルか何かの最中に押しかけてみて、自分をここへ誘った直感に対する自信が揺らいでいた。

どうすべきかを考えながら、レベッカはその玉虫色の緑の布地が着々と留めつけられていくのを眺めた。それは天井のすぐ下のところにホチキスで固定されると、海のなかの洞窟に射しこむ太陽の光のように壁を伝って垂れ下がった。その光景に数人の子どもたちが歓声をあげた。ポーチにいた女性――ヘザー！――はしばし足を止めて、きらきら輝く背景を眺めていたが、すぐに自分の役目を思い出したらしく、舞台照明のあたりにいる年配男性のほうへ近づいていった。

レベッカはじれったさに、ため息をつきそうになるのをこらえた。こんなことをしていても仕方ない。父親はここにいないのだ。いるなら、自分にわからないはずがない。みんなにもわからないはずがない。レベッカは大声で言いたくなった。『もういいです、わたしの勘違いでした！』と。けれど、ヘザーはすでに同僚のほうにかがみこんでいた。ペンキの飛び散ったジーンズをはき、ネイビーのシャツを袖まくりしたその年配男性の薄くなりかけた髪は灰色だった。背中を丸めたその人を見ながら、青少年劇団の関係者にしては少し年をとりすぎているのではと思っていると、その男性はヘザーの存在に気がついたようだった。というのも、彼が舞台照明から目を上げたからで、そのとき、見覚えのある少し曲がった鼻の横顔が見えた。

千ボルトの電流が体を流れたかのように、レベッカはよろよろとあとずさった。

父親がこんなに年をとっているなんて。自分はなんて馬鹿だったのだろう。もちろん、年をとっているに決まっているではないか。だが、なんとなくおとぎ話の登場人物のように、記憶のなかの父親とほとんど変わらぬ姿でいると思っていたのだ。どこにいるにせよ、どんな魔法の国に住んでいるにせよ、時間はまるきり経過していないかのように。

レベッカは逃げ出したかった。心の準備ができていなかったのだ。けれど、もう遅かった。ヘザーがすでに教会のこちら側を示しており、その男性――レオ――は椅子に座ったままヘザーの手の先を見ようと小首を傾げている。レベッカが身動きする前に、彼はまっすぐこちらを見つめた。

そこそこ距離があるので、父親の最初の反応はよくわからなかった。だが、その無表情が消えると同時に、レベッカは――ほんの一瞬――そこに恐れがよぎるのを見た気がした。いや、それは思いすごしだったかもしれない。そのあとすぐ、彼はレベッカが想像し、期待さえしていたとおりに驚き、理解して、つらそうな表情を浮かべたからだ。

ヘザーはまだ話していたが、レオはもう聞いていなかった。椅子から立ち上がると、心ここにあらずといった様子でヘザーに舞台照明を手渡し、相手の体がその予想外の重さにふらつくのにも気づかなかった。近寄ってきながら、こちらの顔からけっして目を離そうとしない父親を見て、レベッカは身を固くした。自分が見ているものが理解できなかったのだ。なぜあんなにゆっくり動いて、あんなに静かなの？　なぜあんなに小さいの？　一本の小枝も踏んで折ってしまわないよう気をつけて森のなかを進んでいるようだ。その警戒心に満ちた表情は、まるで野生動物に近づこうとしているかに見える。相手を驚かせてしまったら、逃げ出すか飛びかかってくるかもしれないと思って。レオは数メートル離れたところで立ち止まった。それ以上、近づくのを恐れるかのように。

「バーディ？」

レベッカは口がきけなかった。息をすることもできなかった。何か鋭いものが喉のなかでふくれてきているようだった。父親の声は小さく、ささやきに近い。それは記憶のなかの声とまったく異なっていた。いまや父親はレベッカよりも頭半分ほど背が高いだけで、近くで見ると老いていた。ひたいや、かつては生き生きと笑っていた目や口の端にも深いしわが刻まれている。

「そうなんだね？」と聞く父親の青い目――レベッカの目とそっくり――は、大きく見開かれていた。

「そう」

たったひと言だったが、父親は感極まったようだった。汚れた片手を顔まで上げると、親指と人さし指のつけ根を口にあてた。いまも照明用の赤いフィルターを持っていることに気づいていないようだった。

「どうやって――？」レオはひたいのしわをいっそう深めてそう言いかけ、いったん言葉を切ったあとで言い直した。「どうやって、ここに？」

レベッカはなんと答えたらいいのかわからなかった。その質問が自分に向けられたものかどうかさえ確信が持てなかった。父親にじっと見つめられて戸惑い、目を伏せたレベッカは、ハンドバッグのストラップを命綱であるかのようにきつく握りしめていたことに気づいた。

何を言うべきか、するべきかもわからずに、レベッカはハンドバッグから『七つのお話』を取り出し、無言のままそれをレオにさし出した。父親は長いあいだそれを見つめ、ようやく何であるかを理解したらしく、思いきって受け取った。ただ、そのときようやく、まだ照明用のフィルターを持っていたことに気づいたとみえて、ばつの悪い一瞬ののち、優柔不断な信号のように赤いフィルターと小さな緑の本を持ちかえ、かがんでその四角いフィルムを手近な椅子の上に置いた。

それは、『七つのお話』が著者と再会する輝かしい瞬間になるはずだった。だが、以前、祖母に対しても感じたように、年老いた父親が布装丁のこの本――わたしの本――をしげしげと見つめ、指先で金色のタイトルに触れるのを見ているうちに、その本に対する強烈な所有欲が湧き上がってきた。

「これのことはすっかり忘れていたよ」レオは言った。

またしても、それは自分以外のだれかに向けられた言葉のように聞こえた。本の表紙をめくる父親の両手は震えており、何枚ものページが両手のあいだで昆虫の羽のように揺れた。

「この本のことはつい最近まで知らなかったの」レベッカは説明を試みるべきだと感じて言った。だが、レオの注意は開いた本に向けられており、ページをめくるにつれてその顔は怪訝さを増していった。「〈魔法のリュート〉」父親はそう読み上げてから、かつての楽しそうな大笑いとは似ても似つかない小さな声で笑おうとした。「〈世界の果てへの航海〉、〈黄金の扉〉……」父親はかぶりを振った。「いったいわたしは何を書こうとしていたのかな」

レベッカは顔がかっと熱くなった。戸惑いよりも腹立ちのほうが強かった。羅針盤(らしんばん)のように着実に自分をこの場所に導いてくれたその本に対して、どうしてそんな軽々しい口をきけるのだろう。だが、同時に、自分のなかでそんなふうに怒りがたぎりはじめたことを歓迎する気持ちもあった。この数分間の呆然自失よりも、無感覚よりも、はるかにましだったからだ。

「お父さんがそれを書いてくれたから、理解できたのに」レベッカは冷たく言った。

「ああ」レオが顔を上げた。どうやら自分が何か間違いをおかしたことに気づいたようだ。「そうだね、わたしはただ――」

「それを全部読んで、すべてわかったの」

「そうか。ただ、ずいぶん昔のことなので、あまり——すごく正直に言えば、自分が何を書いたのかちゃんと覚えていないんだ」

レベッカは前に進み出るなり、その本を奪い返して胸に抱いた。いったいどういうこと？　学校に通っていたころから、必死で試験勉強したのに日にちを間違えるとか、会場を間違えるという悪夢に悩まされ続けてきたけれど、それがいま現実になったみたいだった。違う人のところに来てしまった気がした。

レオはレベッカが片腕で抱えこんだ本を見た。そして、おそらくそれを取り上げられたことに落胆して言った。「どうやってわたしの居所を？」

「これよ」レベッカはそっけなく言いながら、もう一方の手で『七つのお話』をつついた。

「もちろん、そうだね」父はすぐにそう応じたが、レベッカの言いたいことを理解しているとは思えなかった。「それで、ロズは——お母さんはきみがここにいることを知っているのかい？」

「知っているわ、わたしが……」レベッカは口ごもった。数分前のレオの表情のわけにふと合点がいったからだ。「わたしのことをお母さんだと思ったんでしょう？　さっき初めてわたしを見たとき」

「ほんの一瞬ね、彼女にそっくりだ」

レベッカはうんざりした。母親に似てると言われるのには慣れている。だが、『七つのお話』の後半でロザリンに対する気持ちを明らかすぎるほど明らかにしていた父親からそう言われるのは癪にさわった。

「褒め言葉だよ」レオは力をこめて言った。「わたしになど似たくないだろうからね！　それにしても……」娘の顔をつくづく眺めながら、レオは改めて深い感慨に打たれたようだった。「バーデイ、すっかり大人になって！」
『あなただって年をとったわ』レベッカはそう言い返したかった。

ふたりを沈黙が包んだ。自分は数週間かけてこの再会に備えることができたが、レオにそんな時間は一分たりともなかったのだということはわかっていた。だが、それでも不満だった。父親には自分と同じ地点に立ってほしかったのだ。そうすれば、次にどうするべきか決める責任の一部を父親にも担ってもらえるから。

「すまない、何を言うべきかわからなくて」レオはようやくそう認め、片手で灰色の髪をかき上げたが、髪がかなり少なかったので頭が小さく見えた。「あたりまえだけど、きみに会えるとは思っていなくて……」

今度はレベッカも黙ってはいられなかった。「わたしだって、あなたがそんなふうだとは思ってもみなかった」

「ああ、いまのわたしはきみの記憶とは少し違っているだろうね」

このあまりの控えめな表現に、レベッカは思わず苦笑いをしてしまった。「ほんの少しね」

「だけど、そもそもわたしのことを覚えているのかい？」

またしても、レベッカは傷ついた。わたしが父親に関心も愛情もないとでも思っているのだろうか？　わたしたちがいっしょにすごしたわずかな年月が簡単に忘れられるようなものだと？　確かに、これまで生きてきたほとんどの時間、父親のことを忘れようとしてきたけれど、けっして忘れることはできなかった。なぜこの人は間違ったことばかり言うのだろう？　わたしだって、どう言えばいいのかわかっているわけではないけれど……。自分はお話や歌が得意な、もっと密航者風の人物を望んでいたのだろうか？　我ながら、わからない。だが、少なくともそういう人物なら、思い描いていた父親の姿と一致していたことだろう。

「覚えてるに決まってるでしょう」レベッカはつぶやいた。

「そうか。きみがここへ来てくれたことに、心底驚いてしまってね」

レオは足もとの黒い床にチョークで書かれた×印を見つめた。父親が変わったと知って、レベッカは質問攻めにしたくなった。なぜそんなに変わってしまったの？　いったい何があったの？　病気はよくなったの？　レベッカは『七つのお話』の話題をふたたび持ち出すことすら考えた。そうすれば、父親自身の言葉を使って、質問することができる。でも、そんなことをして何になる？　父親はこのお話を書いた理由さえ忘れてしまっているらしいのに。

「レーーオ？」

ヘザーが戻ってきて、わざとらしく大げさな態度で、会話しているふたりの視界の端をうろうろしはじめたので、レベッカはこのずんぐりしたモグラのような女性に平手打ちしたくなった。とはいえ、強いて虚空を見つめていると、自分を取り巻く聖ユダの状況が現実として感じられるようになったので驚いた。なぜかレベッカはミシンのカタカタいう音、携帯電話から流れてくる甲高い音楽、チーズ風味のポテトチップスのにおいと入り混じったペンキの刺激臭、そしてサルの群れのように互いに何かを食べさせたり身づくろいし合ったりしている少年少女たちといった、周囲のすべてを遮断していたのだ。これまでの数分間、ここには自分自身と父親しか存在していなかった。

「ヘザー、いまちょっと手が離せないんだ」レオは同僚に言った。

「わかった」ヘザーはもう待ちくたびれたという顔をレベッカにも見せつけようとしながら返事した。「だけど、ルイスに台詞のおさらいをさせるって、言ってたじゃない……」

レオは指先で左のこめかみに触れた。「そうだね、すまない。だけど、大事な話なんだ。ルイスにはきっとだれか別の練習相手が見つかるよ」

ヘザーが肉づきのいい手首にはめている腕時計に目をやる仕草は、ロザリンを思わせた。「このインタビューはあとどれくらいかかるんです？」ヘザーはレベッカに聞いた。

「インタビューだって？」レオは仰天したように言ってから、かぶりを振った。「頼むよ、ヘザー。もう少しだけ——もう少しだけ待ってくれ」

ようやくヘザーがあきらめ、ついと立ち去る姿を見送りながら、レベッカは先ほどよりも父親への不満がわずかながらおさまるのを感じた。それは、父親がこの会話を大事だと言ってくれたためだけではなかった。ヘザーにしつこく迫られたとき、レベッカは父親がひょいと逃げ出すのではないかと思ったのだ。どこかに深く刻まれた記憶、または疑惑が、以前の父親なら間違いなくそうしていたはずだと告げていた。

「悪いときに来てしまったみたいね」レベッカは言った。前触れなくやってきたことを詫びるというよりは、会話を再開するためのきっかけとして。

「いや」父親はすぐに言った。「そんなことはないよ。ただ……」父親は会場内を手で示した。「これはわたしが数週間かけてやってきた夏休み企画の総仕上げでね。今日の午後がドレスリハーサル（本番そのままに衣装をつけて行うリハーサル）で、本番が今夜と明日の午後と夜なんだ。それで少し立てこんでいるんだよ」

これはレベッカと会ってから、レオがもっとも饒舌に語ったことだった。レベッカは父親の口調が、自分の仕事について語る一般の大人と同じようにごく普通に聞こえることに衝撃を受けた。父親はただ年老いただけではない。もっと深い本質的な何かが変化したのだ。レベッカはその理由や経緯を知りたかったが、まず何から聞いたらいいのか考えがまとまらなかった。

「じゃあ、これもフェスティバルの一環なの？」レベッカは尋ねた。

「厳密にはそうじゃない。もっとも、フェスティバルにやってきた人たちがふらりと見にきてくれたらとは思っているけどね。ふだん、来るのは親や友だちぐらいだけど、この時期はいつもより新しい作品に対する心のハードルが下がるから……」父親はそのとき何か思いついたようだった。

「もしよかったら、席を用意するよ」

「ううん、別にいい」レベッカは言った。「わたしはもう子ども向けのお話を見る歳じゃないから」

レベッカは父親を傷つけたかった。父親が『七つのお話』を軽んじてレベッカを傷つけたように。けれど、レオはこう言った。「いや、子ども向けの話じゃないよ。もちろん、『オズの魔法使い』をもとにしてはいるけど、子どもたちはそれをかなりダークな感じにアレンジしているし、テーマとなっているのが――」

「ううん、別にいい」レベッカはまた言った。

今度はレベッカの口調に気づいたらしく、レオは顔をそむけた。そして、台本を手にした黒髪のひょろっとした男の子――おそらくルイスだろう――と話をしているヘザーに目をとめた。それを見たとたん、レベッカは全身から猛烈な嫉妬心が湧き上がってくるのを感じた。あの男の子はだれ？　わたしという娘がいるのに、ここにいる子どもたちがなんだというの？　なぜあの年齢の子どもたちがレオといっしょにすごさなければならないの？　わたしはそうじゃなかったし、いまもまだそれがかなわないのに。それもこれも、わたしがいまここにいるというのに、レオは彼らのことを思い、心配し、大切にしているからなんだわ。わたしではなく、ここにいる子どもたちのことを。

わたしがリハーサルだったんだ。嫉妬の炎が激しく燃え、はたと気づいた。この人にとって、わたしは父親業の練習台にすぎなかったのだ。そして、これ――この教会、ここにいる子どもたち、このお芝居――はみんな、輝かしいプロジェクトの集大成なのだ。レベッカはのけ者だった。

「帰らなきゃ」レベッカは言った。

「帰る？」たちまちレオの視線がレベッカに戻った。「もう？　また来るかい？」

「わからない。ここに来たのが間違いだったんだわ」

「そんなことはないよ」レオのこの言葉には、ここで再会してからのどの言動よりも強い気持ちがこもっているようだった。「すまない。ただ、この芝居が……まさか、きみが来てくれるとは思わなくて。それだけなんだよ――わたしが悪いんだ、何もかも、わたしが悪いんだよ」レオはレベッカの表情を見て、あわててそうつけ加えた。「だけど、間違いなんかじゃない。頼むから、そんなことを言わないでくれ。わたしはただ――」父親はかぶりを振った。「ただ、きみがここにいることが信じられなくて」

支離滅裂なことを口走り、興奮する父親の姿を見るのは、なんとなくうれしかった。その新しい人格に傷があり、静かで穏やかな面だけでないとわかって、ほっとしたのだ。そして、レオの感情が自分に会ったことへの驚きに戻ると、レベッカの気持ちはやわらいだ。相手はいまもまだこの状況を呑みこめていないのだから、もう少し時間をかけるべきだった。

「きみはどうしたい？」レオは困ったように言った。

「できたら……できたら、どこかに行って話せない？」レベッカはなぜこれを切り出すのが自分のほうなのだろうと思いつつ言った。父親であり、出ていったほうから、言い出すべきなのに。

「そうだね」レオは熱をこめて言った。「そうだ、話をしよう」

レベッカは父親が場所の提案をするのを待った。ひょっとしたら、この建物内に休憩室のような場所があるかもしれないし、父親は観光客たちでごった返していない近場のカフェを知っているかもしれない。

「ここにはいつまでいる？」だが、レオはそう尋ねてきた。

「えっ？」

「エディンバラにだよ――明日、会えるかな？」

「明日？」

「あるいは、今日」父親はまた不安そうになって言い直した。「今日の午後のほうがよければ。それとも――」

「わたしはいま、ここにいるのよ」

レオはまばたきをすると、また教会内を見まわした。「ああ――もちろんだよ。二、三分待ってくれれば……」

レベッカは鋭く息を吐いた。「もういいわ」

「だれか代わりを見つけないと。カメラマンが来ることになっているし、あとふたりしか大人がいない状態で子どもたちを置いていくわけには――」

「だから、もういいって言ったの！」

レオはその剣幕にひるんだが、それを見てもレベッカは満足できなかった。

「舞台の成功を祈るわ」そう言ってレベッカは立ち去ろうとした。

「レベッカ、頼む――待ってくれ」

子どもたちが台本も、携帯電話も、刷毛のこともしばし忘れて、こちらを見つめていた。ヘザーも何かがおかしいと気づいているようだった。というのも、教会の反対側の奥にあるポーチ近くの持ち場に戻っていたのに、それほど遠くからこちらの様子をうかがっていたからだ。そうした人々の視線に、レベッカはたじろいだ。いや、父親のために立ち止まったのかもしれない。レベッカの心のなかには、父親を待ちたい、新たにやり直したいという気持ちがあった。

ところが、振り返りざま、つらそうな父親の顔が目に入ったにもかかわらず、レベッカはまたかたくなになってしまった。この人はちゃんと暮らしている。しかも、元気だ。〈密航者〉の撮影現場の動画で見たような、精神的にぼろぼろになった男と対面するのだと夜通し思い悩んでいたけれど、このほうがもっと悪い。いまの父親にはまったく新しい生活があり、その生活はわたしよりもはるかに大切で、しばらく前から続いているようではないか。

レベッカはお守りでもあり地図でもあった『七つのお話』をまだ手に持っていた。それを自分のバッグにしまおうとしたが、どうにもうまく入らない。癇癪(かんしゃく)を起こして、レベッカはそれを手近の椅子に放った。すると、その本があたって先ほどの照明用の赤いフィルターが床に転げ落ちた。そんな本、いらない。もういらない。もしかすると、最初からいらなかったのかもしれない。こんな本さえなければ、わたしはこの見知らぬ男、この別人のところに来ることもなかったのに。レオ・サンプソンは行方不明のままでいたのに。

17 〈エメラルドの都〉

「ずいぶん早かったな」

そう言いながらキャムがキッチンから現れたのは、レベッカがフラットに帰ってきたのと同時だった。あたりにはコーヒーと洗濯洗剤のにおいが漂っていた。今日のキャムは空を飛ぶ鶴(つる)の模様のターコイズカラーの着物を羽織り、木製のスプーンを手にしている。

「どうだった?」彼が聞いた。

「うん、まあ……」レベッカはアフリカの草原の絵やキリンのコート掛けの先の、狭い廊下に目をやった。「エリスはどこ?」

「さっき出かけた。あいつ、きみがこんなにすぐ戻ってくるとは思ってなかったんじゃないかな」

キャムは少し気まずそうだった。「あいつに電話しようか?」

「大丈夫」レベッカは即座に答えた。「でも、ありがとう」

先ほどまではエリスと話したいと思っていたくせに、それができないとわかってほっとしていた。何があったのかをエリスに話す心の準備は、まだできていなかった。この数週間の努力が水の泡になったことを知られたくなかったのだ。

「あいつ、いま何をしてると思う?」キャムが秘密を打ち明けるように言った。「舞台を見てるんだぜ。あの馬鹿げたサイトの記事のためにレビューを書くことにしたらしい」

「そう」という返事しかレベッカにはできなかった。

「とんだ裏切り者だろ?」玄関のほうに向かって木製スプーンを振りながら、キャムが続けた。「よっぽど家から追い出してやろうかと思ったけど、あっさりかわされるだろうな。言葉巧みにバルモラル(英王室の御用邸)にでも入りこめそうなやつだし……コーヒーは?」キャムが急に聞いてきたので、レベッカはまだエリスのことを話しているのだと思った。「紅茶? ジン? 気を悪くしないでほしいんだけど、何か飲んだほうがよさそうな顔してるよ」

けれど、ベッカはそれを断り、キャムがそれ以上何も聞かずにキッチンのほうへ戻ってくれたことに感謝した。レベッカはゲストルームに引っこんでベッドに倒れこみ、ハンドバッグを脇へ放り投げたが、『七つのお話』が入っていないバッグはとても軽かった。あの本をあんなふうに放り出すんじゃなかった。すでに本来の目的は達したかもしれないが、あれは自分にとって大切なものになっていたのに。あれは父親——今朝会ったあの見知らぬ人ではない、本当の父親——が娘に残してくれた唯一のものなのだ。

これからどうする? 聖ユダ教会から放心状態のまま歩いてキャムのフラットに帰ってきたけれど、それはほかに行くところがなかったからだ。家に帰ることを考えるべきなのだろうが、このベッドから出る気力さえなかった。それに、デヴォンでわたしを待ち受けているものといったら? おそらく失業だ。もちろん、ロザリンとのとびきり面倒な会話も。自分のフラットを思い浮かべても、慰めにはならなかった。なにしろ、あの資料――このまったく無益な努力のあとを、そこらじゅうに散らかしたまま出てきてしまったからだ。

　あのコピーの山にどれほど真剣に向き合ったかを思い出すと、あまりにも愚かしく、悲しく思えて、何かが胸の下のほうでズキリとし、その余韻が全身に伝わっていった。胸骨の下の痛みがせり上がってきて、胸もとでぎゅっと絞られ、喉を通り、ついにはえずくように吐き出さざるを得なくなった。

　ドアがノックされ、キャムと木製のスプーンがふたたび現れた。「言い忘れてたけど――スクランブルエッグを作るんだ。きみも食べない？」

「いらない、ありがとう」そう答えたレベッカの声は震えていた。

　視界がにじんでいたので、キャムが近づいてくるのが見えたというよりも感じられた。

「大丈夫かい？」キャムが聞いてきた。

「うん」

「レベッカ？」

　キャムが隣に腰を下ろした重みで、ベッドが沈みこんだ。彼の着物の白い鶴が、レベッカのうるんだ目の前で身をよじっている。キャムは何をしているの？　放っておいてくれれば、ぎりぎりこらえられるのに。

「何があった？」キャムが聞いた。

「別に」レベッカはぐっと息を呑みこんで答えた。「大丈夫だから……」

「いや、大丈夫じゃないだろ」キャムはそう言うと、片腕をレベッカの肩にまわして胸に抱き寄せた。

　レベッカはとっさにキャムを押しのけたくなった。この人はわたしのことを知らないし、わたしの友だちでもない。けれど、実際には押しのけられなかった。彼がこちらに手を伸ばしてきたとたん――レベッカがこれまで一度もしたことがないことをしてもいいんだと示されたとたん――悲しみに全身が震えはじめたからだ。

　キャムはレベッカが泣いているあいだ何も言わなかったが、彼の腕の重みや温かさが安らぎを与えてくれた。ふたりともかなり痩せているため、抱擁というよりも肘や肩甲骨の押しつけ合いという感じだったが、なぜかそれは問題ではなかった。知り合ってまだ一日も経っていないことが問題ではなかったように。それどころか、だからこそ気が楽だった。

　やがて、レベッカは静かになった。頭が朦朧としていたし、頭痛もしたが、キャムのくっきりした鎖骨に向かって数回しゃくりあげると、ようやく涙が止まった。そのとき初めて、レベッカの肩を抱いていたキャムが腕の力を抜き、自分の着物のすべらかな肩の部分を見つめた。

「ここに鼻水がついてたら、うんと怒るぞ……」それを聞いてレベッカが笑うと、キャムは彼女を離し、首をかしげて顔をのぞきこんだ。「ひどい顔だな。何か食べよう」

　キャムはレベッカを引っ張ってベッドから立たせると、木製のスプーンを羊飼いの杖のように動かしながらキッチンへ連れていった。キッチンでキャムからキッチンペーパーのロールを投げてよこされたレベッカは、とっくにありのままの姿を見られているのだからと、音高く鼻をかんだ。

「セクシーなこった」キャムが言った。「さて、これからの我々の予定だけど、まず、ぼくがふたり分の卵料理を作る――」

「いえいえ、そんなことをしてくれなくても……」

「――ふたり分の卵料理を作る」キャムはきっぱりと繰り返した。「そして、きみは席についてそれを食べる、わかった？」

「わかった」

言われたとおり、レベッカはテーブルの前に置かれたベンチのひとつに腰を下ろし、キャムは仕事に取りかかった。それから数分ほど、あたりは卵を割る音、バターのジュージューいう音、トースターの金属音以外、静かだった。レベッカは落ちこんだ気分でキャムがキッチン内をあちこち動きまわる様子をしばらく眺めていたが、やがて窓やそこから見える道路の向かい側のテラスハウスの上に見える細長い空へと視線を動かした。

「さあできた」しばらくしてキャムがそう言いながら、テーブルにカトラリーと湯気を立てている二枚の皿を置いた。「どうぞ召し上がれ（ボナペティ）」

キャムが向かい側のベンチに腰を下ろしたとき、レベッカは彼と目を合わせることができなかった。キャムの着物の襟（えり）の下には湿った部分があり、まるで鶴が溶けはじめているようだ。

「ごめんなさい」レベッカは言った。「普段は絶対に泣いたりしないんだけど」

「だろうね」

キャムが突き出た頬骨を手で軽く叩いたので、レベッカがその仕草を真似ると、指先に乾いた涙と流れ落ちたマスカラの感触がした。

「うわっ……」

「いいって、放っておけよ」キャムはレベッカがだいぶ湿っている丸まったキッチンペーパーで目の下をぬぐいはじめたのを見て言った。「だれも気にしないさ。ほら、いいから——食べなよ」

とろりとした山盛りの卵とカリッとしたトーストを切り分けながら、レベッカは今度は空腹でお腹のなかが震えているのを感じた。

「これ、ものすごくおいしい」レベッカはひと口食べて言った。

「だろ」キャムが応じた。「チャイブを入れてるんだ。それと、山ほどバターを使ってるから。どれだけバターを使ってるかは知らないほうが幸せかもしれない」

ふたりは無言で食べた。レベッカがキャムの肩で嗚咽するという非常に気まずい数分間のあとでなければ、居心地の悪い食事になっていたかもしれない。食べ終わると、キャムはふたり分の皿をシンクに無造作に置いて、ケトルのスイッチを入れ、こう聞いてきた。「それで、何があったわけ？」

　レベッカは鼻をすすった。「そのことについてはあまり話したくないんだけど……」

「まあ、話すのはつらいだろうけど、ぼくはたったいまきみに朝食を作ったんだし」

　レベッカはうなずいた。それは正当な要求に思えた。それに、卵を食べ終えてずいぶん気持ちが楽になっていたし、キッチンの向こう側のケトルの音が次第に大きくなってきたせいで、話を始めやすくなっていた。そこで、昨晩キャムに伝えなかった部分から話しはじめた。父親が密航者であること、エリスの記事のこと、『七つのお話』のこと、父の病気のこと。聞きながら、キャムは口をあんぐりとあけ、目をだんだん大きく見開いていった。だが、レベッカがなぜエディンバラにやってきたかについてありとあらゆることを話し終えるころには、キャムは一冊のおとぎ話の本を使ってずっと前から居所のわからなくなっている父親を探しあてるという話を驚くほど平然と受け止めていた。あるいは、無頓着なだけだったのかもしれない。ティーバッグ二個をキッチンのゴミ入れにひとつずつ投げ入れながら、こう言ったからだ。「ぼくはもともと〈密航者〉が好きじゃなかったんだ」

「へえ？」その発言にはかなりのインパクトがあった。「これまでそう言った人には会ったことがない気がする」

「あれはちょっとかわいそうじゃない？　だって、彼はいつも家に帰りたがっているのに、全然帰れないんだから」キャムは二個のマグカップと紙パック入りの牛乳を持ってテーブルに戻ってきた。

「まあ、子ども向けの物語ってのは、いつだってちょっと変なもんだけどね。とくに、大人になってみるとさ、自分の記憶とぜんぜん違ってるし。砂糖は？」

「いらないわ、ありがとう」

「だと思ったよ。さて、そこまではわかった、で、今朝は何があった？」

「ああ、それ……」

あの古い教会を訪れたときのことが詳細に脳裏によみがえり、レベッカはテーブルに突っ伏したくなったが、ちょうどそのとき、そこへキャムが紅茶をさっとすべらせてきた。

「何が起きたのか、よくわからない」レベッカはそう白状した。「ただ、思っていたみたいな展開にならなかっただけ」

「どんな展開になるはずだった？」

「わからないけど、あんなふうじゃない」

この話をするのは簡単なことではなかったので、レベッカはほぼマグカップに向かって話をした。起こったばかりのことで、まだひりひりしていたし、父親があんなにも変わってしまったショックをどれほど細かく伝えようとしても、キャムから見たら、レベッカの反応は理解しがたいのではないかと不安だった。

「もっと簡単に運ぶだろうと思っていたとか、そういうことじゃないの」レベッカはそう話を結んだ。「もちろん、父との再会がひと筋縄ではいかないことはわかっていたわ。それは覚悟していたし、どんなことがあってもいいように心の準備はできていたの。でも、あんな父だけは……想定外で」

レベッカは紅茶の入ったマグカップを持ち、ようやくひと口飲んだ。わずかでも顔を隠せることに感謝しながら。キャムは黒い眉(まゆ)をひそめていた。不快というよりは考えこんでいるのだろう。だが、キャムが何も言おうとしないので、レベッカは責められるのではないかと身がまえた。

「いいから、言って」沈黙に耐えられなくなり、レベッカは促した。「正直に。わたしが何もかも台なしにしてしまったと」

「そんなふうに言えるかどうか」眉をひそめたまま、キャムが言った。「きみが考えているほど悪い状況とは思えないんだ」

レベッカはそれに反論しようとしたが、キャムが片手をあげた。

「お父さんがきみの想像と異なっていたということはわかる。だけど、彼はここにいるし、きみもいる。少なくとも、きみたちは話しはじめたし……」

「だけど、父はわたしと話したくなかったのよ！」レベッカは声を荒らげた。これはなにも今日に限ったことではなく、この十九年間、毎日そうだったのだと思い、また声が震えた。

だが、キャムは深い意味まで気づかず、この言葉を文字どおりに受け取った。「そりゃあ、話したいに決まってるよ。ただ、ちょっと驚いていただけさ。きみは本当にお父さんがその子どもたち全員と芝居をほったらかせばいいと思っていたのかい？」

「そうよ」そうではなかったふりをしても仕方ない。

「なるほど」キャムはレベッカの返事を受け止めた。「だけど、お父さんは実際にそうすべきだったと思う？」

レベッカは音高く鼻息を吐いたが、黙っていた。これは先ほどの質問よりも答えにくかったからだ。内心では、あの場にいた子どもたちにはレオが必要だとわかっていた。けれど、自分だってそうだし、それは今日だけのことではない。それに、あの人はこれまで散々そうしてきたではないか。ロウリーやプリヤの話が信ずるに足りるなら、仕事中にどこかへ行ってしまうというのは彼の十八番のはずだ。以前の父——もうひとりの父——なら、あんな教会から迷うことなく立ち去っていただろう。娘のためなら、なおさら。

「まるでまったくの別人になったみたいだったのよ」レベッカは言った。

「きみはお父さんと、そう、五分ぐらい話しただけで、それがわかったのかい？」

「そうよ！」レベッカは言い張った。「あんなの父じゃない、本当の父じゃ……」

「よく考えてみなよ」キャムが言った。「お父さんが出ていったときにほんの子どもだったのなら、どうしてきみにお父さんがどんな人かわかる？　お父さんにはきみの知らない面があったのかもしれない。あるいは、きみは覚えているお父さんと密航者とをごっちゃにしてるかもしれないよ？」

レベッカはまたため息をついた。確かに、正直に言ってほしいとは頼んだけれど、だからといってキャムの反論を平然と聞けるわけではなかった。なにしろ、父親がどれほど変わったかをキャムが真に理解しているとは思えなかったからだ。

自分は先週まで一度も〈密航者〉を見たことがなかったと説明する気力も湧いてこなかった。

「でも、父は本当に密航者そのものだったのよ」レベッカは言った。「あのキャラクターは現実の父にそっくりだったと、わたしにはわかる。それに、父が病気だったということもわかっている。そのせいで父は自分自身を含むたくさんの人を不幸にしたの。だけど、わたしにとって父は最高だった――実際、すばらしい人だった、いろいろ欠点はあったとしても――なのに、いまの父はとにかく……普通なの」

声に出して言ってみると、それはさほど悪い状況でもないようだった。では、なぜ自分はこんなにも欺（あざむ）かれた気がするのだろう？　これだけ手をつくしてきたのだから、本人よりも見劣りがする人物ではなく、探してきたその人を見つけられるはずだと信じていたのだ。

「うちの父さんは普通だよ」しばらくしてから、キャムが言った。「まあ、だれでも少しは変なところがあるものだろ。でも、うちの父さんは全体としてごく普通なんだよ。サッカーが好きで、地元の行きつけの店でビールを飲むのが好きで、下ネタが大好きときてる。たぶん、父の日のカードを作るときにだれもが思い浮かべるタイプの父親だと思う。で、ぼくとは普通に仲がいい。お互いまったく違うタイプであることは明らかだけど、父さんはいい人だし、ぼくのことを大切に思ってくれてるし、面白い――というか、実際は面白くないんだけど、本人は面白いと思ってる。

何が言いたいかというと、普通なんかよりも悪いことが世のなかにはたくさんあるって話さ。普通って、過小評価されてると思うんだ。いいかい、父親がとんでもないろくでなしじゃないってだけで、きみはすでにぼくの昔の恋人たちよりもうんとましなんだぜ……。それに、父親というか、だれであろうと、血縁者についてこれだけは言える。彼らがどんな人間であるかをこっちが選ぶことはできないんだ。いくらそうしたいと思っても。こっちが選べる唯一のことは、彼らを自分の人生の一部とするか否かだけなんだよ」

キャムが話しているあいだ、レベッカはマグカップを脇に置いて、先ほどマスカラをぬぐい取ろうとしたキッチンペーパーを手でもてあそんでいた。キャムが言っていることは理解できたが、彼のずっと存在していた父親の話は、レベッカの子どものころの思い出の父親はもういないのだという認めたくない事実を強調しただけだった。『そして、あの人があなたに会うのは自分自身のことをきちんとしたあとでと取り決めた』とロザリンは言っていた。『医師の診察を受け、薬の服用を開始し、ちゃんとした仕事を見つけたあとでってこと……』と。いまのレオは、ロザリンが思い描いていた人物像に近いように思えた。ならば、これまでレオはどこにいたの？　ロザリンが真実を語ったとしたら、なぜレオはバーディに会いにこなかったの？　キャムとは違って、自分には普通の父親という残念賞さえ手に入らなかったのだ。

「もういい？」

顔を上げると、キャムが飲みかけの紅茶を指さしていた。レベッカはマグカップを手渡し、キャムはそれを自分が使ったマグカップといっしょにシンク内の汚れた皿やフライパンの上に置いた。

キャムがその食器の山の上に液体洗剤を垂らすのを見ていると、その洗剤の色から古い教会内で見たキラキラした布が思い出された。あの瞬間、レオに会う直前のあの場所に立って、緑色の布が壁にホチキス留めされているのを眺めていたあのときに戻れたら。あの場面をもう一度やり直せたら。でも、そうなったとして、今度はどうふるまえばいい？　新たな父親の姿は受け入れられたとしても、具合が悪いわけでもないのにずっとここにいたらしい父親をどうして受け入れられる？　わたしがいなくても元気でいたらしい父親をどうすれば受け入れられるのだろう？

「自分の人生に父がいてほしいかどうかわからない場合は、どうすればいいの？」レベッカは聞いた。

「その場合は、わからないってことを受け入れるんだよ」キャムはそう言いながら、食器洗い用の花柄（はながら）の手袋を手にした。「でも、だったら、なぜきみはわざわざここまでやってきたんだ？　なぜぼくのところへ、フェスティバルの時期に、十時間もベイリーとドライブしてきたのさ。とんでもなく大変だったはずだよ。きみはわからないことのために、本気でそんなことをしたわけ？」

レベッカが返事をしないでいると、キャムは蛇口（じゃぐち）をひねった。シンクにお湯がたまっていくのを見ながら、レベッカはもう会話は終わったのだと感じた。

「わたしはどうしたらいい？」

じつは、それは自分への問いかけだった。水が流れる音にかき消されて、キャムにその質問が聞こえているとは思っていなかった。だが、泡立つのをじっと見つめていたキャムが言った。「ぼくから見れば、いまのきみにはふたつの選択肢があってね……」

「それは？」レベッカは期待してあとを促した。

キャムは花柄の食器洗い用手袋を掲げた。「これを使って洗い物を手伝うか、さっさとぼくのキッチンから出ていくこった」

〈アクティング・アップ青少年劇団〉
公演
〈エメラルドの都〉

オズは死にかけている。木々は消え、河川は干上がり、野は砂漠と化した。失うものは何もない、へこたれないみなしごドロシーはエメラルドの都に向かうことを決意する。そこはこの地における最後の緑豊かなオアシスで、地球をきれいにする力を持つ男が住んでいると言われていた。だが、その道のりは遠く、危険に満ちており、オズの滅亡によって利益を得ている巨大企業〈イースト／ウエスト社〉はあらゆる手段を使って、都にやってくるよそ者たちが真実を知るのをはばむのだった。

レベッカは、芝居が始まる前にプログラムを開いて内容を頭に入れておいてよかったと思った。でなければ、何がどうなっているのかわけがわからなかっただろう。あらすじを読んでいてさえも、虹色に輝く緑色の背景の前で繰り広げられたことの大部分――ストロボのフラッシュライト、シンセウェイブ（一九八〇年代の映画音楽やビデオゲームに影響された電子音楽）、空中を舞うシルクのまわりを漂うダンサーたち――についてはあまり理解できなかった。また、おそらく子どもたちが考えたなんらかのディストピア言語による台詞も、わからなさに拍車をかけていた。とはいえ、ジグ（十六世紀にイギリスで起こった飛び跳ねながら踊るフォークダンス）を踊るマンチキンたちや、〈虹の彼方に〉の熱唱を予想していたレベッカにとって、見ているのはさほど苦痛ではなく、若き演者やスタッフがお辞儀をしているあいだは礼儀正しく拍手をしていた。それ以外の観客たち――ほとんどは間違いなく親たち――は歓声をあげ、足を踏み鳴らしていた。

芝居のあいだ劇団職員の姿はなく、カーテンコールのあいださえそうだったが、観客たちがゆっくりと出口のほうへ向かうころになると、またしてもヘザーがポーチ脇に姿を現し、オーバーオール姿のプラチナブロンドの女性がステージの片づけにかかった。だが、レオの姿はどこにも見あたらない。若い子たちの大半はすでに、聖具室だったところへ続いていると思われるアーチ形のオーク材のドアの向こうに姿を消していた。きっとレオはそこにいて、教え子たちを褒めているのだろう。

でも、もしそうでなかったら？　レベッカは聖ユダ教会に戻ってきてからレオの姿を目にしていなかった。もし父親がこの場にいなかったらどうする？　レベッカの胃のなかで罪悪感がふくれ上がってきた。もし父親が予告なしに〈サドワース＆ロウ〉に姿を現したら、自分はそのあと、何もなかったようにファイリング作業や報告書作成などに戻れるだろうか？

レベッカは聖具室のドアを見つめた。そのあらゆる細部——鉄製の掛け金、木材のひび割れや傷——を記憶に刻もうとするかのように。そして、ドアが開くたびに息を呑んだ。だが、そこから現れるのはいつも十代の子どもたちで、公演が終わった幸せの余韻にひたって、笑ったりじゃれ合ったりしていた。

レベッカは頬の内側をかみしめた。あのなかに入らなければ。あの部屋と、教会の隅から隅まで、必要とあらばエディンバラの街じゅうを探しまわって、またレオを見つけ出さなくては。キャムの言ったとおり、自分はなんの理由もなく遠路ここまで来たわけではないのだから。

「レベッカ？」

レベッカはくるりと振り返ったが、さらに二度呼ばれてようやく見つけたレオは、ほかの親たちに混ざって舞台の反対側に立っていた。いまは黒の〈アクティング・アップ〉Tシャツを着ていたが、それ以外は今朝と変わりなく、葉でおおわれた魔法使いのマントらしきものを手にしている。

「戻ってきてくれたんだね」レオは言った。

「ええ」

レオは意を決したようにさらに一歩近づいてきた。「さっきはすまなかった——」

「いいの」

「——頭が働かなくて、どうしたらいいかわからなくて——」

「本当に、もうそのことはいいの」

レオは腕を広げてそのマントをたたみはじめたが、レベッカの顔から目を離そうとしなかった。

「きみのことはわたしの想像だったんじゃないかと思いはじめていたんだよ」レオは言った。「いろいろなことがあって、この芝居があって……現実と想像の区別がつかなくなっているんじゃないかと」そこで小さく含み笑いをもらした。「そうなるのは初めてじゃないからね！」

レベッカははっとした。では、父親はそのことを冗談にできるのね？　どう返事をしていいかわからなかったが、午前中よりもやさしくしようと決めて、レベッカは言った。「お芝居、気に入ったわ」

「そうかい？」それをきっかけに、レオはふいにまた元気を取り戻した。「たいしたもんだろう？初めての公演ということを考えれば、なおさら。みんな、じつによくやったよ」

教会内のあちこちにいる子どもたちに微笑みかけるレオの目のまわりにしわが刻まれたが、彼らのほうはレオになんの注意も払っていなかった。レベッカはまたしても嫉妬で心がずきりとしたが、なんとかそれを払いのけたのは、キャムとの会話がまだ記憶に新しかったからだ。

「いまもわたしとどこかで話をしたいと思っているかい？」レベッカを振り返りながら、レオが聞いた。

レベッカはうなずくと、ようやく聞きたかった言葉をかけてもらえたことに気持ちが安らいだ。

「だけど、いまでなくても大丈夫よ」レベッカは言った。少なくとも保護者がふたり、この会話に割って入りたそうに待っていることに気づいたからだ。「忙しいのはわかっているから、別にいますぐとは――」

「数分で支度するよ」レオは言った。「もちろん、きみにほかの予定がなければだが」

「予定はないわ」レベッカは答えながら、娘がフェスティバル目あてでエディンバラにやってきて、そのついでに会いにきたとでも思っているのだろうかと考えた。「だから、待ってる」

「いいのかい？　そんなに時間はかからないと思うけど――」

「大丈夫、別に急いでないから」

そう言ったのに、レオはレベッカから目を離さずにあとずさりしていき、その背後にかたまっていた保護者たちのあいだにうっかり割って入ってしまった。レオが聖具室のドアの向こうに消えると、レベッカは金属製の椅子にまた腰かけ、近くにたむろしている出演者たちを見やった。そのなかの数人はいまも芝居の格好のままでいる。ある少年の顎には輪郭に沿って緑色のフェイスペイントが塗ってあったし、ドロシーを演じた少女は厚底の赤いブーツをはいていた。

ある女性が緑色の顎の少年に近づき、しかめっ面をしている少年の顔をティッシュで拭きにかかるのを見ながら、レベッカは自分の母親のことを考えた。ロザリンは運動会に必ず応援に来てくれたし、レベッカがバイオリンをやっていた短い期間に出たあらゆるコンサートに来てくれたし、修学旅行のお迎えのために長い時間待っていてくれた。ここにいる親たちのように誇らしげで、忍耐強く、近くにいてくれた。娘にかまいすぎると感じることもけっこうあったけれど、すっかり放っておかれるよりは百倍もよかったのではないだろうか？

ロザリンとの口論はいまも良心を苛(さいな)んでいた。その真っ赤になった涙ぐんだ顔も、ロザリンらしくない怒気をはらんだ声も、頭にこびりついている。携帯電話に手を伸ばし、メールや電話の着信履歴をスクロールして確かめると、母親からの連絡は来ていなかった。ということは、結局、さほど娘にべったりしているわけではないことになる。でも、連絡してこないって、驚くべきこと？　レベッカは母親をまさに嘘つき呼ばわりしてしまったのだから。どうやらレオは自分の意志で娘に会いにこなかったことが明らかになりつつあるのに。

聖ユダにいるくだんの母親はティッシュで拭くのをあきらめ、今度は親指で息子の緑色の顔をごしごしやっていた。レベッカはその子がいやがって身をよじるのを眺めながら、日焼け止めクリームをたっぷり塗るよう人前でもロザリンにうるさく言われていたことを思い出した。いまでも水着のストラップの下に日焼け止めを塗りこむときの濡れた砂のザラザラする感触がよみがえってくる。そうだわ、とレベッカはかすかな後悔の念とともに気づいた。だからこそ、ロザリンは浜辺でわたしを呼んでいたのよ。あの日、レオが砂のなかに自分を埋めていたあの日。ロザリンはふたりの考古学ごっこの邪魔をしようとしていたのではない。自分と同じくらい肌の白い娘がひどい日焼けをしないようにしたかっただけなのだ。

ふたたび姿を現したレオは、ダークグリーンのレインコートを着て、色あせたリュックサックを背負っていた。ペンキの飛んでいるジーンズとすり減ったスニーカーともども、実用的で飾り気のない人——庭仕事用の物置小屋を持っていそうな人——という印象だった。ふたりはいっしょにゆっくりと古い教会のなかを進んだ。レオが子どもたちやその親から次々と質問やお祝いの言葉をかけられたからだ。ようやくポーチまでたどり着くと、外は以前よりだいぶ暗くなっているように感じた。頭上からポツポツという音が聞こえ、通りの敷石が雨で濡れて光っているのが見えた。そして、レベッカは玄関前の階段で一瞬たじろぎ、着ていたカーディガンをしっかり体に巻きつけた。髪の分けめに冷たい水滴が落ちてきて思わず顔をしかめた。

「ほら、これを使うといい」リュックサックのなかを手探りしていたレオが言った。

レオがさし出した傘はかなり年季が入っていた。傘の骨が何本か曲がっていたし、黒い布の内側には点々と錆がついている。

「お父さんはどうするの？」傘の柄を手にしながら、レベッカは聞いた。

「わたしなら、これにフードがついているから……」

レオはレインコートの襟から薄っぺらいフードを出そうとして、首元を引っ張りにかかった。悪戦苦闘する父親を見守りながら、レベッカは傘をいっしょに使おうと言うか言うまいか迷ったが、結局は黙ったままでいた。いまのところは、この距離感が心地よかったから。ポーチを前にしたふたりは、飛びこみ前の競泳選手のようだったかもしれない。そのとき、レベッカを横目でちらりと見たレオが、娘の頭のすぐ上に視線をやった。

「何か？」レベッカは先ほどの雨のしずくでまだ濡れている髪の分けめにさわりながら言った。

「なんでもない。ただ――覚えているよりもずいぶん背が高いなと思って」

「自分だってずいぶん老けたじゃない」レベッカは軽く言い返した。

レオが声をあげて笑うと、一瞬、かつての父親がよみがえった。顔にはしわが刻まれていたし、髪は薄くて白髪まじりだったものの、陽気さが老いの一部を吹き飛ばし、快活さ、本来のレオらしさをよみがえらせたのだ。その瞬間、レオはレベッカが子どものころの父親に戻っていたし、びしょ濡れの通りを見ながら考えこむ顔から笑みが消えたときも、どこかに以前の父親のかけらが残っているのだという思いに、レベッカは心が慰められた。

とはいえ、エディンバラは見知らぬ街のようにがらりと変わっていた。強い風のうねりに傘をもみくちゃにされながら、ふたりで雨のなかに出ていったものの、レベッカは昨日の夕方に自分を歓迎してくれたあの明るい街と同じだとは信じられなかった。水に広がるインクさながら、真っ黒な雲が渦を巻いて空を流れ、雨が道路や屋根を激しく打つさまは、フェスティバルに沸く街をこらしめているようだった。

　雨は急に降り出したらしく、周囲の人々はだれもが雨宿りできる場所を求めて走ったり、店先や屋根つきのバス停で身を寄せ合ったり、すでに客を乗せている黒いタクシーを停めようとしたりしている。濡れまいと走る人たちに踏まれたチラシが縁石でびしょ濡れになり、捨てられた手書きの看板の文字がにじんで読めなくなっていた。レベッカとレオは歩行者専用ゾーンを急いだ。小道具や、楽器や、電気設備を必死に守ろうとしている人々がいる。ジャグリングをする大道芸人のファイアトーチがパチパチいいながら煙を上げており、パントマイムをする大道芸人の化粧は筋になって流れ、ダンサーの一団の鳥の羽根のついた尾は垂れ下がって水たまりのなかを引きずられていた。レベッカにはありとあらゆるものがにじんでいるように見えた。まるでエディンバラが道路にチョークで描かれた絵で、水に溶けて流れてしまうかのようだ。

　ここなら迷子になるのも無理はないわ、とレベッカは思った。

　やがて人混みから出たが、住宅街の道を次々と通り抜けるあいだも強い雨脚は衰えることなく、レベッカは寒さに我慢できなくなってきた。どうしてあのまま教会にいなかったのだろう？　そのとき、レオが前方にある小さなパブを指さした。吊り下がった看板に〈ユニコーン亭〉と書かれている。薄汚い窓と黒い塗装がはげかけている店にしてはずいぶん気取った名前だとレベッカは思ったが、雨風がしのげる場所をえり好みするつもりはなかった。

〈ユニコーン亭〉の入ってすぐの部屋はウッドパネルを貼ったバーで、さまざまな年配の男性たちがたむろし、ビールとヴィネガーのにおいに満たされていた。店内は最初に思ったより広かった。というのも、レオはバーテンダーに会釈すると、天井の低い小さな迷路のようなスペース――ダーツ盤、スロットマシン、窮屈そうなビリヤード台が置かれている場所もあった――を抜けて、がらんとした奥の部屋にレベッカを案内したからだ。そこでもっとも存在感を発揮しているのが石造りの煙突で、暖炉は金網と錬鉄の衝立の後ろになかば隠れていた。

「ここでいいかな」レオが言った。「混んでいない店で思いつくところは、ここしかなくて」

「いいわよ」

ふたりで栗色の革張りのチェスターフィールドチェアに腰を下ろしたあと、レオがバーに行ってくると言った。レベッカは寒かったので赤ワインを頼んだ。レオが飲み物を買いにいってから、レベッカは革張りの椅子にゆったりと座って、濡れた靴を脱ぎ、むき出しの両足をタータンチェックの絨毯にのせた。その絨毯はすり切れてはいたけれど、乾いているのがありがたかった。すぐ近くの壁には額入りのスケッチ画や油彩画が所狭しと並んでおり、その大部分にはエディンバラと思しき風景が描かれていたが、どれもが古びているか、煙草の煙のせいで黄ばんでいた。そばにあった絵が少し傾いていたので、その角度を直しながら、レベッカは頼んだ飲み物を後悔しはじめていた。この店のワインはあまりおいしくないかもしれない。

ここはレオの行きつけの店なのだろうか？　レベッカは父親の暮らしについて、〈アクティング・アップ〉で働いていること以外は何も知らなかった。仕事ではないときは何をしているのだろう？　友だちはいるのだろうか？　ひょっとしたら、ここに集まるのかもしれない。自分や友人たちが〈ザ・クラウン〉をたまり場にしているように。

「はい、これ」レオが置いたワイングラスは、食器洗い機で洗っているせいでガラスが曇っていた。レオが自分用に持ってきたのはビール半パイントだけだったので、レベッカは父親が長居しないつもりなのだろうかと考えた。

「じゃ、乾杯」

レオはレベッカとグラスを合わせず、グラスを掲げた。レベッカもそれを真似ると、おそるおそるひと口飲んだ。思ったとおりワインは酸っぱかった。

ふたりは顔を見合わせた。

「戻ってきてくれて、うれしいよ」レオが言った。

「さっきもそう言ったわ」

「そうだったかな？　とにかく、本当だからね」

レベッカは絨毯の擦(す)り切れた繊維(せんい)のなかに爪先を押しこみながら、もっとやさしく、もっと忍耐強くしようと自分に言い聞かせた。けれど、互いに面と向かっているいま、芝居や雨や店内のあれこれといった気をそらすものがなくなったいま、レベッカは何を言えばいいのかも、どうふるまったり感じたりすればいいのかもわからなかった。

「泊まっているのは、どのあたり？」レオが聞いた。

レベッカが答えると、レオはその地域をよく知っている様子でうなずいてから、こう言った。

「フェスティバルの時期に泊まるところを確保するのは大変だっただろ」

「そうでもないわ。わたしたち、友だちのところに泊めてもらってるから」

「わたしたち？」

「ここには別の友だちと来てるの」

レベッカはエリス・ベイリーについて詳しく説明しようかと考えたが、彼のことをどう言ったらいいのかわからなかった。彼をどう思っているのかもわからない。

「それで、そのエディンバラの友だちだけど」レオはさらに聞いてきた。「その彼だか彼女だかは、空いてる部屋を貸し出してないのかい？」

「そうよ、彼はフェスティバルが大嫌いなんだって」

レオはまたうなずいた。レベッカが興味深いことを言ったからというよりも、とにかく何かを言ったからだろう。房飾(ふさかざ)りのついたウォールランプが上からまっすぐにレオを照らしていた。レオの椅子の背後にはくたびれた赤いベルベットカーテンが引いてあって、戸口を半分おおっている。すきま風を防ぐためなのだろう。頭の隅に劇場のことがあったせいか、レベッカはその照明とカーテンから舞台を連想し、芝居をするレオを自分が見ることは二度とないのだと思って急に寂しくなった。父親が俳優をやめ、〈密航者〉への出演が第二シリーズで終わってしまっただけでなく、あの人形劇や影絵シアター、そして巨人や小人や夏至(げし)に動きまわる木々についての即興のお話も、もう見たり聞いたりすることはできない。それも父親から失われた部分のひとつだった。

「いつ来たんだい?」レオが尋ねた。

「昨日」

「どこから……?」

「デヴォンから」

「デヴォン……」レオはなつかしそうに繰り返した。

「エクセターよ」レベッカはつけ加えた。自分のことを細かく語りたくはなかったが、いまだに実家暮らしをしていると思われたくもなかった。

「じゃあ、そこに住んでいるんだね? どこで働いているんだい? きみが何をしているのかさえ知らなくて」レオは知りたい気持ちを抑えられなくなってきていた。「仕事も、趣味も、大学へ行ったかどうかも……」

「大学へは行ったわ」

「そりゃあ、そうだろうとも」レオはそう言って笑みを浮かべた。「だって、母親の頭脳を受け継いでるんだから——本当によかった!」

レベッカは父親に強い視線を送った。ロザリンと比べるのをやめてほしかったのだ。

「どこの大学?」レオはまったく意に介さず、あとを続けた。「何を専攻したんだい?」

レベッカは安ワインをまたひと口飲んでから、こう言った。「そういう質問にはあまり答えたくないの」

レベッカはまたレオを面食(めんく)らわせるのではないかと思ったが、父親は娘の気乗りのしない態度に驚いていないらしく、うなずき続けていた。ひょっとすると、父親はこう言われることを予期していたか、そもそも返事を期待していなかったのかもしれない。

「少なくとも、いまはまだ」父親の反応にほっとして、レベッカは続けた。「あとでなら、そういうことについて話すのもいいかもしれない。でも、わたしがここに来たのはお父さんのことを知るためなのよ」

レオは何か言おうと口を開きかけたが、思いとどまったらしく、代わりにごくりとビールを飲んだ。

「いま、なんて言おうとしたの？」レベッカは思いきって聞いた。

レオは娘の視線をそらさなかった。「午前中に会ったとき、きみはわたしのことをもうよく知っているようだったから」

「どういうこと？」

「あのおとぎ話の本を読んだんだろう？」

今朝、父親に向かって『七つのお話』を振りかざして、自分はすべてわかっていると言ったことがよみがえり、次にその本を投げ捨てたことを思い出して身が縮む思いだった。なぜあんなにひどいことをしてしまったのだろう？　父親があの本を拾ってくれていたらいいと思ったが、恥ずかしすぎて聞けなかった。

「あの本、ちゃんと終わってなかったわ」レベッカは代わりにそう言った。「あの最後の話で、まじない師は男に影を縫(ぬ)いつけてあげようと言ったでしょ。そうすれば、男は――」レベッカは息を吸いこんだ。「――そうすれば、男はまた小鳥を見つけることができるだろうって。それが男にとって何よりの望みだからって。それなのに、そこで終わってた。あの話は未完成だわ」

レオはしばしその話を思い出せないようだったが、思い出して、レベッカが何を言いたいのかが理解できた様子になったとき、全身が手で握りつぶされた空き缶のようにしぼんでしまった。陽気さがレオの若さの一部をよみがえらせたとしたら、惨めさがレオを老けさせた。膜のかかったような目は落ちくぼんで濃い眉の下になかば隠れたようになり、血管の目立つ片手を口にあてたので、顔を縦横に走るしわが引っ張られている。

「バーディ……」

レベッカは椅子の肘かけのボタンどめされている部分を握り締めた。それは、あとに引かないようにするためでもあった。「結末が知りたいの」レベッカは言った。

「なんだって?」

「あのあと何があったの? 残りのお話を聞かせて」

レオはかぶりを振りはじめた。「わたしにできるかどうか……」

「なぜできないの?」

「それは――それは、いまではもうやり方がわからないんだ。どうやってまじない師と影についての話をつくり出せばいいのか。もうなくなってしまったんだと思う」そう言う父の声と手は震えており、指を広げて何か目に見えないものを空中に解き放っているようだった。「もう話を作る能力を使い果たしてしまったんだよ」

そう聞いても、レベッカは驚かなかった。

教会で椅子に座って背中を丸め、照明用フィルターをつかんでいる父親を目にしたそのときから、どこかでそのことに気づいていたのだ。そして、その事実に胸が痛んだ。心臓をハンマーで打たれるかのように。なぜなら、自分が心から会いたかったのは、そういう次から次へとお話を語り、絶えずまわりを楽しませる父親だったから。どれほど欠点があろうと、どれほど問題があろうと、それがレベッカの知る父親の姿だった。

でも、もしかすると、いまの父親はこうなのだから、目の前にいる男はもっと率直に話してくれるかもしれない。

「じゃあ、本当のことを話して」レベッカは言った。

18　八つめのお話：消えたストーリーテラー

あまりむかしではないころ、あまり遠くではないところに、いつも迷ってばかりいる男がいました。どこへ行っても、そこが大都会でも、森でも、砂漠でも、自分がどこにいるかわからず、たとえ

いや、違うな。

これじゃ、だめだ。物語の始まりは、きみでなくては。

あるとき、大きな谷にある小さな王国にひとりのお姫さまが生まれました。その父親は、ときどきひどい孤独に苦しめられていたのですが、お姫さまが生まれたことを、何週間も続いた悪い天気のあとのお日さまのように感じました。生まれた娘に大よろこびした父親は、その王国が妻である女王のものであることを忘れることができました。父親の故郷の遠くの国は

やっぱり、だめだ。

わたしにはもうできない。もうそれだけの力がない。それに、きみは本当のことを聞きたいと言った。

問題は、わたしの話を信じてもらえるかどうか自信がないことだ。水の精も魔法のリュートも出てこないが、最後に会ってからわたしがしてきたことはすべてきみのためだったと話しても、やはり作り話だと思われてしまうだろう。

ほらね。信じてもらえないと言ったとおりだ。でも、それも仕方ない。実際、わけのわからない話だから。それに、ひょっとすると、わたしは話を大げさにしているのかもしれない。ひょっとすると、もともとは、いくらか、いや、かなりの部分、それは自分のためにしたことでもあったかもしれない。でも

いや、これもしっくりこない。

本当の話は、きみとわたしがはぐれたところから始まるのだろう。それがわたしたちの道が分かれた場所であり、わたしがきみのもとを去ったときなんだ。あのエディンバラへの旅は、新しい始まりになるはずだった。わたしは数か月前に〈密航者〉をクビになっていて、きみにほんの少ししか会えないことに悩んでいた。そして、その数少ない面会さえロズが拒もうとしていると思いこんでいたんだ。だから、わたしたちふたりだけで新しくやり直すべきだと考えるようになった。あの村でもブリストルでもなく、どこかわたしがくつろげる場所。わたしが初めて心から自分らしいと思える場所で。

だが、もちろん、あのときのわたしは躁(そう)状態だった。〈密航者〉で稼いだ金のほとんどをこの街のフラットの保証金に使い、そこを変てこな、いりもしないものたちで埋めつくした。綿菓子製造機、子ども用プール、よくあるばかでかいキーボードプレイマットなどで……。わたしは監視されているとも思いこんでいて——ロズから、マスコミから、英国情報局保安部(MI5)から——すべてをレ

オ・ロックウッドの名前で手配した。のちのちロズの弁護士から、あれを計画的連れ去りと呼ばれることになったのも、それが一因だ。

そしてやっぱり、わたしはとんでもないことをやらかした。きみをここに連れてくるころには、わたしはあまりにも興奮し、あまりにも冷静さを失っていた。ちゃんとは思い出せないが、きみに新しい故郷を見せたくて街じゅうを連れまわしたことは覚えてる。そして、きみの手を放してしまったときは、あまりにも人通りが多くて、わたしは――

それから何があったかは、知っているだろう。

その後、わたしは逮捕された。六歳の娘を母親から奪ったうえ放置してしまったからではなく、キャッスル・ロック――この街の真ん中にある、あのごつごつの岩山――になんの許可も装備もなく登ろうとしたからだ。

とにかく、わたしはそういうことをしていたと聞かされた。正直なところ、あまり覚えていないが、事実だろうと思う。わたしはハイになると高いところに登る癖(くせ)があったから。お城の王さまになるのが好きだったんだ。あるいは、きみを探そうとしていたのかもしれない。

入院中のことで真っ先に思い出すのは、質問されたことだ。数えきれないほどたくさんの質問をされた。そして、わたしが何を言ったか、何をしたかはさておき、おかげで診断名がついた。再度、診断名がついたと言うべきかもしれない。わたしはとっくに自分が双極性障害だと知っていたんだ。それを知ったのは、初めて逮捕されたときだ。父さんに無理やりロンドンの病院に連れていかれて、別の医師たちからも薬や電流やその他いろいろの治療をすると聞かされてこわい思いをしたから。でも、わたしはその話を詳しく聞くまでそこにいなかった。当時わたしは十七歳で、そのころ、それは躁うつ病と呼ばれていたんだ。

エディンバラで、いつごろかわからないが、わたしは医師たちや警察にレオ・ロックウッドだと名乗ったに違いない。というのも、いつのまにかわたしはレオ・ロックウッドになっていたから。それに、自分のエディンバラの住所も教えたようだ。ブリストルに帰るという話が出た記憶がないのでね。まあ、それでもさしつかえはなかったよ。そこには友人も家族もいなかったし。ただ、あとから思ったんだが、おかげでマスコミからの被害を受けずにすんだ。まったく公（おおやけ）にならなかったんだ。密航者が精神科病院に入れられているという話は……

すまない。いまでもわたしは、この件についてどう話せばいいのかよくわからないんだ。

そういうことになっても、わたしはきみに会いたかった。きみに会わせてほしいと何度も何度も頼んだ。彼らはわたしに言ったよ。お嬢さんは無事です、ちゃんと見つかってお母さんのもとに帰っていますとね。でも、わたしは彼らを信用していなかった。自分の目で確かめたかったが、そのころにはわたしの入院が決まってしまったんだ。それはよくあることではないんだよ。観察期間と呼ばれていてね。

その時期、ラヴィというのがわたしの主治医だった。とても物静かな話し方をする医師で、四〇年代の映画スターのような小さな口ひげを生やしていた。入院していた四か月間、わたしが彼と会うのは週に一度だけだった。それ以外のときは、若手の医師たちや看護師たちに経過観察されていたんだ。でも、きみの身に何があったか、理解するのを手伝ってくれたのはラヴィだった。わたしたちの身に何があったかについて。初めのころ、わたしがラヴィと話すのはきみのことだけだった。これはロズがわたしからきみを引き離すために仕組んだことなんだという疑いを捨てられずにいたんだ。混乱して偏執的になっていたわたしにとって、自分が幼い娘を放置してしまったというよりも、そっちのほうが受け入れやすかったんだろうね。

わたしのバーディ。

ロズの弁護士から届いた最初の手紙で、わたしはようやく納得した。自分が手にしたその手紙

――法律用語が連なっていて、紙の上部にしゃれたロゴが入ったその分厚い書類――の何かのおかげで、すべてがはっきりしたし、現実だとわかったし、自分が手のこんだ陰謀や悪だくみの被害者ではないと悟ったんだ。それでも、いまだにわたしはそのこと、そのあと自分の頭のなかで起こったことを、どう説明したらいいのかわからない。あれをどうしたら説明できるのだろう？　あのあとわたしの頭のなかで何が起こったかを。

八歳ぐらいのとき、わたしは庭の奥で灰色の猫を一匹見つけ、スモーキーと名前をつけて飼うことにした。わたしはとても寂しい子どもだったんだ。自分と父親だけの生活で、たまには叔母さんもいたけど、あの人はいてもあまり面白くなくてね。とにかく、この猫、スモーキーはしばらくのあいだわたしに我慢してくれていた。おそらくキッチンで手に入れたいろいろなものを食べさせてやったからだろう。だけど、そんなある日、覚えているかぎりこれといった理由もなく、そいつはわたしを引っかいたんだ。それもかなりひどく。医師だった父親が、わたしの腕に包帯を巻かなければならないほど。でも、ショックだったのはその引っかき傷ではなく、かわいがっていた動物からそんな敵意ある暴力を受けたという事実だった。わたしはひどく驚き、とても傷ついた。そして、何年も経ったころ、その弁護士の手紙を何度も読んだわたしは、自分の状態に対してそのときとまったく同じ感情を抱いたんだ。

つまり、わたしはそれを手なずけていると思いこんでいたんだよ。そして、きみのお母さんのような、わたしには治療の必要があると言う人々は、そのことがわかっていないと思っていた。ロズはよく言っていたんだ。あなたは病気であることを楽しんでいるって。もしかすると、それはもっともな言い分だったのかもしれないし、そうでなかったのかもしれない。要するに、わたしはそれを病気とは見なしていなくて、わたしであることを楽しんでいたんだ。いま、昔を振り返って、自分が与えた被害を理解することはたやすい。実際、わたしは過去を振り返ってばかりいるよ。でも、以前のわたしは、娘との関係を自分の手で壊してしまうまで、怪物のような恐ろしいものに支配されていることに気づけなかったんだ。

きみはきっと病院とはどんなところだったのかと思っているだろうね。わたしはそれまで生きてきたほとんどの時間、ああいう場所に行き着くことを恐れていたけど、実際に体験したそこは想像よりよくもあり悪くもあった。言うまでもなく、そこはもう昔とは違って、拘束衣もなければベッドに縛りつけられることもない。いちばん記憶にあるのは、においだ。普通の病院と同じく、それは消毒薬のにおいだったんだが、古い建物だったせいでどことなくかびくさかった。よく父の書斎のようなにおいがすると思ったものだったが、その事実に心慰められることはなかった。

それに、あそこはとてもまぶしかったよ。どの部屋にも学校やオフィスにあるような蛍光灯照明があってね。しかも、ほかのどこのものよりも強力な気がした。わたしたちを監視するためだったのかもしれない。母さんなら、あれは影を追い払うためよと言っただろうな。一度、その蛍光灯の一本が点滅していたときがあって、そのせいで患者のひとりがパニックを起こしたんだ。その患者は持ち物を片っ端から天井に投げつけたんだよ。靴やら、本やら、歯ブラシやらを。そのことがあってから、蛍光灯はただちに交換されるようになった。

食事は給食みたいでまずかったし、あんなに大勢の人たちに囲まれて眠るなんて無理だった。そして、閉じこめられていることや、あれをしなさいこれをしなさいと指示されるのがすごくいやだった。なぜかというと、あそこではすべてが決められていたからなんだ。起床の時間、食事の時間、診察の時間、就寝の時間などなど。初めの数週間は、その生活の単調さが身をかきむしりたくなるほどつらかったよ。まあ、それにもだんだん慣れていったがね。以前エージェントから、あなたはお決まりの手順が必要なタイプだと言われたことがあったけど、たぶん彼女の言うとおりだったんだろう。

友だちはあまりできなかった。ほかの人たちもそうだったんじゃないかな。ほとんどの人はとにかく外に出たがっていたよ。だけど、困ることはあまりなかった。みんな礼儀正しかったしね。おそらく、だれもが頭のなかでは熾烈な闘いが進行中だったんだろうけど。それに、みんな心のなかでは、自分はほかの連中とは違うと考えていたんだと思う。自分はたまたまここに来る羽目になっただけで、ほかの人たちのように本当に深刻な状況ではないんだとね。

少なくとも、わたしは自分にそう言い聞かせていた。

それに、わたしはどうすればそこから出られるかわかっていたんだ。ロズの弁護士によれば、エクセターの裁判官の決定は、わたしが自分の状態を管理できるようになるまでは娘に会えないということだったので、自分が何をしなくてはならないかは明確だった。変な話だが、これまでずっと自分のことしか考えていなかったくせに、健康はつねにその範囲外だったんだ。でも、きみのことなら話は別だ。きみのためなら、よくなろうって思った。きみのためなら、いい状態でいようって。

でも、実際には、よくなろうと思っただけじゃだめなんだ。治療には、病状悪化の引き金になるものを認識することと、対処方法を身につけることが大事なんだよ。話すこと、ものすごくたくさん話すことも必要だった。さらには、安定剤を服用することも。その小さな錠剤を舌の上にのせて飲みこむんだ。そして、この薬はどうか、あの薬はどうかと試す。すると、自分が自分じゃない気がするけど、それでいいんですよ、それが効いているということですからと言われる。しまいには、それをあきらめて、逃げ出し、また連れ戻されることもあった。いや、みずから戻ると言うべきかな。退院させられるのが早すぎたせいで。そんなときは、また最初からやり直し、さらにまたやり直し、またまたやり直すんだよ。持てる気力のすべてを振り絞って、心の奥底では本当に望んでいるのかどうかもわからないことのために、自分をすり減らす。だけど、それは自分の輝きであり特別だと思っていた部分を削りつつ、これが終わったときにはきっと何かが残っているはずだと信じることなんだ。どれほど多くの引き金に気づいて、対処法を編み出し、気分が安定するようになっても、自分の性格的な傾向は何があっても、絶対に消えることはないのだから、結局、自分にできるのは、それをかかえて生きるやり方を学ぶことだけだと受け入れるしかないんだよ。

じつに大変な作業なんだ。

ところで、病院にはわたしたち患者ができるアクティビティがあって、そこでは代替療法と呼ばれていた。ピラティスとか陶芸とか、そういったたぐいだ。演劇ワークショップはなかったので、わたしは絵を始めたんだが、きみのお母さんとは違って自分には美術とか工芸に必要な忍耐力がなかった。そんなとき、あの作家がやってきたんだ。テスだったかな？　テッサだったかな？いつも笑顔で、そばかすがあって、シナモンのにおいがする人だった。

そのセラピーのとき、彼女はわたしたちに子ども時代の音をリストアップさせたり、自分たちが病院内で見つけた掲示をもとに詩を書かせたりした。だが、あいにく〝ファミリールーム3〟とか〝手を洗いましょう〟といった掲示に興味がなかったわたしは、代わりにおとぎ話を書きはじめた。おそらく、それは必然だったんだろう。わたしにとって子ども時代の音といえば、お話をしてくれる母さんの声だったから。

ターシャ――そう、それがあの作家の名前だ。

わたしは熱に浮かされたようにあの本の初稿を書いた。わずか二日ほどで。そのあいだ、ほとんど眠ることも食べることもせず、すべて吐き出すまで一心不乱に書き続けた。

あの物語はすべてきみに向けたものだよ。わたしはきみのお母さんやそれ以外の家族が、わたしについて嘘を言うんじゃないかと心配していた。だから、自己弁護をし、自分のことを説明したかったんだ。わたしはさらにこう思いこんでいた。この本のなかにわたしが何者で、どこにいるのかについてたっぷり手がかりをつめこんでおけば、きっとわたしたちは再会できるし、そのために口ズやほかのだれの許しもいらないはずだと。なぜなら、きっときみがわたしを見つけてくれるはずだから。当時きみはまだ七歳だったというのに、そんなふうに考えていたんだ。

というわけで、初稿を書き終えたわたしは、そのくしゃくしゃになった紙をひとまとめにして——むろん、それはわけのわからない戯言(たわごと)で埋めつくされていたんだけど——病院の職員にこれが入る大きな封筒をくれとせがんだ。幸いなことに、看護師のひとりがわたしのしようとしていることを察して、ラヴィがわたしを説得してくれた。その本と呼んでいる原稿をしばらくのあいだ、退院する日まで預からせてほしいとね。おそらく、それは最善の方法だったんだ。そのころ、わたしはまだきみとやりとりするのを許されていなかったからね。

わたしがついに退院したのは、冬だった。それを覚えているのは、その日が寒かったからではなく、通りや店がクリスマス一色だったからで、つまり何もかもがキラキラ輝いていてとても騒々しかった。言うまでもなく、わたしはただ病院から追い出されたわけではない。初めのころ、わたしはさまざまなサポートを受けていた。医師とカウンセラーのもとに通うことになっていたし、社会福祉課から派遣されてくるぶっきらぼうなダグという男が毎週わたしのビスケットを残らず平らげていた。当時、わたしはいつもダグが来る前にその高価なビスケットを買ってきては、きちんと皿に盛って出していたんだ。そうすれば、いっそう落ち着いたように、いっそうまともになったように、見えるんじゃないかと期待して。

幸いなことに、わたしにはまだここに自分のフラットがあったので、今度はきちんと家のなかを整えようとした。そして、鍋、コットンのシーツ、照明、鉢植えの植物を買った。植物はすぐに枯れてしまったけどね。買い物は大変だった。なにしろ、あまりにも多くの色や種類や値段があったから。そういう仕事はいつもロズがやってくれていたし、そうでないときは、そのとき住んでいる家の戸棚に入っているもので適当にすましていたんだ。

言うまでもなく、わたしはそういうものをきみのために用意していた。ある意味、巣作りをしていたわけだ。カウンセラーとのセッションのなかで、わたしは責任感があり、頼りがいがあり、信頼できる人間にならなければならないのだと知ったが、どうすればいいのかわからなかった。だから、ふさわしい小道具――ちゃんとしたシーツやら、鍋やら、鉢植えの植物やら――をそろえれば、そういう人間のふりができるんじゃないかと思ったんだ。

だが、ロズはそんなものにだまされたりはしなかった。きみのお母さんはいつだって、わたしが何かのふりをしているのを見抜くんだ。だから、勇気を振り絞って、わたしはよくなった――少なくとも前よりは――と伝えるためにロズに電話したときも、彼女はわたしの言うことを信じてくれなかった。ロズは言ったよ。そう、いろいろなことを。だって、それが例の連れ去り以来、初めての会話だったからね。でも、わたしに聞こえたのはひとつだけだった。

だめ。

あんなことをしてしまったんだから、彼女にそう言われても仕方ないよ。

だが、それでも……。

では、わたしはどうすればよかった？　ロズの言葉を無視する？　いきなりプリムローズ・コテージに姿を現す？　ジャジャーン！　それとも、以前の自分に戻る？　たくさんの処方薬をトイレに流す？　あるいは、それらを全部一度に飲みくだす？

でも、それだけは絶対しなかっただろう。そう誓ったんだ、きみが生まれたときに、二度とそんなことはしないと。それは選択肢のひとつではなかった。どうしようもなく気分が沈み、どうしようもなく空っぽで何も感じられないときは、それ以外の選択肢、それ以外の解放は存在しなくなるんだけどね。でも、ロズとの電話のあとで打ちのめされていても、わたしにはまだ小さな希望があった。少なくとも、わたしにはきみがいた。そして、わたしは自分が母さんからされたように、きみを残してこの世を去るなんて耐えられなかった。

　わたしは薬をトイレに流したりもしなかった。ずいぶん回復していたから、それをまた一からやり直すなんてことはできないと、自分でもわかっていたのかもしれない。わたしは進み続けるしかなかった。面会、服薬、やらなければならないことすべてを受け入れながら。それがきみと会うためのもっとも早くて簡単な方法だったからだよ。もちろん、強いて言えば、という意味だけどね。正直なところ、このやり方が早くて簡単だなんてことはまったくなかったから。

　それに、みんなが口をそろえて言ってたんだ。奥さんもきっとそのうち態度を変えるだろうと。だから、きみは信頼に値するということを証明しなくてはならない、彼女はまたきみを信じなければならないのだからと。そもそも彼女がわたしのことをほとんど信頼していなかったのだということは、だれも理解していなかった。娘さんに会いたいなら、きみは待たなくちゃいけないよと言われ続けたんだ。

　だから、わたしは待った。

　そして、待った。

　そして、待った。

　そして、待ちながら、わたしは自分が自分に思えないというその感じに慣れようとした。それはまるでだれかを自分の家に招き入れたかのようだった。そいつは我が家にやってきただけでなく、そこをそいつの家のようにしはじめたんだ。壁を修理し、わたしのものを捨て、錠を交換して。もっとも、実際には家ではなく、わたしの頭のなかであり、自分がそうなることを望んだ結果だったわけだけど。わたしが心のなかにそいつを招き入れたんだ。

　わたしはそいつとどうやって暮らしていけばいいのか？　わたし自身とどうやって暮らしていけばいいのか？　なにしろ、わたしはそいつ、新しい自分のことが大嫌いだったから。なんて地味で、ありきたりなんだと。生まれて初めて、わたしは傍観者になった気分だった。とにかく、わたしはやらなければならないことや約束を淡々とこなし、それが数日、数週間、数年となり、そのあいだずっとわたしは自分に問いかけていた。普通というのはこんな感じなのか？

これがそうなのか？

退院して何か月か経った九八年春のあるとき、わたしはまたロズに電話してみた。どうやら彼女は変化を感じ取ったらしく、わたしに対する態度がほんの少しやわらいだようだった。誤解のないように言っておくと、彼女はあいかわらずわたしに戸惑っているらしかったし、あいかわらずものすごく腹を立てている様子だったけど、彼女がまだあなたにあの子を会わせることはできないと言ったとき、『だめ』ではなく、『もう少しあとで』と言ったことに気づいたんだ。

真剣に回復に取り組んでいることを証明するようにと、ロズはわたしが満たすべき必要条件の長いリストを寄こした。その多くは服薬やカウンセリングを受けることなど、わたしがすでにやっていることだった。だが、彼女はわたしに収入のいいフルタイムのちゃんとした仕事につけと言って譲らなかった。でも、わたしのような人間にとって、それを実行するのは並大抵のことではなかったんだ。

わたしはカフェの〈ビーニーズ〉で働きはじめたが、結果は散々だった。しょっちゅう飲み物はこぼすし、お釣りは間違えるし、ほかのスタッフたちに引け目を感じていたよ。彼らはみんな未来ある学生たちなのに、わたしは三十代前半でなんの資格もないんだから。それでも、その仕事が家から出かける理由になったし、ささやかな目的もできた。たとえ、その目的がまずいコーヒーを作ることであっても。そして、それは毎度のことだった。なにしろ、必ずお客さんから文句を言われたからね。

そんなある日、同じセラピーグループのだれかが、小さな劇場の管理スタッフの仕事があると教えてくれたんだ。ただ、その仕事でもわたしは四苦八苦した。ろくにパソコンも使えなかったから。でも、そこの同僚たちはわりあい理解があった。きっと、わたしが少し普通ではないとわかっていたんだろう。そして、ふたたび劇場に身を置くことは、わたしにいい効果をもたらした。たとえそれが裏方にすぎなくても。

そこでの仕事を通じて、わたしはばったりコリンと再会した。コリンとはきみが生まれる前に、フリンジの公演でいっしょに仕事をしたことがあったんだ。わたしが俳優として成功と転落を経験するあいだに、コリンはプロデューサーとして着実に仕事を続け、少し前に〈アクティング・アップ〉という青少年劇団を立ち上げたばかりだった。

長いあいだ、わたしはなぜ彼が仕事をくれたのかわからなかった。とくに仲がよかったわけでもなかったからね。彼はわたしのつかのまの名声にもさして興味はなかったと思う。なにしろ、当時のわたしはレオ・ロックウッドになってしばらく経っていて、〈密航者〉とは完全に縁が切れていたから。ごくたまにだれかがわたしのことに気づいても、人違いだと思いこませるのは難しいことではなかったんだ。

やがて、わたしは気がついた。コリンはただ親切で、やさしいだけなのだと。彼はわたしがセカンドチャンスを、あるいは、なんにせよチャンスを必要としていると知って、それをくれたんだ。病気が悪化していたときのわたしは、みんなが邪魔ばかりすると思っていたけど、回復期においてはむしろその逆のようだった。立ち直ろうとがんばっているときには、たいていの人は手助けしたいと思ってくれるんだね。

〈アクティング・アップ〉は治療プランを忠実に守るもうひとつの理由になった。いや、数えきれないほどの理由になったよ。子どもたちや仕事仲間がいて、いくつもの公演があるのでね。だけど、ここで働きはじめたとき、わたしの最大の動機は、コリンのためにちゃんとやり遂げてみせるということだった。わたしを信頼して任せてくれた彼を失望させるわけにはいかなかった。

そして、それこそがもっとも大事なことだと気づいた。前へ進むためのさまざまな理由を見つけることが。ごくささやかなものでかまわない。以前のわたしは、最高のものだけに価値があると思っていた。高揚感が大事だったんだよ。持病によるものにせよ、酒やドラッグやセックスによるものにせよ——すまないね、でも、真実を聞きたいということだったから——さらには、演技によるものにせよ。演じることはわたしにとって究極のハイな状態だったんだ。

だが、いまではもうそういう価値観は持っていない気がする。

〈アクティング・アップ〉で働きはじめたころ、わたしはチリという保護犬を引き取った。地元の保護犬シェルターにいた雑種の老犬なんだけど、チリは何にでも喜ぶんだ。電子レンジのチンという音や窓からの眺め、チリ用の毛布——もとはチリが洗濯かごからくすねたわたしのフリース——にも。何よりもチリが気に入っていたのは、このわたしだった。当時のわたし、現在のわたしだよ。かつてのわたしではなく。

ああ、チリに会いたいよ。

それで、わたしはチリを見習って、ごくささやかな、ありきたりのもののよさを見つけようと心がけているんだ。たとえば、お気に入りの曲、朝の散歩、料理教室で作った失敗作といったものに。で、だんだんと、それで十分だとわかったんだ。

いや、十二分だ。

話が脱線してしまったね。きみが知りたいこと以外ばかり話してしまったかな。

わたしは待っていた。話をそこに戻そう。きみのお母さんが信頼してくれるのを延々と待っていた。そして、そのころ、たぶん九八年の終わりか九九年の初めに、『七つのお話』の初稿を見つけたんだ。

それはわたしが退院後どうしても中身を出すことも片づけることもできずにいたバッグの底に入っており、それを見たときには衝動的に捨ててしまいたくなった。それを見ただけで恥ずかしさで気分が悪くなってしまったんだ。言うまでもなく、ひどい原稿だったから。わりあい判読できる部分はロズ、自分の病気、〈密航者〉への暴言だらけで、さもなければテレビや入院中に目にした脈絡のないエピソードが書かれていた。また、ある部分では手紙を書いているかのように、きみに直接、語りかけていた。そして、たびたび、きみとお母さんを混同していた。

だが、そうしたもののなかに、いくつかのお話が混ざっていてね。わたしの人生や病気、そしてきみと離れることになってしまったその時点までを綴った七つのお話だ。それは多くの戯言や綴りの間違いさえ気にしなければ、奇妙ながらも筋が通っていた。そこで、わたしは考えたんだ。わたしときみを会わせないというロズの言い分のひとつが、きみはまだ幼くてすべてを理解することはできないというものだったから、この原稿を初めて書いたときの自分の状態がどれだけ悪かったにせよ、自分自身を説明するのにおとぎ話を利用するというのは悪くないアイディアではないかと。

そんなわけで、わたしは本の手直しを始めた。もっと意味の通るものにするために。それは時間のかかる、骨の折れる作業だったよ。わたしが苦手なたぐいの。でも、きみと自分のためにがんばった。作業に集中するのはかなり大変だったけど、毎晩お話の世界に帰るのは心慰められることだった。あの病院に運ばれてからずっと自分の過去を振り返り続けてきたが、時間が経ってもそれが楽になることはなかったんだ。ところが、そのおとぎ話を通じて、ごっこ遊びというベールを通じて、過去を振り返るのは、より簡単で、安全で、多くの点でより正直でいられた。というのも、魔法や実在しない怪物たちが登場するとはいえ、そのほかのことすべて――わたしの感じたこと――は、真実だったからね。

原稿の手直しを終えたのは、八月後半だ。入院から二年、わたしが最後にきみに会ってから二年が経過していた。そのころのわたしはまだ〈アクティング・アップ〉で働きはじめてもいなければ、チリを飼いはじめてもいなかったけど、おそらく生まれて初めてかなり心を一定に保つことができるようになっていた。ロズに言われたあらゆることをやっていたので、彼女にいつまでたってものらりくらりかわされるのにしびれを切らし、自分がどんなに変わったかを証明する唯一の方法は、それを彼女に、彼女ときみに見せることだと考えた。だったら、この本をじかにきみに渡せばいいじゃないかと。しかも、タイミングはどんぴしゃだった。だって、ほら、九月五日はちょうどきみの誕生日なのだから。

というわけで、わたしはあそこへ帰った。出ていってから四年近く経って、ロウアー・モーヴェールに帰ったんだ。わたしが囚われているように感じ、孤独だったあの場所。同時に、とても幸せでもあった場所に。なにしろ、そこではきみといっしょだったのだから。

当然ながら、村は何も変わっていなかった。同じ家の前に同じ車が停まっていたし、ティールームのウィンドーには同じケーキが並んでいたし、隣に住む面白いおばあさんは教会の前でわたしに挨拶してきた。まるでわたしがずっとそこにいたみたいに。

その年のきみの誕生日は日曜日で、とても爽やかな晴天だった。わたしはお日さまが降り注ぐプリムローズ・レーンを歩きながら、生垣の向こうのバーベキューのにおいをかぎ、音楽や裏庭を駆けまわるたくさんの女の子たちの歓声を聞いたことを覚えている。わたしはすぐ近くにいたんだよ。でも、表の門に結わえてあるたくさんの風船に近づきながら、ふときみには会えないんじゃないかというやな予感がした。ロズか、ひょっとしたらリリアンに拒まれることを予期していたんだと思う。だが結局、わたしはその日、そのどちらにも会うことはなかった。そして、もちろん、きみにも会えなかった。

わたしが会ったのはモートンだった。

きみの伯父さんとわたしは、ずっとうまが合わなかった。ロズとはうまくいっていた初めのころでさえ、わたしは彼をいらだたせるようだった。おそらく、彼はわたしのことをくだらないやつだと思っていたのだろうし、彼の妹たちや母親をいともたやすく魅了したことに腹を立てていたんだと思う。ひょっとしたら、きみのおじいさんが亡くなってから、彼は一家の大黒柱的なポジションにいることに慣れていたのかもしれない。いずれにしても、彼のわたしに対する嫌悪感は時間とともに増すばかりだった。

とにかく、この日、きみの九歳の誕生日に、モートンはビール片手にプリムローズ・コテージの私道をぶらぶらしていた。紫色の小さなパーティーハットをかぶっていたことを覚えている。きっとだれかに無理やりかぶらされて、そのままそのことを忘れてしまったのだろう。あれを見て笑いをこらえるのは大変だった。

だが、わたしたちの会話にユーモアはまったくなかった。あれを会話と呼べるのかどうかさえわからない。ほとんどモートンがひとりでしゃべっていたからね。きみの伯父さんはおしゃべりなタイプではないが、いつだってわたしを打ちのめすのにぴったりな言葉を選ぶのがうまかった。彼は、おまえはもう家族の一員じゃないと言ったんだ。それに、ロズはおまえを憎んでいるし、おまえの仕打ちを絶対に許しはしないと。そして、おまえは卑怯者で、できそこないで、頭がおかしいと言った。わたしはそれを聞いても驚かなかったよ。だって、それはみんな、長年わたしが自分自身に言ってきたことと変わらなかったから。

ただ、わたしが不意打ちを食らったのは、エディンバラできみの身に何があったのかについての具体的な話だった。彼が口にした言葉をいまだに正確に思い出すことができるよ。『おまえはあの子を殺すところだったんだぞ。それをわかっているのか？　おまえは実の娘を危うく死なせるところだったんだ』

だが、わたしはわかっていなかったし、知らなかった。覚えているかぎり、わたしは街の真ん中できみをひとりきりにしてしまった、それだけだったんだ。それだけでも十分まずいがね。それ以上のことをわかっていたとしても、あるいは教わっていたとしても、入院当初の混乱や鎮静剤のせいですっかり忘れてしまったのだろう。ロズでさえ、その事故のことを言ったり、それをわたしへの攻撃材料にしたりしたことは一度もなかった。だが、モートンはその事件の詳細を楽しそうにわたしに伝えたんだ。腕を何か所骨折していたか、どれほど長くギプスをしなければならなかったか。さらには、いまもペンを持ったりボールを投げたりするときに痛がっていると……。

『おまえは実の娘を危うく死なせるところだったんだ』

だから、わたしは引き返した。その四年間で二度めだった。プリムローズ・コテージに背を向け、きみの人生から出ていったのは。

それはきみに会いたくなかったからじゃない。わたしはなんとしても、きみに会いたかった。きみに会えなくなって、わかったことがある。いくら新しいライフスタイル、新しい自分に適応できるようになっても、きみがいないことに適応することだけはけっしてできないんだ。喪失を癒す薬はないし、我が子の不在によってできた心の穴を満たす方法はない。それはまさに穴なんだよ。きみがいなければわたしは不完全で、わたしの心にはバーディの形の穴があいてしまっていた。とはいえ、あのときモートンと遭遇したことが、わたしのターニングポイントになった。あれ以来、自分にとっての最善にこだわるのをやめ、それまでちゃんと考えたことのなかったことを考えるようになったんだ。こんなふうに。

きみにとって何が最善か？

わたしは再会からたくさんのものを得られるが、わたしがいきなり姿を現したら、きみにはどんな影響が及ぶだろう？　いつ病気がぶり返すかもしれないむら気な役立たずの父親――少なくとも、当時は――との再会は、きみのためになるだろうか？　たとえ二度と危険な目にあわせることはないにせよ、わたしがきみに与えられるものなど何もない。もうすぐ、きみはわたしの記憶のなかの幼い少女ではなくなってティーンエイジャーとなり、さらにはわたしなどを必要としない才能と未来のある若い女性となるのだからね。そうすれば、わたしのことなどすべてお見通しだし、わたしなどいないほうがずっといいに決まっている。

　そして、それはある意味、ふさわしい結末に思えたんだ。きみにとってはそうではないかもしれないが、わたしにとっては。わたしが心から大切に思っている唯一の相手、唯一の人間関係を奪われるのは、当然だ。これはわたしへの罰なのだ。きみを失うことは、これまで自分がやってきたありとあらゆることへの報いなのだと。わたしは信じたんだ。じつは、いまも信じている。わたしはきみに値しない存在だと。いまだって、自分がきみに値する人間なのかわからないけど、でも、きみはここにいる。ここに、来てくれた。

　それを成し遂げてくれたのがこの本だったということが、いまだに信じられない。さっきも言ったように、初めはそのつもりで持っていった本だったんだが。あの日、あの村からの帰り道、エディンバラで丁寧に包装したプレゼントをまだ手に持っていることに気づいたわたしは、それをほかでもない謝罪代わりに、リリアンの家の戸口に置いていくことにした。きみのおばあちゃんはいつもわたしによくしてくれたし、たいていの人たちよりも忍耐強かった。だけど、彼女が実際にそれをきみに渡してくれるとは信じてはいなかった気がする。彼女はそれもわたしの戯れのひとつだと思ったんじゃないかな。うん、そのとおりだったのかもしれない。いずれにしても、それをまた目にする日が来るとは思っていなかった。

　だが、いつかきみがわたしを探してくれることを願ってはいたよ。ああ、そうだとも。わたしは何百万回もきみとの再会を夢に描いた。でも、その選択をするのはわたしではなく、きみでなければならなかった。わたしはいきなりきみのいるところに押しかけて、何もかもめちゃくちゃにするわけにはいかなかったんだよ。もう二度とね。だから、ひたすら待ち続けるしかなかった。

　これが納得のいく話でないことはわかっている。きみがいまどんな気持ちなのか、想像もつかない。そして、すまなかった。本当にすまなかった。だけど、すべてはきみのためだったということだけは信じてほしい。きみのためにわたしは病気を治療し、きみのために距離を置いたんだ。

　すべてきみのためだったんだよ。

　バーディ？

　なあ、バーディ？　何か言ってくれるかな？

　レベッカ？

19　三角点

　街はずれの原野は異界に見えた。それは眠れる巨人のようでもあるし、宝探しをする小人たちのトンネルだらけの小丘のようでもあった。それとも、魔法使い同士の対決の跡であり、世紀の決闘で古代の岩が地面からもぎとられて……。

　レベッカは顔をしかめた。このところ、おとぎ話を読みすぎたかもしれない。

　それはまぶしく爽やかな朝で、昨夜が雨だったことを示すものは、いまもまだ濡れている芝生だけであり、その湿気がトレーニングシューズの横からしみこんできそうだった。風に背中を押され、ポニーテールをかき乱され、両膝（りょうひざ）の裏が冷えてしまっていたが、レベッカはその場に立ったままアーサーの玉座（エディンバラのホリルード・パークにある丘）のごつごつした輪郭をじっと見つめていた。

エディンバラの丘陵地はダートムーアのごつごつした岩山とはあまり似ていなかったが、レベッカは自分のなかの父親の記憶を探りながら、ぼんやりと子どものころの風景を思い出していた。かつての記憶は変化していた。いっしょに小川を渡ったとき、父親が水面に映る影を探しながら悲しげにさざ波を見つめる姿まで思い描けるようになったし、木の根や群生するブルーベルを飛び越えながら娘を呼ぶ父親の声は、追いつこうと必死な自分自身の苦しげな呼吸の音と重なっていた。

こうした記憶が実際にそうだったのか、なかば想像の産物なのかはわからなかったが、それらは記憶の空白の一部を埋めてくれた。とはいえ、悲しげで、より真実に近い父親のイメージに慣れるには、もう少し時間がかかりそうだ。眺めていた丘陵地から振り返り、湿った草原を時間どおりに急いでやってくるレオの姿に目をとめたとき、現実の生活のなかで父親に会うのはいまもまだしっくりこないと感じた。父親は昨日と同じジャケットとリュックサック姿だったが、靴とジーンズはウォーキングブーツと防水パンツに変わっていた。そよ風にもてあそばれている白髪交じりの薄い黒髪は逆立っていて、まるで密航者のかすかな痕跡がその輪郭ににじんでいるようだった。

希望的観測なのかもしれないが、レベッカが抱いていた密航者と重なる父親のイメージは消えつつあり、昨夜から昔の父親と現在の父親の重なるところが理解できるようになった気がしていた。とはいえ、〈ユニコーン亭〉での父親の話はレベッカの胸を悲しみでいっぱいにした。言うまでもなく、父親を思っての悲しみであり、同時に自分が祖母やとりわけ母親を責めてしまったことへの悲しみだった。ロザリンの話は結局のところレオの話と一致していたのだ。さらに、父親を追い払ったのが伯父であったのを新たに知ってしまったことも悲しかった。このようにほかの人間関係を破綻(はたん)させることが、父親を取り戻すために必要な代償だったのだろうか？

「おはよう！」レオが声をかけてきた。

レベッカが挨拶代わりに片手をあげると、父親は少し恥ずかしそうに片手を振って応えた。今日の父親はいっそう年老いて見えた。にっこり笑うと、日の光が目じりや口のまわりのしわをいつも以上に深く際立たせた。

目の前で立ち止まったレオに、レベッカはなんらかの体の触れ合い――ハグ、頰へのキス、腕をぽんと叩くなど――を予期して身構えたが、父親はその場に立っているだけで満足しているようだった。ひょっとしたら、父親も昨日の娘と昼間の娘の姿を比較し、レベッカの鼻や頰にある薄いそばかすや、今朝キャムから借りたぶかぶかのレインコートなどに目をとめているのかもしれない。あるいは、単に娘がこの場にいることを喜んでいるのかもしれない。昨夜のこと――あの芝居、嵐、昔風のパブ――にはどこか夢のなかのような雰囲気があり、もしかすると父親もまた、あれが実際にあったことだとは思えずにいるのかもしれなかった。

レベッカはいちばん高い頂にうなずいてみせた。そこを散策しているほかの人たちの小さなシルエットが、かろうじて識別できる。「わたしたちが登ろうとしているのは、あれ?」

「いまもその気があるなら」

「あるわ」

この計画が出たのは昨夜だった。父親の説明というか、告白というか、何にせよ、そのあと、レベッカはいったん落ち着いてよく考えたかった。そして、散策をして新たに今日を始めるというのはいい考えだと思ったのだ。今朝、状況は昨日と少しも変わっていなかったが、レベッカはどこにも行かずに、非難や、思い違いや、罪悪感にまみれていることにあきあきしていた。行動したかった。

草原を出て穏やかなその公園の一画を抜けていくと、やがて周囲は先ほどよりもさらにごつごつしてきた。ふたりが歩き出した小道は丘の中腹をぐるりとまわっており、その中心にはクジラの骨のような筋の入った赤錆色の岩がくさびさながらに刺さっている。丘を登りはじめると、レオはレベッカに次々と質問をしてきた。よく眠れたかい？　ホリルード・パークの待ち合わせ場所まで歩いてくるのに、どれくらいかかった？　レベッカはうるさがらずに質問に答えたが、そのようなさしさわりのない話にはあまり気乗りがしなかった。また、エディンバラの印象的な景色にさえろくに目をとめず、歩みの遅いほかの散策者たちを大股で追い越した。小道の幅は広かったが、右側への傾斜が急なので、気をつけながら。とにかく、上へ上へと歩いていきたかったのだ。このところ室内にばかりいて、車のなかや、カフェや、パブで多くの時間をすごしていた。でも、いま心臓の鼓動が速まり、ふくらはぎの筋肉がうずくのに合わせて、吹きすさぶ風のように強烈な喜びが体のなかに湧き上がってくるのを感じた。自分だけだったら、きっと駆け出していたことだろう。

だが、レベッカはひとりではなかったので、小道がしばし下りになったところで道の端に寄って父親を待った。父親はレベッカが先ほど追い越した若い家族連れに道をはばまれていた。父親は少し息を切らしていたが、それをのぞけば上り坂も平気らしく、しばらくして隣に並んだその足取りはレベッカが思っていたよりも速かった。

「すぐに空くよ」レベッカの不満に気づいたらしい父親が言った。「いつもはこんなに混んでないんだ。といっても、わたしは普段、向こうの丘あたりを歩いているんだけどね」ふたりでまた歩きはじめると、父親は手で左側を示しながら言った。「あっちのルートのほうが少し楽なもんでね」

「ここにはよく来るの？」

「ほとんど毎朝。そうすると、すっきりした頭で一日をスタートできるんだ」

レベッカはうなずいた。「わたしは走ってる」

「そうなのかい？」

「ええ、わたしもほぼ毎朝。たいていは川のまわりを走るわ。あのへん覚えてる？」

「覚えているとも……」

「港のすぐそばに住んでいるから、そのコースが便利なの」少し間を置いて、レベッカは続けた。「三年前にハーフマラソンの大会、グレート・ウエスト・ランに出たのよ」

「ほう、すごいじゃないか!」

父親からそのコースや、大会でのタイムや、トレーニング方法について聞かれながら、レベッカは謙遜しなくてもいいのだと気づいて微笑んだ。父親の褒め言葉は心からのものだったし、好奇心はつきることがないようだった。ふとレベッカは考えた。もうひとりの父親——探していたが再会できなかったかつての父親——だったら、これほど熱意ある反応をしてくれただろうか。

ランニングについて語りつくしてしまうと、レオはレベッカが港のそばに住んでいるという先ほどの話に戻った。父親は娘がふと口にしたほんのささいな情報まで残らず拾い集めようとしているみたいだと、レベッカはふたたび思った。だが、自宅や仕事やエクセターについての質問に答えるのは、あまり気が進まなかった。自分の生活について話せば話すほど、この再会が不首尾に終わり、もう二度と父親に会わないことになったとき、それを受け入れるのがつらそうだから。とはいえ、そんなふうに身構えるのは自分勝手だ。昨夜、自分は父親に本当のことを話してほしいと頼み、父親はすべてを打ち明けてくれたではないか。

しわが寄ったような岩の頂をぐるりとめぐると、アーサーの玉座の全貌が目の前にまた現れたが、低木の茂るその大部分は陰になっていた。山頂へ至るルートは、料金所さながらに我が物顔で地面から突き出ている、なかば埋まった低い巨礫のところでふたつに分かれていた。そのうち右側のコースはジグザグに曲がりながら頂上へ至る急勾配で、左側のコースはごつごつした斜面の輪郭に沿って蛇行し、見えなくなっている。

「きみがここにいることが、いまだに信じられないよ」左の道に進みながらレオが言った。「どうやってわたしを見つけてくれたのか、いまもわからない。あのおとぎ話だけでは無理だったはずだ」

　またしても、レベッカは目の前の父親と子ども時代の父親を比べている自分に気づいた。あのころの父親なら、結局は納得していただろう。レベッカがパターンとフィーリングに導かれてここまで来たということを。なぜなら、それが父親の本来の意図であり、あの物語を書いた理由だったのだから。でも、レベッカのかたわらを歩いているこの人は、入院中に原稿にちりばめた手がかりのことも覚えていないし、その後レベッカにあの本を託すことによって、自分が一連のできごと――ゲームのようなもの――を引き起こしたということも知らない。

「多少の手助けはあったわ」レベッカは打ち明けた。

「ロズから？」

「まさか！　お母さんはお父さんがここにいることを知らないと思う」レベッカはかすかな自責の念とともに言った。「そうじゃなくて、あの――何人かの人たちから。だけど、すべてのきっかけとなったのは、ある記者で……」

　エリスのことを話しながら、彼がわずか二週間ほど前に自分の職場にどれほど堂々と入ってきたかを思い出し、レベッカはいま会いたくてたまらなくなるくらい彼の存在に慣れている自分に驚いた。エリスとは何度かメッセージをやりとりしていたが、昨日はふたりとも異なる時間にキャムのフラットに出入りしており、今朝レベッカが出かけるときには彼はまだ眠っていた。言うまでもなく、エリスはせっせとフリンジに通っていた。キャムとは異なり、レベッカはエリスがこの突然の旅を即座に仕事に生かしたことに感心していた。だが、彼は個人的なことに立ち入りすぎないよう、故意にレベッカと距離を置いているのかもしれない。

　その丘の中腹の小道は静かで、しばし強風からさえぎられているため、父親探しについて話しやすかった。大勢の散策者たちはもっと太い道のほうにいるので、だれかに立ち聞きされる心配もない。小さな茂みを抜けるときにはしんと静まり返っていて、まるでロウアー・モーヴェール付近の森のなかか、まったくの別世界に迷いこんだように思えた。あたりにからみついているやせたイバラに、不気味な雰囲気があったからだ。

レオも、レベッカが話しているあいだ黙っていた。とはいえ、レベッカがリチャード・ロウリーやプリヤ・ジョージと会ったことを話したときには驚きの声を抑えることができなかったし、ハックスリーを訪れたことを明かしたときにはあまりの意外さに、地中になかば埋まっている岩につまずいて転びそうになった。

「彼ら以上にわたしのことを恨んでいる人はいないんじゃないかな」レベッカが話し終えると、レオは言った。「もちろん、ロウアー・モーヴェール以外ではだけどね」

「でも、プリヤはお父さんのことを話すのが楽しそうだったわ。お父さんに会ったら名刺を渡してほしいとまで言われたのよ」

「本当かい？」レオが密航者さながらの大げさな身震いをしたので、レベッカはにこりとした。そのあと、父親は真面目な顔つきになり、長く息を吐いて言った。「まさかきみがハックスリーに行ったとは」

レベッカは父親が子ども時代をすごしたあのもの悲しい場所を思い出した。陰気な家、草木が伸び放題の庭、アデリーンが溺(おぼ)れ死んだあの池を。「あの場所は好きじゃなかった」レベッカは言った。

「ああ、わたしもだよ」

黙りこんでしまった父親を横目で見たレベッカは、昨夜、自分の怪我がもっともひどかったときの話をしていたときと同じ亡霊のような表情であることに気づいた。肌は頭蓋骨にぴたりと張りついているようで、病的でやつれて見える。レベッカは何か慰(なぐさ)めになりそうなことを言おうと考えた。

一度も会ったことのない祖母アデリーンを、なんらかの形で受け入れるべきだと感じていたのだ。だが、最初に口を開いたのは父親で、その声はささやくようだった。

「きみがプリヤやリチャードのところに行くとは思ってもみなかったよ。かと言って、きみがどうやってわたしを探し出すかについてはあまり考えていなかったんだ。あえて期待しないようにしていたんだ。モートンが何か言うんじゃないかとは思っていたかもしれない。わたしはあの日、彼と話したときにエディンバラで暮らしていると言った気がするのでね。あるいは、ロズの弁護士ならわたしを探し出せるだろうと思っていたかも。なんと、あのおとぎ話のことはすっかり忘れていたよ」

「なるほどね。でも、モートン伯父さんがその会話について話題にしたことはなかったわ」レベッカは恨みがましく言った。「それに、お母さんの弁護士から情報を入手するなんて、労ばかり多くて得られるものは少なそうだったの」

「わざわざケントに行ったり、俳優やエージェントにインタビューしたり、いくつもの子ども向けのお話を読み解くよりも大変だと?」

「お母さんがどんな人か忘れてしまったようね」

これを聞いたレオはようやく声をあげて笑った。ほんの少しだけれど。「きみに感謝してもしきれないよ」父親は言った。「自分にそうまでしてもらう価値があるのかどうかさえわからない」

レベッカは肩をすくめた。自分こそ、感謝されるだけのことをしたのかどうかさえわからなかったからだ。

くつろいだ沈黙が続き、やがてレオが言った。「それで、その記者のエリスだけど、彼はいまもその記事を書くつもりでいるのかい?」

「えっ——ううん」レベッカは驚いて言った。「いいえ、もちろん違うわ」

「では、なぜ彼はエディンバラに？」

「それは――」レベッカは口ごもった。「その、わたしのために来てくれたの。つまり、彼は――わたしたちは友だちだから」

「そうか」レオの口調が明るくなった。父親はレベッカが意図した以上のものを感じ取っているらしい。

「それに、彼はフリンジのお芝居のレビューを書いているのよ」レベッカはそう続けながら、先にこちらを伝えればよかったと思った。

「ほう」

また強くなりはじめた風にもかかわらず、頬がかっと熱くなるのを感じたが、レベッカが横目で様子をうかがうと、父親は面白がっているというよりも何か考えこんでいるようだった。

「もしきみが頼めば、彼はその記事を書いてくれるかな？」

「そうね、書いてくれると思う――というか、絶対に書いてくれるわ。でも――」またもや、レベッカは面食(めんく)らった。「だけど、記事なんてもうどうでもよくない？　それに、どうでもよくないとしても、いまさらわたしがそんなことを頼める立場じゃない気がする」

「そうかもしれないね」レオは同意した。

ふたりはまた坂を登りはじめ、さらにいくつかの階段を上ると、岩棚の上にたどりついた。そこからは、パウダーブルーのリボンのように水平線に沿って弧を描く水の帯(おび)が望めた。何羽かのカラスが頭上で風にあおられており、そのしゃがれた鳴き声が、いつのまにかまた姿を現していたほかの散策者たちのさまざまな言語でのおしゃべりをかき消していた。レベッカとレオが歩いていたごつごつした小道は、もっと険しくて広い道と合流しており、そこには年金生活者から蛍光色のウエアに身を包んだランナーまで、ありとあらゆる人々がひしめいていたのだ。

やがて、そんな人々のせいでこの山登りの最終段階が台なしになることは明らかになった。山頂を目ざすふたりは、足を引きずるようにして坂を下ってくる人々をよけて脇へ寄るたびに絶えず足止めされたし、ようやく山頂へたどりついてみると、岩だらけの頂上があまりに混雑していて、遅延している列車を待つプラットフォームさながらの状態であることに、レベッカはうんざりした。顔をしかめながら頂を進んでいくと、ほつれた髪が顔の横を打った。別のときなら、ここから何もさえぎるもののない景色が望めただろうが、今日はたくさんの人影が視界に入りすぎていた。

「来てごらん」レオは強風対策のためフードをかぶっており、その格好を見たレベッカはいささか戸惑った。まるでガーデン・ノーム（庭に飾る陶器の庭小人）のようだったからだ。「三角点にタッチして、さっさとこの風から逃れよう」

『三角点にタッチして、いちばん高い岩にのぼって、花崗岩（こうがん）の十字のところまで競走だよ……』父親の言葉がふいに心のなかではじけ、さらなる記憶を呼び起こした。さまざまなゲームやお話のほかに父親が気に入っていた遊びとして、ダートムーアの里程標や記念碑のあいだを行き来して、その古代の石を手のひらで叩いたら探検完了、というのがあったのである。いつか父親が自分に会いにデヴォンに来ることがあったら、ふたりであのコースをたどってみるのもいいかもしれない。自分が父親に会いにきてもらいたいと思った場合であり、自分自身あそこに帰りたいという前提の話だけれど。

この最後の考えは自分でも驚きだったし、狼狽（ろうばい）しなくもなかったので、レベッカはひとまずそれを棚上げしてその白い三角点の標柱をじっくり見つめた。それは太くて短い灯台のように、もっとも高い岩の塊（かたまり）から突き出ていた。レベッカは少し幼稚かしらと感じながらも、その三角点のほうへ登っていって片腕を掲げた。レオはすでに落書きだらけの標柱に手を押しあてていた。レベッカがその動作を真似ると、落書きだらけの表面にふたりの手が並んだ。それは幼い子どもが作る芸術作品のようだった。

下りはじめて数分後、ふたりは斜面から突き出た人目につかない岩場を見つけた。そこは容赦なく吹きつけてくる風から身を守ることができた。地面は昨夜の雨でまだ濡れていたので、レオはこれに座ればいいよとレベッカにジャケットを渡し、自分は防水パンツだからと、濡れている草の上に座った。レオは変わりやすい天候に慣れているらしい。今日は風に吹かれていなければほんの少し蒸し暑い程度で、このあたりの夏はすでに終わりに近づいているようだった。

ふたりはまだかなり高いところにいたので、今度は視界をさえぎるもののないエディンバラの景色を鑑賞することができた。それはまるでミニチュアの玩具の街のようだった。レベッカは地勢図の一方の端にいるような気がした。眼下の公園地域に隣接している建物は現代的で、機能的な見た目のフラットやオフィス群が奇抜な現代建築と隣り合っている。もっと遠くを見ると、街の中心部は古めかしくて、尖塔や小塔がそびえ、ごつごつしたキャッスル・ロックが圧倒的な存在感を示していた。その反対側は先史時代を思わせ、地平線上のもやがかかった丘陵地帯や河口域は、陸、水、空といった要素の広がりを感じさせる。それはレベッカのなかに驚嘆の念を呼び起こした。時の経過がこんなふうに視覚化され、悠久の歴史が自分の足もとに広がっていることが。

そのあいだ、レオは持ってきたリュックサックからさまざまな食料を取り出していた。クロワッサン、バナナ、ゆで卵。

「これは何?」レベッカは聞いた。レオがラップにくるまれたものをいくつか、ふたりのあいだの草の上に置いたからだ。

「塩マフィンだよ。料理教室で教わったレシピなんだ。まあ、自宅で作ると教室でやったときと同じようにはできなくて……」

「ううん、そうじゃなくて、これ全部のこと」

「朝食のつもりだけど」父はレベッカの言葉に戸惑っているようだった。「こんなので大丈夫かい？」

「ええ——すごくうれしい」レベッカは言った。今日はバッグのなかで見つけた、つぶれているシリアルバーの残りしか食べていなかったせいだけではない。ほぼ二十年ぶりに父親に朝食を用意してもらったからだ。今朝早く、住所はどこにせよ自宅のキッチンで父親が娘のためにこうした食べ物を注意深くリュックにつめている姿を思い描き、レベッカは胸がいっぱいになった。

「ありがとう」レベッカはそう言いながら、マフィンをひとつ取って食べた。

「ちょっと多すぎたかもしれないけど、きみの好きなものがわからなくて」そう続けながら、レオが次に取り出したいくつかのミニヨーグルトは、レベッカが子どものころ好きだった種類だった。だから、父親はこれを持ってきてくれたのだろうか？　レベッカがそれを聞かないうちに、父親が水筒を掲げた。「紅茶はどう？　あいにく、いまではコーヒーを禁じられていてね」

「紅茶は大好き。こんなにいろいろ、本当にありがとう」

レベッカはまたマフィンをかじった。それは軽い口あたりで、かすかにハーブの香りがした。そのあと、暖かいこともあり、邪魔にもなったので、キャムから借りたジャケットの長い袖をまくり上げた。すると、レオがたじろいだ。

「どうかした？」レベッカは言った。

「それが……？」レオはあらわになったレベッカの腕の右肘（みぎひじ）のすぐ下にある、つやつやの傷跡を見つめていた。

「あっ——そうよ」

レオの持つ水筒のコップが震えた。「レベッカ、わたしは——」

「気にしないで」レベッカは言った。父親からの謝罪の言葉も釈明も必要なかったからだ。朝食を楽しんでいるいま、このときにはなおさら。「あまり覚えていないし」レベッカは長袖をぐいと引っ張り下ろした。「本当よ、大丈夫だから」

レオはレベッカの毅然としたまなざしに落ち着きを取り戻し、またリュックサックのなかをのぞきこんだ。そして、わずかな間を置いて、底のほうから小さな緑色の本を取り出した。「きみがこれを返してもらいたいかどうかわからなかったんだけど……」

思わずほっとして、レベッカは喜んでその本に手を伸ばした。そして、その本を片手から片手へと持ちかえながら、大きさや、重さや、布の表紙の感触を確かめた。ページに鼻を押しつけてにおいを吸いこみたくなる衝動だけは、かろうじて抑えた。

レベッカは自分がこの本を受け取るはずだった九歳の誕生日のことを覚えていた。庭でのバーベキューやゲームのことだけでなく、ロザリンお手製の無人島を形取ったケーキのことや、同じクラスのある女の子が両方の靴を生垣に投げこんだことも。そして、レオのように、あの日、自分たちがどれほど近くにいたかを知ったレベッカも、いまやその事実に胸が痛んだ。あのとき父親に会えてさえいたら。なんらかの理由でわたしがパーティーから抜け出して、門のあたり、あるいはプリムローズ・レーンで父親と鉢合わせしていたら。そうしたら、何かが変わっていたのだろうか？

「それを読んだよ。いや、再読したと言うべきかな。昨夜、あのパブから帰ったあとで」レオが言った。「悪くはないね」意外そうな口調だった。

ちょうど本の表紙からパンくずや埃などを払っていたレベッカは、こう尋ねた。「本当にこのお話のことを覚えてなかったの？」

「覚えていたよ……細切れにだけど。それに、聞いたことがあるような感じがする。まあ、おとぎ話ってそういうものだよね？」

自分もこの本を読んでそう感じたことを思い出し、レベッカは言った。「わたしが小さかったころ、お父さんがこれとよく似たお話をしてくれたんだと思う。初めはわからなかったけど、このうちのいくつかは確かに聞いたことがあるわ」

レオはぼんやりとした表情でうなずいた。レベッカと同じく、記憶のなかからおとぎ話の断片をすくおうとしているようだった。「そのほとんどは、母さんがしてくれたお話をもとにしているんだ」とレオは言った。「母さんはいつも自分の影の話をしていて……」

ふたりはまたアデリーンの話に戻った。黄色いサマードレスを着た欠食児童のような人であり、レオが旧姓を借りることにした水の精でもある。ずっと気にかかっていたことを思い出し、レベッカは『七つのお話』の裏表紙にある例のロックウッドの挿し絵をレオに見せて聞いた。「これはお父さんが描いたの?」

「いや、それはゴーディという患者が描いたんだ。いつもいたずら書きをしてるやつだったので、この大切な手がかりを描いてくれないかと頼んだんだよ。あとでこの本の原稿を手直ししたときも、この絵はどうしても載せたくて」

またもや、レベッカはレオの残した手がかりの少なくとも一部を、その当初の思惑どおりにたどることになった不思議さを思った。病気だったときの父親のことのほうが、よく理解できていた気がした。レベッカはそう伝えようかと思ったが、そのときレオは幹に鍵穴がある森の世界に入りこんでいるかのようだった。

ふと思いつき、レベッカはキャムのジャケットのなかから自分の携帯電話を取り出した。「これ」レベッカはそう言いながら、エディンバラの景色の写真、大英博物館の展示品の写真、エイミーとの自撮り写真数枚をスワイプしていった。「パトリシアの家で撮ったのよ」

その携帯電話を受け取り、自分と両親がハックスリーの庭に立っている写真を見たときのレオの切なげな驚きの表情は、どこか見覚えのあるものだった。そして、レベッカは気づいた。これは父親がわたしを見たときと同じ反応だ。

口を開いたレオの声は震えていた。「これをわたしに送信してもらえるかな？」

「もちろん」

そのとき、できることならハックスリーへ戻り、父親のためにその写真を奪ってきてあげたいと思った。あの陰気な古い家にあるアデリーンの写真を一枚残らず奪ってきたかった。

「この写真、覚えているよ」レオは先ほどよりも落ち着いた様子で続けた。「これは父さんのお気に入りでね。わたしはロンドンに行くときこれを持っていきたかったんだが、あの人は絶対に首を縦に振らなかった。わたしがそれを焼き増しすることさえ許してくれなかったんだ。父さんは昔からずっとそんなふうに、母さんをひとり占めしようとしていたんだよ。まあ、それはわたしも同じだっただろうけど。そして、母さんはいつもわたしたちのもとからふらふらといなくなった」

以前その茂みに囲まれた空き地に立ったときと同じく、死んだアデリーンが濁(にご)った水のなかに漂っているぞっとするようなイメージがレベッカの脳裏によみがえった。

「池を見つけたの」レベッカはおそるおそる切り出した。「パトリシアは、アデリーンが溺れたのは事故だったと言っていたわ。でも……」

レベッカが言葉を切ると、レオが不満そうに鼻を鳴らした。「叔母さんは父さんが話すことをなんでも鵜呑(うの)みにしたんだ」レオは言った。「そして、父さんは自分にとって都合のいいことだけを信じていた。父さんは、母さんに薬を飲ませて家に閉じこめておけば、治せると思っていたんだよ。母さんの鬱病(うつびょう)と、夫である自分への無関心をね。だから、それがうまくいかず、母さんがポケットに石をつめて水のなかに横たわったとき、父さんはこう納得するしかなかったんだ。母さんは転んだんだって」

レオは辛辣(しんらつ)さを隠そうともしなかった。レベッカはそのことに驚き、自分はもうレオの穏やかな物腰に慣れてしまったのだろうかと思った。とはいえ、レオの態度が不当だというわけではない。『あの子よ』とパトリシアは言っていた。『初めにあの子が母親を探しにいって、池から引きあげようとして自分まで溺れかけたの』

　ぎごちない手つきで、レオはその写真を拡大した。アデリーンを拡大するためか、父ヴィクターを見えなくするためかのいずれかだろう。「ここに写っている母さんは、きみと同じくらいの歳のはずだ」そう言って携帯電話とレベッカを見比べるレオの口調はやさしかった。「ふたりはちょっと似ているね」

　なぜそんなことがわかるのだろうとレベッカは思った。その写真のアデリーンはかなりぼやけているのに。けれど、反論しても仕方ない。「アデリーンのことを深く知りたかったわ」とレベッカは言った。

「わたしもそう思う」レオは指先でもう一度、画面に触れ、うっかり前の画像を出してしまってうろたえた。「ごめん、そうするつもりじゃなかったんだけど――」父はにっこりした。「これはきみの猫？」

　レベッカは、先週ロザリンを安心させるために実家のキッチンから送信した写真を見た。「ううん、これはお母さんの猫。ブロンテっていうの」

　レオがくすくす笑った。「ブロンテだって？」

「だまされないで、すごく性格の悪い猫なんだから」

「いや、ただ……その名前がすごくロズらしいと思って」レオはまだ微笑んでいた。「昔から猫を飼いたがっていたんだよ」

　レオの表情はやさしげで、とても元妻を魔女として描く人物には見えなかった。なぜかほっとしたレベッカは、ロザリンが写真にあるキッチンから写真にある猫を抱いて出ていったことを思い出し、ふいに愛情がこみ上げてきた。

レオは携帯電話をレベッカに返し、バナナを一本食べた。そのあと体を寄せながら、レベッカがもう一方の手にまだ持っている本を軽く叩いた。「レベッカの『七つのお話』はないのかな?」

「えっ?」

「わたしにきみのすべてを教えてくれる本だよ」

「ううん――ないわ。お話ひとつ分にも足りないもの」

「そんなことないさ」

レベッカは本の表紙の角を握りしめていた。日の光に照らされて青々とした自然の草の近くにあると、本は色あせてとても小さく見えた。ある人物についてかなり多くの情報が含まれている本にしては、小さすぎるくらいに。このときもまた、レベッカはこれでは不公平だと思った。自分は父親の過去をまるまる知らせてもらったのに、その代わりにさし出すものがほとんどないなんて。

「何が知りたい?」レベッカはおずおずと聞いた。

「どんなことでも」レオは答えた。

話しはじめながら、レベッカは自分の物語をひどく平凡だと思ったが、レオは娘がすばらしい物語をそらんじているかのようにのめりこんで聞いてくれた。さらには、レオは静かな聞き手ではなく、絶えず質問をはさんできた。『それはロンドンで泊めてくれたのと同じエイミーかい? どうして歴史を選んだの?』というように。けれど、レベッカはもう父親の好奇心を疎(うと)ましく思わなかった。その質問によってレベッカの説明は奥行きを増すことが多かったし、せっかちであまり自分について語ることに慣れていないために省略してしまった細かな興味深い部分を、うまく引き出してくれたからだ。

レオの質問のうち、とりわけレベッカの現在に関わるものは答えにくかった。だが、レベッカは正直であろうとした。レオが自分に対してそうしてくれたように。それに、心配ごと、疑問、過ちをレオに告白するのは驚くほど簡単だった。このレオは理解してくれるようだったから。この人はずいぶん前にみずからの多くの欠点や不完全さを受け入れたのだから。

「戻ることはできると思う」レベッカがそう言ったのは、丸一週間も仕事を休んでしまい、おそらくは酔った勢いで仕事を辞めてしまったと明かしたあとだった。「きっと会社はわたしをまた受け入れてくれると思う」

「だけど？」父は続きを促した。

「わからない」レベッカは言った。というのも、もはや自分があそこにいる姿を思い描けないことや、この先も以前どおりやっていける気がしないことを説明するのは、難しかったからだ。「わたしはどうすべきだと思う？」

「このわたしにそれを聞くのかい？」

「ええ、お父さんはすべてを解決したみたいだから」レベッカはたったいま食べたばかりのヨーグルトのスプーンでエディンバラの風景を示し、自分がここでの父親の暮らしについてほとんど知らなかったことを伝えようとした。

「わたしが？」レオはそう言われて驚いているようだったが、すぐに気まずそうな顔になった。「そうだとしても、わたしなんかとても人にアドバイスできるような……」

「言われたとおりにするとは言ってないわ」すると、レオが笑顔になったので、レベッカは促した。「お願い、言ってみて。お父さんの考えを知りたいの」

「本当に？」

「本当に」

「きみにはそのオフィス、その……〈サドワース&ロウ〉よりも、もっと合うところがあると思う」

「どうしてそんなことわかるの？」レベッカは言い返した。

「とにかくわかるんだ」

レベッカは、レオがいま聞いたばかりのあれこれを引き合いに出すかと思っていた。たとえば、成績がいいこと、歴史好きなこと、現状への違和感などなど。ところが、レオの答えは根拠のない、子どもっぽいとさえ言えそうなもので、それでいてあまりにも自信たっぷりなので——娘への信頼に満ちていたので——レベッカは父親の言葉を疑うのが難しいことに気づいた。

では、代わりに何をしたらいい？　もちろん、レベッカにはわかっていた。十代前半のころから、ずっとわかっていたのだ。けれど、その夢がより明確になったのは、この数週間があったからだった。ハックスリーのキッチンでのエリスとの会話、彼と大英博物館に行ったこと、さらには、数分前にここから景色を眺めながら抱いた感慨のおかげだった。ついにそれをきちんと認め、どこかの時点で間違った道を選んでいたことを受け入れられたのは、なんとも心安らぐ思いだった。

食事を終え、レオが卵の殻やバナナの皮を古い買い物袋に入れはじめたとき、レベッカは言った。

「ごめんなさい」

レオは動きを止めたが、手に持ったポリ袋はまだカサカサいっていた。「何を謝っているんだい？」

「わからないけど、昨日？　教会に行ったときのわたし、感じ悪かったなと思って。前もって連絡するべきだったのに。それとも——わからないけど」レベッカは繰り返した。そのあと、少し前にエリスとの朝食の席で言われた、いまも少し心が痛む言葉を思い出し、こう打ち明けた。「わたしには人をあまり思いやれないときがあるみたい」

思いがけないことに、レオが笑い出した。

「どうしたの？」レベッカは聞いた。「何がそんなにおかしいの？」

「いやいや、バーディ」レオがやさしく言った。「本当にそうなら、ここにいるはずがないだろう？」

息を吸いこむと、胸の奥で何かがゆるみ、いつも以上に肺が空気でいっぱいになったような気がした。目がむずむずして、レベッカはあふれそうになった涙を抑えるために手で目をおおわなければならなかった。どうしてこんなに泣いてばかりいるのだろう？

袋にゴミをまとめるのに忙しいレオが娘の動揺に気づいていないことを願ったが、目をあけたとき、父親がさっと腕を下ろすのが見えた。とっさに娘を慰めようと体が動いたかのように。そしていま、その片手はぎごちなくふたりのあいだに置かれていた。レベッカは三角点の前ではためらってしまったことを思い出し、もうたっぷり躊躇(ちゅうちょ)したからと、手を伸ばして父親の手に自分の手を重ねた。

長いあいだ、ふたりは何もしゃべらず、目も合わせず、身動きさえしなかった。レオが手首をひねってふたりの冷たい手のひらをぴたりと合わせただけだ。ようやく訪れた親子の触れ合いの瞬間としては、子ども時代のレベッカが父親の手を握っていたときよりもはるかに控えめではあったが、それは他人同士の挨拶や握手のように儀礼的なものでもなかった。その中間といったところで、いまは、それで満足だった。

20　インタビュー

キャムのフラットに入っていったとき、レベッカはもう少しでエリスとぶつかるところだった。

ふたりとも飛び上がってしまったし、レベッカの心臓も飛び出しそうになった。鉢合わせして驚いただけでなく、まったくいつもどおりの心なごむ彼を見たからだ。間一髪で正面衝突を免れたことを笑い合いながら、レベッカはエリスをつぶさに観察した。まるで彼がちゃんとそこにいることを確認するように。しわしわの服、よく目立つえくぼ、眠そうで人なつこそうな雰囲気を。レベッカは彼の首に両腕をまわして抱きつきたくなるのを必死でこらえた。

「ウォーキングはどうだった？」エリスはレベッカのためにドアを押さえてくれながら聞いてきた。

「悪くなかったわ。ちゃんと話せたし」

「お父さんは元気だった？　いや、待てよ――きみは元気？　いろいろ順調？」

「うん、たぶん」そう言いながら、レベッカはそれが事実であることに気づいた。そのあと、エリスが例の〈サイドスクープ〉のネックストラップを下げ、リュックサックをしょっていることに目をとめて、聞いた。「これから出かけるの？」

「また舞台を見にいってくる。同僚がもうすぐ迎えにきてくれるはずなんだけど……」彼はジーンズのポケットから携帯電話を出した。「よければ、もう一枚チケットを取ろうか？　それとも、ぼくに家にいてほしい？」

「ありがとう」レベッカは温かな気持ちになって答えた。「だけど、出かけて。わたしはちょっと家でやることがあるから」

「それはいいね」

戸口で道を譲り合い、二、三歩同じ方向に動いてからようやく互いの横を通り抜け、エリスは階段に、レベッカはキリン柄のドアマットに立った。

「じゃ、またあとで」エリスはそう言うと、リュックサックのストラップがより快適な位置にくるよう肩の上で微調整した。「ところで、今日はぼくたちが夕食当番だから」

「そうなの？　何を作る予定？」

「まだわからないけど、帰りに食材を調達してくるよ。そうすれば、料理しながらきみのお父さんの話を聞けるし」

「それで思い出したけど、あなたが〈サイドスクープ〉に執筆する記事のアイディアを提供できるかもしれないの」レベッカは言った。「あるいは、別にどこかほかのメディアでもいいし……」

「へえ、ほんと？」

「ええ、じつは――」そこで、レベッカはかぶりを振った。アーサーの玉座を下りながら父から提案されたことをいま説明するには時間が足りないし、そもそもレベッカ自身そのことをどう考えるべきなのかまだよくわからなかった。「気にしないで、あとで話すわ」

「忘れない？」

「もちろんよ。舞台を楽しんでね」

「そうする。ポスターでは、登場人物の半分はイルカの格好をしてるんだよ。キャムに話してやるのが待ちきれないよ」レベッカが笑ったとき、エリスの手にしている電話が振動した。「おっと、迎えが来た」

　エリスはレベッカに小さく敬礼すると、小走りで階段を下りはじめた。天窓から階段に真珠のような色の光が射しこみ、人工大理石の床の斑点（はんてん）やエリスの整えられていない髪を明るく照らしている。レベッカは彼がひとつ下の階への階段を半分ほど下りていくのを見送ると、彼と一分ほどしかいっしょにいられなかったことを物足りなく感じた。そのせいだろう、こう声をかけたのは。「いつごろ帰ってくる？」

「これが終わってからだから、四時くらいかな？」レベッカを見上げるエリスの表情はいたずらっぽかった。「あれ、ぼくがいないと寂しい？」

反射的にそんなことはないと応じそうになりながらも、レベッカはなんとか思いとどまって別の返事をした。「もしそうだと言ったら？」

　エリスは言葉につまり、ふと先ほどよりも考えこんでいるような顔をすると、階段を二、三段上がってきたので、互いの顔がよく見えるようになった。「だったら……」エリスはゆっくりと切り出した。「だったら、エディンバラでの用事が終わったら、いっしょにどこかに行こうか」

「どこかって？」

「わからない。スコットランド高地とか？　ヘブリディーズ諸島とか？　きみの車で行けばいい」

彼は片方の靴の爪先で床のぎざぎざ模様の一部をなぞった。それは稲妻そっくりの形をしていた。

「きみがもっと仕事を休めるならの話だけど」

「そうね。あなたには仕事がないの？」レベッカはそう言いながら、〈サドワース＆ロウ〉を辞めることにしたと伝えるのはあとにしようと思った。

「あるけど、目下ぼくはここのレビュー記事のおかげで会社から頼りにされてるからね。どうやらぼくはエディンバラに来たことですばらしい能力の持ち主であることを証明したらしいんだ」

「それはすごい……」

「どうも。それに、もし会社から文句を言われたら、その旅を今回のフェスティバル記事の続きにすることもできる。ほら〝スコットランドに行ったら必ず訪れるべき10の場所〟とか……きっと面白い記事になるよ」

　エリスの口調はなにげなかったけれど、レベッカは一瞬、その計画の意味するものの大きさに怖(おじ)気(け)づいた。けれど、ふたりともいっしょにすごすための口実はつきてしまっている。協力者としての関係はすでに終わっていたし、おそらく友だちとしての関係も同様だろう。とはいえ、ふたりのあいだには何か別のものがあったし、エリスの大胆な提案はそれがいったい何であるのか、何になりうるのかをつかむチャンスを与えてくれた。

「いいわ」レベッカはそう言った。「そうしましょう」

「よかった」

ふたりはしばし互いを見つめ、そのあいだレベッカは自分たちのあいだの空気に電気が流れているように感じてそわそわした。そのとき、エリスがさっと笑みを見せてまた階段を下りはじめた。レベッカは彼を見送りながら、いまもこの短いやりとりにかすかな不満を覚えていた。でも、これ以上いったい何が望みなの？

「エリス？」

エリスが振り返った。レベッカはあれこれ考えるより先に——ふたりともしらふだとか、自分が階段を踏みはずすかもしれないとか、彼に拒まれるかもしれないとか、実際にはあまり時間がないとかを思い出す間もなく——階段を大急ぎで駆け下り、エリスが立っている場所の二段上で立ち止まると、彼にキスをした。

それは慌ただしい、ぎごちない感じのキスだった。エリスはふたりそろって引っくり返らないようにレベッカの両肘をしっかり支えていなくてはならなかった。だが、たくさんの目的、たくさんの約束がこめられたキスでもあった。レベッカの体を温かいものがめぐりはじめたのは、唇を合わせた彼の笑みが伝わってきたからだ。レベッカも笑みを浮かべていた。

振動音に、ふたりはぱっと体を離した。エリスは自分の電話をまじまじと見つめた。まるでそれが何だか忘れてしまったかのように。

「もう行って」レベッカはそうつぶやきながら、エリスのネックストラップをシャツの襟の下に入れてやった。「またあとで」

「うん……」エリスは階段をまた下りはじめながらもレベッカの片手を放さず、それ以上手をつないでいられなくなった瞬間にようやく放した。「じゃあ、また」

「行ってらっしゃい」

レベッカはいつのまにかフラットに戻っていた——ひょっとしたら、玄関までふわふわと空中を漂っていったのかもしれない。そして、なぜかリビングに向かっていた。そこがエリスの使っている場所だからだろうか。ソファは、乱れた毛布や、クッションや、服の下になかば隠れており、コーヒーテーブルにはチラシやチケット、蛍光ペン、未開封のチョコレートバー、そして中古品らしいスコットランドのガイドブックが散らばっていた。

夢見心地で、レベッカはエリスがソファにしつらえた寝場所に体を沈めた。そこは彼のにおいがした。温かく、かすかにスパイスを思わせる香りで、たちまち〈ピットストップ〉の記憶がよみがえってきた。たったいま階段で起こったばかりのことを心のなかでしばらく再現してから、ロンドンのあの晩の思い出にふけり、求めあう唇や、互いの体をはう手を思い浮かべた。またどこかへ、ふたりだけで行ったら、どんなことが起こるのだろう……。

レベッカはぱっと目をあけた。ここで眠りこむわけにはいかない。もしキャムが入ってきて、三匹の熊の女の子のように、だれかの——エリスの——一時しのぎの寝床に入っている姿を見られたら、どうする？　それに、やらなければならないことはたくさんある。身を起こして座り、アーサーの玉座からの帰り道に練った計画を思い出そうとしながら、頭をめぐらせた。

まず店に行って、夕食用のワインや、キャムへのプレゼントや、祖母と——そしてエイミーとも——仲直りをするためのポストカードを買いたかった。エイミーには、強い風にキルトスカートをめくられているスコットランド男性のカードが大ウケするだろう。それから、〈サドワース&ロウ〉のゲリーにメールだ。仕事を辞めるなら、きちんと手続きを踏んで退職しよう。詳細な引き継ぎメモ——ファイリングの方法や、コーヒーマシンの使い方の説明——を作成すれば、ちゃんとした身元保証をしてもらえるかもしれない。期待と不安に胸を震わせながら、レベッカはしみじみ思った。自分はまた発掘現場でのボランティアや博物館の臨時職員など、来年、修士課程に出願するうえで助けになりそうなさまざまな機会を検討することができるのだ。

だが、まず最初に、何よりも先にロザリンに電話しなければ。何を言うつもりなのか自分でもわからなかったけれど、それでも何か言わなければならない。前にエディンバラに来たときの状況――そして、それがロザリンに与えた長期的な影響――を考えると、少なくとも感情を抑えて話をしなければ。正直に、毅然とした態度で、いま自分がどこにいて、だれを見つけたかを伝えるのだ。ロザリンを許すのは――彼女のしたことが純粋に娘を守るためだったと信じるには――時間がかかるだろう。養育に参加していない父親のために逆らった娘をロザリンが許すのに時間がかかるように。

それでも、できるだけ早くそれらすべてに向き合うことが、いちばんだ。今日からそれを始めることが。

聖ユダ教会、あるいは〝フリンジ会場317〟は、がらんとしていた。壁の手書きの掲示、窓の布はすでにはぎ取られており、椅子はすべて端のほうに危なげな格好で積み上げられている。いまは埃っぽい黒い床の大部分が露出していて、古い教会の内部は四角い箱に見えた。まるでピンホールカメラ（レンズの代わりに暗箱に小孔をあけた箱型写真機）の内部のようだ。ここにあれだけの少年少女たち、手伝いの人々、親たちがぎゅうづめになっていたのが信じられない気がした。いまも壁についている短いマスキングテープ数枚をのぞけば、〈アクティング・アップ〉がここにいたことを示すものは背景の緑の布だけで、それはいま、光を受けてちらちら輝く布のひだとなって床の上に広がっており、神話に出てくる巨大な怪物の抜け殻を思わせた。

レオはレベッカが入ってきたことに気づいていなかった。教会の奥の、ステージ代わりになっていたあたりを掃いている。レベッカはつかのまレオの様子を観察し、そのゆっくりとした注意深い動作を見つめ、ほうきを使う音やジーンズのポケットからのぞいている鍵類のカチャカチャいう音に耳を傾けた。その姿はまるで用務員のようだった。

レオが先ほど掃いたところをまた掃除しはじめたとき、レベッカは声をかけた。「そこはもうやったわよ」

レオは顔を上げて、にこりとした。「そうかもしれないけど——やってもやっても、そこらじゅうからこのいまいましいスパンコールが出てくるんだ」

カタンという音をさせてほうきを手近な壁に立てかけると、レオは床から何かを拾おうと腰をかがめた。そして、それを指でつまんで掲げて見せてくれたが、それはレベッカには『オーケー？』と問う仕草のように感じられた。レベッカは同じ身ぶりをしながら近づいていき、いっそう笑顔になった父親を見て、両腕を伸ばして抱きしめたことに自分でも驚いた。もっとも、それに応じたレオは両腕を上げる間もなく、すぐに体を離してしまったのだけれど。

「疲れてるみたいね」レベッカは言った。レオの目の下に隈(くま)ができていたからでもあったが、いちばんの理由は思わずハグしたことに照れていたからだ。

「盛りだくさんの週末だったから」レオは教会のなか、次にレベッカを手で示したあと、人さし指の先にまだ緑色のスパンコールがついていることに気づいたようだった。それをポケットにしまいながら、レベッカの背後のドアのほうへ視線を向けた。「連れてくると思ってたんだけど……？」

そのとき近づいてくる足音がして、レオが言葉を切り、レベッカが気配を察してさっと振り返ると、ちょうどエリスが教会にゆっくり入ってくるところだった。エリスはポーチで見つけたらしい何枚かのチラシを手に持って見ており、顔を上げたときにふたりから見つめられていることに気づいて一瞬びっくりしたようだった。

「ああ――こんにちは！」エリスはレオのほうに手をさし出しながら急ぎ足で来た。「エリス・ベイリーです」

「わたしが話した記者よ」レベッカはそう言い、まだどきどきしながらふたりの握手を見守った。

「エリス、こちらが――」レベッカは、〝レオ〟と呼ぶべきか〝父〟と呼ぶべきか迷って口ごもった。

「――密航者ですね」エリスは指で眼鏡を押し上げた。まるでレオをよく見ようとするかのように。

この言葉をどう受け取るだろうと思いながらレベッカはレオのほうを見たが、レオはエリスに気を取られているのか、かすかに困惑した表情で相手を見つめていた。まるでこの記者は想像していたのと違うとでもいうように。レオは以前の役名で呼ばれたことが聞こえてすらいないようだったが、ようやく口を開いた。

「だれかにそう呼ばれたのは、ずいぶん久しぶりだよ」レオの口調は穏やかだった。「またそれに慣れないといけないのかもしれないな……」

以前と同じく、レオはだれかに話しかけているようでもあり、ひとり言を言っているようでもあり、そんな癖にレベッカはもどかしさを感じた。けれど、エリスは気にするふうもなく、レベッカにちらりと笑顔を見せてからレオに言った。「ようやくお会いできて、うれしいです」

「こちらこそ。きみはずいぶんわたしを探していたそうだね」

「ええ、まあ……あの、このどれかはあなたのお芝居ですか？」エリスは両手でチラシを扇のように掲げた。まるでトランプを使ったトリックを仕かけようとするかのように。

「そうだよ」レオはそう言って、チラシのなかから白黒の〈エメラルドの都〉を抜き出した。「子どもたちの芝居だけどね、じつは」

「何がテーマだったんですか？」

レオはエリスの興味に気をよくしたらしく、劇団の少年少女たちがどんなふうにその公演をつくり上げていったかを説明しながら、次第に活気をみなぎらせてきた。レオが担当している子どもたちについて語るのを聞きながら、レベッカはまた胸のなかで嫉妬(しっと)がうずくのを感じたが、黙ってそれをやりすごした。この出会いがどんなものになるかのほうに、より関心があったのだ。

　もっとも、それを見極めるのは難しかった。レベッカはレオのことをまだほとんど知らず、とくに仕事モードのときのエリスがどのくらい手の内を見せなくなるのかもわからないのだから。だが、レベッカはレオとエリスがどちらも相手を感心させようとしているのを感じ取った。とりわけエリスはいつも以上に明るく如才ない様子だ。まるで意図的に魅力を全開にしているかのように。今日ここに来ている目的を考えれば当然だろうが、ひょっとしたらレベッカがここにいることで、本来、単なる仕事上のインタビューであるものに影響を及ぼしているのではないかと考えてどぎまぎした。いまでも、ここにいる三人全員が互いに対して自分がどういう立場なのかよくわかっていないとは、変なものだ。

　レベッカが彼らの会話にまた注意を向けたとき、レオは〈エメラルドの都〉のあらすじを語っているところで、エリスはレベッカがその公演終了後に示した以上の好奇心や鋭い指摘で応じていた。こうなるとはね、とレベッカは心のなかで思った。自分とレオが週末を半分使ってつくり上げたものよりも深いつながりを、エリスはレオとすでに築いていた。

「ぼくはこっちのレビューを書くべきだったよ」エリスはそう言いながら、会話に加えようとレベッカを振り返った。「話を聞くかぎり、ぼくがここ数日間にレビューを書いたいくつかの舞台よりもずっと面白そうだ」

「じゃあ、そろそろ……」レベッカは促した。

　レベッカは次第に落ち着かない気持ちになっていた。ここに立って舞台について話していても、真に話すべきことを遅らせているだけだ。

「そうだな」父が同意した。「まあ、座ろうか。きみたちが椅子を持ってきてくれるなら、わたしはマグカップを見つけてくるよ」

レオが聖具室のドアのほうへ向かったので、レベッカはエリスと近くに積んである金属製の椅子を取りにいった。

「なあに?」レベッカは聞いた。なぜかエリスがひとり、にこにこしていたからだ。

「いや別に。ただ……本当に彼なんだよね?」

レベッカは眉(まゆ)をひそめた。「わたしのこと、信じてなかったの?」

「信じてたさ」エリスはそう言いながら、持ってきた椅子のひとつを組み立てた。「ただ、ものすごいことだと思って」

レベッカはそれを否定するつもりはなかったし、そのときになって、エリスがレオと会うのはこれが二度めなのだと思い出した。とはいえ、レベッカはエリスを信頼していた。レオにそれを言っても大丈夫だと判断するまでは、最初に会ったときの詳しい状況を明かすことはないだろう。

ふたりで椅子をあと二脚取りにいきながら、レベッカは思った。自分がエリスを信頼しているのは、この件についてだけではない。フラットにはいつもキャムがいるので、昨日ふたりのあいだに階段で始まったことを続けるチャンスはほとんどないけれど、それだけに、近々行く予定のドライブ旅行がますます待ち遠しかった。その理由のほとんどは、スコットランドの景色を楽しむこととは関係がないのだけれど。

「あと、ぼくは考えが変わったよ。きみはお父さんによく似てる」エリスははっきりと言った。

「もう、そういうのはいいから」レベッカはそれが褒め言葉なのか、冗談なのか、単なる事実の指摘なのか、よくわからなかった。

それを突き止めないうちに携帯電話から着信音がした。ロザリンからのメッセージだとわかり、レベッカは驚いた。

昨日の母親との電話は、予想していたものとはやや違っていた。母親は話題を変えたり、わめいたり、電話を切ったりしなかった。また、元夫に対していかなる種類の好奇心も表さなかった。元気なのかとか、自分のことをなんと言っていたかとか、二十年ほど前に自分が決めた会うための条件をいまは満たしているのかといったことも。実際、母親はほとんど何も言わなかった。そして、レベッカがこの週末の簡単なあらましを説明しているあいだ、母親は聞いていただけだった。

この母らしくない沈黙をどう受け取ったらいいのか、よくわからなかった。ひょっとしたら祖母がロザリンに、あとから悔やむようなことは言わないほうがいいとアドバイスしたのかもしれない。あるいは、プリムローズ・コテージでの対決を終えたロザリンには、もう何も言うことがなかったのかもしれない。いずれにしても、あきらめのようなものが伝わってきて、きっとロザリンは気が変わって落ち着いたのだろうし、つらさや怒りや罪悪感を爆発させたことによって少し心が解放されたのだろうと、無邪気に信じる気にはなれなかった。

それに、やはり互いにとって気楽な電話ではなかったし、電話を切ってから、母親との関係が元どおりになるまでは、しばらく時間を置いたほうがいいだろうと思っていたのだ。だから、母親がこれほどすぐにメッセージを送ってきたのは、あの悲しげな沈黙と同じくらい予想外のことだった。

今年のあなたの誕生日にはエクセターでアフタヌーンティーでもどうかと、おばあちゃんと話しています。シャンパンでもいいかしらね？　たくさんのキスを送ります。追伸：スコットランド国立美術館で印象派展をやっているみたいよ。

レベッカはこのメッセージを何度か読み直し、なんらかのほのめかしや言外の意味を見つけ出そうとしたが、それはいつものロザリンらしい文面でしかなかった。母親自身はアートにほとんど興味がないにもかかわらず印象派展のことを伝えてきて、レベッカがエディンバラにいることを間接的に了承しているとわかってほっとしたし、アフタヌーンティーへの誘いは、この時期にロザリンがいつもしてくることだった。母親と祖母が自分のことを話題にして、自分のために計画を立ててくれていると思うと、レベッカの胸に感謝と安堵の念が湧き上がってきた。それに、誕生日はもうすぐだ。九歳の誕生日のことは最近よく考えていたと思うが、二十六歳の誕生日のことはすっかり忘れていた。

アフタヌーンティー、いいわね。ありがとう。その展示会にはぜひ行ってみる。キスを送ります。

レベッカが携帯電話から目を上げたころには、エリスは椅子を三角形になるよう配置しており、レオはバラバラのマグカップ三個と、昨日と同じ水筒を持って戻ってきていた。金属製の椅子をきしませながら三人がそれぞれ腰を下ろしたとき、レベッカは思った。自分たちはさぞ滑稽(こっけい)に見えるにちがいない、がらんとした空間の真ん中に、まるでこれから劇を始めるかのように座っているのだから。

「ここで会うことにしてもらって、大丈夫だったかな」レベッカの表情を見て何かを感じたのか、レオが言った。「フェスティバル期間中は静かな場所を見つけるのがかなり難しいし、今日は次の団体への引き渡しのためにここに来る用事があったものだから」

「次の団体というのは?」エリスが聞いた。

「どこか南のほうの劇団なんだ。幽霊の話をやるんじゃなかったかな……」

レベッカがエリスにこれ以上の質問を禁じる視線を向けると、彼はバッグのなかをかきまわしながら言った。「ここはいい場所ですね。ひょっとしたら記事のなかでこの場所に触れるかもしれません。そうすると……」エリスはペンを取り出し、魔法の杖のように振ってむき出しの室内を示した。「……雰囲気が伝わるので」

レオは細心の注意を払って紅茶を注ぎはじめていたので、レベッカはやる気持ちをやりすごすために自分のバッグのなかを探し、そこに入っている『七つのお話』を見つけた。エリスもレオも、なぜそれを台本のように膝の上に置くのかと問いはしなかった。ふたりともレベッカがその本を持っているところを見慣れているからだろう。あるいは、レベッカ自身と同じく彼らも、その本がこの場にあるのは自然だと感じているのかもしれない。

「それで、どういうふうに進める?」レベッカは、三人とも紅茶入りのマグカップを手にしてから聞いた。

レベッカはレオを見ていたが、レオの注意はエリスに向けられていた。「それについては専門家にお任せするべきだと思うんだけど、どうかな」

エリスはペンの尻で顎をかいた。「専門家と呼ばれるほどではありません。今回のような人物紹介記事や長い読み物を以前にもやったことがあると言ったら、嘘になりますから。明らかに繊細な問題ですから、最終的にメディアに発表する内容についての決定権はあなた方、おふたりにありま す」エリスがそう言ったので、レベッカは異議をのみこんだ。「記事の方向性については、あなたご自身に決めていただいてかまいません」

これはレオに向けられた言葉だったが、レオが何も言わなかったので、レベッカは父親がこの思いつきを中止したくなったのではないかと考えて――あるいは、願って――しまったほどだった。

だが、ようやく口を開いたレオの口調は毅然としていた。

「わたしは正直でありたいんだ」レオは言った。「これまでずっと自分の過去から目をそむけていたと思う。レベッカ、きみが現れて本当のことを話してくれと言うまで、そのことに気づいてもいなかった。おそらくわたしは自分の過去を忘れていたし、ある意味、そういうふりをしていたんだよ。でも、いま、きみがここにいて、わたしのありとあらゆることを受け入れてくれて……」そこでレオはにこりとした。「そうしたら、ふと、自分自身と向き合うのも悪くない気がしてきたんだ」

レベッカは父親と目を合わせた。その青い目はすっきり澄んでいたが、レベッカは過去、現在、未来のレオで構成されている万華鏡をのぞいているような気がした。レベッカが幼かったころのレオだけでなく、密航者のレオ、最愛の遊び相手が水のなかに旅立ってしまった少年のころのレオ、影の国に迷いこんだ探検家のレオ、演奏し続けることを強いられていた音楽家のレオの姿を。さらには、追われ、虐げられるレオ、非凡で無敵のレオ、仲間はずれにされて孤独なレオ、大事な小鳥を失ってしまったレオの姿も見えるような気がした。

　胸が痛くなるような思いが喉もとまでこみ上げてきたが、そのときエリスが彼女のほうを向いてこう言ってくれたことに、レベッカは感謝した。「実際、この件にはきみが関わってくるから、そのことも考えたほうがいいね」

「どういう意味？」

「ええっと……」エリスはためらった。おそらく、レベッカにすぐさま制止されるのではないかと思っているのだろう。「これまでにあったあらゆることからして、つまり、きみがどんなふうにこのひと筋縄ではいかない捜索を行ったのか、どんなふうにその本に導かれたのか……そして、ぼくたちがここに来て、きみがお父さんを見つけたという事実を考えると……」エリスは手に持ったペンでレベッカとレオを何回か指し示し、父と娘がもう二度と互いを失うことのないよう、ふたりを目に見えない糸で結びつけてから、ふたたびレベッカだけを見つめて言った。「これはきみの物語でもあるから」

　この言葉に、レベッカは何か輝かしい、けれどもあまり味わったことのない感情が胸に兆すのを感じた。誇らしさ？　満足感？　安堵？　何にせよ、そのおかげでレベッカはエリスの提案を素直に受け止めることができた。自分たちがいまやっていることに絶対の自信があるわけではないけれど、これからレオが語ることを恥じる気持ちはいっさいないし、ここに至るまでに自分がやったことを恥じる気持ちもいっさいない。そう、やはり、レベッカはエリスを信頼していた。

　エリスはこの反応に安心したようで、先ほどよりも大きな力強い声で言った。「今日のインタビューのやり方についてですが、レオさんに好きなように語っていただいて、ぼくはそれを聞く。まあ、なんとかなるでしょう」

「彼はどんなときでもそういうやり方なのよ」レベッカはレオに言った。自分が結局エリスの最初のもくろみどおりになったことが気に入らないのか、それを楽しんでいるのか、いまでもわからなかった。「〝まあ、なんとかなる〟って」

「ベックス、そのやり方はうまくいくんだよ」エリスはそう言い、またペンを振ってレオのほうを示した。

　レオは目の端にしわを寄せながら、何度かふたりを見比べた。「それでいいよ」

　この返事を受けて、エリスはせわしく携帯電話の操作を始めた。「それから、この会話は録音させていただきます。よろしければ」そのあと、急いでつけ加えた。「この操作がうまくいけばですが……」

　レベッカがレオの腕に触れると、それは心配になるくらい細く頼りなげに思えた。中身が空(から)っぽの、鳥の翼の骨のようだ。「本当に、こうしていいの？」レベッカは聞いた。

この疑問は、自分の話を世間に発表しようと思うと初めてレオから伝えられてからずっと、レベッカの心につきまとっていた。せっかく隠遁者のようなライフスタイルに慣れたというのに、なぜそれを危うくするようなことをしたいのか理解できなかったのだ。娘から、あるいはエリスからそれを期待されていると思ってほしくはなかった。世間に懺悔したり告白したりする義務はないのだから。

とはいえ、最終的にはレオがそれを決断した。それはレオの権利だ。いまの仕事のおかげで、レオは包み隠さず語りたいと思うようになったのかもしれない。同じような状況に苦しんでいるかもしれない自分の青少年劇団の子どもたちや、そのほかの人々に、希望や将来の展望を示すことができるのだから。そう考えると、レベッカが感じている不安は、レオを〈サイドスクープ〉、あるいはだれであれ、この人物紹介記事を掲載しようとするメディアの読者から守りたいと思う気持ちよりも、もっと深いところに根ざしているのではないだろうか。もしかすると、レベッカはいま、ようやく見つけた父親を自分だけのものにしておきたいと思っているのかもしれない。だが、それはわがままであるばかりか、馬鹿げた考えでもある。レオはいつだってレベッカの父親なのだから。

レオがレベッカの手を軽く叩いた。「いいとも」レオは言った。「そうすべきタイミングだと思うんだ」

レベッカがエリスのほうを見ると、彼は所在なげにメモ帳の隅っこにペンを走らせていた。エリスは何かを待っている様子で、はっと気づいたレベッカは、彼に小さくうなずいた。レベッカは膝に置いた『七つのお話』の金色のタイトルを指先でなぞっていた。視界の端では、床の上に落ちている別のスパンコールが自分に向かってまたたいていた。

エリスが録音ボタンを押すと、彼の携帯電話がピッと鳴った。

レオが身を乗り出した。

「準備はいいかな?」レオは言った。「始めようか」

謝辞

記憶にあるかぎり昔からお話をつくるのが好きでした。一般に作家というのは孤独な稼業だとされていますが、おおむねその反対ではないかと思っています。わたしの本が出版に至るまでは紆余(うよ)曲折(きょくせつ)ありましたが、その道のりを楽しいものにしてくれる人々が大勢いてくれました。彼らがいなかったら、わたしはいまこのような話を書いていたかどうかさえわかりません。

とはいえ、まずはいくつかの場にお礼を述べたいと思います。わたしはエクセターのセント・マーガレット・スクールですごした日々にとても感謝しています。そこで非常に多くのこととともに、この本を書くために必要だった強い意志と勤勉さを身につけました。また、ロンドン大学ロイヤル・ホロウェイ校、エディンバラ大学、そしてアルカディアン・ライフスタイル出版での日々にも心から感謝しています。そこで小説の仕組みや魅力を探求することができましたし、子どものころからおとぎ話好きだった自分の背中を押してもらいました。

さらに、本作をホッダー・スタジオから出していただけることをとてもうれしく思っています。関係者のみなさんの熱意、献身、思いやりに心よりお礼を申しあげます。なによりも、みなさん――ニーヴ・アンダーソン、サラ・クレイ、マシュー・エヴェレット、ビー・フィッツジェラルド、レベッカ・フォランド、マート・カラヴレゾウ、グレース・マクラム、カリー・ロバートソン、ウィル・スピード、エリー・ウィールドン――は、コロナ禍というとんでもない逆境にも負けることなく、力をつくしてくださいました。また、サラ・ニシャ・アダムズという最高の編集者を得て、その的を射たアドバイスをいただいたおかげで、この小説に良識と活力を加えることができました。

この本に対する彼女の情熱と展望は、わたし自身のそれに少しも引けを取らないほどでした。また、偉大なエージェント、ジョー・アンウィンにも感謝の気持ちでいっぱいです。彼女は文字どおり、この小説を受け取った瞬間から、本作（と、わたし！）をとても大切に思い、応援してくれました。このジェットコースターのような二〇二〇年以降、ずっとです。

わたしの信じられないほどすてきな友人たちは、いつも「小説はどう？」と気にかけてくれます。あなたたちひとりずつにお礼を述べたいと思います。あなたたちが興味を持ってくれたり励ましたりしてくれたおかげで、ときとしてまったく不可能に思える夢を追い続けることを、それほど馬鹿げたことだと考えずにすみました。

それから、過去や現在のさまざまな作家グループのみなさんにも、丁重にお礼を申し上げなければなりません。リジー・ベル、シェリル・カイラ、キャット・シャープ、エロディ・オルソン＝クーンズ、クリスティ・マッケイ、ヘレン・パトック、キャンディス・バグリー、ダニエル・シャンド、アリス・ターバック、みなさんの惜しみない助言やすばらしい作品のおかげで、少しでもよいものをと努力を続けることができました。そして、ハンナ・グレゴ、ジョー・マレー、ルーシー・スコールズには、いつも一本（あるいは、三本）のワインを飲みながら聞かせてくれた作家としてのアドバイスや知恵に感謝を捧げます。また、いつもわたしにロンドンについて教えてくれ、自宅の空き部屋に泊めてくれたシャーロット・クリステンセンにも、お礼を述べます。そして、青少年劇団について教えてくれたアンドリュー・ジェフリーや、著者近影を撮ってくれたクリスティアン・キス、本当にありがとう。非凡な初めての読者フロレンス・ヴィンセントは、最終的なあらすじの手直しを助けてくれただけでなく、原稿を提出できる状態に整えるようわたしを説得してくれました。小説界の親切なお母さんジョエリー・バジャーは、わたしがずっと昔にダートムーアで竜探しをしながら初めてこのアイディアを口にしたときからずっと、この物語に寄り添ってくれました。

ごく最近まで、わたしの家族はこの本を読んですらいませんでした。ですが、家族からの長年の協力ははかり知れず、揺るぎませんでした。ですから、パートナーであるチャズに心から感謝します。彼はわたしの成功を祝福してくれたばかりか、わたしの涙――大量の涙！――をふいてくれましたし、わたしが執筆していると言えば（ほとんどいつもそうだったのですが……）、文句も言わず片づけをしたり赤ちゃんの面倒をみたりしてくれました。両親と弟のジェームズにも、とても感謝しています。何よりもありがたかったのは、もっとちゃんとした仕事につきなさいとはけっして言わなかったこと。あなたたちが家族で、とても幸せです。最後ながら、娘のリアにもありがとう。あなたが生まれてくれたことでのらくらしていられなくなったわたしは、とうとうあなたの妹であるこの本を世に出すことができました。どうかあなたも大きな夢を持ってください。

訳者あとがき

いきなりですが、著者の紹介から始めたいと思います。著者のアマンダ・ブロックはイギリス、スコットランドのエディンバラ最大の書店〈ウォーターストーンズ〉で働きつつ、作家になりたいとの夢を持ち続け、紆余曲折ありながらも短編作品の発表を経たのち、ついに自分だけの著書を出版するという念願を達成した女性です。出版後は精力的にツイッターなどで長編デビュー作の宣伝をして、自作への愛を発信しています。稀有(けう)とまでは言えませんが、これだけ強い意志をもって夢を追った著者について、まずはおよそのところを知っていただきましょう。生まれたのは、イギリス南西部のデヴォン州。二〇〇七年にエディンバラへ移って文芸創作課程の修士号を取得しました。その後、書店員だけでなくゴーストライターや編集の仕事をしたり、創作を教えたりもしながら夢を追い、ようやく二〇二一年に長編デビュー作の *The Lost Storyteller*（本書）が出版されたのです。そのあいだに結婚し、女の子を出産しています。赤ちゃんを膝(ひざ)にのせてコンピュータに向かう姿をSNSで見かけました。忙しさも楽しんでしまう明るいお人柄のようです。

そんななかで執筆された本書は、イギリスのニューススタンドでの売上が最大であるライフスタイルマガジン、〈woman & home〉が選ぶベストブックスの一冊になりました。また、二〇二二年五月には、〈ウォーターストーンズ〉が選ぶ今月のスコットランド本にも選出されています。〈ウォーターストーンズ〉で働きはじめてから十四年ほど経っていました。好きなことをしているとはいえ、夢に向かっているあいだは将来への不安もあったと思いますが、夢を叶えるにはあきらめずに続けることが大切だと再認識させてくれます。その後、二〇二二年九月には、アマンダは大きなお腹を抱えつつ二冊めの著作の初稿を書き上げ、第二子の誕生をいまかいまかと待っていると写真付きでツイートしています。のちにお尋ねしたところ、九月中旬に女の子を出産なさったそうです。現在はふたりめのお嬢さんの育休中ですが、二冊めの作品の出版をいまかいまかと待っているところでしょう。

さて、本書の紹介に入ります。主人公のレベッカが住んでいるのは、イギリス南西部に位置するデヴォン州のエクセター。ロンドンまで車で三時間半ほどかかる地方の都市です。建築事務所の非正規社員として働くレベッカは、幼いころに父親が家を出ていったため、母親に育てられました。父親のレオはかつてBBCの人気子ども番組の主演俳優でしたが、レベッカはもう二十年ほど父親と会っていません。そんなレベッカのもとに、取材目的で彼女の父親を探しているという男性記者エリスから連絡がありました。それまで父親のことを心の奥にしまいこんできたレベッカでしたが、父親の生死すら知らない現状に疑問を持ち、父親が自分のために書いてくれたらしいおとぎ話の本を手がかりとして、その行方(ゆくえ)を追っていきます。著者は執筆にあたって神話やおとぎ話からひらめきを得ることが多いそうで、本書においても入れ子になっている七つのおとぎ話とメインストーリーが巧妙にからみ合って、味わい深い効果を上げています。

著者自身、やさしくて面白い父親が大好きなので、父と娘の話を書こうと思ったそうです。記憶の底にある父親の姿を追い求める娘の複雑な心境が、胸に迫ってきます。繰り返して読むと、小さな手がかりがあちこちにちりばめられていることに気づくのですが、そんなわずかな手がかりから父親を探すという、ミステリの要素があるうえに、作中作となっている七つのおとぎ話がそれはもう摩訶(まか)不思議で、独創的で、単独で読んでも楽しめるばかりか、父親の状況や心理を驚くほどよくているのです。

表しています。ミステリとおとぎ話が見事に融合し、互いを引き立て合って心地よい読み物になっ

また、脇役陣の存在も見逃せません。父親に見捨てられたと信じて育ったレベッカは、父親探しの過程でさまざまに悩みますが、それをさりげなく支えてくれるのが親友のエイミーです。小学校の最終学年のころ、エイミーはレベッカのお父さんのことを尋ねますが、レベッカが話題を変えると、その後いっさいエイミーがお父さんの話を持ち出すことはありませんでした。本当の友だちというのは、そういうものですよね。そんなエイミーにレベッカがネイルポリッシュを塗ってもらいながらガールズトークをする場面が、わたしは大好きです。

さらにいい味を出しているのが、レベッカが動揺しているときに話を聞いてくれた、エリスの友人キャム。第一印象としてはそっけない男性なのですが、こんな言葉をレベッカにかけるのです。「彼らがどんな人間であるかをこっちが選ぶことはできない（中略）こっちが選べる唯一のことは、彼らを自分の人生の一部とするか否かだけなんだよ」と。こんな言葉をさりげなく聞かされたら、納得せざるを得ませんよね。わたしだったら、キャムにきゅんとしてしまうかもしれません。

ところで、わたしは六年ほど前に『コードネーム・ヴェリティ』（エリザベス・ウェイン著）を東京創元社に持ちこんで翻訳をさせていただいてから、同じ著者による『ローズ・アンダーファイア』の翻訳も担当し、悲惨な歴史に翻弄（ほんろう）されつつも人とのつながりを大切にして強く生きる女性たちの姿を伝えてきました。そのおかげで、本を武器として超大国ソ連と戦う女性たちを描く『あの本は読まれているか』（ラーラ・プレスコット著）を訳すことになるという、うれしい展開があったのですが、今回もそのような思いがけないご縁がありました。

そもそも何十年も前に翻訳の勉強を始めたとき、わたしは子どもの本が好きだったので児童文学

コースを、さらには適性テストの結果、台詞の翻訳が合っているとのことで外国映画コースを選びました。本書の著者アマンダ・ブロックと同じようにあきらめずに何年も努力した結果、後者のほうは講師のアドバイスのおかげで先にあげたようなミステリ翻訳につながり、前者のほうはおとぎ話の翻訳につながるというご褒美に恵まれました。声をかけていただいて翻訳をした『夜ふけに読みたい不思議なイギリスのおとぎ話』をはじめとする平凡社刊行のおとぎ話シリーズ六冊は、長らく忘れていた子どもの本の楽しい世界を思い出させてくれました。このシリーズの翻訳の経験が本書の翻訳に結びついたことで、わたしのなかでミステリとおとぎ話がひとつになったのです。翻訳者として仕事をするようになって、そろそろ三十年という節目を迎えるのですが、そんな時期に本書の翻訳を任せていただき、ずっと別々のものだと思っていた分野がひとつになったことに、いま、しみじみとした思いが湧き上がってきています。

主人公のレベッカは、わたしが主として訳してきた本の主人公とは異なり、大きな歴史の渦に巻きこまれて果敢に戦うわけではありません。それでも、心の奥に封印してきた父親を探すには大きな勇気がいるはずで、ましてや自分は父親に見捨てられたのだと信じているわけですから、どれほど心細かったことでしょう。心に湧き起こるさまざまな感情に打ち勝とうと葛藤するレベッカには、大いに励まされますね。ひとつ成長したレベッカは、周囲の思惑を気にするあまり押し殺してきた自分を取り戻して、新しい世界で生きていくことでしょう。この本を訳したあと、わたしは我が身を振り返り、自分を抑えていないか、自分が本当にやりたいことは何なのか、自分というものをふたたび見つめ直してみたのでした。ささいではありますが、とても大切なことですよね。

最後に、また著者のことに戻りますが、アマンダ・ブロックはとても気さくな方で、ツイッター(@ACBlockAuthor)やインスタグラム(@amandablockauthor)で自身の著書や生活のことなどを発信していますので、興味がおありでしたらごらんになってみてください。本書をお読みになった感想をお伝えしたら、きっと大喜びしてくれると思います。

わたしは本書の謝辞に登場する著者の brother が兄か弟か知りたかったので、ツイッターのコメントを利用して質問してみました。お返事をいただけるか心配だったのですが、翌日には親しみをこめたコメントを返してくださって、弟であることがわかりました。さらには、日本では生まれた順番によって兄、弟、姉、妹というふうに区別することに興味を持ったらしく、「日本語って面白いのね。機会があったら日本語を勉強してみたいし、日本にも行ってみたいわ」などと書いてきてくれたのです。いつか彼女の著書に日本のことが出てくるかもしれませんね。

二〇二二年十一月

父から娘への７つのおとぎ話

著　者　アマンダ・ブロック
訳　者　吉澤康子

2023年1月20日　初版

発行者　渋谷健太郎
発行所　（株）東京創元社
　　　　〒162-0814　東京都新宿区新小川町1-5
　　　　電話　03-3268-8231（代）
　　　　URL　http://www.tsogen.co.jp
装　画　MIKEMORI
装　幀　藤田知子
印　刷　萩原印刷
製　本　加藤製本

乱丁・落丁本は、ご面倒ですが小社までご送付ください。
送料小社負担にてお取替えいたします。

ISBN978-4-488-01121-5 C0097